現代短歌社文庫

完本

佐藤佐太郎全歌集

現代短歌社

目次

軽風

歩　道

しろたへ

昭和十七年

昭和十八年

立　房

帰潮

昭和二十二年

昭和二十三年

昭和二十四年

地　表

冬木

昭和四十年

形　影

天　眼

星宿

黄　月

大正十五年・昭和二年

冬日

炭つげば木の葉けぶりてゐたりけりうら寒くして今日も暮れつる
自らを省るほどの静けさや杉生《すぎふ》の外に日は沈むなり
赤松の十四五本もありぬべし故里《ふるさと》しぬび我は来にしか
朝空の時雨ふるさへ寂しきに人の心をわれは思ふも
人々にわれは言はねど暁の寒さにひえて起くる朝多し
白々と幹立古りし楢木立落葉あかるく雨ふりにけり　那須二首
頂に吾は立ち聞く那須山の八谷《やだに》にとよむ吹雪の音を

追想

生《なま》あたたかき桑の実はむと桑畑に幼き頃はよく遊びけり

幼くて沼の田にひたり葦の根を掘りにし昔思ほゆるかも
安らけき一日といはむ拾ひ来し松の葉をもて飯をたきつつ
松山ゆ拾ひ来りし松毬をここだもくべて昼餉食しけり
きはだちて黄色になりし柚子の実の梢にありて冬ふけにけり
げんげんの花咲きみちし広き田に雲雀《ひばり》の声は天《そら》より響く
露もてる馬鈴薯の花匂ひつつこの野の畑に月出づるらし
老父《おいちち》がふところよ出し給ひつるその枇杷の実や露にぬれをる

残　雪

雪とくる雫の音は夕暮れて冷えまさりつつ止みにけらしも
幾年《いくとせ》の夜毎をここにいねしゆゑ畳のくせになづみけるかも
自らにたよりてもはら生くる得ば心はなべて静かなるべし

ものを言ふわがつたなさは常しれどひたぶるに言ふ心せまりて
夕暮るるこの墓原の道のべに雪しろじろし消えのこりたる
雲みだれかすかに動きゐたりけり街は戸をさしてしづもり深し
護国寺の杉の林の窪たみに落葉焚くらむ匂ひこそすれ

旦　暮

故里《ふるさと》にわれ居りしころ味噌汁によく煮て食ひし春さきの若布《わかめ》
休み日はたまさかいでてこの路地に石ころなどを蹶《け》りて遊ぶも
鴨のなく夕濠端に腰かけて足の繃帯を捲きなほしをり
このわれの命きづかふ友どちに永く音信《たより》をたちて居にけり
つとめ終へて部屋にかへれば隣家《となりや》は今宵も人のよりてさわげる

川　畔

石の上にわれは居りつつ山川に蝌蚪《おたまじやくし》の流るるを見つ

昼雨にぬれつつ来れば山かげに毒芹の花しろく咲きたり

堆肥の匂ひただよふこの道に竹かたむきて雫をおとす

水汲みて女帰りゆく馬鈴薯の花さく畑の道かわきたり

ダアリアは紅ふかく花さけり麦刈られたるこのあき畑に

今しがた雨はれしかば光さす夏くさむらに鳴く虫のこゑ

窓　花

俄雨夕ちかきとき降りしかば部屋のなかまで埃にほひく

窓そとの朝顔の葉に音たてし朝の雨はすぐやみにけり

江戸川堤

江戸川の堤のかげの一ところ乾草かるる匂ひぞしつる

江戸川の川上のへの野のはてに日の光うけし白雲わくも

葦叢《あしむら》の中あゆみ来てわが見れば水の流れはあわただしけれ

雑草《あらくさ》を靡かしむる風この原をまなくし吹けば心さびしも

野分《のわき》すぎし草野を夕べあゆみ来て電光《いなづま》ひくくとよむを見たり

村道

塗はげし堂ひとつたち庭すみに今さかりなる白木槿《しろむくげ》の花

雨宿りしつつ祠《ほこら》の床下の土かわけるを我は見にけり

秋の雨ふりゐる村の家々に繭しろじろし見て過ぎにけり

峠

山峡《やまがひ》のあらはに黒き岩むらの根にかたよりて落葉積りぬ

道のべの芒の原に馬つなぎ赤土を掘る人居たりけり

山かげにあき畑ありて霜解けの土のしめりの一日かわかず
竹群《たかむら》のかげかたむける冬畑に人ひとり居て土を耕す
山のべの小豆畑《あづきばたけ》に立ちどまり心なつかしく思ひゐたりし

寄　宿　舎

話声とだえしときにかかはらぬ吾とし思へど耳をすましつ
かにかくに吾が住む部屋ぞ帰り来て古米《ふるごめ》のごとき香を感じ居り
休み日をひと日こもらふわが部屋に夕一ときは日影さすなり
現身《うつしみ》の性《さが》はすべなきものなれどかくまで人をなげかすものか

昭和三年

故　山

海風を吹き上ぐる浜の枯山に残る秋茱萸《あきぐみ》をわれ食みにけり

午後の陽の淡々てれる長浜に吹く風寒く人ひとりゐず

かわきたる砂浜の上にひとすぢに松の落葉のよりてある見ゆ

冬の海のかぐろき海の音きこえ故郷人のここに住みたる

泊船《はくせん》のともし火ゆるる夜となればここの床下に波のくだくる

冬枯れの山の起伏にかこまれてかぐろき海や今日はしづけし

我が家の牝豚さかりてなく声に足掻《あがき》の音もまじりて聞こゆ

二　月

川原に刈りのこされし葦叢はゆふべに鴨の寝につくところ

汗ばみて吾が来し道の家かげに芥くさき匂ただよひてをり

流し端にものの匂のどぶくさき朝《あした》は屋根の雪とくる音

雪の降りゆふぐれ時にやみしより夜の更くるまで解けやまずけり

雪解《ゆきどけ》の垂氷《たるひ》ならびて片屋根に日のたくるまで雫くことなし

三　月

三月のはじめに一日《ひとひ》雨ふりて遠き雷《いかづち》の音もきこえぬ
南《みんなみ》の空を雷のうつりゆく音ぞ聞こゆる夜はくだちつつ
古綿の蒲団にこもるにほひにもあはれ此頃は馴れてねむれり
ことさらにためいきをもらす人ありて夜更に聞けば心いらだたし
休日《きうじつ》の今日もくれむか向家の軒端《のきば》にさせる淡き陽のかげ

軽　風

おほかたは雪消《ゆきげ》のなごりかわきつつ風過ぐる時ほこりたちけり
たまたまに玻璃戸を開けて吾がこもる心なごみを己れ楽しむ
雨の日は昼のうちより灯《ひ》ともしてひと日為事《しごと》につかれたりけり

うす寒き雨の日暮に灯ともして吾にわづらはし夕飯《ゆふいひ》の蒸気《いき》

神流川

大き石むらがる峡《かひ》にただならぬ水の流の一日《ひとひ》ひびかふ
たまたまはしぶきにぬれて石越ゆる吾は山峡の川原行きけり
天つ日の明るき谿にむれて咲くうつぎの花は幾叢《いくむら》も見ゆ
とどろける山川の岸にかぐろなる砂地の砂の流らふを見つ
山々の緑浅きにとよみゆく山川のみづ白くにごれり
水上《みなかみ》に伐りにし杉の流れ来てここの石村《いしむら》にうちかかりたり
山川はゆたかに激ち川中の大き石ぬるる陽に照らひつつ

路上

夜の街に道路普請の灯ともりて溝の匂はそこにたちをり

雨やみし暗き道路のかたよりにかわける砂はさびしかるもの

晩春首夏

かりそめに病みて帰れば友どちは魴鮄《はうばう》などを吾に持て来し
戸を開けて青葉まばゆき庭の照り生卵をば吾がのまむとす
照りつづく此頃いたく疲れつつ障子の外の気配するどし
折々に向ひの山にひきなきて吾はこもらふ永き日すがら
たまたまに吾がいでて来しこの道に藤の花ちる頃となりにし
昼過ぎてまばゆく思ふ日の影は青羊歯の葉に透きとほりをり
春山の峡《かひ》ゆきしとき細川の水にごらして吾等わたりつ
沢ふかく来しと思ふに山桑のそこ此処に白く咲くは寂しも

梅　雨

五月雨《さみだれ》は日並《けなら》べ降りてあら壁のかわかぬままにうつり住みけり
蚊のいでて目ざめし夜半に為事着の汗くさきをぞかぶりて寝《い》ぬる
一月《ひとつき》ぶりに帰りてねむる此夜《よは》に枕のぬかはしめり居るらし
街の店に胡瓜《きうり》あからむ此日頃ふりつぐ雨を思ひつつ来し
人々は皆外にいでてこの真昼地図など見つつ吾はこもりぬ

新　秋

芭蕉葉のほぐれ若葉や秋立つと朝な夕なに風もこそ吹け
白雲のかがやく空よ朝《あした》より晴れきとばかり心をののく
秋づきてきびしくはるる朝よりゆきかふ人に吾もまじりつ
あつくるしくねむられぬ吾は隣室の歯ぎしる音に心いらだつ
過ぎし日はこのあたりまで水漬きしか待宵草をともしみ摘みぬ

時　雨

うす寒く五日あまりぬかる巷路《ちまたぢ》は朝な夕なに吾通ひけり
自動車に泥はねかへる音きこゆ店員宿舎に未だわれ寝ず
休日に吾のいでこし巷路は日影おちつくひるすぎにして
おくれたる夕餉をひとりしたたむと浅蜊の汁をのみほしにけり
降りつぎし時雨《しぐれ》の雨は夕べよりあらしとなりて夜半にはれにき

秩　父　山

天日《あまつひ》の沈みしかたにたたなはる秩父《ちちぶ》の山や暮れむとしつつ
秩父山《ちちぶやま》に日のいりてより風さむき山をぞこゆる心いそぎて
山こえてにはかに暗しくだりゆく谷の底《そこひ》は水の音ぞする
幾たびか息をととのへて暮方に鳥首峠《とりくびたうげ》を吾はこえつる

ランプつりてくらき宿屋の畳には縫糸《ぬひいと》のくづ落ちてをりけり
山なかの旅の宿《やどり》にあやしみて砂澱む風呂に吾はつかりぬ
日光《ひかげ》さす朴《ほほ》の木の下はあたたかく朴の落葉はみなひぞりをり
川の瀬の聞ゆる森を行きしかば茎赤き草ありてまさびし
もみぢ葉のうつろふ山に青あをと卯木《うつぎ》に似たる木は心地よし

昭和四年

夕　明

つとめ終へ帰りし部屋に火をいれてほこりの焼くるにほひ寂しも
元日を浅草に来て人ごみにまじりをりしとき雪ふりいでぬ
現世《うつしよ》のさまはかなしき相《すがた》にて我二十歳《はたとせ》をこえにけるかも
寒に入りて夕べあかるき帰り路に下駄の金具のゆるみを覚ゆ

斑　雪

道路工事に掘りあげられし巷路《ちまたぢ》に夕べの雪は白くふりたり

今しがたやみたる雪と思ひしにゆふまぐれより解けそめにけり

葦原をなびけて風はさわげども葦のこもりに吾は居りけり

寒あけてさむさゆるみし朝《あした》より霜の解くるはただ心地よし

窓開けて為事することも楽しくて吹きいる風を感じつつをり

街　泥

足裏に心地あしきまではきつぎし足袋はきて今日も巷《ちまた》に出でぬ

不揃の歯が気になりてこの夜ふけ吾がかたはらに友はねむれり

雨の日のゆふべは寒く吾が部屋になれし煙草の匂を感ず

事務室に一つあきてをる西窓に四時すぎてより日影あかるし

窮りの吾が生《いき》の緒《を》はおそらくはぬばたまの暗きひとすぢならめ
夕ちかき部屋にし居れば巷《ちまた》には泥《どろ》ふみて行く音もこそすれ
潮のひく頃にやあらむ街かげの堀割にそひて来つつおもへる

新　葉

宵はやく眠りし吾はしづかなる暁方《あかつきがた》に目覚めてゐたり
いづくにてか吾は見て来し一本《ひともと》の柳めぶきてをりしを思ふ
ぬばたまの夜半におもひしくさぐさの関りもなく忘れゆくらし
廊下へだて障子にさしし陽の影のうつりゆくまで吾はこもりぬ
故里に苗代《なはしろ》に種をすうる頃うす寒き日は二日続きぬ

砂　浜

長浜《ながはま》のところどころに波高き故里に来て心さびしゑ

砂浜に砂にまぶりて乾してある若布《わかめ》のにほふ昼すぎにして
いささかの水は光りて砂浜のつきしところに葦芽ぶきたり
海の音後《うしろ》に遠し砂丘《すなをか》をこえて来ぬれば五月《ごぐわつ》の陽あつし

南　風

東京の夜空を鳴きて過ぐる鳥は水鳥ならむ今宵も聞きつ
真日照らふ巷《ちまた》を来つつ思ほえば肉親の事はわづらはしけれ
南風《みなみかぜ》間なくし吹けど昼すぎは身ぬち熱くなりてねむけもよほす
汗ばみし肌こはばりて永き日の夕づくころに外を見てゐし
南風間なくしゆるる松の木に遊ぶ雀はすぐ去りにけり

盛　夏

表通の石みちを壊す物音は昼すぎてより間近に聞こゆ

畳さへ熱き二階に臥しをれば下痢せし後は立つ力なし
四時すぎて畳にのびし日の影をまもるともなく眠りたるらし
朝街にいそぐ吾がまへをまだ青き唐辛子荷《にな》ひゆく人のあり
日の光いまださしこぬ朝空に百日紅《ひやくじつこう》はきはだちて見ゆ
八月のなかばすぎつつ朝な夕な野分《のわき》に似たる風は吹きけり

秋　巷

濁り水いきほひづきて流るるを郊外の原に吾は見て立つ
秋づきて晴るる巷《ちまた》を行く吾は心せはしくてものを思はず
二階より見おろす路地の日の光われには虚し疲れをるらし
あまつ日のかたむきかけし吾が道は西にむかひていつくしきかも
為事終へて帰りし部屋に足裏のつめたきことも此頃はあり

霜　月

夕ちかき空は曇りてをりしかば檜葉《ひば》の香のする道を来にけり
西空にあかねの色も暮れしかばたちまちくらしたむろする雲
蛤の夕餉の汁が胃にありて夜業を終へしのちも苦しき
きぞの雨やみて曇れるこの朝はつとめにいづるにもうすらざむしも
おそ秋の寒きあかつきの叢《くさむら》に木立の霜はしたたりてをり
海風は吹かざりしかば道のべに虎杖《いたどり》白し埃《ほこり》かむりて
裏畑に黍《きび》の根赤くのこりゐて風は寒しも朝な夕なに
晩秋《おそあき》の暖き日に壁によりてひそみ飛ぶ蚊が幾疋もをり

歳　晩

雨にぬれ帰りし部屋にひたぶるに屋根うつ雨の音ぞ聞こゆる

うす寒き部屋の火鉢にいま捨てし煙草のからの焼くる匂す
歳の暮おちつき難くこもりつつ雪ふりしことも知らずゐにけり
ひと籠の木炭をもりて置きてある八畳の部屋にわれ一人ゐし

昭和五年

厳冬

澄みわたる夕べの空は学校の高き建物にくぎられてをり
用もちて人たづねゆく通にて丈高き媼を追ひこしにけり
避雷針するどく立てる街空をあたたかき硝子戸のうちより見をり
どろみづの匂しるくして雪ちらふ俎 橋《まないたばし》を夜半に渡りぬ

春日

昼すぎの日が笹叢《ささむら》に射しゐるを電車の窓より見て過ぎにけり

はやりかぜもひかざりし我は暖き日頃となりて疲れを覚ゆ
あわただしく今日もあり経て帰り来し明るき部屋にほこり眼にたつ
一日《ひとひ》はたらきて疲れたる我の眼のまへに踊子の脚は並びて動く

深　川

時をり潮くさき風の吹きてくる街をあてもなく歩きて居たり
見当のつかぬ通を出はづれて濁れる海をしばし見て立つ
ほこり風の向きをよけたる街並はひくく続きてものの香ぞする
ひくき軒のあひだに見ゆる石垣の向うを発動機船の音すぎて行く

小仏峠

虎杖《いたどり》の茎の細りて長けたるをとどまりて見ぬ山のたをりに
畑隈にいこひて見れば馬鈴薯は眼の高さまでのびて花咲く

小仏《こぼとけ》の峠を来れば虎杖のすでに長けたる叢《くさむら》もあり
くまなくぞ初夏の陽の照りたれば一叢寂し黄なる篁《たかむら》
柏の木ものものしくもむらがりて山中に見れば尊きごとし
汗くさき吾にまつはる蟆子《ぶと》ありて風吹きとほるところまで来し
もろともに悪き靴はきて来しことを息やすめ居て語り合ひけり

街音

くつろぎて湯に入ることもなかりきと夜半に帰りてからだ拭きをり
こみあへる夜の通を出はづれてものの響はうしほの如し
なまぬるき部屋の空気に雨ながら風吹きいれてしばし楽しむ
徴兵検査に友立ちゆきてちらばれる部屋に夜更けて帰り来にけり
汗ながして夕飯をくふひとときの我のこころはマソヒズムのごとし

帰　省

翳日《くもりび》のかたむく頃にわが汽車は水あふれたる那珂河わたる
出水ひきてまだかわかざるところには伏したるままの萱青々し
味噌汁の馬鈴薯を煮る炉のはたに我は居りたり音の楽しく
裏畑に母が唐黍をもぐらしき音聞こえつつ心なごまむ
南瓜棚の下に来りて油照りのあかるき空を見てゐたりけり

箱根旧道

鳴きたてて草のなかより飛び立ちし蟬は河原をこゆることなし
石原に生ひしげりたる虎杖《いたどり》のすでにいきほふさまにあらなく
谿こえて高くつづける青山のところどころに石むらがりぬ
双子山に向ひてこゆる道のべの秋づく草に草いきれなし

まなかひにさす日のかげのさだまらぬ須雲川《すくもがは》べを二人たどりつ
鷹巣《たかのす》の山につづきし青山に鴉かくろひぬ時のまにして
須雲川にそひつつくれば水上《みなかみ》に雲うごきゐる双子山みゆ
河原をへだてて見ればひだ多き鷹巣山はつづく青山

起　居

曇りつつ暮れし街にて西空にあかがね色の雲をこほしむ
灯《ともしび》のかげおちつかぬ暮際《くれぎは》の街の暗きになにかおそるる
蒲団をばはねのけて我はをりにしが胸の動悸をみづから感ず
夜ふかく吾がめざめゐて此部屋を五日あまり掃かぬことを思へり

日　光

この山に霜いたるころ杉群をぬきいでて高き朴の葉青し

散りしける紅葉《もみぢば》ありて道くまに青き笹群は雨にぬれたる
平《たひら》をばながるる川はたちまちに見えなくなりて鈍き滝の音
大平《おほだひら》の紅葉はすぎて雨そそぐ短き草はみな枯れにけり
麓には色づかぬ木も多かりし二荒山は雪はだらなり
二荒山の東にのびしなだりには日にてらされし萱原がみゆ
午後の陽は澄みつつ寒し雪ふれる二荒山もここより見えず

郊　外

四五本の赤松たかき畑ありて昼すぎしころ霜とけてをり
郊外の道のそこここに落葉たきし跡多くして心ひきたり
秋さむきこの細川になびきつつ青き水草《みくさ》はただ心地よし
秋ふけし水のべにとぶ蟆子《ぶと》多しいくつも落ちて流れゆきけり

昭和六年

冬　街

商科大学の図書館なりし建築に赤きくまどりのふりたるが見ゆ

気象台の塀にひびきて自動車のゆきかふ道をすぎて来にける

昼すぎの日射しあたたかき石塀の尽きたる道に風吹きとほる

我いまだねむらぬ夜半に窓下《まどした》の路地をむつみゆく声も聞こゆる

夜ふけし路地に降る雪のすみやかに落ちゆくさまを二階より見ぬ

熱いでてねむらざる夜にくさぐさの常に思はぬ事思ひいづ

鎌　倉

裸木の公孫樹はくもる冬空にこまかに枝をくみて高しも

おもむきのなき枝ぐみのものものしく公孫樹は冬の空に押し立つ

おどろなる枯萱叢《かれかやむら》を目の下に日影あたたかき坂にいこひぬ
新しき自動車道を走りつつ海と思ふ方はつづく松山
江の島の南側を来し裏道に夕かげりしてしげる常磐木《ときはぎ》
黒き藻のあらはれてをる処より濃き藍にすむ海夕づきぬ

大　川

風つよき永代橋を渡り来て川蒸気船に友とむきをり
二分れして海に入る大川《おほかは》を蒸気船より我は見てをり
永代橋の橋脚の間《あひ》に限られし大川の下《しも》はとみに明るき
大川のひくき西岸に裸木の立つ公園が船より見ゆる
大川の西岸にたつ埃風《ほこりかぜ》は東神倉庫に吹きあたり居り
消防自動車の音すぎてより風強き大川に街の音は聞こえず

午後の陽は川口よりに傾きてかさなりおこる波は明るし

墨田堤

暗き庇間《ひあはひ》をゆきすぐるとき溝くさき匂をふくむ空気つめたし
電燈に物体のごとく照らさるる女の顔を我は見て来し
墨田堤を走る乗合にゆられつつ我はしきりに腹へりてをり
屋根の上に夜の大川は見えをりて向うの岸に傾くごとし
夜おそき地下鉄道の入口にたつる金属の音はひびきぬ

蒸気船

大川《おほかは》の北より吹ける疾風《はやかぜ》に川蒸気船の窓はとどろく
蒸汽船の窓にしぶきて昼すぎの大川に立つ波あらあらし
昼すぎの明るき川を見通してコンクリイトの倉庫は陰る

春　嵐

枕辺になにもなき床に常のごと二日臥しけり熱いでにつつ
夜もすがら吹きし嵐はわが部屋の亜鉛の屋根に音たてにけり
午前一時ごろより雨のにぶき音はいつまでも単調に耳につきゐる
疾風《はやかぜ》に波だちてゐる外濠を見附へ下る電車より見ぬ

風　景

夜の床に心をどらしてものごとを虚構する我は年経てやまず
一息《ひといき》に飲みくだしし熱き飲料をサヂズムのごとく我は楽しむ
階段をくだり来しとき窓下に青草は午後の風になびかふ
昼すぎの東京駅の乗車口に個々に動く人群《ひとむれ》を我は見おろす
八月の日の日向にもこみあひて東京駅にあつまりし群集

日ざかりの街に出づれば太陽は避雷針の上にいたく小さし
松並木を限りて赤き塀のある遠き風景が食後の目に浮ぶ

大沢寺安居会

寺の土間に罪人をこめし跡のあり遠き世のことは心やすけし
天井のいたくすすけし一棟は焚火して僧等居りにけむかも
けふ著きて寺の畳にほしいままに足裏よごしたりと思ひつつねる
寺に寝し暁おきに冷えながら本堂をとほす畳ありきぬ
かなかなの暁になく寺なかに見てゐし夢を忘れて思ふ
けふの日もおなじところに坐りつつ赤き山門にむかひをりけり
昼すぎのいとまにいでて寺庭より木立すくなき沢を見おろす
昼飯《ひるいひ》の後に畳にうつぶして久しくありしごとく虚しき

赤松の林のなかに砂しろき細川ありて日影さしをり

空　地

こともなくすぎし日頃は思はねどやや冷えいたる夜半にをりけり

暗闇を来し塀の上にひとところ街燈にあかる樫の葉むらが

秋づきて曇おちつく昼すぎに事務所への空地は乾ききりてゐし

階段をおりて来しとき差しそめし白き光は土間にたまりをり

雑　事

宵街の火事しづまれば遊びほけし昨夜《きぞのよ》のごとく部屋にかへりぬ

硝子戸に街なかの灯のうつらざるいぬる夜くらき一夜だにあれ

表通をつらなめてゆく騎馬隊の鋪道《いしみち》をゆく音ぞきこゆる

水族館の二階に群れし人なかにもの食ひたりて今夜《こよひ》をりけり

むきむきに人腰掛けて群れながらしづかなる昼すぎの建物のなか
時をり貨幣の音ひびく日本銀行に居りて既に一時間あまりすぐ

川端

あらはにて交番のたつ浜町河岸を孤独のごとく吾は歩めり
電車おりてただちに見ゆる大川《おほかは》はコンクリイト岸のさきに明るし
河岸《かはぎし》の公園はおほよそに秋づきて上げ潮どきの水を見てをり

昭和七年

一月

おのおのに連れだちて来し人々が暁の参道に群れて歩みぬ　元旦
音たてて砂利道をゆく群集にまじりて隊くみし兵居るらしも
街にいづる君にしたがへば囲《かくま》はれしものの如くに心なぎゆく　八日

銀座通よこぎり来りやうやくに四時間前に見し事件を思ふ

デパアトに君は胃散を買ひて出づ午後の日ざしとなりし衢《ちまた》に

西空のはつかに赤き衢来ぬ夕ちかづくといまも思はず

早　春

二階より我の見てゐる日のくれの空地はしろし枯れし叢《くさむら》

鉢植の護謨《ごむ》を買はむかと思ふまで心ゆたけきは常の夜に似ず

晴れながら春はまだきの部屋なかに厚葉護謨の木を置きてこほしむ

いささかの雪はあとかたもなくなりて窓のべに棕梠《しゅろ》の青き葉は照る

くもり空おぼつかなしと日のくれに巷《ちまた》にいづるつとめ終りて

寒き夜に吾のかづきて寝る夜着は秋のころより干すこともなし

時おきて砲打つごとくとよむ音一時間あまり聞きておき居る

浅草をゆきめぐりつつくれぐれに嫁ぎゆきにしをとめ恋《こほ》しも
嫁ぎゆきてなほおろそかにネクタイを送り来しかば我は悲しむ
街空の東をしめて観音のいらかは暗しとほきもの音

上海事変

傷つきて帰りし兵は今日の昼東京駅に著きしとぞ聞く
捕虜となりし人のみづから果てたるは戦ひ死にしより厳しかりけり
街なかに砲するゑてうつ写真みれば砲弾を持つ兵ぞ伏しゐる
さまざまの市街戦の写真見をはりて軍艦をみれば豊《ゆた》にやすけし
午前一時すでに過ぎつつ水兵の掃除作業の写真をも見ぬ

築地河岸

勤終《つとめ》へてまだ暮れぬ間を遊び来ぬ大川に潮の満つるころほひ

築地河岸《つきぢがし》の鋪道を歩み来りしが冷蔵倉庫の前にかかれり
さき頃より高くとび居し飛行機は月島の上にて向かはすらし
大川《おほかは》の向うに黒き造船所の構内ならむ草萠えたるは
砂利置場に砂利うづたかき向うには並ぶ倉庫の屋根のみが見ゆ

街　頭

我が前を足はやに過ぐるメーデーの列は上野山下にしばし揉みあふ
車道を横ぎる労働者の行進はおよそ百人あまりにて止切《とぎ》る
芝浦より列なし来たる女工等を見つつ組織大衆といふ言葉もそぐはず

三　峠　山

高原《たかはら》の上にあらはに春日てり芽ぶく落葉松《からまつ》はまばらに遠し
高原のとほきはてまで草枯れし南の空に雪のこる山

高原に五月なかばの日は照れど吹く風さむし笹をなびけて
虎杖《いたどり》の萌ゆるを見ればこの山に一日照りたる日は傾きぬ

煎　薬

かくしつつ胃を病みをりと夜半すぎて涼しくなりし巷来《ちまた》にけり
おろそかに胃を病みてより幾日ならむいたはりかねて我はありける
提灯を持ちたる父に背負はれし記憶は家売りしころにやあらむ
独りして暁おきに当薬を煮たてての みぬはかながりつつ
階段を上り来てラヂオ響きゐる広き八畳の部屋に坐りぬ
朝《あした》よりきびしく晴れて八月の日の光照りぬ棕梠の葉の上
たまさかに部屋かたづけて秋口の宵はやくより我は臥しをり

大敷網漁船

海の上まだ暗きより行く船のあとにたぎちたる水沫《みなわ》しろしも
この船にひかれて小舟はありといへど海くらくして遠き陸の灯
船ちかく鷗とびしと思ふだにおぼつかなしや暁くらし
船の上にしぶきをあげて風さむし海くもりつつ暁《あけ》にわたらふ
暁のあらはになりし船の上に翻車魚《まんばう》の肉をつみかさねけり
遠き沖に船を止むれば揺る波や高くうねりて水沫をたてず
暁の風とほる船に馴れゐしが折ふしにあらき潮の香ぞする
幾艘もひかれ来し舟は輪をなして大網たぐる声をあげつつ
親船が動力にて網尻をあぐるまも遠くかこみし舟の呼び声
船よりて狭ばめし水に音たててしぶきぞあがる群りし魚
網のなかにをどる鯛赤しいく匹も跳るを見ればこころ楽しむ

玉網にすくひて投ぐる鰺あまた船の上にはねてその香すがしも

漁をへて舟ちりゆけばこの船に朝の炊ぎの米をとぐ音

拳闘

拳闘を見つつあるはづみにあぐる女の声は人なかにありて一人二人ならず

拳闘が終りて吾の帰りくる夜の鋪道は長くつづけり

拳闘を見る青年等は譬ふれば南洋蜥蜴《とかげ》などを見ても楽しむならむ

愉楽

昼のうちより胃にありしもののこなれゆきて何故となく今夜ふけぬらむ

部屋いづるときカアテンにゆき衝《あた》りしが事なしとこそ安きときのま

暁方《あけがた》の街なかの屋根に風ふけり心いらだたむ音にあらなく

屋上

デパアトの食堂の窓に川蒸気のさへぎりもなき音ぞきこゆる
デパアトの屋上にくれば飼はれたる獺《かはうそ》二ひきあひ争ひぬ
日曜の日のたけゆけばかがやきて秋ぐも動く街空の上に

香取行

水の上ひくき浮島《うきしま》にまばらに榛《はん》の木立ちぬ黄にいろづきて
船ゆけばあらはに低き浮島に見るにともしきひろき渚や
細江をば汽船すぐるに刈られたる水田のきしの真菰なびきぬ
さきほどより見つつゆくなる低くして水のとほくに日あたる山を
石岸にもやひし小舟のおほよそは炭醤油の類をつみたり
宮わきの苔たひらにて一もとの松の若木はながき葉の垂る
いさぎよしとぞ我は思へる紅葉の樹いろづくまへの青き葉をみて

境内の裏のなだりは芝枯れて刈田つづきに利根のみづ見ゆ

昭和八年

月　光

いつしかに月かたむきて硝子戸にひとところ差す光はあはし

父の齢《よはひ》母の齢をおもひける硝子戸てらしわたりたる月

青木の茂りたる坂道にてたちまちに埃《ほこり》つむ自らの室《へや》が目にうかぶ

ほころびし蒲団のなかに宵はやくしはぶきながら吾はをりける

小 下 沢

この谷にひとむらがりの芒《すすき》枯れおどろなる上にのこりたる雪

杉の枝はこびし道とおもほえて青き杉の葉をわれは踏みゆく

山腹に大き石ひとつ転りしまたたくひまに沢におつる音

杉の落葉ふかぶかとして林ありとほりて行けば水の音とほし
小下沢《こしたざは》の水にそひたる道の上に日に照らされて融くる雪あり

林　間

春日てる松の林はくれなゐの躑躅《つつじ》の花に光もれ居り
音たてて南風《みなみかぜ》ふき葭切《よしきり》が葦のなかにて鳴けばやさしも
あたりには車前草《おほばこ》の葉がゆたかにて人の来て踏むこともなかりき
歩みこし鋪道の上は夕影となりたるさきに青き海みゆ

横　浜

波止場にて風ははやしと思ひをり海に向ひて吹きとほるかぜ
沖海に防波堤みえ水のうへ隆起するところもひとときに見ゆ
倉庫あり一区切《ひとくぎり》なる海水に昼すぎし日の光とほりぬ

倉庫ならぶ舗道を行けり街路樹の若葉しきりに風に動きて

水の上ひろきを占めて木材の幾月かうかぶ乾きたる色

鉄橋《てっはし》に音たてしバスは地震にて傾きしままの舗道はしりぬ

ひくくして燈《ひ》のともりたる桟橋の夜の歩道は白くつづきぬ

後　記

本集は大正十五年から昭和八年に至る間の作歌三六九首を収め、年代からいへば私の第一歌集『歩道』に前行するものである。一昨年『歩道』を編輯した時には是等の歌はすべて捨てる方鍼で顧みようとしなかつた。然るに『歩道』発行後、斎藤茂吉先生は初期の歌をも纏めて一集にすることを奨められ、新しく出発するためには、旧いものを全部清算してしまはねばならぬと言はれた。また八雲書林主鎌田敬止氏も頻りに勧奨されるところがあつた。私は逡巡の後漸く決意し、妻をして初期の旧作を筆写せしめて本集を編んだのである。本年は恰も斎藤茂吉先生が還暦の賀を迎へられる年である。私は拙い本集を先生の前に捧げ得る事を幸福とする。

〇

私が大正十五年アララギに入会し斎藤茂吉先生の教を仰ぐに至つた経緯は、さきに『歩道』の巻末に記したが、初めて先生の選を受けた歌は昭和二年二月号のアララギに載つた。本集巻頭の五首がそれである。その年三月の面会日に当時麴町下六番町にあつたアララギ発行所に往つて、初めて先生の謦咳に接した。先生四十六歳、私十九歳の時である。以来直接先生の教を仰いで月を重ね年を閲したが、私は昭和二年八月二十日附で先生からいただいた端書を保存してゐる。「少々気が利過ぎてゐる○細かすぎる○しかし、歌つくりもいろいろの処を通過するゆゑ、気長にやり玉へ。○観方、もつと本物《ほんもの》を観玉へ」といふ端書である。私は全くこの一葉を護符のごとくにして作歌を続けたといつても過言ではない。私は自らの才能を疑ひ、また心の動揺する毎に一葉にすがつた。不敏にして習癖はつひに除き得なかつたけれども、先生は或時、芸術は癖のあるくらゐの方が進歩するといつて、北斎を例として語られたこともあつた。私は初め年歯も稚く歌なども霧中に模索するやうにして作つたに過ぎなかつた。それが幾分でも進歩して今日に至り得たのは一に先生の御恩によるのである。先生は今年還暦を迎へられ、静かに豊かな老に入られた。私は岡の如く陵の如き寿を先生の上に希つて已まない。

○

岡麓先生はじめ諸先生の御恩もこの機会に更めて銘記するところであるが、私が初めてアララギに投稿した歌は故中村憲吉先生の選を受けて大正十五年十一月号に三首載つた。本集には二首を存して「追想」といふ中に出してある。土屋文明先生には昭和二年一月号で那須嶽の歌二首を採つて頂き、亦「秩父山」の歌も先生の選を願つたので「糸くづなどが」といふ句を「縫糸のくづ」と訂していただいた。結城哀草果氏とは氏の上京の機会に山口茂吉氏と三人で鎌倉に遊んだ時の歌が本集にあつて往時を追懐せしめる。山口氏とは私が斎藤先生の面会日に歌を持参するやうになつてから先輩として識つたので、誘はれて共に小仏峠に遊び、又箱根旧道から十国峠を越えたこともあつた。山口氏・柴生田稔氏と共に三峠山に登つた初夏の日も忘れ難い。二氏及び堀内通孝氏と私との四人は折々会合して小研究のやうな事をした時期もあつた。それから鹿児島寿蔵・広野三郎・五味保義・村田利明・吉田正俊・相沢貫一・落合京太郎・鈴木金二諸氏とも歌会歌評会等に於て識り、私は後進として種々誘掖を得たのであつた。回顧して感謝と親愛とを禁じ得ない。

○

本集は整理の後更めて斎藤先生の選抜を願ひ、鎌田氏の好意ある尽力によつて近日発行の運びになつた。集中には削るべくして残した歌もあり、拙劣を意識しつつ改作し能はなかつたのも幾首かある。初めの三、四年はすべてに幼稚であるし、後に軽挙して少しく工風を試みた歌は結局児戯に類するものであつたやうに思ふ。然し編輯から校正にわたつて是等の旧作に対してゐるうち一種の親しみも生じて、捨て難く思ふ歌も若干出て来た。恥かしいものではあるが疇昔の日の記念を留めて人々の同情を希ふのである。昭和十七年天長節嘉日、佐藤佐太郎識。

歩道

序

佐藤佐太郎君が『歩道』といふ処女歌集を出すについて、作歌の上で一日の長ある自分が、一言を添へると云つても、ただとほり一遍の訣合でないといふこともまた、世の人々は既に知つて居られるのである。佐藤君がアララギに入つて作歌するやうになつたのは、昭和二年の早春だといふことであるが、なるほどさういふことを聞けば、時々アララギ発行所をおとづれて、私の選を受けた佐藤君の姿は、未だ少年少年してゐたのであつた。さうして、私が君の歌を次々と棄てるのを傍で見てゐて、残念がるといふやうな態度をつひぞしたことがなかつた。私等が左千夫先生から選をしてもらつてゐたころは、私にしろ古泉千樫にしろ、いかにも残念なやうな面持で棄てられた歌をながめてゐたものであつた。さうして見れば、佐藤君の態度の余り恬澹なために、私の見落しも幾首かあつたのではなからうかと今になつておもふ。

選者の力量上不安はかかるところにも存じてゐるが、生長の過程を認め得る選者の歓びは、世界の生成発展を直観し得る哲人の心にも勝るのではなからうか。

さうしてその特色ある力量を発揮して、佐藤君はいつの間にか現代に於ける「新進歌人」として選抜せられるやうになつた。私は常に佐藤君の歌に親しみ、佐藤君にむかつては彼此と論讃の詞を弄したけれども、いまだ嘗て世にむかつて、君の歌を称讃し、君の歌を推薦したためしはなかつた。然るに現代の歌壇は、具眼を以て君の業績を見落すことを為なかつた。これは私の堪へがたき歓びとするところである。

既にさういふ機運に向ひつつあるに、佐藤君の歌は不断の進展をつづけてゐる。よつて今までの作歌を一区切として、これを以て世に問ふといふこともまた時宜に応じた所為と謂ふべきであるし、新に八雲書林をおこした鎌田敬止君が、その発行書中に佐藤君の処女歌集を選んだといふことも、やはり岩波書店を機縁とした一つの友情とも謂ひ得るのである。

佐藤君の歌は、正岡子規を源とする根岸短歌会の歌風であつて、飽くまでその根元の写生の道に随順したものである。ただ各人が黽勉して写生の道を突詰めて行けば、おのづからにして銘々の新風に到達すべき道理であつて、佐藤君の歌は取りも直さず根岸短歌会の一新風として登場したといふことになる。佐藤君の歌の行方はなほ洋々として遼かであるが、私は先づ以て多くの友と共に君の処女歌集たる『歩道』の門出を祝福する。

昭和十五年立秋

斎　藤　茂　吉

昭和八年

寒房

敷きしままの床《とこ》かたづくるもまれにして家に居るけふは畳《たたみ》つめたし
街空《まちぞら》にひくくなりける月光《つきかげ》は家間《いへあひ》の路地《ろぢ》にしばし照りたる
いましがた水撒《ま》かれたる巷《ちまた》には昼ちかづきし冬日《ふゆひ》照りをり
傾《かたむ》きし畳の上にねむり馴《な》れなほうとましく夜半《よは》にゐたりき

鵜

日すがらにここに群れたる鵜《う》をみれば喉《のど》ぶとに啼《な》くこゑぞ悲しき
空ひくく鵜の還《かへ》り来てとまるとき群れ栖《す》みし鵜はしばしさわぎぬ
池なかの杭《くひ》にとまれる鵜がひとつ嘴《くちばし》あけてをりし時のま
晴れし日の傾きかけし裸木《はだかぎ》に鵜は群れながらくろく見えをり

五位鷺《ごゐさぎ》は群れをりしかど笹むらにさまざまにして或は飛びき

浅草折々

公園《こうゑん》のくらがりを出でし白き犬《いぬ》土にするばかり低く歩きぬ

暮々《くれぐれ》に浅草寺《せんさうじ》わきの広場《ひろば》にて帚《ははき》の音すあゆみ来《こ》しとき

地下室の水槽《すいさう》にすむ赤き魚《うを》ゆふぐれにして動かず居りぬ

昨夜《きぞのよ》に泥づきし靴《くつ》もまづしくてデパアトの屋上《をくじやう》にをりし一時《ひととき》

ここの屋上より隅田川が見え家屋《かをく》が見え鋪道《ほだう》がその右に見ゆ

尾瀬沼

途上

道のべに高桑《たかぐは》の葉はみづみづしひとたび摘みしのちの若き葉

夏日さす片品川《かたしながは》の川原《かははら》に石のあひだの草はたけたり

まどかなる草山《くさやま》まきて行く川を遠くよりして吾は寂しむ

くだり来て日向《ひなた》となりぬ蕎麦《そば》の花《はな》咲ける畑に朝露《あさつゆ》はなし

山路《やまみち》に羊歯《しだ》も虎杖《いたどり》もすでにたけし草の茂みより激《たぎ》ちたる水

深谿《ふかだに》のひびきをあぐるけふ一日《ひとひ》われは行くなり峡《かひ》にまじりて

谷の上のむなしきに飛ぶ白き雲見つつ疾《はや》しと吾はおもひき

昼ちかき山路のべに草がくり虫《むし》が音《ね》はひとつふたつにて細《ほそ》し

川添《かはぞ》ひに路ありしかどおのづから響きは遠き樹下《こした》もゆきぬ

荒沢《あらさは》がふたつ落合ふ音きこえ峡《かひ》の平《たひら》にしばらく居りつ

大清水《おほしみづ》と名づくる沢の落合《おちあひ》は音おもおもし樹立《こだち》の奥に

山の上あらはに笹のしげりたる平《たひら》にいでて雨のふる音

湖岸　その一

林いでて道おのづから湖岸《うみぎし》に白砂《しらすな》を踏む夕づきしころ

水の上とほきあたりも冴えたれどおほよそにして山は暮れゆく
白砂につづきたたたへし湖《みづうみ》は水浅くして遠くたたへつ
湖に生ふる水草《みくさ》はおのおのに立ちたるが見ゆ清き[註]底より
漸くに暗きにみゆる草むらや水芭蕉《みづばせう》あり葉はものものし
萱草《くわんざう》が黄に咲きみちし原ありて道くれし時あやしかりけり

湖岸　その二

湖《みづうみ》のとほくに限る山並《やまなみ》や国の高処《たかど》ともおもほえなくに
湖岸《うみぎし》に踏みゆく草は音たてつ冷《つめ》きまでにしみいづる水
湖になだりし山のふところは水つづきなる低き草原《くさはら》
みづうみを低くよろひし山のうへに雲とまぎれむ山が見えけり
青々《あをあを》として水にじむ原ひとりにし落著きがたく吾は踏みゆく
尾瀬沼《をぜぬま》の西岸《にしぎし》にやうやく来りけり草原につづき水の上とほし

註　昭和六十一年十二月刊の『自選歌抄』にて「湖に生ふる水草はおのおのに立ちたるが見ゆ**湖の**底より」と推敲。

みづうみの水うつりゆく浅川《あさかは》に水草《みくさ》は青しなびきたりけり

只見川

おそれつつ吾は見たりき邃谿《ふかだに》に日の光照りさかまきし水
谷ふかく川は激《たぎ》ちて相せまる山のしげみに光さしたり
向ひたる山にひととき霧ながれわが立つ山は木の葉さやぎぬ

尾瀬ケ原

尾瀬《をぜ》ケ原《はら》に吾は来しかば萱草《くわんざう》の黄《き》の断続《だんぞく》が見えわたりけり
ここに来て一夜《ひとよ》いねむと夕餉《ゆふげ》にし篠筍《しのたけのこ》の塩漬を食ふ
この原に夕ぐるるまで響きけり隣りし家に木を挽《ひ》く音は
ところどころ水見えしかど既にしてこもりし靄も暗くなりゆく

鬼怒沼林道

仆木《たふれぎ》をいくところにも越えし道葉のにほひたつ枝をわが踏む
仆木はいまだ日を経ず或る一日《ひとひ》この深山《ふかやま》を疾風《はやち》ふきけむ

茂山《しげやま》の鬼怒沼道《きぬぬまみち》はおほよそに山の北側につきて歩みつ
昼ごろより時の感じ既に無くなりて樹立《こだち》のなかに歩みをとどむ
たちまちに熊笹《くまざさ》の葉にとまりたり暗山道《くらやまみち》に蜂ひとつゐて
山の上より青草原をこほしめば鬼怒沼《きぬぬま》は見ゆその清原《すがはら》に

埋　立　地

対岸《たいがん》の屈折したるところに倉庫ならび遠くの空は闇《やみ》になりをり
夜《よる》の低空に倉庫つづきしに向ひ来り灯《ひ》のともりたるビルヂングひとつ
行きどまりとなりし埋立地《うめたてち》に土を盛りて白く見えをり幾ところにも
埋立地のおほよそ暗き空間にただちに隆起して汽船見えたり

蓮のしげり

蒸《む》しながら暗くなりたる巷《ちまた》来つ塀《へい》のうちにて鵞鳥《がてう》なく声

一日《いちにち》が永かりしかなと夜《よる》更けてありのままなる嘆《なげき》をぞする

つづきたる屋根の間《あひだ》に電燈のあかるき道がひとところ見ゆ

常のごとくにて埃《ほこり》がにほひ暁の光あやしき部屋ありにけり

暮方《くれがた》にわが歩み来《こ》しかたはらは押し合ひざまに蓮《はす》しげりたり

九十九里浜

まなかひに波の起伏《おきふし》とほくして沖の曇《くもり》に白くたつ波　片貝村

雨ながら九十九里浜《くじふくりはま》によする波とりとめもなき音を寂しむ

この浜の一夜《ひとよ》のやどり直ぐそばに松ふく雨の音を聞きつつ

山ぞひに刈田《かりた》の道をゆきしとき潮《しほ》けぶり飛ぶ近き海より　大東村

直《ただ》ざまに荒き海より切り立ちし磯山《いそやま》はすでに冬枯《ふゆが》れにけり

家常断片

朝寝《あさい》してまづしき部屋にめざめたり秋の日は差し窓にするどし
おのづから心つかるれ日曜の午後の時間をもてあましつつ
狭き路地に洋傘《かうもり》をひろげ乾《ほ》してあり日の暮々《くれぐれ》に帰り来るとき
おもほえず目覚むるときに硝子戸《がらすど》と白壁《しらかべ》とありて夜半《よは》も見えをり
昼すぎの光さしけり茄子畑《なすはた》の黒く立ちたる茎と葉のうへ
熱いでて眠《ねむり》さめやすく臥《ふ》しをれば暮がたの窓風にとどろく
幾日《いくにち》もはかざりし部屋かたづけて寒くこもれば一日《ひとひ》は清《きよ》し
つれなくて夕寒《ゆふさむ》きかな屋上に来れば街空《まちぞら》の曇《くもり》くれゆく

昭和九年

昏　刻

部屋いでて巷《こうぢ》をくれば流口《ながしぐち》の凍《こほ》りたるまま日暮にちかし

遠くまで街屋根に差す午後の日の光はすでに空にわたらず
顔冷えて眠りてをりし暗闇《くらやみ》に天井《てんじやう》の高き部屋に眼をあく
みづからの行ふことも折にふれ責《せめ》負ひがたく思ふことあり
つとめ終へたちいづるとき雪の上に日ぐれむとして泪ぐましも

私　録

やうやくに老いたまふ君みちのくに深々とつみし雪を見たまふ
何のよすがともなく心なぎて石材《せきざい》を積みし馬車が行きたり
さまざまの鳥の標本を鋪道より吾は見たれば生ける鳥も居り
わがこころ昼も怖《おそ》るるときあれど私《わたくし》にしてかかはりはなし
日曜の夕暮になり路地むかひの二階に雨戸《あまど》ひく音きこゆ

塵　労

はやり風邪《かぜ》はかばかとせず居りしより日の折ふしに今日もしはぶく
めざめたる朝のいとまを惜しみつつまどろむことも哀れなるべし
暮れゆくを待ちわびながら居りたりき希《ねが》ひ服《したが》ふ一日《ひとひ》さへなし
ひびきつつ空ふく風の北国《きたぐに》になりておとろふるときを思ひつ
わが心なにに怖るるとなけれどもすがすがとして一夜《ひとよ》いねたし
ときのまの心ゆくりなし窓下《まどした》に融《と》けかかりたる雪を踏むおと
床《とこ》に臥《ふ》し一日《ひとひ》ありける日のゆふべ巷《ちまた》にいでて辛《から》き飯《いひ》をはむ
一日《いちにち》がそこはかとなく朝あけて生《い》き疲《つか》れたる人のごとしも

街　泥

わがいのち明るくたもち生きたけれど何をよすがとしまし居るべき
護謨《ごむ》の葉をけふ降る雨にうたしめてこのすがしさは心がなしも

日曜の雨ふる街に出で来り泥《どろ》のごとしとわれを嘆きつ

天井《てんじやう》の高き室《へや》なかにわれひとり晒《さら》されしごとくにて夜半《よは》に眼をあく

屋上にひとり来しかば昼つかたの明るき空に音しふく風

漫　歩

勤《つと》め終へいでし巷《ちまた》は日が照りて何時《いつ》暮るるともさだまりかねつ

馬場《ばば》先《さき》に波だつ濠《ほり》は青く冴えつつあたりが暮れしときに見えをり

銀杏《いちやう》の樹《き》おもおもとして茂れるを夜の鋪道にわれは仰ぎぬ

かたはらに見つつし居ればひとしきり炎《ほのほ》をたてて刀《たう》を鍛へつ

暑かりし今日のなごりに遠空《とほぞら》は幾団《いくかたまり》のゆふやけし雲

坂の上より吹きおろす風に向ひをり直ぐまぢかくを電車過ぎたり

夕立《ゆふだち》の雨ふりすぎて晴れたりし空しましにて夜《よる》になりゆく

鹿野山上

目下《またした》に畳《たたな》はりたる青山にひと日は晴れて襞《ひだ》あざやけし
九十九谷《くじふくたに》見おろしをりぬ折々に茅蜩《ひぐらし》の啼くこの山のうへ
起伏《おきふし》のつひのはたての山並や上総《かづさ》の海にただに尽きなむ
九十九谷の低群山《ひくむらやま》のおきふしを照らす光は午後にわたりぬ

軽　風

朝床《あさどこ》にはかなく居るは目覚《めざめ》より直ぐにつづきし心とおもふ
またたくま庭を吹きたる風みれば叢《くさむら》なかにひそまる如し
こころより悔《くやしみ》が湧くときありて昼のあひだも泪いでむとす
朝の雨砂利《ざり》にしぶきて降れるとき街ゆくわれの心はむなし
急角度に曇《くもり》につづく坂ありて今のぼり行くトラックが見ゆ

たまさかに部屋ごもる夜《よ》の更けしころ手の甲の垢《あか》こすりつつ居ぬ
折ふしに驚きながら目覚《めざ》めをり空うつり来てふる雨の音
葉鶏頭《はげいとう》の赤き一群《ひとむら》が目にうかべど植物《しょくぶつ》のごとき感じにあらず

日光湯元

山の上わづかの空は澄みとほり暮れかかりたる湖《うみ》をてらせり
昼すぎの明るき外《そと》にふる雪や庭にひとつある石に消えつつ
いま暫《しば》しあらき光に雪はふり枯れたる葦《あし》のうへに乱りぬ

歳　晩

くれぐれに吾が帰りくる路地《ろぢ》の上に俵《たはら》もち来て炭《すみ》を挽《ひ》きをり
ともしさも馴《な》れゆくらしきこのごろや夕暮れし部屋われは掃《は》きつつ
庭の芝《しば》黄に色づきてこの夕《ゆふべ》おほよそに見ゆ窓のうちより

中空《なかぞら》もすでに昏《く》るればこのままに夜《よる》に交《まじ》りて吾をりぬべし
あかつきの赤き光にひともとの檜《ひのき》たちつつ尊《たふと》かりける

補　遺

曇夜《くもりよ》の音なかりしが塀の上のしげき木群《こむら》がたえず動けり
たはやすく人等たたかひを誘《いざな》ひてその時にわれはすすみ死ぬべし

昭和十年

冬　浜

とどろける渚《なぎさ》にちかく松なみて帚《ははき》のごとく枝は見えをり
荒磯《あらいそ》にみだれし波はそのままに泡だちながら暫《しば》したゆたふ
波ひきし磯の上にはひとすぢに波のなごりが白くながれつ
松山の海にせまれる浅峡《あさがひ》にいとなむ畑に大根《おほね》は青し

そそぎたる細川《ほそかは》みれば波ひきし砂《いさご》の上にしばし安けし
まぢかくに寒々としてとどろけば浅山のまに潮《しほ》の霧とぶ
霜どけの畑中道《はたなかみち》にあゆみ止《と》む寂しきまでに波のひびきや

微恙

日のひかり瀬戸物店《せともののみせ》にしばし差す冬のちまたを歩み来しとき
なにごともなき街空《まちぞら》や部屋いでて今日も昼すぎの街をゆくべし
わが病《やまひ》いゆるを待てば潜《ひそ》みつつあけくれし日もむなしきに似つ
この日ごろかよふ巷《ちまた》に葉牡丹《はぼたん》の鉢をし見れば冬日はさしぬ
いでて来《こ》し屋上《をくじやう》に赤き旗《はた》たちて空のとほくに鳥がたゆたふ

夜の風

はるかより寒くしひびく夜《よる》の風《かぜ》まれにきこゆる鳥はやさしも

けふの日の事のつづまり在りがてに常たゆたへる心だに凪《な》げ

休息《やすらひ》の一日《ひとひ》すぎゆく夜の部屋に火鉢によりぬパンを焼きつつ

昨日《きのふ》より風とどろける暁《あかつき》のしろき空見ゆよりどころなく

いつまでも輝くごとき光して夕雲《ゆふぐも》は見ゆ鳥も飛ばなく

層　雲

連結《れんけつ》をはなれし貨車《くわしや》がやすやすと走りつつ行く線路の上を

サイレンの朝くらき街をつたふ時かすかになりし音ここに聞こゆる

いつしかにやや片寄りし雲の層の下みだれつつ夜になりゆく

いづこにか雨にぬれたる幕《まく》をふく風をし聞きて夜半《よは》にをりけり

濠《ほり》ぞひに電車まがりて水のうへの鴨らを見れば茫然と居り

雨季雑唱

ひとときに暗き空より降りいでし雨しづかにて拠《より》どころなし

夜《よる》いまだ浅き鋪道のむかうより埃《ほこり》をあげて風の来る見ゆ

立ちどまり吾の見てゐる白き犬は目当《めあて》あるらしきさまにて歩く

朝床《あさどこ》にこゑも立てなく目覚めたる吾は液体《えきたい》のごとくに居りぬ

夕暮のほのあかりせる坂道に桐《きり》の花《はな》みゆ石垣のうへ

雨やみてよりしばらく吾は歩みをり音のたえたる夜半《よは》の街空《まちぞら》

空地《あきち》をばひとり見てをり一叢《ひとむら》の紫陽花《あぢさゐ》さきし狭き空地を

裾《すそ》ぬれて帰り来りしわが部屋にたまたま猫《ねこ》の居りたるらしき

盛　夏

とろとろに摩《す》られし豆がつづけざまに石臼《いしうす》より白くしたたりにけり

盛りあげし茄子《なす》あざやけき店ありて暫くわれは夕街《ゆふまち》にたつ

暑かりし一日《ひとひ》をはりて中空《なかぞら》の雲にかすかの赤《あけ》のこりけり
わが部屋に吊《つ》りたるままの蚊帳《かや》ありてまだ宵口《よひぐち》に今日は帰りぬ
よみがへる悔《くや》しきことも一日《いちにち》の疲れいえなと燈《あかり》を消しぬ
座布団《ざぶとん》を廊下《らうか》にしきて暑き日のしましを凌《しの》ぐ声もたてなく
夏の日のかたむきかけし広場《ひろば》には驚くばかり桜が太し
街角《まちかど》に設けし水道の飲水《のみみづ》を山の泉のごとくすがしむ

蔵王山

高橋四郎兵衛氏に導かれて蔵王山上に斎藤茂吉先生歌碑を見る。山口茂吉氏同行。

きざみたる水菜《みづな》の茎《くき》を友と食ひみちのく山に一夜《ひとよ》ねにけり　前夜
幾組も夜半《よは》にのぼり来る人著けば禊《みそぎ》のための太鼓ひびきぬ
雪にたつけむりかすかに見えしかど忽ちくらし山をふく霧　山上

風ながらおそひし霧は踏《ふ》みてゆく高山《たかやま》の上のいさごを濡《ぬら》す
山のうへ暗くなりつつ吹く霧のきびしき山に君にしたがふ
いにしへも今もたふとき山の上に碑《いしぶみ》たちて吾は仰ぎぬ
直《ただ》ざまに空よりふける霧なかに立ついしぶみや寂しきまでに

金瓶

金瓶《かながめ》の川わたるとき花さける合歓《ねむ》の一木《ひとき》のこころがなしも
いとけなかりし師《し》をし偲《しの》べば大き家の二階もともに障子《しやうじ》とざしぬ
門《かど》わきに引きし泉《いづみ》にいささかの飯《いひ》つぶ沈み心しづけし
まぢかくの杉の老木《おいき》に蟬《せみ》なくや師《し》がをさなくて遊びける庭
しづかなる午後の日ざしに金瓶《かながめ》のみ寺の庭につかれつつ佇《た》つ
寺庭《てらには》に夏の日照りて一本《ひともと》の沙羅《さら》の高木《たかぎ》は花さきにけり

桑畑につづきし寺のみ庭にはみちのく夏の光さしけり

新　秋

厳《きび》しかりし夏のなごりのひそかにて氷水《こほりみづ》をば今日のみにけり
窓したの青き芝生《しばふ》は砂利《ざり》しける道につづきて暑きひととき
既に形態《けいたい》の成りし建築《けんちく》より内部作業の音きこえ居り
原むかうに出来あがりたる建築がかかはりなき如く今日も見えをり
おどおどと居りける夜半《よは》に路地に来てうつ柝《き》の音のわれに近づく

雁来紅

雁来紅《かまつか》が土に乱りし庭ありて日の折ふしに白き猫をり
見つつ来てこころは寂し北空《きたぞら》に衢《ちまた》の上にたてる白雲《しらくも》
うすざむく橋をわたれば河岸《かはぎし》にトラックに積む砂の音する

夜《よる》ふけてより外出《ぐわいしゆつ》せむとして階段をくだるわが靴の音
かりそめの事なりしかど眠りたる女《をみな》に照りし月おもひ出づ
夕《ゆふ》ちかき電車に乗りぬ荒川《あらかは》にみなぎる水をわれは見にゆく
秋すぎて来向ふ冬は宵々《よひよひ》にわれに寒しも部屋ごもるとき
日曜の昼ちかくまで寝たりしが逃るるごとく部屋をいで行く

籠居一日

日曜の何するとなき部屋にゐて炭《すみ》はねし時ひどく驚く
いつごろか質《しち》にながれし著物《きもの》らを思ひいづれば心はたぎつ
曇《くもり》より光もれ来《く》るひとときや部屋にゐる吾《われ》あらはになりぬ
さまざまに昨《きぞ》の一夜《ひとよ》の過ぎぬればはかなく居りぬ寒き日すがら
アパアトの廊下《らうか》のはてに米《こめ》を磨《と》ぐ音きこえつつはやも日暮るる

冬の夜の東にいでて照る月にあかるくなりぬ中空《なかぞら》のくも
このごろは寒くしなりて西空《にしぞら》の夕しづまりに吾は対《むか》ひぬ
わが室《へや》の窓より見ゆる街屋根に或家《あるいへ》の菊すがれゆくらし
いささかのよすがと謂《い》はめ朝起きて白き器《うつは》にたたふる水を

補　遺

松山につづきし曇みつつ居て我がまぢかくの波はさびしも　ふるさとにて
疾風《はやかぜ》にむかひて飛べる海鳥《うみどり》は街のなかぞらにしばらく見えぬ

昭和十一年

黄　炎

あかつきの黄にかぎろひし低空《ひくぞら》を曇抑《くもり》へて動くともなし
くろぐろと水とどこほる街川《まちかは》は今朝《けさ》しづかなる冬日さしをり

あがなひし一籠《ひとかご》の炭にこと足りて冬越すらむか今宵《こよひ》おもへば
わが心なにかにこだはれる如く暫《しばら》くをりて朝床《あさどこ》をいづ
この朝北《あした》よりふける疾風《はやかぜ》に波だちながら街川は見ゆ
夕茜《ゆふあかね》みつつ来りて土手のうへの枳殻《からたち》の枝やさしかりけり
このゆふべ巷《ちまた》あるけば片寄りに芥《あくた》たまりぬ冱《さ》えかへりつつ
波頭《なみがしら》たてるを見れば冬海は松並む上に暗くつづきぬ

鋪　道

鋪道《ほだう》には何も通らぬひとときが折々ありぬ硝子戸《がらすど》のそと
一叢《ひとむら》の青木《あをき》のかげに雪のこり昼すぎし日のひかり差しけり
冬の日のゆふぐれし街あゆみつつ思ほえなくに路地《ろぢ》に照る月
昼すぎの鋪道の上にたちどまり雪解《ゆきどけ》したる巷《こうぢ》見てをり

たまさかに部屋ごもるとき昼すぎて火鉢《ひばち》の灰《はひ》に日の光さす

春雑歌

ひとところ石炭の殻《から》うづたかく折ふしの風しばらく吹きぬ

いたく日がのびしかなと帰り来てこの交叉路《かうさろ》は意外に広し

清水谷《しみづだに》に電車くだりて岸ひくくたたふる水は夕明《ゆふあかり》しぬ

くれがたの空さだめなく雨やみて芽ぶきし銀杏《いちやう》われは仰ぎぬ

常のごと居りといふとも譬《たと》ふれば大河《たいが》を負《お》ひて吾は立つらし

去年《こぞ》の洪水《おほみづ》にのがれし鹿《しか》がさきつころ或る山村《さんそん》に捕《とら》はれしとぞ

おもほえず昼の街空《まちぞら》に鶴《つる》なきて透れるこゑを吾は聞きをり

つたなくし吾が旦暮《あけくれ》は過ぎゆきてそのおほよその蘇《よみがへ》るとき

青天

午《ひる》さがりの鋪道にとどまりし自動車よりかぎろひが立ちあはれ閑《しづ》けし
青空《あをぞら》がけむりのごとく揺《ゆら》ぎをり吾のむかへる坂の上のそら
昼寝《ひるい》よりわれは覚《めざ》めてアパアトのいづくの部屋かきりぎりす鳴く
独りにし堪へがたきときひれ伏して悔《くやしみ》を遺らむわれならなくに
さまざまの事を思ひてつづまりは弔《とむら》ふごとき気持してをり

山荘

月照れる強羅《がうら》の空にしろき雲木立《こだち》すれすれに輝きて過ぐ
山の風とよもし吹けば杉生《すぎふ》より光は来《きた》るかたむきし月
白雲《しらくも》のやまずうごける西空に月まどかにて傾《かたぶ》きにけり
山荘《やまのいへ》の畳に月の照ることも君がへにして心しづけし
霧のむた暗くなりたる湖《みづうみ》に蝶《てふ》ひとつとぶ沖にむかひて

秋苑

風すぎし今日の光はあらきかなひとむらだちの虎杖《いたどり》のうへ
あらはなる秋の光に茎のびて曼珠沙華《まんじゆしやげ》さくただひとつにて
花すぎし虎杖《いたどり》の下に青々と雑草《あらくさ》のごとく蘭《らん》しげりたる
銀杏《いちやう》の実《み》まだ早くして落ちたるがこの園《その》の路ににほひたちけり
ゆくりなく池のみぎはに慈姑《くわゐ》あり長《た》けし慈姑は衰へむとす
いたどりも蓼《たで》もゆたかに茂りつつ花の過ぎにし時にあそびぬ
秋草のなべて秀づるこの園《その》に露《つゆ》さむく降る時ちかづきぬ

はやち

ひびきつつ疾風《はやち》はつたふ吾がまへの大川《おほかは》の上に波を乱して
風の向《むき》をりをりにして定らずいま吹く風は轟《とどろ》きて過ぐ

雨やみし大川にはやち吹きながら向ひの岸に虹たちにけり
大川にわきて轟きし疾風《はやかぜ》の海にすぎゆく音をこそ聞け
あらし凪《な》ぎしのちの衢《ちまた》にとほくまで街路樹つづき低く見えをり

薄　明

折々に自動車重くのぼり来て或る区切《くぎり》より音もせなくに
既にして秋寒きかな窓にしげる椿《つばき》の外は夜《よる》になりつつ
雨ふりて歩道のうへに黄に散りし落葉《おちば》をふむは今日《けふ》ひと日のみ
ゆふあかり街空《まちぞら》の上に渡るころ物干《ものほし》にある菊等《ら》さやけし
薄明《はくめい》のわが意識にてきこえくる青杉《あをすぎ》を焚《た》く音とおもひき

冬　街

冬日《ふゆひ》てる街あゆみ来て思ひがけずわが視野《しや》のなかに黒き貨車《くわしや》あり

瑞々《みづみづ》しく月いづるはやゆきずりの塀《へい》めぐりたる椎《しひ》の木《き》の上

硝子戸《がらすど》に風の音する折ふしをいたくやさしと思ふことあり

このごろのとりとめもなき彼《か》の岡《をか》に嘗《かつ》て公孫樹《いちやう》が黄にかがやきぬ

葉牡丹《はぼたん》を置き白き女《をんな》の坐りゐる窓ありにけり夜ごろは寒く

電車《でんしや》にて酒店《しゆてん》加六《かろく》に行きしかどそれより後は泥《どろ》のごとしも

常よりも早くめざめて暁《あかつき》の鉛《なまり》のごとき空にむかひぬ

帰り来てひとり寝《ぬ》るゆゑもろもろの汚れしものは人に知らえず

昭和十二年

寒　土

街川《まちかは》のむかうの橋にかがやきて霊柩車《れいきうしや》いま過ぎて行きたり

砥《と》の色の裏の空地《あきち》を見つつをり寒くしなりぬあらがねの土

さきごろの夕茜《ゆふあかね》せる衢《ちまた》には月照りてをりこの青《あを》の夜《よる》

隣室《りんしつ》にむつみて語る声きこえときに身近《みぢか》くひびくたまゆら

八手《やつで》の葉ひとつひとつが揺れながら路傍《ろばう》に見えぬ冴えかへりつつ

運び来て空地《あきち》に土を盛りしかば曠野《あらの》のごとく月照りにけり

映画其他

映画《えいぐわ》のマドリイド戦線にて一兵士《いちへいし》のたふるるさまがいたくたやすし

山羊《やぎ》ひきし兵まじりたる進軍《しんぐん》の喜劇のごときものを悲しむ

何か物に凭《もた》るるさまに現身《うつしみ》のわれを居らしむをとめごの声

しき波がとどろく磯《いそ》のところまではやはだらにし雪ふるらむか

一月《いちぐわつ》のなま暖き夜に乱りふる雨まづしくて時どき持ちし吾が悦楽《えつらく》よ

きさらぎ

このごろの澄みとほりたる冬街《ふゆまち》に枝はらはれし並木《なみき》見えをり

ひとときの光といへど霜どけの上にさしたり音もせなくに

ゆきずりに暗き空地《あきち》を見て佇《た》ちぬ低くふく風ここを過ぎゆく

坂の上《うへ》に赤々と雲うごけれど北に向ひて坂は暮れをり

残りたるはだれの雪は暮方《くれがた》にしづかになりぬ黄の芝《しば》のうへ

次第《しだい》なくこころは悲しながらふる夜《よる》の霙《みぞれ》に帰り来るとき

このゆふべ街川《まちかは》ぞひにあゆみ来つ砂つみし舟重く泊《は》てたり

帰りこし雨のゆふべにわが部屋は烟草《たばこ》のためににほひしてをり

昨夜《きぞのよ》の雨にわが足凍傷《しもやけ》ぬわたくしゆゑに人に語らず

五位鷺《ごゐさぎ》のいま啼きしこゑきく吾は斯《か》くおどおどと夜半《よは》に居りける

木材《もくざい》をつみし間の扉《ドアー》より三階にある部屋にかへり来《く》

朝々に寒くしめざむ階下《かいか》にて製材の音ひびくころほひ

屋上にいでて来《こ》しとき区切《くぎり》よりむかうの街はもはや暮れをり

深　川

電車よりその折々にこほしみし東富橋《とうとみばし》を今日わたりゆく

あたらしき鋸屑《おがくづ》つみて街の音しばし絶えをり堀ぞひの道

いろいろの塗料の鑵《くわん》を積みあげし一角《いつかく》が見ゆ橋わたるとき

倉庫にて鉄の空鑵《あきくわん》切る音がくらきそのなかに反響《こだま》してをり

いましがた鉄はこび来《こ》し馬車《ばしや》ありて汗かきし馬みちのべに立つ

このゆふべ一《ひと》かたまりのバラツクは恋ほしきまでに焚火《たきび》あかりぬ

くもり空《ぞら》灰色をして堀割《ほりわり》はものの香《か》もなき数々の橋

帰路《かへりぢ》の夕《ゆふ》あかりする堀《ほり》割に焚火をしつつ行く舟のあり

花影

飾窓《ウインド》の紅《あか》き花らは気《いき》ごもり夜《よる》の歩道のゆきずりに見ゆ

しらじらと曇《くもり》を照らす月ありて影なきさまに街路樹《がいろじゆ》は立つ

曇りつつおほにわたれる白《しろ》の夜《よる》ありありと吾れ鋪道にたちぬ

板囲《いたがこひ》したる空地《あきち》はゆふぞらに柳の類《るい》のこずゑ見えをり

しづかなる一日《ひとひ》くれむと日の光ガアドの下のところに差しぬ

まだ寒きゆふぐれどきにこの二日《ふつか》わが居る部屋にきこえくる音

常磐木《ときはぎ》の寄りそふなかの公孫樹《いちやうのき》丘の上にしけふも見えをり

部屋とぢてわが居る夜《よは》に一日《いちにち》のなげきを遣らむよすがさへなし

孟春

けふの風木群《こむら》をゆする音きけばはや猥《みだ》らなる風としおもふ

帰り来て部屋の扉《ドアー》をあくる時のこのあやしさはいづくよりくる
春嵐《はるあらし》とりとめもなく街川は満潮《みちしほ》どきの水ながれたり
くれなゐに角《つの》ぐむ百合《ゆり》に触りがたき心ただよふ一夜《ひとよ》なりけり
牛《うし》が淵《ふち》にたたふる水は夕映《ゆふばえ》のいまだ残れる波頭《なみがしら》みゆ
わが室《へや》の机《つくえ》に肘《ひぢ》つきてをりしとき潮《うしほ》のごとく来にし夜《よる》かも
おろそかに酒にみだると人いへばその折ふしに吾は服《したが》ふ
ひと夜経ばこころ甲《よろ》ひし現身《うつしみ》の灰《はひ》のごときを人びとは見め

樟落葉

わが肌《はだ》に汗にじみつつ現身《うつしみ》やなにかみにくし散れる樟《くす》の葉《は》
床《とこ》しきてたちたる塵《ちり》のしづまれば煙草《たばこ》をすひて暫しをりけり
あゆみ来し衢《ちまた》の上にひとつのみ輝く雲やこの世ともなし

街路樹の若葉くれゆく夕《ゆふべ》にて鋪道のうへにしばし人ゐず
かすかなる幸《さいはひ》に似てこの夜《よは》にいでそめし蚊《か》の声《こゑ》をききをり

浅　峡

海の波みゆる峡《はざま》の麦畑《むぎばたけ》日に照らされて黄《き》はうらがなし
松山《まつやま》にまぎれむとして鴉《からす》らの群れたる峡《かひ》に麦黄になりぬ
割鯖《さきさば》を日に干し並《な》めし浅峡《あさがひ》に海のなぎさの近き白波《しらなみ》
青空にひくく飛びたつ群鴉《むらがらす》ここの峡《はざま》に日もすがら居る
おもおもと海の音する峡《はざま》あり魚ほししかば鴉むれつつ

短　夜

目覚《めざ》めたるわれの心にきざすもの器《うつは》につける塵《ちり》のごとしも
麦畑《むぎはた》のかわきし戦《そよ》ぎききしより一月《ひとつき》ちかく経《た》ちて居るべし

ゆふぐれに梅雨《ばいう》は晴れてひややかに街しづまりぬ海底《うみぞこ》のごと
日盛《ひざかり》の道のむかうに華やかに絵日傘売《ゑひがさうり》が荷を置きにけり
あつかりし日が沈みゆき街路樹のつづく梢《こずゑ》の空はしづけし
今川小路《いまがはこうぢ》あたりの街を人逃げし上海《シヤンハイ》として夢に見たりぬ
増上寺《ぞうじやうじ》に電車とまりつ人気《ひとけ》なき朱塗《しゆぬり》の門《もん》のまへに来《こ》しとき
あまつ日のやや傾きしものの影《かげ》鋪道の上にしづかにさしぬ
ひかり照る鋪道の右は直ぐ下に木のしげりあふ狭き坂あり
むし暑く暴《あ》れもよひする暮方《くれがた》にわれひとり居り部屋をとざして
寝ぐるしき夜《よる》なりしかどものの音しばらく絶えて暁《あかつき》になる

蚊　遣

このごろの衢《ちまた》あるけばさだまりし光のなかを風ふきにけり

うつしみの如何なる願《ねがひ》もつらむか一撮《ひとつまみ》ほどの塩《しほ》をささぐる
吾妻橋《あづまばし》のほとりをたちて夏の夜のしづまりし街とほく帰らむ
晩夏《おそなつ》のひと日一日《ひとひ》は逝くらむとコップ麦酒《ビール》を飲みてかへり来《く》
わが部屋に帰りてくれば昨夜《きぞのよ》の蚊遣《かやり》のにほひいまだ残りぬ

獣　園

ひとときの憩《いこひ》のごとく黒豹《くろへう》が高き鉄梁《てつりやう》のうへに居りけり
うづくまり野牛《やぎう》が居りぬたえまなく尾《を》をふるゆゑに土埃《つちぼこり》たち
いましがた餌《ゑ》をのみこみしありさまに動物園の蛇《へび》に張《はり》なし
かつてより羽白曝《しろざ》れて駝鳥《だてう》をり暑き光にいでて歩きつ

時　雨

雨やみて夕ぐるるとき塀《へい》のうちに青くしづまりし庭の土みゆ

曇りつつ暮れし巷《ちまた》をあゆめれば西空《にしぞら》が見ゆ赤くよどみて
壁塗《かべぬり》に用ゐるらしき泥土《どろつち》を鋪道のうへに置きて人ゐず
わが窓に公孫樹《いちやう》は見えて曇る日と輝くばかり晴れし日とあり
街路樹のちれる落葉が暮々《くれぐれ》の雨にただよふ道を来にけり
朝のまの時雨《しぐれ》は晴れてしづかなる光となりぬ街路樹のうへ
をりをりの吾が幸《さいはひ》よかなしみをともに交へて来りけらずや

中空

鋪装せる坂とほく見ゆこのごろの冬の光にくろき色にて
むらさきに雲の凝《こご》りし西空や現身《うつしみ》さむき夜は来《きた》らむ
坂にある鳥売る店に翅《はね》なかに頭《あたま》うづめて鴨《かも》等ねむりつ
宵々に冬靄《ふゆもや》こめてひとところ八手《やつで》に咲ける花白くみゆ

市営墓地に事務のごとくに葬《はふ》りせしかつてのことも今はしづけし

わが部屋になにも音なきひとときの斯《かか》る心を酒はすくはむ

中空《なかぞら》に明《あかり》のこりて街とほき東も北もしづまりにけり

昭和十三年

昼　靄

山茶花《さざんくわ》は光ともしきに花さきぬ人のこほしき紅《あけ》にあらなく

夢にくる悦楽すらや現実に在る程度にてやがて目覚むる

昼靄《ひるもや》に光のひくく差せるときわが幸《さいはひ》はいづくにか待つ

雨あとの鋪道が白くつづきたり北片寄りに空は晴れつつ

夜ふけて火鉢にパンを焼きながら香《か》にたつときはうらがなしかり

大　島

島山のひろきのぼりは海風《うみかぜ》の吹きしくまにま堅く凍りぬ
波頭《なみがしら》つばらに遠しこの島の海くろくして悲しさもなく
硝子戸のなかに明るく乳《ちち》をのむ山の砂原《すなはら》に風の音して
内側の山をのぞめば火口原《くわこうげん》のむかうの空に煙みだりつ
冬《ふゆ》の陽《ひ》のあまねきなかを寒風《さむかぜ》は吹きしきりけり砂原のうへ
常磐木《ときはぎ》の山路《やまぢ》にふきし風ききていま砂の原とほく来るかぜ
砂はらの道わたりゆくところどころ凍《こほり》とけにしなごり踏みつも
乾きたる泥色《どろいろ》をして砂原のうへに隆起《りゆうき》せるひとところあり
海風のたゆる間《ま》ありて目前《めのまへ》に柱のごとく煙たちけり
きびしくし音する風のつたふとき炎《ほのほ》のごとき砂のけむりや
孤雲《ひとつぐも》あらはなる山の頂《いただき》を離れむとしてしまし見えをり

南より日のさす岨《そは》に石蕗《つはぶき》はむらがり生ひぬその葉たのしく

みんなみの海にある島に冬さりて風ふきぬれば一日《ひとひ》はさむし

垣内《かきつ》にて椿の油しぼりをりまれに滴《したた》るは静かなるもの

砂畑《すなはた》に椿の若木《わかぎ》たちしかば午後の光に葉は照りにけり

春　寒

春いまださむき朝明《あさけ》にしづかなる坂の街見ゆ屋根と鋪道と

風なぎし黄の芝生《しばふ》あり片寄りに藁屑《わらくづ》などの芥《あくた》たまりて

霜もなく冴えたる朝やわが窓に稜《かど》ある塔《たふ》と黒き常磐木《ときはぎ》

乾きたる砂利道のうへあゆみ来て春ちかづきし思《おもひ》ありやなし

しばらくの夕明空《ゆふあかりぞら》みえしかど憩《いこ》ひにいりぬ丘の公孫樹《いちやう》は

厨　音

こひねがひさだかに有りと謂《い》はなくに夕《ゆふべ》あかるき路地《ろぢ》を来にけり

ひとときの心虚《むな》しくわが窓は酸漿色《ほほづきいろ》に日暮れかかりぬ

妻がゐて食器《しよくき》の音をたつるとき目覚《めざ》むる吾や心さびしく

貸家《かしいへ》をさがしに出でし序《ついで》ありて蘇芳《すはう》の咲ける庭を見てたつ

わが心はかなきがごと隣にて時計《とけい》をあはす音きこえつつ

永きながき一生《ひとよ》を生きし思ひにて春の西日のさす部屋に居り

屋上に林のごとく植木《うゑき》たち風にゆれ居りあふぎて見れば

疾風《はやかぜ》の中落《なかおち》したる昼つかた土うつくしき庭に下りたつ

移　居

移り来《こ》し家にはじめてふる雨や狭き空地《あきち》にしげくそそぎて

あたらしく移りし家に胡蝶花《しやが》の花すでに過ぎたる一叢《ひとむら》の草

宵闇《よひやみ》のしづかに来《きた》る空合《そらあひ》に木葉《このは》の形《かた》の雲ひとつ見ゆ
家ごもる昼つかたにて窓あけし道は日照りて人も通らず
たそがれの潤《うるほ》ふごとき影たちて土ひとところ萵苣《ちさ》生ふるのみ

梅　雨

おもおもと夕雲《ゆふぐも》とぢて坂道をくだり来ぬれば家に到りぬ
風まじり梅雨《つゆ》のあめ降る暁《あかつき》にあをみを帯びて部屋はあけゆく
ひともとの青柳《あをやぎ》たちて曇日《くもりび》の裏の空地は風音《かざおと》もせず
暮方《くれがた》の雲しろじろとものの香《か》のしづまるごとき空にむかひぬ
蒸《む》しあつき暴れもよひより光さし窓下《まどした》にある胡蝶花《しやが》と石蕗《つはぶき》
わたくしの心みだれて生けるもの死にたるもののけぢめさへなし
いつしかに心がなしき夕雲《ゆふぐも》の幅《はば》せばまりて暗くなりたり

片《かた》すみに妻は鏡をぬぐひをり梅雨《つゆ》ふる宵に鼠音《ねずみ》して

公孫樹下

さいはひも憂《うれひ》もなべて新しく迎ふるときは厳しかるらし
公孫樹《いちやうのき》の下を来ぬれば鱗形《うろこがた》に砂かたよせし昨夜《きぞのよ》のかぜ
つまぐれの悲しき花はさきそめて梅雨《つゆ》のあひだに季《とき》はうつろふ
しづかなる一《ひと》むらだちの葵《あふひ》さき入りこし園《その》は飴色《あめいろ》の土
妻のため氷をくだくゆふぐれに茅蜩《ひぐらし》啼けばかすかなる幸《さち》

晩　夏

道のべに盛られし砂が昼ちかき日にかがやきてわれ通りゆく
暑き日の午後のちまたは風たえて塔《たふ》のごとくに公孫樹《いちやう》たちたり
西日《にしび》さし部屋のなかとも思ほえぬ机の上のマッチ擦りたり

現《うつつ》よりかなしき影のごとくにし合歓《ねむ》の花さく日に照らされて
いささかの木立のなかに夏の日が葉をもれてさす午後一時ごろ

再移居

槻《つき》の木に音さだめなき夜の雨わが窓ちかく響きつつあり
移り来て堅き畳にすわりをり秋の彼岸《ひがん》にちかき一夜《ひとよる》
窓そとを一隊《いつたい》の兵とほるとき二部《にぶ》に分かれて歌ふもろ声《ごゑ》
秋の日に若葉する欅《けやき》ありひとたびは暴風《あらし》のために衰へしかど
丈《たけ》たかく紫苑《しをん》の花のさける見て日の余光《よくわう》ある坂くだりゆく
薄明《はくめい》にめざむるときに牛乳の罎《びん》のふれあふ音を愛《かな》しむ
窓外《まどそと》の欅の幹にひかりさすいつの日よりか蟬《せみ》も鳴かなく
鈴《すず》ならしとほる車に幾たりか女等《をみなら》が行き芥《あくた》を入れつ

古利根川

朝露のまだなごりある蓼《たで》の香《か》にとりとめもなきおもひして佇《た》つ

しづかなる古利根川《ふるとねがは》にそふ道にみじかき草は白くかわきぬ

川床《かはどこ》にかつてありしと思ほゆる川原《かはら》とほくして鳩の啼くこゑ

草もなく黒き古利根《ふるとね》の川原みゆ胡桃樹《くるみのき》ある岸よりひくく

烏貝《からすがひ》の殻《から》すててある岸崩《きしく》えより吾《われ》おりて来ぬ古利根の水

夢

この夜ふけ抱く火鉢の灰ほりてまろくなりたる燠《おき》ひとついづ

昼靄《ひるもや》の寒くこめたる街をゆく明《あけ》がたの夢よみがへりつつ

帰りくる鋪道のうへは宵ごとに一時間ほどの空みえぬ霧

たわいなき涙とおもひ歩みをり白くあかるき街に風ふき

わが窓のしたの鋪道は朝あけて欅《けやき》の落葉《おちば》みちにしづけし

残　年

朝のまの土かたき原たもとほり歩みて来《く》れば霜笹《ささ》にあり
谷にして細き流《ながれ》は朝の日にけむり立ちけりものさやぎなし
いささかの砂地《すなぢ》のうへに霜おほひ安らかにして谷はこもれる
門松《かどまつ》にする松束《まつたば》が橋詰《はしづめ》にうづたかくありしろき街川
まはりのみ白光せる雲見えて鋪道をかへる午後のつとめに

補　遺

火にかけし煮物の蓋《ふた》を折々に取りみることも一日《ひとひ》しづけし
市《いち》に売る蜜柑もまづくなりたりと傍らに言ふ声をきき居り

昭和十四年

団雲

板塀《いたべい》のうちは風ふく音のして厳しきさまに枇杷一木《びはひとき》たつ
雪どけのことさらにして騒がしき日向《ひなた》の道をあゆみ居りけり
硝子戸の外のをりをり棕櫚《しゆろ》の葉がするどく揺れてこころ留どなし
雪解《ゆきどけ》の水たまりある歩道にてみづにかすかの塵《ちり》うごきをり
雪をもつ一団《いちだん》の雲うごきつつ街のとほくに日が当りたり

寒あけ

鋪道にはいたく亀裂《きれつ》があるかなと寒《かん》あけごろのゆふべ帰路《かへりぢ》
雨ののち雪となりたる夜のみち靄《もや》をとほして雪ふりしきる
昼のまに雪きえし鋪道あり硝子戸をさかひとしたるわが部屋の外
しづかにて土のあかるき暮方《くれがた》にひくき常磐木《ときはぎ》が立ちよそひたり

日の延びし夕明《ゆふあかり》してわが部屋は柱時計《はしらどけい》の音ひびくのみ

なにごともなき昼すぎの路上《ろじやう》にて石ころほどの融《と》くる雪あり

さきつ年鶴《つる》とびをりし空のごと白雲《しらくも》のある一日《ひとひ》なりけり

春　音

樫《かし》の木の風にゆらげる音のして明るき隣室《りんしつ》に妻すわり居り

石炭のけむりのうごく巷《こうぢ》には春の入日がまともに差しつ

哄笑《こうせう》がまだ残るかといふほどのその部屋を出て廊下を歩む

赤土《あかつち》に水おのづから湧くごとく楽しき心しばしたもちぬ

ある時は日々《ひび》の消化《せうくわ》の約束を意識にもちて吾ははたらく

欅　並　木

萌えたちし欅並木《けやきなみき》のはてにして風たえまなき暮がたの空

わが前をすぎて行きたるトラックが遠きところにて反動の音
たとふれば風にふかるる火のごとくとり留めもなき心なりけり
春の露あらはに置きぬ北窓《きたまど》に吾の見てゐる庭草《にはくさ》のうへ
ひとときに若葉のもゆるいきほひを見るべくなりて疲るる日あり
耐へがたきまで葉は茂らむとやはらかき蔦《つた》の若萌《わかもえ》みつつし思ふ
白孔雀《しろくじやく》街なかの家に飼はれをり春の日ぐれのにぶき音して

夕あかり

日の光ゆたかになりぬ日向《ひなた》なる土照りたるはこころ寂しく
昼すぎて折々つよき風音《かざおと》に窓より見たり躑躅《つつじ》さく庭
坂道をくだり来しとき片側の石垣《いしがき》は日のぬくみ残りぬ
ゆふ明《あかり》まだ暮れがたくかたはらに笹叢《ささむら》のある道あるきけり

うちつけに暑き今夜《こよひ》とおもひをり妻が歯をみがく音きこえつつ

たまきはる内《うち》に構《かま》ふるものありて妻なげかしめしこの一年《ひととせ》よ

ひとときの心と思《も》へど耐《た》へがたく虚《むな》しくなれば身じろぎもせず

曇り夜

わが心つつましくしてありしかば夜更《よふけ》となりぬ梅雨《つゆ》も降らなく

意識せぬ夜々《よひよひ》の夢あるらむと心はあやし夜半《よは》にめざめて

なぞへには胡蝶花《しやが》のしげみに風ふきて貧しく住みし去年《こぞ》のおもかげ

人もなき礼拝堂《れいはいだう》をのぞきしがあたかも夕《ゆふべ》の玻璃戸《はりど》かがやく

病院に妻を見て来《こ》しかへり路《ぢ》に銀座をゆけば蛍売《ほたる》りそむ

朝の蚊

屋上に昼のしばしを憩《いこ》ふときわが居るうへの日にやけし幕《まく》

わくらはに来《きた》りし幸《さち》とわがまへにコップのなかの氷とけゆく
油照《あぶらでり》したる馬場先《ばばさき》の濠水《ほりみづ》にたまたま居りし鵜《う》の行ひよ
蔦《つた》の葉に群れてこもれる蠅《はへ》の音うつつなく来《こ》しその日向《ひなた》にて
一夜《ひとよ》あけ涼しき部屋に朝の蚊にささるることもこころ果敢《はか》なし

果物

紫陽花《あぢさゐ》の花さかぬ木にこぞりたる葉を愛しつつ裏庭にたつ
日光《ひのひかり》あらしの後のきびしきに空浅葱《あさぎ》いろに日暮れかかりぬ
裏にある椎《しひ》の一木《ひとき》は枯枝が下にたまりて夏ゆくらしも
あつき日の終りのひかり部屋にさし輝くときの片側の壁《かべ》
きびしくて入方《いりがた》の日のかがやきをものの哀れといふいとまなし
雨はれて一時《ひととき》へたる山中《やまなか》の道かわきをりけむりを立てて

ひと日のみ山にあそびぬ群山《むらやま》は夏をはりたる青《あを》のかなしみ
汁《しる》をとりし後に果物《くだもの》を捨つるごと平然として言ひ放ちけり

遊　星

こともなく庭に日照りぬ椎《しひ》の木《き》の葉群《はむら》のなかの枝はあかるく
いちはやく蟋蟀《こほろぎ》のなく裏庭は夕あかりしてしづかなるとき
机にてまどろむ時にうらがなしく妻もたざりしころのおもかげ
疾風《はやかぜ》に枝折したる柿の木が家すれすれにありぬふるさと
折ふしにかわける風の音のして雲とぢし夜の街をかへりぬ
槻《つき》の木《き》のむかうに広き鋪道ありとめどなく夜の雨ふりながら
むかひ来《こ》し東のそらは雲のまに見えがくれする星ぞかなしき

野火止吟行

畑《はた》なかの道をゆきたりまだ刈らぬ稲田《いなだ》は畑のむかうに見えて
みちのべに野蒜《のびる》の青きむらがりはやはらかにして土に靡けり

海鳥

槻《つき》の木《き》のはやき落葉は黄《き》のいろのさやかに散りぬ行く道のうへ
谷こえてただよふごとく見えわたる並木《なみき》を持てる鋪道のつづき
電燈のひかり消《け》せれば暁《あかつき》は現《うつつ》となりて青きひととき
街川をへだてて見ゆる建物は夕赤雲《ゆふあかぐも》を負ひて暮れをり
濠水《ほりみづ》のくれかかりたる遠くにて鞠《まり》はづむごとく海鳥《うみどり》とびぬ

佇立

札《ふだ》の辻《つじ》に電車よりわれ降りて立つますらを等白衣《はくい》にて帰り来《こ》しかば
うつろひし秋海棠《しうかいだう》は踏石《ふみいし》のあたりに見えて赤茎《あかぐき》あはれ

朝の日のかがやく空と木のしづく露にぬれたる道のかがやき
硝子窓《がらすまど》日ぐれむとして廊下には丈《たけ》たかく咲く菊の花あり
とりいでし火鉢を据ゑてわれは居りしめれる灰《はひ》のかわきゆく時

蜂

妻とぬる夜《よは》といふともさだまりて喜びありと吾は謂《い》はなく
日の光ひくく傾きさしながら八手《やつで》の花に蜂《はち》まつはりぬ
風のおと意外に早くせまりくる街のとほくに給油所《きふいうじよ》みえ
みづからの寂しきときに言《こと》にいでて妻いたはりぬあはれなりけり
わが妻が身重《みおも》になりて折々にみにくき事のごとくに疎《うと》し

月　明

硝子戸の外さわがしくなりしとき月照りてをり吾にまぢかく

やむ耳に氷をあてて著《き》ぶくれし妻がときどきかたはらに居り
はなやかに轟《とどろ》くごとき夕焼《ゆふやけ》はしばらくすれば遠くなりたり
晴れし日の風にあそびて海鳥《うみどり》は街空《まちぞら》に来てひくくたゆたふ
ひとしきり楽《がく》なりゐしは夢のこと又うつつなることとも思ふ

落　葉

新しくわれは迎ふる街路樹《がいろじゅ》の落葉《おちば》せし木のあらき枝らを
わが家に蔦《つた》はあらはにすがりをり葉は皆おちて骨《ほね》のごとしも
街燈《がいとう》の光とどかぬ鋪道にて落葉あかるく月照りにけり
槻《つき》の木《き》の落葉やうやくにすくなくて年終りけることぞ身にしむ
かたはらに居りたる妻が立ちあがり足痺《あししび》れして隣室《りんしつ》にゆく
ことさらに悲しまねども家いでて落葉ただよふ坂にふる雨

屋上にわれの来《こ》しとき西南《せいなん》の森くろくして風ふかぬ空
をりをりに曇《くもり》よりさす日の光うらがなしきを心にとどむ

補　遺

市役所につとめ貧しかりしフイリツプを友の如くに思ひいでたり
遠くまで道見えながら街空は荒れもよひして雲くらき夜

昭和十五年

路　上

かたがはに笹しげりたる鋪道にて乾きし土塊《つちくれ》がまれに落ちをり
硝子戸のそと見つつをり風ふきて鋪道に低く埃《ほこり》なびかふ
軽金《けいきん》の銭《ぜに》のごとくに喜びと拠《より》どころなき心とありつ

紀元二千六百年讃歌

とこしへに窮《きは》みなけむとのらせればみことのまにま栄えつつあり

煙　塵

すこしづつ日延《ひのび》したればこのごろの余光《よくわう》はきよし身にし沁《し》むまで
ゆふぐれの庭を人掃《は》けり笹むらの中にも芥《あくた》たまれるらしく
雪ののち清くあらはるるもろもろに青木《あをき》の葉あり道のかたはら
雪融《ゆきどけ》のなごりかわきし鋪道には片寄りに黒き煤《すす》うごきをり
雪どけにうるほひぬれば土黒しいささかの風木立《こだち》を吹きて

嬰　児

一月《ひとつき》もたたぬ赤児《あかご》に話しをり滑稽《こつけい》ともつかず哀れともつかず
嬰児《みどりご》をはぐくむ妻は或時に牛《うし》の仔《こ》を吊《つる》すごとくあつかふ
店頭《てんとう》に小豆大角豆《あづきささげ》など並べあり光がさせばみな美しく

とどまらぬ時としおもひ過去《すぎゆき》は音なき谷に似つつ悲しむ
槻《つき》の木《き》のとほきあたりはおほよその紅色《くれなゐいろ》に低く並みたつ

断　想

一俵炭《ひとたはら》わかちくれし人のありさやかなる潮《しほ》川に差すごと
ストオヴを囲み言ひいでし話題をば無視しつつ時々われは頷《うなづ》く
つづまりはさかしらにして省《かへり》みぬ言葉ならむとひとり思ひつ
戦《たたかひ》のなかに肉声《にくせい》はひびきけり先年《さきつとし》見し映画なりしが
今しばし砲《はう》のけむりのしづまりに兵《へい》見ゆるとき心はたぎつ
ぞろぞろと群れて歩める人々はこの巷《こうぢ》にて鋪道に出でき
午後の日におぼおぼとせし遠くにていづくの窓かひかり輝く
街屋根と木群《こむら》の間《あひ》に赤土の代々《よよ》木野《ぎの》みゆる屋上に来ぬ

火消壺《ひけしつぼ》に燠《おき》を収めて眠るときあきらめに似て一日《ひとひ》終らむ

風の音しづけきかな入らば寒けむと吾が見つつゆく篁《たかむら》のなか

森

杉の木のいづくの上とさだめなく優しき声す鵜《う》の雛《ひな》なきて

巣ごもりに啼く鵜の雛をあふげども見ることもなしいまだ飛ばねば

笹の上にたえず動きて日影あり杉のこずゑより差したりしかば

項《うなじ》あげ吾は聞ければ雛の鵜はあらはに見ゆる巣にも啼くらし

をりをりに親鵜《おやう》のこゑすくくみなく鶏《にはとり》よりも声とほりつつ

杉森《すぎもり》の梢のひまに見ゆる空鵜《う》がすれすれに飛びすぎながら

鵜の雛のこゑのさやさやゆくりなき今日の一日《ひとひ》は風にまじりて

森中《もりなか》の空あふぐとき嘴《くちばし》に魚をくはへてとぶ鵜も見たり

春の日のかぜたえまなき杉生《すぎふ》にて鵜のひな鳥《どり》の声々かなし
海鳥《うみどり》の鵜の棲む森の杉生には小鳥《ことり》の類《るい》のこゑはきこえず
森いでて前にひらけし麦畑《むぎばたけ》その空にして鵜の鳥はとぶ

すさび

石垣《いしがき》をおほへる蔦《つた》はこのごろは若葉のまへの赤きしづまり
洋服の肩のほこりを払ふのも私《ひそ》かに持てるすさびのひとつ
朝はやくより吾が見つつゆく樟落葉《くすおちば》黄ばめるゆゑに明るかりけり
鋪道には暴れもよひせる日差《ひざし》あり強く照るところ淡きところと
風のふく空にかよひて鵜《う》の雛《ひな》のなきゐる声はここに聞こゆる

故　山

山々は若葉となりて皆近しここにともなへる妻と嬰児《みどりご》

遠くまでさだかに見ゆる暁《あかつき》や中空《なかぞら》に月かがやきながら
柿の葉に明方《あけがた》の風しづかにて音なきときに吾はかなしむ
木蓮《もくれん》のちれる花びら井戸水とともに掬ひて手にとる吾は
わたくしに造りし酒をのみあひぬ兄の二人は吾より酔ひて

蕨

うらがなしき草の香ぞする逝《ゆ》く春《はる》の山に蕨《わらび》を採《と》りて持てれば
やはらかき若葉となりし蕨ありところどころに細くそよぎて
山のまにわづかに海の見えたるを妻に見しめて谷におりゆく
たづさひし妻かかはらぬ嘆《なげ》きとぞ蕨《わらび》をもちて谷を行きたり
風かよふ谷のなぞへは若草に蕨の類がまじりたりけり

昼　光

いりがたの月ひくくなり窓そとの葉をもれて来るわづかの光

曇《くもり》とも晴ともつかぬ暁《あかつき》が窓よりみえて鋪道はしろし

街路樹と坂終りゐる彼方《かなた》にて電車が走るときのとよもし

葉を透《す》きて昼の光が部屋にあり幻《まぼろし》に聞くひびきとともに

音たてぬ油虫《あぶらむし》をば漠然と写象《しやしやう》に見つつ憎むともなし

浅　夜

夕明《ゆふあかり》いまだ残りてなにがなし妻も子もともにいたはしきかも

二階にて塵芥筒《ぢんかいとう》に貝殻《かひがら》を捨てたる音がきこゆ浅夜《あさよ》に

鋪道こえむかうの庭に躑躅《つつじ》さく見あけるごとき赤の一群《ひとむら》

はびこりし叢《くさむら》ありて殊更に日に蒸《む》れながら蓼《たで》の香ぞする

希《ねが》ひなきわが明暮やおほひたる梅雨《つゆ》曇空夜《よは》にあかるく

夏日

硝子戸にしばし音してすがりたる蛾《が》の翅《はね》は厚しおそろしきごと
棕梠《しゅろ》の幹ときどき風にゆるる見ゆ光きびしき窓の外にて
洋館の日陰《ひかげ》となれる側面と日当る面とこもごも見たりき
午後の日にあらはなる街の彼方《かなた》より思ひまうけず電車が来《きた》る
幾万といふ蔦《つた》の葉がひとときに風にし動く楽しともなく

後　記

私の作歌経歴は大正十五年にはじまつて今日に及んでゐるが、本集では昭和七年までの作を除外することとし、昭和八年から現在までの作歌を拾つて五六八首を得た。大部分は雑誌アララギに載り、一部は他の新聞雑誌に載つたもので、すべて其折々に斎藤茂吉先生の選を仰いだものである。この期間で棄てたものは約三十首程であらうかと思ふが、いづれにしても歌の数が少い。数の少いのは未だ慰むべしとしても、作歌当時相応に苦辛した歌、憂悶を遣らうとして推敲した歌も幾つかは有る筈だとおもふのに、今顧ればただ一様に碌々として哀れな記念をとどむるに過ぎない。然し私はみづから斯うも思つた。私の境涯と非才とを以てしては、七年半の努力といつても先づ此程度のものではなからうか、さう思つてみづから諦めねばならないのではなからうか。さうして兎も角も本集の発行によつて歌壇識者の批判を乞はねばならない。かう思つて原稿の整理を畢つたのである。

◯

ここに集めた歌の多くは、行旅の吟二、三を除いて他は殆ど凡て一首一首孤立したものである。数首づつ一括してはあるが、実はさういふ段落も要らないほどである。唯それでは体裁を成さないから大体一月間の作歌を区切つて仮に題を附した。

それから、本集の内容は取材の範囲が狭く変化に乏しいけれども、これには一面の理由がないこともない。即ち、私は朝鋪道を踏んで出て夕に同じ道を帰る生活を反復してゐるうへに、この期間私の嗜好は、その良否は別として、歌材を広く捜すといふよりは折に触れて身に迫つたものを歌ふといふ傾向にあつた。例へば私は幾たびも鋪道と街路樹と雲とを歌つてゐるが、これとても単なる矚目のみではない。謂はば私と共に生活した鋪道であり街路樹であり雲であつた。それゆゑ、観入は稍主観的であるかも知れぬが、依然として「写生」の歌であることに変りが無く、又実際一歩でも「写生」に近づかうとして努力したつもりのみであつた。或る人々は私の歌を目して「写生」の埒外にあるものの如くに言ふけれども、私自身は毫もさうは思つてゐない。私はアララギの歌風を信じ、常に斎藤先生に学ばむことを希つてゐるのであるから、アララギ及び先生生涯の信条である「写生」は、やがて私の信条でなければならぬのである。

○

私がアララギに入会したのは大正十五年であつたが、翌昭和二年三月の面会日に始めて斎藤先生にお目にかかつた。これよりさき大正十四年夏、雑誌改造に先生の大作「童馬山房雑歌」が載り、私は偶然それを読んで分らぬながらも歌に興味を持つたのであるが、その頃同僚の池田清宗氏がアララギ会員であることを知り、時々同氏に歌を見てもらつてゐるうちにいつしかアララギに入会するやうになつた。以来今日に至るまで斎藤先生の教を受け、アララギの諸先生諸先輩諸友人の作歌を尊敬愛読して渝ることがない。私は作歌の初途に於いてアララギを知り、斎藤先生を師と仰ぐやうになつた運命の幸を、常に忘れてゐる訳ではないが、今此事を思つて更に深き感慨の湧くことを禁じ得ない。又、私が岩波書店に勤めるやうになつたのも忘却してはならぬ幸運であつた。私は岩波書店に於いて岩波茂雄先生を中心とした美しい雰囲気に触れることが出来、またアララギに入る機縁も自然そこで与へられたのであつた。ただ店員としては今日まで何の働きもなく、纔に岩波先生の寛容にすがつてゐることを申訳なく思ふ次第である。

◯

本集を急に纏めることにしたのは八雲書林鎌田敬止氏の好意あるすすめに従つたのであつたが、現下の非常時局に際しては私の歌の如きは所詮閑文字に過ぎないであらう。而ももとより歌集を以て歌壇に問ふといふやうな自信と力量とがないので、ただ機会に順応したまでである。それにしても本集のために斎藤先生から序文を戴くことになつたのは身に余る光栄であり、また、岡麓先生土屋文明先生を初め陰に陽に教を受けたアララギの諸先進の御恩に対しても此機会に感謝の誠をささげねばならない。又鎌田敬止氏には出版を引受けていただき用紙製本等に就いて万端の配慮を蒙つたことを記して以て感謝の意を表するのである。

昭和十五年八月、佐藤佐太郎記。

第三刷後記

山中に暑を避けて居られた斎藤茂吉先生の御帰京を新橋駅に迎へたのは昨年九月十三日であつた。その時一部だけ出来た『歩道』の見本を先生に見ていただいた。それから間もなく、父が危篤の報に接した。十七日未明に私が郷里に著いた時、父はもはや遺骸として床上に臥してゐた。『歩道』は葬送を済ませて私が東京に帰つてから発行になつた。さういふ感慨もつひ昨日のやうに思ふのに、既に半歳を経過して頃日鎌田敬止氏は『歩道』重印の事を私に告げた。私は拙歌集発行以来親しく批評紹介をたまはつた諸先進諸友に対し、又私の歌集を読んで下された読者諸彦に対し感謝の念を禁じ得ない。

『歩道』前半の歌は貧しく検束なく起居した独身の日の記念であるが、一夜寝つきの悪いままふと往時の拙作を思ひ起して、さて其うち一二首は或は『歩道』に採らなかつたかも知れない、前半は取捨に迷つていろいぢつたから都合で落したかも知れないと思つて、遽かに立つて燈を点じて『歩道』を開いたことがあつた。後更めてアララギに載つた歌と『歩道』とを対照したが、然しさきに採らなかつた歌にはやはり具合の悪い点がある。ただ其うち左の八首を第三刷に際して新に加へることにした。

濠ぞひに電車まがりて水のうへの鴨らを見れば茫然と居り
日曜の昼ちかくまで寝たりしが逃るるごとく部屋をいで行く
わが室《へや》の窓より見ゆる街屋根に或家の菊すがれゆくらし
いささかのよすがと謂はめ朝起きて白き器にたたふる水を
帰り来てひとり寝《ぬ》るゆゑもろもろの汚れしものは人に知らえず
部屋とぢてわが居る夜《よは》に一日のなげきを遣らむよすがさへなし
疾風《はやかぜ》の中落《なかおち》したる昼つかた土うつくしき庭に下りたつ
まはりのみ白光せる雲見えて鋪道をかへる午後のつとめに

これとて編輯の当時にはそれぞれ理由があつて割愛したのであつたが、今は追懐の情のままに復活せしめるのである。それゆゑ『歩道』収録の歌数は五七六首となつた。

私の歌集『歩道』は果敢ないものであるが、それでも人々の同情によつて此たび第三刷を発行することになつたので、喜びと感謝とを以て寸言をここに附記する。

昭和十六年四月十一日、佐藤佐太郎。

しろたへ

昭和十五年

故山

みちのくの低群山《ひくむらやま》の入野《いりの》にて家居が見ゆるわれのふるさと

青田にははや穂にいづる早稲《わせ》ありて霧雨《きりさめ》はれし昼つかたあはれ

かなしみに思ふとなけれ家址《いへあと》は記憶より低しけふ来てみれば

柿の木に蟬なくときはうらがなし日に照らされて歩み来しかば

わが兄は櫟林《くぬぎばやし》に入りゆけり少年の日の記念を有《も》ちて

細谷《ほそたに》は昼しづかなるひとときの青田の奥に雉のこゑする

おくつきはこの丘にして赤土のすがしき上に葛《くず》はびこりぬ

三つの冢《つか》ここにしづまるみほとけに吾は来て立つ旅人のごと

赤松の丘をひらきし奥城《おくつき》や青あざやかに紫陽花《あぢさゐ》のはな

柿の実はたわわに青し幼くて吾があそびけむ畑ぞひの道

金　華　山

樅《もみ》の太木榧《かや》の太木にたえまなき風かとおもふ波ぞきこゆる

太木々の立ちし間をのぼりゆく今涸沢《からさは》に居りたる鹿が

海のうへに影をおとしてつぎつぎに一団《いちだん》づつの白雲の行《ゆき》

ここにして海をへだてしみちのくの牡鹿《をじか》の岬《さき》はたたなづく山

海空《うみぞら》を南よりくる白雲は牡鹿の山にかたよりにけり

青山がただちに海にせまりたる牡鹿の岬はおほどかに見ゆ

白雲のしたに明るき青山と牡鹿の岬は曇りけるかも

牡鹿岬海をへだてて白波のうごくを見れば心がなしも

牡鹿のや岸の白波とほどほに川の流のごとく見えわたる

この島をはなれし船が遠ぞきて女川行《をながはゆき》といひたるあはれ
波止場《はとば》には右も左も満潮《みちしほ》となりたる海が黒くたゆたふ

立　秋

いましがた茅蜩《ひぐらし》なける槻《つき》の木《き》はわが歩むとき葉のそよぐ音
鋪道こえ並木の上にいちはやく光を受くる建物ひとつ
蟬なきて子供のあそぶ街なかの小公園をわれよぎりけり
這《は》ひそめて母にまつはる幼子は雨ふる今日は毛糸を著たり
雨はれて夕明《ゆふあかり》する裏庭は椎《しひ》の根もとに水たまりあり
うちつけに騒ぐ雀は暁のひとしきりにて今は聞こえず
缶鳴《かまなり》に似しひびきして窓外《まどそと》を木炭自動車とほり行きたり

棉の花

織るごとく細かき雨にあらかじめ喜びありと行くにもあらず
日比谷の蔬菜園にて棉の花淡黄《たんわう》にさきぬ今日来てみれば
曼珠沙華《まんじゆしやげ》むらがり咲ける花みれば盛すぎしは紫のいろ

挽　歌

夜汽車《よぎしや》にてわれは来しかば暁のを床《どこ》のなかにいますなきがら
なきがらとしづまり給ふ父に見ゆその上にわが身をしかがめて
死にせれば永久《とは》にわかるる現身《うつしみ》のぬくみはいまだ背《せな》にのこりぬ
悲しみも見ゆるすがたもこもごもに吾にせまりぬつひに遺骸《なきがら》
ひと夜のみいます遺骸につかへつつ夜ふけぬれば寒くなりたり
投ずべき土を持ちたりわが嘆《なげき》まことも共にいまこそ通へ
なきがらを直《ただ》に葬《はふ》りし赤土やあたらしくして更にふる雨

はふり路《ぢ》の帰路《かへりぢ》にして詣で来し寺より見ゆる荒れたる海は
雨の日の葬《はふり》のために庭土はいたく乱れて二日経にけり
しみとほる秋の光に庭に立つなべては遠くなりたるごとく
暴風雨に市路《いちぢ》は清く砲車にて御棺《みひつぎ》行きしつひのかなしみ
悼北白川宮永久王殿下

人音

ただならぬ世につかふるに誰も誰も言挙《ことあげ》をせよと云ふにしあらず
夜さむく更《ふ》けわたるとき窓外《まどそと》に酒にみだれし人音《ひとおと》はせず
庭石を敷きたる如く白雲のむれし夜空は更けゆきぬらむ
棉の花終らむとしてありしかどその後の日につひに行かずき
窓しめて吾のこもれる夜《よる》の風《かぜ》槻の落葉は鋪道に音す
われにいふ父の語《ことば》の一つにて波動のごとく聞こえくるかな

おどろおどろ来寄するときは勢のまへになべては道をひらきぬ

槻並木

わが窓を明るくしたりひと時の槻の並木の朝輝《あさかがやき》は

朝はやくより槻の並木は枯れし葉が日にかがやきぬ現身《うつしみ》さむく

一夜風《ひとよかぜ》なぎし朝《あした》の槻の落葉ふかぶかとして道にかたよる

欅の葉黄葉《もみぢ》ののちの土色《つちいろ》に並木は遠くしづまりにけり

八手《やつで》の花いづこにも咲きさながらに光ともしき冬は来りぬ

泣きながら負はれていでし幼子は背《せな》にねむりて帰り来るべし

わが内にきざせるものをめぐり来し季《とき》の心と謂《い》はば安けむ

冬日

聞こゆるはあからさまなるもろもろの昼《ひる》の響《ひびき》の一つにて佳し

この部屋にいつよりか朝の日はささず飯くふ頃は硝子くぐもり
貨物駅の一部分のみ見えたるが白き煙のなかのとどろき
冬の日の小路《こうぢ》をゆきて湿りたる土にとりわき悲しみもなし
片言《かたこと》にもの言ひそむる幼子をいたはるが如《ごと》居らしめたまへ
けふ一日《ひとひ》昏れむとしつつわが心はかなきまでに夕寒きかな
二日ごろの月しづまむと中空《なかぞら》も西空のひくきところも昏れぬ

昭和十六年

家常

かすかなる事にしあれど究極《つづまり》に献ぐるものを常に保持する
白椿《しろつばき》おぼろに見ゆる裏庭や硝子くぐもりて寒き朝々
麦門冬《りゆうのひげ》のくさむらに槻の落葉ありて今日のあさけに覆ひたる霜

いはれなく心つつまし路地《ろぢ》くれば石炭のけむり壁《かべ》よりいでて
み濠《ほり》なる朝 輝《あさかがやき》が電車よりやや右下に見えわたる時
暁のまだうすぐらき枕べに幼子ゐたり覚《めざ》めて見れば
檜《ひのき》の幹あかがね色のあらはれて雨にぬれをり寒き日すがら
雨ののち鋪道は夙《はや》く乾きたるところがありて暗しゆふべは
幼子は部屋のさかひの襖をば目的として幾度も歩む
六畳の部屋の一隅《ひとすみ》にわが籠り立てし屏風のかげに児はふす

早　春

部屋にゐて寒き曇とおもひしに西日《にしび》のなごり街にのこりぬ
家いでてちまた来しかばゆくりなく花みちて咲く紅梅一木《ひとき》
窓そとの樫の葉群《はむら》はそそぎたる今夜《こよひ》の雨にうす明りせり

濠水のむかうの岸に日が照りて冬をこえたる常磐木《ときはぎ》の森
いくばくか曇あかるく日の運《めぐ》り部屋のまともに当るころほひ
いはれなく虔《つつま》しきもの昼の日に吾みづからの着物薫りて
地下道を人群れてゆくおのおのは夕《ゆふべ》の雪にぬれし人の香

平安

隣室に坐れるわれを交へてし平安《やすらぎ》のうちの妻と子のこゑ
木蓮《もくれん》の空にあかるき白花《しろはな》のひとつひとつが動く風にて
幼子を芝生《しばふ》のうへに立たしめて幼子の顔いたく小さし
日の光さやかに差して黄の芝におのおのの影もてり小松は
水の上に光さしつつ岸にある木立の幹のうつくしき時

諦念

諦念のうちにこもれる勇猛を吾は思ひてまたたきもせず
今われの通れる部屋は惜しむべきことわりもなく寒さのこりぬ
ゆきずりに見たり小路《こうぢ》はその奥に桜の花が咲きて明るく
さわがしく夕の光さす部屋をわれは知りつつ廊下をとほる
おほどかに曇を照らす月ゆゑに見ゆる鋪道は風さへ吹かず

花　びら

サイレンのひびき暫く聞こえつつ一日《ひとひ》のうちの豊かなる時
夕光《ゆふかげ》にあからさまなる木蓮の花びら厚し風たえしかば
大川にわが立ちし時せまりつつ南より来る満潮《みちしほ》と風
夜の潮みちたる時のさわがしき水の音して川岸に立つ
戦ひを身に帯びたりとこの日ごろ吾はおもひて巷《ちまた》ゆきけむ

青羊歯

疾風《はやかぜ》に窓のとどろくわが部屋は青き一鉢の羊歯《しだ》ぞうごける

用もちて来たりひとり子の出で征《ゆ》きし後のなりはひを守る嫗《おうな》が

ひとときに槻の並木は若葉せりわが朝夕《あさよひ》の鋪道せばめて

わが窓に槻の木末《こずゑ》と輪郭の判然とせぬ白雲と見ゆ

はやはやも一色《ひといろ》の青となりてゆく槻の嫩葉《わかば》をかなしみしかど

谷街《たにまち》を中にへだてて見ゆる道ゆふぐれて白く魚の腹のごと

飲食

わたくしの飲食《おんじき》ゆゑにたまきはる内にしのびて明日さへ居らめ

むし暑き曇り空にて椎《しひ》の木《き》の下を来ぬれば花の香ぞする

かへりみぬ影像なれど折ふしに石うつくしくここにし立てり

両側《ふたがは》は煉瓦塀にてその間《あひ》の椎落葉せる道ながからず
罌粟《けし》の花みつつ居るとき扁平にうごくその花や風ふきしかば
唐突に雲より光さすごとき報道ありて楽しむわれは

山葵田

山葵田《わさびだ》をやしなふ水は一谷《ひとたに》にさわがしきまで音ぞきこゆる
音たてて流るるみづに茂りたる山葵の葉群《はむら》やまず動きぬ
わが位置の上につづきし棚田《たなだ》にてしげる山葵が水平に見ゆ
植ゑつけしばかりの山葵二株づつ石に敷かれて水になびかふ
山葵田のふる雨に人働きてわさびの香するところ過ぎゆく
昼の雨あかるく降りて捨ててある路の山葵の茎を踏みつも
雨ながら明るき昼にひとところ山葵の葉光《て》り花かとおもふ

白々と見ゆるわさびの長茎《ながくき》を背に負ひながら帰りゆく人
山葵の葉押しあふばかり茂る田のその葉のなかに水の音する
山葵田の水の落ちあふたえまなき音に馴れつつ二人もの言ふ
榛《はん》の木のしたに影する山葵田はつめたき山の水がやしなふ
山葵田のなかより立ちし榛の木はこの山の雨に若葉音する
黒き蝶いくつともなく来てとべり山葵の上にまつはる如く
わさび田の尽きたる谷の奥にして暫しやすらふ傘させるまま
一谷《ひとだに》のおほよそ暗くこもるごと昼雨《ひるさめ》ふりぬ山葵の青葉

梅　雨

暁の降るさみだれやわが家はおもても裏も雨の音ぞする
垂るばかり青葉せまりし並槻《なみつき》のなかの鋪道を来て家に入る

ためらはぬ雨だれの音しつつあり裏庭にして夜の椎の木

日もすがら夜すがらの雨とめどなくそそげるときの今朝の覚《めざ》めよ

暴風雨ののちの光に屋上にわがいでくればまつはりし蜂

桜実

息ぐるしきまでに降りつぐ霖雨《ながあめ》はぬばたまの夜の闇に音する

重々と雲うごきけりうつつなる喜びごとも悲しみもなく

木のしたに水溜あり雨やみしのちの曇になべてしづけし

桜の実の匂へる午後の木下道《こしたみち》われはとほりぬ曇空ひくく

からうじて曇たもちし暮方に声ふるはしてかなかな鳴きぬ

槻並木さながら重くしげりぬと物音《ものと》なき夜の鋪道をし行く

一周忌

旧暦の盆にて秋日しみとほるしろたへの砂もりし父の墓

移住して終りし父の冢《つか》のみがひとつ堆《うづたか》く寂しくもあるか

山越しに海鳴の音きこえつつ昼寝《ひるい》よりさむ為すこともなく

松心《ひで》の火のもゆる炎はゆふ風に墓にしうごく顧みすれば

爆音

新しく軍《ぐん》にささげし幾十の飛行機は今とどろき聞こゆ

実戦を経しつはものがまぢかくの飛行機に乗る背のびし見れば

落下する爆弾が見え暫しにて土に響きて爆音きこゆ

連続に機銃掃射の音がして前方の空に顫音《せんおん》したり

群衆のたつ前面を目標として対地攻撃に移りし飛行機

轟きがわが身にせまり時のまの急降下する飛行機の音

急降下にて落す爆弾がやや遠くおちゆく時はたはやすく見ゆ

秋　日

葦の間《ま》は池一面におほひたる菱《ひし》の葉むらが乾きてゐたり

稔りたる稲田はいまだ収穫《とりいれ》のまへにて秋日かぐはしき道

果樹園に人ゐてのこりの梨を採るところを行けり休日《やすみび》けふは

すでに花をはりし葛《くず》のしげりあり見つつ居るとき風もふかなく

いりがたの日の光にて輝ける坂の一ところに吾は近づく

両側《ふたがは》に欅がしげり道の上さわがしくして夕日さしたり

窓すべて夕焼したる建物のひとつの窓がいま灯《とも》したり

槻の木の並木はとほく暮れゆきて空の暗きに雲が見えをり

雨の夜の空こだましてサイレンは道にとどまりし吾にひびきぬ

満洲事変記念日

幼子

梨の香とニスの香として小さなる茶棚のまへに幼子ゐたり
秋の日のかがやく外は近くにて蟬ひとつ鳴く部屋に居たれば
裏庭の秋の光に枝のびし桑の木ありて清《きよ》しその葉は
かたはらに折々きたる幼子は酸き一片《ひときれ》の林檎を持てり
をさな子は驚きやすく吾がをればわれに走りて縋《すが》る時あり
夜ふけし窓を開けばわが部屋を暗くおほひし夜の槻の木
自動車がすくなくなりて窓そとは音たえてをり永き夜すがら

晩秋初冬

桑の木の黄に透りたる広き葉は二日もすれば散りか過ぎなむ
こほろぎは夜々にたのしく声すなり人さだまりし夜半もたのしく

槻の木がちかく茂りてわが窓の上に音する夜の疾風《はやち》は
ふた側に槻並木ある鋪道にてはたての靄は朝のかがやき
朝靄をとほせる光さしをりて道ゆく人の著物さやけし
大きなる森に向ひて歩みをり冬の日照りてあまねき道を
夕焼のをはりし雲が西空にかたよりにけり重々として
いのちあるものの如くにうらがなし一かたまりのまたたく星ら
更けてゆく今夜《こよひ》の空は限りなき星かがやきぬさわがしきまで
八手《やつで》の葉青木の葉など輝きて露ゆたかなる朝道ゆくも
やや遠き岸なりしかば水のうへに直ちに見ゆる寒き常磐木《ときはぎ》

街　角

街角《まちかど》に立ちゐし馬や冬朝《ふゆあさ》の光たむろにいつくしくして

わたりくる永き光にかがやきて黄につもりをり銀杏《いちやう》落葉は
道路工事の灯《ともし》のあかき処にて子等あそびをり寒き浅夜《あさよ》を

開　戦

立ちてゐて膝ふるふまで畏きやいまぞ伝ふる大詔勅《おほみことのり》
戦ひに燃えたちし時まのあたり降したまへる大詔勅
大詔《おほみこと》あふぎて待てばあなさやけ討つべき敵《あた》を示したまへり
我さへやふるひて立ため今代《いまのよ》の御民《みたみ》したがふ大征戦《おほみいくさ》ぞ
ますらをは顧みせねばわたのはら遠きハワイを空撃したり
私《わたくし》のたぎつ涙もまごころもハワイ戦捷の報道にあり
わが窓の外に聞こゆるたたかひを神に祈りにゆく人の音

海　戦

マライ沖海戦

盛なる戦《いくさ》にもあるか轟きて沈みし敵の戦艦ふたつ

魚雷弾をいだきし我軍の飛行機は敵戦艦を海にほふりき

遁れむとせし敵艦をまたたくま爆撃したりこの浄き火よ

あきらかにかく戦へる皇軍《みいくさ》に燃ゆらむとせりわれの心は

国こぞりまづとよもせる勝鬨《かちどき》は戦ひとほす胸にし籠れ

大詔《おほみこと》もちてたたかふ皇軍《みいくさ》のゆく南《みんなみ》の海しおもほゆ

昭和十七年

龍安寺

寺庭はしろたへの砂きよくして苔ある石をひくく置きたり

ほしいままとおもほゆるまで砂の上ただ幾つかの石を置くのみ

雨ぐもり空にうごきて白砂《しろすな》に据ゑたる石はかげももたなく

二日まへ降りしはだれは石かげに砂より白しわづか残りぬ
いにしへゆ清くたもてる白砂《しらすな》や中のしづかなる石をめぐりて
雪どけのしづくの音はへだたりし庭にきこゆる曇日にして
やや低き塀にかぎりて白砂を矩形にしきぬ石見る庭は
み寺なる広き縁にて石庭を見つつをりけり足冷えながら

金閣寺

池の水ひろく湛へて金閣の廂《ひさし》の金《きん》はかがよひにけり
池水のあかるく照れる冬の日に林泉《しま》の木立は清くおもほゆ
池に添ひあかるき路は通ひたり雪消《ゆきげ》のなごり砂かわきつつ
赤松のたかき上より雪どけはしたたりしかば路に音する
消えのこる雪の間に紅にあらはれて見ゆ松の落葉は

池添ひのみちにかへりみし金閣は屋根の片がはに雪のこりたり

西芳寺

山の木々生ふるがままの冬庭にゆたけき青の苔は栄ゆる
ふかぶかと庭をおほへる青苔を見つつめぐりぬ踏むこともなし
ひと色のしづけき青をたたへたる苔おほどかに庭をうづめぬ
ふかぶかと苔のおほへるこの庭に隣りし篁《たかむら》を吹く風きこゆ
木々の葉の落ちつくしたる山庭に苔につづきて池は明るし
青苔のすがしき庭に折ふしの風のなごりはひくく通ひつ

大詔奉戴日

誰も誰もあきらかに心さやけしとこの戦にむかひて立てり
幾たびの涙のごとき喜びの激《たぎ》ち一月《ひとつき》をかへりみすれば

海戦の遠きひびきを聞きたりしクワンタンを攻めて陸軍すすむ

撃　沈

ただひとつ我潜艦は円陣の中の大きなる敵に近づく
敵母艦レキシントンを撃ちてのち目にし見ねども轟きこゆ
海中《わたなか》にまたく潜《ひそ》みし我艦《わがふね》に敵のほろびの音ぞ伝ふる
ほふり得しレキシントンの轟を自ら聞きて還りたる艦

マライ沖海戦後報

攻撃のしぶき防禦の雲の中の敵戦艦に突入したり
とほながき幸《さち》みいくさの上にありてこの大きなる敵を沈めき

帰　省

水くらき入江《いりえ》をこめて降る雪はさわがしきまで風にみだるる
昼すぎの暗き入江に泊ててゐるたゆたふ船は雪つもりたり

雪ぐもり沖につづきて白波のあがる岬はこころいたしも
ここにして吾は育ちきたどきなく雪ふる時のこの暗き海
柴山《しばやま》に雪ふりつみて夕暮のしづかになりし山峡《やまかひ》ゆけり
わが兄はわれの荷を持ちともに行く一日《ひとひ》の雪のおほひたる道
雪ふれる山のつづきし曇空《くもりぞら》日の入りごろのはつかの赤《あけ》や

シンガポール陥落

ブキテマにつひの厳しき戦ひを閲《けみ》してのちに敵を降《くだ》しき
シンガポール遂におちぬと夜ふけて雪凍りたる道を帰りぬ
シンガポール陥ちしといへばいちはやき勝鬨きこえ夜半《よは》の道ゆく
シンガポールつひの戦に我軍に降りたるイギリス六万の兵

特別攻撃隊讃歌

大君の海をまもりて戦へばささげ尽して還ることなし
たまきはる内の涙をささふまでこのみたま等の献げたるもの
敵艦《あたのふね》ほふらむとして寂《しづ》かなる時を過ごせり潜《ひそ》みゐしかば
真珠湾に敵を屠りてみづからもその轟のなかに終りき
みたまらの終《つひ》のいのちは水のうへ浅夜《あさよ》の月の清きころほひ
絶待の犠牲をたたへいふ声にかなしみきこゆ殷々《いんいん》として
九つのみたまの永久《とは》のいさをしを心にもちて吾はしぬばむ
海潜《かづ》きたたかふ時にあらかじめ命ささげて還りたまはず

戦　録

スラバヤ沖バタビヤ沖海戦

三国《さんごく》を合せて来たる艦隊をスラバヤ沖に撃ちしたたかひ
我と会ひし三国の艦《ふね》を屠《ほふ》りたるスラバヤの沖やバタビヤの沖や

家にゐてこの海戦を聞きしかば吾と妻とは言《こと》もいはなく

落下傘部隊

飛行機よりふるひとびいでし一部隊白きをみれば心さやけし

敵なかに天《そら》ゆ降《お》りたちし兵みればしろたへの布うしろに引けり

随　時

わたつみの上をおほひて轟きしわが空軍の撃てる炎ぞ

攻撃を収めし時の写真にて敵航空母艦とどまりて燃ゆ

空軍の撃てる写真は沈まむとする敵艦の炎《ほのほ》みじかし

ジャバ島に皇軍《みいくさ》征けば九万の兵をたもちて敵は降《くだ》りき

マライ戦従軍談

天《そら》ざまに機銃をいだき戦へる兵幾度にても反動に伏す

モア河の渡河戦闘のひとつさへ涙いづるまで尊き血しほ

後　庭

白椿あふるるばかり豊かにて朝まだきより花あきらけし
裏庭に朝の音なき風ふけり椎の木よりも檜は暗く
春さむくその白花《しろばな》をかなしみし椿一木《ひとき》は既に終りぬ
さわがしき春日《はるび》となりてなよなよと延びゐし桑は若葉もえそむ
幼等のあそびの中に此頃はわが子まじはりその声きこゆ

新家常

万年筆のごとき形の焼夷弾を落しゆきたりと見し人いひぬ
常の日の火事のごとくにて西北《にしきた》の街のひとところ煙立つのみ
嬰児《みどりご》につかひし後の湯に入りてよろこぶ幼子を洗ひてやりぬ
帰り来し家のまへにて幼等の中にたのしくわが子をりたり
幼子は外に遊べりと妻いひてしばらくすれば泣きて帰り来《く》

コレヒドール島砲撃に幾条ものポプラの木の如き炸裂
硝子戸が一面にあかるくて平安《やすらぎ》とおもほゆる部屋にわれは佇《たたず》む

斎藤茂吉先生還暦賀頌

みいのちのゆたけき君は老いたまふ一日《ひとひ》一日をおろそかにせず
国こぞる滾《たぎ》ちのなかに勝鬨のひびかふなかに君居りたまふ
ひとつづつ作らす歌にうつしみの全《また》けき力《ちから》果したまへり
かなしみの沁みとほるまで天地《あめつち》にわたらふまこと歌ひたまへり
きはまりにいたらむ歌の境《さかひ》をし仰がむとして君をこそ祝へ

曾遊須賀川牡丹園

牡丹の花をはりに近き須賀川《すかがは》の古園《ふるその》にして一日しづけし
ひとつづつ牡丹をみれば花びらに降りける雨のしづくを持てり

曇ぞら風のたえたる古園に牡丹を見れば盛りすぎつも

雨やみし後の曇に郭公《くわくこう》のこゑしばししてここに聞こゆる

おのづから過ぎむとしつつ花びらの落ちたるものは土にうつくし

残りたる花といへどもゆたかにて牡丹ゆらぎぬ風いでしかば

いさぎよき朴《ほほ》の一木《ひとき》に近づけば広葉のなかに蕾《つぼみ》こもれり

川添にわが行きし時ふりさけて青ぞきびしき安達太郎山《あだたらやま》は

無辺勝

デエゴスワレズに敵を撃ちたり海軍の無辺勝利のつらなりにして

いさをしを永久《とは》につたへて還り来ぬかも三隻の特殊潜航艇は

シドニイの海のたもてる三隻の潜航艇は涙ぐましも

二百万の敵陸軍を亜細亜にて戦ひうちぬ六月《むつき》経ぬれば

東《ひむがし》のアジアを行けり光なすするどき武器を持てる皇軍《みいくさ》

珊瑚海に戦ひしかばことごとく敵をほふりき力に依りて

おほきみの海軍《うみのいくさ》も国民《くにたみ》のこぞる誠もになへる君ぞ　山本司令長官近影

ひろげたる地図に対ひて立つ君は左手に常の眼鏡《めがね》を持てり

蟬　声

厳《おごそ》かにたもてる雪をすすみゆくアッツ島攻略の長き隊列

青き葉のしげりしげりし槻の木に音あるごとき夜《よは》に寝むとす

かなかなの声ぞきこゆる明けやすく一夜《ひとよ》をはりて涼しき時に

うら庭に桑の赤実《あけみ》に来てたてば交りてくろく熟れし実のあり

桜の木の脂《やに》をみとめてものうとく蟬なく道に歩みとどめつ

雨ぐもり暑きゆふべに街ゆきて鶏が籠に争ふを見つ

いさぎよく雨ふるかなと吾をりて睡くなりたり宵は浅きに

晩夏花

電車よりやや遠き紅《くれなゐ》の花のみゆ青山御所《あをやまごしよ》の百日紅の花

かなへびといふ蜥蜴《とかげ》にて萩むらのかわける土にかくろひ行けり

見すぐして吾ありしかど夏の日に百日紅は炎のごとし

くれなゐの鶏頭の花置きてあり外の日照りが窓にかがよふ

盂蘭盆《うらぼん》にささぐる花のひとつにて鶏頭の紅《あけ》の切花かなし

暑き日のまだ暮れのこる夕門《ゆふかど》に迎火《むかへび》の炎ひくく燃えにき

渚

山峡《やまかひ》をいでて広からぬ砂浜やいたぶる波にまぢかく歩む

砂浜のなだりはげしくおちいりて常とどろきのきびしき渚《なぎさ》

わが家にまれに聞こゆる海音《うみおと》は浅山をへだてここの荒波
港にて泊てゐる船の人らしく茄子《なす》と牛蒡《ごばう》をいだきて帰る
みなとより光させれば帰路《かへりぢ》のはざまに朝の虹たてる見ゆ

冬海抄

上総勝浦滞在中折々

十一月二日の海のたひらぎを心にとどめ渚あゆみぬ
砂地なる道のほとりに白粉《おしろい》はいまだ花咲くくさむらなせり
ひと寝いり夜半《よは》に雨戸の音するは南の疾風《はやち》海をわたり来《く》
暁の波のとどろく渚には鳶《とび》が降りをりこゑも鳴かなく
うづくまり居れば海より吹く風にいさご動きて音するごとし
昼すぎてやや強き風と思ひしになぎさに来ればしぶき飛ぶ波
還りたるつはものの御霊《みたま》すぎたまふと街角《まちかど》にわが頭《かうべ》たれゐき

しろたへの砂みえそむる暁に靄うごかして海中《わたなか》の波
引きあげし船のあはひを穉《いとけ》なきこころの恋ほしくわれは通りぬ
冬の日は畳にさしてそこに居るわが幼子は髪毛《かみのけ》赭し
この広き入江《いりえ》の海はゆふぐれの余光をたもつ空晴れしかば
鉄塔がさやかに見えて殊更に寒しともなき海のうへの空
めざめしはなま暖き冬夜《ふゆよ》にてとめどなく海の湧く音ぞする
砂浜のひとところのみ高き丘に時じくの茱萸《ぐみ》の花を手折《たを》りつ
砂浜に浜大根《はまだいこん》といふ草の青々とせる一ところあり
ゆふぐれに戸をとざす時おもほえぬ星の光は縁を照らしつ
波の穂をみだして風のいたきかも轟く海は波疾《はや》きかも
をやみなく響《ひびき》つたふる疾風《はやかぜ》にまじれる鳶はここに聞こゆる

朝々の市《いち》におびただしき菊の花柑子《かうじ》の類もこのごろ多し
寺庭にいりて来ぬれば老木なる楓《かへで》の紅葉《もみぢ》かぜに音する
つれづれに吾のいで来し雨の日の昼のなぎさに烏ぬれをり
道のはてに盛りあがりたる荒海《あらうみ》を見つつ来りぬ幾段《いくきだ》の波
明けがたの寒き渚にものものしく烏群れゐて鳶はまだ来ぬ
あきらけき朝の光に鉄塔にとまりゐる鳶をりをりに啼く
暁のくらき山より来る鳶は海のなぎさに暫し降りたつ
雨やみし夜半《よは》にて波は荒きかもここに聞こゆるわたつみの音
常にゐぬ鳶はいくつも中空《なかぞら》のとどろく風にむかひて飛べり
荒海にむかへるここの家むらはけふ弔《とむら》ひの人等つどへり
ひろき海ひとときにして見ゆる時さまざまの波たのしくもあるか

燈台のみゆる山路《やまぢ》に冬枯のおどろは親し海になだりて
月きよき浜をおもひて出で来れば砂おぼろにて海の上くらし
入江なすわたつみの上に紅《くれなゐ》の雲たなびきて山につづきぬ
夕明《ゆふあかり》ながき浜よりかへり来る家間《いへあひ》のみちは寒くなりたり
青波《あをなみ》は日に澄みとほる束《つか》の間《ま》をとどめし得ねばまなく乱るる
いで来れば月のひかりは砂浜もわたつみの上もとほき心地す
ゆふ渚もどりし舟にあひしとて妻はいなだを買ひて来りつ
この市《いち》に裏白の羊歯《しだ》ゆづり葉など売るべくなりぬ今朝来てみれば
冬曇ひくくわたれる沖の海に掌《てのひら》ほどのたたふる光
水の上へだてて見ゆる砂浜を人あゆみをり風に吹かれて
朝あけし渚をゆけば烏らも鳶らも吾のまへにとび立つ

昭和十八年

探照燈光

宵やみに移らむ空をためらはぬ探照燈の光うごきぬ
探照燈の幅ある光ひと時にほしいままのごと空に横たふ
林間《りんかん》をとほりて行けば音ぞする溜《たま》れる落葉あたたかにして
こともなく街みゆる時むくむくと煙のいづる煙突があり
落葉せしばかりの公孫樹《いちやう》うつくしく立てりしかども今は馴れつつも
寒《かん》の雨《あめ》青き葉むらにつややかにそそぎ居りたり歩みて来れば

二月

轟々と槻の並木をふく風は吾がむらぎもの心やしなふ
向きもなくゆすぶる如きけふの風白《しろ》の椿《つばき》はつぼみ開かむ

煙突がまぢかに見えて夕白き光のなかを坂くだりけり
わが部屋に心せはしき音きこえ降りゐし雪は雨となりたり
そそぎたる雨は八手《やつで》の葉のうへに今朝ふりおける雪をとかしつ
きさらぎの風ふく道の水溜《みづたまり》におもほえぬ槻の落葉などあり
月もなく曇る今夜《こよひ》やかたはらに幼子はあまき乳《ちち》の香《か》ぞする

小　公　園

かすかなる湧く水の音春まだきの一日《ひとひ》きこゆる園《その》ひろからず
いちはやきつつじの若葉目にたたず乾ける園は清くおもほゆ
かへり来て水をのみゐし幼子は風ふく外にまた出で行けり
あたたかに輝きし日の暮がたと思ほえぬまで暗くなりつつも
静かなるしろき光は中空《なかぞら》の月より来《きた》るあふぎて立てば

皇軍

天つ日を仰ぎみるごとく明らけきすめらみいくさの一人《ひとり》ぞ君は

おのおのの捧ぐる銃《つつ》にまごころも猛《たけ》きちからも通ひたらむぞ

朝なあさな表の道をとほり行くおびただしき靴の音こそさやけ

かの清き喇叭の音を先だてて行きにし隊をわれ忘れめや

まごころを一つ挙《こぞ》りにささげつつこの戦を終《つひ》も勝たむぞ

おごりたるみにくき敵ぞ憎しみを注ぎて撃たむ君が手力《たぢから》

靖国の庭に立つこの壮丁はいま戦に行かむとぞする

木の若葉草の若葉に天つ日のかがよふ時ぞ強く立つべく

浄火

私《わたくし》のそそぐ涙もある時は浄き炎のごとくあらむぞ

しづかなる御名《みな》をとどめて現身《うつしみ》にいませる時の戦ひのさま
昼飯《ひるいひ》をひとり食へれば器《うつは》より漆《うるし》の香して母しおもほゆ
わが窓をつたひし猫が浅宵の靄ある土に降りし音する
雪柳のこまかき花はむしあつき日に輝きて心うとしも
二重なる硝子戸の部屋に幼子が泣きゆふぐれのもの音もせず　　長女入院

山本司令長官戦死

陣頭の空におごそかに終りたり戦ふ軍をひきゐし君は
無限なる勇猛をもちて天雲《あまぐも》のうへに戦ひし大きもののふ
天皇《おほきみ》につかふる君は海軍のいさをしをこそ捧げたりけれ
生死《いきしに》は共にあらめと海《うみ》の軍空《いくさ》の軍をひきゐたまひき
ふるひ立つ猛《たけ》きこころを国民《くにたみ》の胸につたへて君はかなしも

アッツ島忠魂

いで征きし二千の軍は戦ひて北とほき島ゆ還りたまはず
永劫《とことは》の声きくごとく霧こめし夜《よる》の突撃をしぬび居らむぞ
傷病の兵はつひの夜の戦ひに加はり得ねばみづから果てき
みたま等のきびしき死《しに》に続かむと誓ひて立てばわれさへ清し
アレウトのアッツの島はとこしへに雪をたもちて悲しくもあるか

山本元帥国葬

玄鳥《つばくろ》のこゑする道に御柩《みひつぎ》にさきだつ楽《がく》の音きこえそむ
いさをしのうづの光とかがよへる元帥刀をささげ行きたり
ぬばたまの黒き台《うてな》に勲章をかかげて過ぐる今のまさかを
白妙《しろたへ》によそひし柩《ひつぎ》砲車にてすぎゆく時の音を聞きつも

もののふのつひの葬《はふり》は朝ぐもりしづめる道を過ぎたまひけり

前線

出で征ける南の島の皇軍《みいくさ》はわがむらぎもの心とよもす
みいくさは目前《めのまへ》の島に来りたる敵を怒りて戦ふらむぞ
ソロモンの海のいくさを昨夜《きぞのよ》につづきて聞かむ朝あけわたる
ソロモンの島のきびしき戦に日をつぎてこそ皇軍《みいくさ》はあれ
わたつみの沖に天《そら》うつ波のごと戦ふ力かぎりあらめや

轟音

浅宵のしばし聞こゆる飛行機のこごしき音は遠くなりたり
おしなべて厳しき時ぞたちはしり働くいのち和《のど》にあらめや
いのち足りてたたかひ果てしますらをの御霊《みたま》のまへに吾は立たむぞ

唐突に大き音せし夜の虫を机の上にたたき落しぬ
茅蟬《ひぐらし》のこゑのきこゆる暁や戦につきて歓《よろこ》びあらむ

新　秋

雨晴れて澄みとほりたる日の光はからずも吾が部屋にさしをり
をりをりに防火用水をうごかして風ふく道は夕明《ゆふあかり》せり
ゆふ街のいづれ向きても屋根かげに月こもるかとおもふ明るさ
もろもろをおなじ衡《はかり》に量《はか》れよと聖《ひじり》はいひていまぞ身にしむ
目も口もさながら蟹に似るべしと人のいひたる諧謔ひとつ
しづかなる天《そら》をとほして照りてくる月の光は坂にかがよふ
あきらけく月照る外は鳴く虫の声のみならぬけはひこそすれ
浅谷《あさたに》の家むらに照る月ゆゑに茂れる黍《きび》の畑あかるし

空軍讃

戦ひの力によりて勝たむとぞわが空軍は天《あめ》にとどろく
ひさかたの天ゆ皇軍《みいくさ》のとどろきを聞かむ国民《くにたみ》は仰ぎ立てれば

忠霊讃歌

もののふはつひの命をたたかへる地《つち》にとどめて顧みなくに
戦ひてささぐる命ことごとく雄たけびにけむ浄《さや》けしとこそ
現身《うつしみ》にあらぬ御霊《みたま》は母国《ははぐに》に光のごとく還りたまはむ

野分

雨はれて風たえまなき昼すぎの部屋に居しかばすでに日ぐるる
あらし過ぎ輝きし日のつづきにて茂る欅も見えがたき闇
槻落葉あしたの風にかたよりて鋪道にみゆる楽しきは今

妻子《つまこ》らとゆく片側は時すぎし梨畑にて下の青草
野分《のわき》だつ風ふきながら椎《しひ》の木《き》の枝ひかるまで夕明せり

樹　下

昼さむくそそげる雨は楠《くすのき》の樹下《こした》の砂にこともなく沁む
電車より御濠《みほり》の水は常みえて雨のゆふべは広くおもほゆ
夜ふけて起きつつ居ればめざめたる幼子に吾ものを言ひたり
しばしばも通り雨ふる宵口に幼子いねて汗の香ぞする
わが家に帰りてくればこのごろは窓の硝子は灯が映りをり
わけもなく屋《いへ》のかげより現れてとべる鳩らを吾はあふぎぬ
どの窓も金属のごとき光して下のかぜ吹く道より見ゆる

東条首相放送

国民《くにたみ》の力こぞれよと喚《よ》ぶ声はさながらにして戦陣のこゑ
さやけしと心あらたに戦になべてしたがふ今のうつつぞ
戦ひのきびしき時に無為にしてわれ一人だに過ぐべしや否
始終なく無限の猛きまことなるますらをのための鋭き武器ぞ
いにしへゆ見たまふ神はあきらけく決戦の日に我に幸《さきは》ふ

学徒出陣

大君《おほきみ》のみことのまにま承《う》けつぎし血潮のまにまいで立つさやけ
今こそはこぞりて立たむ戦のきびしき時に身をしささげて
言《こと》絶えてきびしく迫る戦にしたがふ時はきよき御盾《みたて》ぞ

挙　国

親しめる家《いへ》の業《なり》をもなげうちて戦ふ力ただにささげむ

決戦の日に国力《くにぢから》うちこぞり一ついきほひはさやけくもあるか
生《なま》ぎきのことを言はずに我々は戦ふ力常にはげまむ
飯《いひ》をくふ時のあひだも戦につながる故につつしむ吾は
朝な夕な槌《つち》もつ君は戦争に直接にしていのち甲斐あり
たたかひに勝つ国民《くにたみ》はこだはらぬ猛きちからを新しくせむ
雷霆《いかづち》のはたたく如くまのあたりに戦ひ勝たむ時は来むかふ

第　三　年

大詔《おほみこと》あふぎて読めばかしこきや戦ふ力かぎりも知らに
大きなる日はめぐり来ていまさらに戦ふいのち浄くおもほゆ
ふるひたち猛き力ぞよみがへる十二月八日めぐり来ぬれば
祖国《おやぐに》は今日をあらたに決戦の第三年につよく立ちつも

ブーゲンビル島沖航空戦

ブーゲンビル沖に皇軍《みいくさ》のせまりたる天《あめ》とどろきを胸にしぬばむ
すでにして暗きわたつみに雷撃の航跡みゆと報道にあり
飛行機がいのちもろともに敵艦にひくく迫りし戦ぞこれ
勝ち勇むわが空軍を天皇のよみしたまふるうづのみことば
飛行機に燈《とう》をともして敵艦にせまりし命かなしくもあるか
戦艦をほふらむとしてひたぶるの命ささげぬますらを君は

ホーネット号記録映画

敵側のとりし映画にて攻撃のわが飛行機が小さくうつる
聯装の砲息もつかず火をふきてこの厳しきを弾幕といふ
急降下してやや遠くより迫りくる我が飛行機がうつる時のま

いらだたしき砲弾のなかをせまりたる飛行機ひとつ涙ぐましも
雷撃のたふときけむり甲板の下のところよりむくむくとして
自爆する飛行機が見え遠ければ海にいたるまでにいとまありけり
何もなき甲板がうつり時経ちて消火ホースが甲板にあり
雷撃を逃れむとする軍艦が海のうへ低く旋回をせり
この火にてホーネット号しづみきと思ふあひだに映画終りぬ
わたくしの胸たぎつまで厳しかる防禦砲火をつきて戦ふ

暁　天

街屋根の上にあらはれし赤き日にまぢかき吾は照らされにけり　防空演習立哨
ゆらゆらとくれなゐ動く大き日は装《よそほ》ふ雲のなかに見えをり
ひむがしの赤き光はしづかなる屋上にさし吾ひとり居り

朝の日のにごれる紅《あけ》は目のまへに澄みつつゆけり尊きまでに

ギルバート沖航空戦

雷霆《らいてい》を将《ひき》ゐしごとき皇軍《みいくさ》は敵艦隊にせまりたりけれ
ひとときに響きなだれし飛行機はわたつみの大きなる敵を沈めき
雷撃のこごしき音の中心《まなか》なる戦ふいのち吾はよばはむ
ただならぬ敵艦隊のこぞれるを昨日もけふも出でて撃ちにき
現身《うつしみ》を超えほむらだつまごころのまにまに猛きみいくさこれは
敵の艦《ふね》マキンの島の環礁に居りたりしかばうちて沈めき

タラワ、マキン島忠魂

あらはなる珊瑚礁の島に戦ひし猛きみいくさ諸人《もろびと》泣かむ
千五百の兵に劣らぬまごころを大君にただに献げし御霊《みたま》

任《まけ》をもち行きし兵ならぬ御霊らもつひの命をたたかひに果つ
白雲のかがやく海の二つ島タラワ、マキンはとはに悲しも
私《わたくし》のなみだの後にいさぎよき御霊《みたま》らのまへに誓ひて立たむ

無　畏

幼子のもてあそべるは山茶花《さざんくわ》のはなびらにしてかすかの香あり
昼すぎの一時《いちじ》になりて冬日照る外より寒き部屋にもどり来《く》
秋の日ざし冬の日ざしにつらなめて甘《あま》くなりたる柿を食ひつも
夕ぐれの庭を見しかば裸木《はだかぎ》にまつはるごとく煙なびかふ
みづみづとしたる夜天《よぞら》よ渦《うづ》のごと湧く白雲のあひだに見えて
充ち足らへる人のたもたむ幸《さち》といへど心畏れなき人もたもたむ

昭和十九年

補遺

火に於ける燄《ほのほ》のごとき境界と徴用に従《ゆ》く友を祝ひぬ　燄五首

家財つみし馬車がとほりぬ戦にかかはりありて虔《つつま》しきもの

雪とけて音なき夜の裏庭に白き椿は月に照りたり

天つ日の光にまじはり空ゆきて特別攻撃隊は還りたまはぬ

ひたぶるに捧げつくして誉ある神風隊は涙ぐましも

戦艦の砲よりたけき光いでて比島沖海戦をうつつにしぬぶ

裏庭の椿に雪のふる音はしづまりゆきぬ部屋に居たれば

夜のまもり朝のまもりにとよもせる空軍《そらのいくさ》にさきはひたまへ

東《ひむがし》に月のいづべくありがたく明るくなりぬ夜の天《あめ》の門《と》

槻の木に夕雀来てさわぎしを槻落葉してこのごろ聞かず

たえまなき春のはやちに揺れながら麦畑なかのゆたかなる梅

配給のわづかの魚を火にかけて焼けばかぐはしき魚の香ぞする

勝いくさ今こそあれと猛りたる島をおもひて家居りがたし

海《わた》なかのテニヤン島にかがやける照明弾を遠く見きといふ

戦ひは感傷を超えてよろひたる猛きたましひを要約とせれ

児童らが声をそろへて駆けるとき寒きちまたにこゑぞ聞こゆる

工場に夜昼となくたぎりたち燃ゆる炎をわれは尊ぶ

後記

本集は昭和十五年後半から昭和十八年末までの作歌四七五首を内容として、前集『歩道』につづく私の第三歌集に当る。ここにあるのは『歩道』からの平凡な連続であり、もとより果敢ないかすかなもので、新しい進展とか飛躍とかは見るべくもない。さきに『歩道』を整理した時には、新なる出発を誓ふ覚悟も当然あつた筈であるけれども、実行には力量を伴はなければならないから思ふやうにはいかなかつた。

しかし、私はこの四年間をただ無為にして送迎したとも思はない。やはり非才ながら力量に応じた努力をささげて作歌をつづけたのであつた。そこで、不遜を顧みず少しく内証を露はすなら、私は斎藤茂吉先生の教をうけ、アララギの信条にすがつて短歌の写生を追究しようとした。この覚悟は昨日より今日につづいて渝るところがない。この限に於いて、作歌の態度は卒然として革ることを要しないし、私はみづからの旧態依然たることを恥ぢない。

さうして、私は念々に写生を希つて自然に参じようとした。先進が崇高な忍苦を以て自然に対したことを思つて、みづから励みつとめた。自然を見ると謂つても、これは一生の為事であるから、私のごときは未だ徹底したものではないが、然し希ひ求めることに依つて、自然に対しやや敬虔の態度を持し得たのではなからうかとも思ふ。私は何時ごろからか歌は「讃嘆」の声であるだらうと思つた。これは抒情詩の常識であるといへば、その通りで別に新しい発明といふ訣でもない。斎藤先生も古く「歌は歎きである」と云つて居られ、伊藤左千夫先生にも「叫び」の説があり、私は夙く両先生の語に親しんでゐたのであるから、私の想念もその同心円の更に小なるものに過ぎない。然し漸く近頃になつて、私は作歌実行の過程に於いてこの事を稍切実に感じたのであるから、記念としてここに記し留める。

前集『歩道』は支那事変の渦中に昭和十五年に発行になつたが、戦争関係の歌は多くはなかつた。然るに昭和十六年十二月八日を以て皇国は大東亜戦争に突入し、隆替をこの一戦に賭けることになつた。肇国三千年の光輝を負ひ、大詔を奉じて戦ふ国の上に勝利は必ずある。しかも我は古より神々の見たまふ国である。この信念は金剛不壊であるが、この比類なく盛な而も厳しい時に際会して、戦ひ勝つためには国民は赤心と力とを捧げねばならない。私は以後感奮して戦の歌を作つた。さきにいつた「讃嘆」の傾向が自然ここに流露したといふ点もあつただらう。

山水草木を歌ふのは、子規以来の伝統によつて耕された圃苑であるから、私といへども培養の功を見難くはないが、戦ひの歌は難しい。ひとり新しい耕墾であるばかりでなく、烈々の主観と縦横の技巧とがなければ、ただの累々たる概念と類型とに終らうとする傾きがあるからである。さういふ困難のために、さきには一歩退いて居たところに今は顧みる遑もなく立ち入つたのであつた。作の結果は如何にもあれ、皇国民として又歌つくりとして当然の要求に従つて進んだので、私は纔かに斎藤先生の作品にまねび、他に記紀万葉から古詩の飜訳類を参考として覚束ない武装をしてゐる

　そのうち、昭和十七年秋に臥床し、作歌も暫く休んで上総勝浦に滞在し、翌年一月から再び勤務に服ふやうになつた。早春の一日轟々たる風を聞いて新しい元気を呼び立てようとしたのもつひ此頃のやうな気がしてゐたが、祖国は間断なき戦を進め、私も厳しい日常に立ち交つて数々の尊い体験を閲しつつ昭和十八年が終つた。聖戦の前途はいよいよ重大であるが、今や国を挙げて必勝無畏の力に徹してゐる。かすかな本集の終りに、「充ち足らへる人のたもたむ幸といへど心畏れなき人もたもたむ」といふ一首がある。私自身これを単なる偶然と思つてはならない。これを以て本集の跋とする。昭和十九年三月三日、佐藤佐太郎識。

立房

昭和二十年

晩　夏　光

昭和二十年八月十五日、家族とともに茨城県平潟町にあり

ひたぶるに胸肝《むなぎも》あつきみことのりやうつつの御声《みこゑ》ききたてまつる
かすかなる民の一人とつつしみて御声のまへに涙しながる
おほみこと宣《の》らせたまへば額《ぬか》ふせるいのちの上にみこゑひびかふ
こゑひびく勅《みこと》のまにまうつしみの四肢ことごとく浄からんとす
あかあかと燃ゆる火中《ほなか》にさくといふ優鉢羅華《うはつらげ》をぞ一たび思ふ
武装なき国土《くにつち》の上にとこしへの光はみちて栄えざらめや
承けつぎし血しほをもちて天皇のみたまふ国にいのち生きなん
なでしこの透きとほりたる紅《くれなゐ》が日の照る庭にみえて悲しも

青天《あをぞら》をとほしてそそぐ光とも思ほえぬまで畑まばゆし

山　河

ことごとくしづかになりし山河は彼《か》の飛行機の上より見えん

味噌汁をあたたかに煮てすするときわが幸は立ち帰り来ん

われひとり目ざめし夜半《よは》に柿の葉を照らして白き月かたぶきぬ

眼をとぢてわれは思ひぬ清き香は夜昼となく地《つち》より立たん

天つ日の高くのぼりて照らすとき地明《つちあか》く走る水も明しも

青　草

九月単身上京、知人宅に仮寓す

つちかへる草おのづから生ひし草青きを見ればなべてさやけし

焼跡のみち歩み来ていくところにも鶏頭の花日にあきらけし

見馴れつつなほ寂しきか人たちて防空壕をうづめ居る時

やや遠き花の香のする風のごときざせるものは形とならん
戦は過ぎけるかなと蓖麻《ひま》の花のこまかき紅《あけ》も心にぞしむ
天《そら》とほく青きを見れば立ち出でてことゆゑもなく心いたいたし
青々と陸稲畑《をかぼばたけ》のひいでしは異草《ことくさ》よりもこころしづけく
われ独り聞きつつをればいち早くこの家のうちに牌の音する
ともなへる嘆きは常にかくそはず瞳にありと人いはざらん
風はかく清くも吹くかものなべて虚しき跡にわれは立てれば
暁のまだ暗きより火を燃して味噌汁を煮きわがふるさとは
刻みたる茗荷を食ひぬかすかなるこの喜びを一夜《ひとよ》たもたん

夜　音

撫子《なでしこ》のをはりし庭に虫がねのさやけきこゑは夜々にきこゆる

胃のいたみ鎮りゐたるさ夜なかに青柿の実の土に落つる音
妻の手紙よみつつおもふ互《かた》みなる吾の手紙も悲しからんか
東京にひとり明け暮るるわれのために白き糯米《もちごめ》を少しくれたり
窓あけて夜半《よは》にゐしかど電燈にくる虫もなき夜ごろとなりつ
虫が音のさやけき夜《よは》に新なる心のきほひ来らんとする
雨ながら更けゆきし夜《よる》煎豆をひとり食へれば背なかが寒し
庭の木に風の音する宵にしてこころ寂しきはいとまあれやも

秋　日

妻子を見に帰りしその都度の歌を録す

光りつつ低きくさむらにゐる蛍秋宵空を遊ばずなりぬ
庭に来てわれは立てれば日に干せる大豆の莢《さや》はかわく音する
さまざまに心あそびて吾が倚《よ》れる柿の木の幹あたたかにして

頭髪《かみのけ》があたたかきかな幼子は外の秋日にあそび来しかば
道のべの蕎麦《そば》の畑は輝きてしげくもあるか朝のつゆじも
朝々に霜のふるべくなりしかばよつづみの赤き実はうるるらん
この通ふ風の奥がに在るごとく青々として見えをる天《てん》よ

冬　原

十一月末、蒲田に焼残れる家を借りて妻子とともに移る

つやつやと日に輝ける紅《くれなゐ》のあかざがありてこころなぎなん
七輪に焚火をしつつ熾《さか》んなる炎はたのし夜ふけゆきて
朝さむき曇とおもひ家裏に焚木を割れば音ぞひびかふ
焼跡の原に水たまる池ありて反照しをり歩みてくれば
紅にあかざうらがれんこの原にゆふべの光しばし射したる

ことごとく赤く枯れゆきし蓼《たで》などもまじりて原は寒くなくたり

焼跡の広くひらけて冬来むかふ今日の夕空きよくもあるか

往　反

ところどころ紅葉《もみぢ》うつくしく寒くなりし焼跡のみち朝々とほる

あらくさの枯れゆく原に朝《あした》より雀むれとぶ冬日となりつ

蓼も葦も枯れたる溝はきぞのよの時雨《しぐれ》はれしかば水きよくして

汽車の車輪の澄みしひびきが思ひがけず昼の事務室にきこえくる時

黄いろなる銀杏《いちやう》の落葉かぎりなく道にうごきて一日《ひとひ》風ふく

街ゆけばくさぐさのもの売りをりて苺の苗を今日は買ひたり

澄みはてて北とほき天《そら》ひらけしに煙のなびく煙突が見ゆ

買ひてもつ苺の苗は青き葉に紅葉《もみぢ》してあかき葉のまじりたり

夕はやき電車にのりて日毎なる宵やみきたる帰りつくまに
ところどころ水たまりある夕道は右よりひくく月のさしをり
宵さむく家にかへれば燈のもとに妻子らの著る蒲団うつくし

短　日

寒き日に鮒うりをれば並べたる二つの鮒をわれは見てたつ
ひろびろと天晴れし日の昼すぎに巷《ちまた》あるけば道のうへ冷ゆ
道のべに物売るなかにうづたかき蜜柑をみれば黄はあざやけし
パンを焼く家の裏口とおもほえて香ぐはしき午後の路地をとほりぬ
常よりも早くかへりて幼子のために蒲団を敷けば日暮るる
幼子のあそびし跡のすべすべとしたる畳に柚《ゆず》の種《たね》ふたつ
ゆふまぐれ寒く居たればだしぬけに吾家《わがや》動きてトラック過ぎぬ

物はぜるけはひせしかば傍らの電熱器にて焼かれたる蚊よ

月

燈皿《ひざら》のごとき形のたふとくて二十三夜の月のぼりそむ
かがよひを持ちてともしびの皿のごと二十三夜の細き月はや

独　語

つつましき心をたもち居らんときいづる言葉も浄《きよ》くしあらん
いにしへの嘉言《よごと》はありてたまさかに吾が悲しみの凪ぐる時あり
浄きものきたなきものは尽《ことごと》く大き流のごとく過ぎをり
胃をやみて心よわきか寒き夜を忉々《たうたう》として吾は眠らず
一日《ひとひ》づつ過ぎゆく現《うつつ》ありありと吾のただよふ今の現《うつつ》よ
かなしみの風よろこびの旗ありきかかる一日《ひとひ》を心にとどむ

見ゆるもの聞こゆるものは明《あきら》けき形にむかふ時のひらめき
わがこころ蠟《らふ》のごとしと夜半《よは》をれば轟々として遠き風あり

寒　風

寒き風天《そら》よりふきて夜あけたる朝《あした》の原に雀のこゑす
くぐもりに交はる富士の雪山がおもむろにして見えそむるころ
焼跡に防火壁のみ残れるがおもほえぬとき幅広く立つ
いつしかに心はかなく午《ひる》までの永き曇が晴れてをりたる
家あひの天のはるかをしづかなる鰯雲《いわしぐも》移るけふの昼すぎ
暁のさむき時雨《しぐれ》の音きこゆわが窓したの砂利のあたりに
こまかなる檜《ひのき》の落葉たまりをり時雨はれゆきしこの昼つかた
冬の日のさせる畳にいづこより来しか老いし蠅ひとつ居りたる

孤《ひと》りなる心のごとく居りしかど一日一日《ひとひ》はきびしく経ゆく
掌《てのひら》のかわけることも心うとく朝《あした》より雨さむく降りをり

補　遺

如月《きさらぎ》の雪のこる夜につどひたる友らは共にはげみゆかむぞ
終戦の象徴《しるし》となりし爆弾の天《あめ》に触るるまで高き炎よ

昭和二十一年

暁　天

よもすがらおごそかなりし寒空《さむぞら》を明けがたの風はじめて音す
緑の菜いく株はいま霜どけのみづみづとして音も聞くべく
吾ひとりあからさまなる屋上にをれば空気は潮の香ぞする
屋根にさせる日が入りしときつつましく暫く清き天《そら》をふりさく

日のいりし後の夕にはるかなる雪山のうへの青き天《あめ》の門《と》

凍　土

目ざめつつ吾はおもひぬ夜もすがら月照りをりて土は凍らん
霜どけのいまだ凍らぬゆふぐれに泪のごとき思ひこそ湧け
幼子を叱《しか》りてゐしが六年《むとせ》まへの今日生れたることをし思ふ
なにもかも虚しきごとし青曇《あをぐもり》さむきゆふべに猫のこゑする
貯への葱《ねぎ》うつし植うるわづかなる裏の空地《あきち》のゆふべ霜どけ

雪　後

よもすがら雪のうへにて清くなりし外の空気に椎《しひ》の枝みゆ
雪どけの音しきりなる厨《くりや》には洗ひてまなき人参を置く
生活は虔《つつま》しきかなや夕ぐれに凍る干物《ほしもの》を妻はかかへて

ありふれし瑣事とおもへど燈をひくめ妻の白髪《しらが》をぬきてやりたり
朝《あした》よりふる寒《かん》の雨《あめ》しげからぬ音ききをりぬ春は近けん

余　光

きさらぎのつめたき風に群竹《むらたけ》のなびくこずゑは日の余光あり
この昼の道にただよふ泥の上にあふるる光春は来むかふ
ふりいでし雪しろく見ゆ幼らが寒くあそびけん莚のうへに
折々に心さびしききさらぎの昼のはやちを部屋にゐて聞く
白魚を貰ひてさむき夕ぐれの板の間に置く妻かへるまで

水　辺

冬のまに風切れしたるそこばくの枯葦《かれあし》の茎日にしかがよふ
冬こえし草にとなりて新しき萱草もえぬここの水のべ

茎のなき草のたぐひよ水のべに萌えつつ冬をこえし青草
蕗の薹ややのびゐたりその茎の上にこまかき花むらがりて
山吹のつやつやとして緑なる枝うごかしし言ひがたき風

春　来

焼あとの原とほりゆく朝々の道にかすかなる水の音する
やはらかき蓬《よもぎ》の萌えをうごかして風ひくく吹きいまだ寒しも
鮒《ふな》五つついでに買ひて春まだきの清きゆふべを家に帰りぬ
ゆふあかり處しくして若草の香のただよへる道を来にけり
道のうへ樹々のうへ石の上なべて日の光りたる一日《ひとひ》なりけり
明るさを保てるゆふべ暮れゆきて宵にレモンを食へば香ぐはし
わが妻が今夜《こよひ》荷物より取りいでし麻の一束《ひとたば》さながら清く

かの朝の窓ひとときに明るかりし梅の群花《むらばな》いまだ忘れず

車　窓　外

焼あとにあらはに見ゆる墓《ぼ》石群《せきぐん》に人は訪ひ来ん春日となりて
ここにして火をまぬがれし木立あり交りてあかき椿さきつつ
埋立の平《たひら》潮干の渚《なぎさ》など家あひにしてしばしば霧らふ
おぼおぼとしたる潮干にゐる鷺の光のごとき白きもの等よ

彼岸前後

春いまだ寒き朝々もろともに吾が妻も瞳《ひとみ》さやけくあれよ
ひとりのみ家ごもり居る風の日に鼠がさわぐ壁のなかにて
小墓地は彼岸まゐりの人去りし後にて東よりひくく吹く風
春彼岸のひややけき風障子より部屋にかよひてわれ一人をり

とどまらぬ春のはやちや鋤きてある田なかの土はさながら重し

幼子《をさなご》が香のなき蜜柑くひてをり寒き昼にて外の風音

亜炭たくにほひ流れしむらさきの夕暮にしてもののこほしき

川のごと薄明りせる道みえて三月するの夜の雨ふる

最上川畔

三月末、山形県大石田町に行きて病牀の斎藤茂吉先生に見ゆ

家なかは寒しとおもひ雪どけのしづくきこゆる君のへに居し

板垣家子夫氏とともに深き雪の上を歩む

橋下《はしした》にいさよふ水は風に似し音をつたへてこころにぞ沁む

厚らなる雪の断面の見ゆることもありてゆたかなる最上川《もがみがは》ぞひ

最上川を中にはさみて此の岸も彼の岸も雪しづかに白し

雪山に日の照らふときひさかたの天《あめ》を限りてかがよふ山よ

雪の上にまれに小鳥のこゑしたる大川ぞひの部落を過ぎぬ

雪のうへ歩みて来れば昼すぎの日に影おとす高き梨の木
雪山のつらなるなかの船形《ふなかた》の山はここより厳かに見ゆ
しづかなる午後とおもひて川岸のうるほへる雪ふみつつ立てり

朝ひとり雪原を行く

朝けより出でて来ぬればしろたへの雪あきらけし最上川岸
最上川の早きながれを見て立つや岸の雪原に音もせなくに
川水にただに迫りて厚らなる雪の断面の光るときあり
雪の野をはやく流るる大川にをりふし水の打合ふ音す
朝の日に枝ひかりたる桑の木がまばらにつづく雪の上の道
おのづから心たかぶりて歩みゐき音なき川に添へる雪原
雪どけのころ近づきて静かなる雪原にまれに杉の落葉あり
岩のごと川におちいりし雪あればそこにかすかなる水音きこゆ

黒滝の山といひたる低山に雪崩《なだれ》はこごし近づき見れば
雪原が山につきたるところにて最上の川は瀬の音ぞする
雪山の下にうねれる川の瀬のさびしき音は聞こえそめつも
最上川ひとたびうねるところよりおぼろに遠し鳥海山は
かたまりて部落のみゆる雪原を日に照らされて戻りくる吾
朝はやき山の為事《しごと》にゆく橇《そり》にときどき逢ひて雪道もどる

花　影

四月はじめ青山墓地下の家に移る

かげろふの微かにうごく墓石みゆ木々の茂りのところどころに
前方に花さかりなる桜あり鋪道のうへに日かげをなして
樫の木の上に月いでてみづみづとしたる夜空を窓よりのぞく
うるほへる藍いろをして宵空は明るくなりぬ月いでしかば

まれまれに昼家にゐる一日《ひとひ》にて青山墓地に鴉は啼かず
かぎろひの春日にいでて来しときにしんかんとして日陰《ひかげ》ありたり
菜の花はひたすらに黄にかがやきて帰りくる青山南町のみち

暮　春

ゆく春の曇空《くもりぞら》みえてやや高き三階に居れば寒し日すがら
はやはやも春くるるらし幾日も銭湯に行かず吾をりしかど
門口《かどぐち》に人来しかなどとあやしみて雨しげき夜にひとり覚《さ》めをり
ゆく春のまどかなる月そとに照り楽しかりしが夜ふけて寒し
行く春の道にやさしき音したる風にあそべる砂といはんか

立　房

しづかなる若葉のひまに立房《たちぶさ》の橡《とち》の花さきて心つつまし

すがすがとしたる辛夷《こぶし》にちかづけば暖き日ににほふその花

随　想

こころより吾は思ひてをみなゆゑ胸ゆたかなる妻を愛しぬ
釘にかけていまだのこれる一束の麻を清しといひて手ふれつ
先生はいまだ病みふしゐたまはん雪きえて梨の花さくころか
ゆゑよしもなく驚きて人参の五寸余のびし赤き根を見る
今日の昼あそびの如く相言ひし言葉のひとつインフレーション
幻のひとつなれども耳もとに言ふごとき母のこゑが聞こゆる
いかりたる後ゆゑ妻があはれにてならず樫の木のしづくする路

新　音

かすかにて新しき音われは聞く蚊がひとつゐて近づくときに

いそがしき心になりて夜の蟻ひとつ動きゐる畳に立ちぬ

酢くなりし酒をのみたり春くれて夏に移らんころの一夜《ひとよ》を

折々に鳥なく首夏の夜なりしがつひに更けたり部屋さむきまで

万　緑

しろがねの如き光をたたへたる朝の麦畑にいでて来にけり

青山の墓地をおほへるひといろの緑のなかに鳥も聞こえず

家くらき朝《あした》の雨にいでくれば木々の緑はなべてゆらぎぬ

そこここに花明るかりし日ごろ経て心いそがしき若葉となりつ

茱萸《ぐみ》の実はいまだも青く旅にある童馬山房先生こほし

むらさきのおぼろの花は濠水をへだてて見ゆる桐の高木に

旅だちて行かんとすれば木々の若葉みどりも樺もにくくあらなく

樺いろにかなめ若葉して青山の墓地はかがよふ昨日も今日も

札幌雑歌

身にしみて緑にもゆる柳あり豊平川のたぎつ川洲《かはす》は

霧のごとつめたく明けん夜半《よは》すぎし二時半ごろに目ざめゐしかば

ここにして寒き木立の下かげに延齢草のきよき白花《しらはな》

ひややかに日暮れかかれる窓そとは李《すもも》の花はいまだ過ぎなく

暁のまだおぼろにて奥ふかき風の音する楡《にれ》の高木は

ひかり持つ紫花の立房《たちぶさ》は梢にみゆるリラ咲きしかば

朝あけてまだしづかなる空が見ゆ木々の青葉のうへの朱雲《あけぐも》

年ふりし梨の高木に白花は六月二日あふるるばかり

林檎さくところを行けり紅に白まじはりて日に照らふ花

その枝もその青き葉も花とともに林檎畑はかがよふ光
朝の明りしづかに永き六月の或る一日をつぶさに迎ふ
帰りきて卓に手帳を置くときに無為にして過ぎし日と謂はざらん
北窓のせまき庭にはつよき日の光ゆらぎて木通《あけび》の葉あり
帰るべき日はちかづきてアカシヤの白花房《しろはなぶさ》もこころしむもの

散　策

たえまなき風にさやげる笹原に折をりに鳴く春蟬《はるぜみ》のこゑ
のぼり来し峠につづく山の畑なだりは広し土ならされて
ひろらなる山ふところに畑つづき白き杏《あんず》のさく農家あり
耕して土あたらしき山畑にせまれる木々も笹原も風
畑くまにイタヤカへデの高木あり細かき花は土にちる見ゆ

ひとなだりの畑をすぎて山原にまた赤土の見ゆるは親し
青山のかさなる奥に雪山は悲しきまでに見えわたりけり
日の光たのしき山にひぐらしに声似し蟬がなけば聞きをり

石狩川

昨夜《きぞのよ》の雨のにごりのたぎちくる石狩川は風さむきかも
石狩の川をわたりぬ音江山のところどころに雪あきらけく
虎杖《いたどり》のふとく萌ゆるはこころよし石狩川の曇る川岸
川原《かはら》とも川の中洲ともおもほえて柳の緑けぶりたる見ゆ
谷地梻《やちだも》の林あかるき若き葉は風に音する川ぞひにして

野幌原生林

年ふりし木々のしげりの下道におのづからなるぬかるみのあり

太き木々高き木々なべてうごくごと林のなかは若葉したりぬ
ミヅナラやイタヤカヘデが梢より風にうごきて若葉さやけし
林間をかよへる路のひとところ辛夷《こぶし》の白き花ちりやまず
茂山《しげやま》の若葉かがよふなかにして声とほりなく山鳩ひとつ
太木々の林をゆけばをりをりに下草に空の青がかがよふ
風わたる音のさびしき樅《もみ》の木も蝦夷松《えぞまつ》の木もまじり生ふる山
おほよその緑のなかにくれなゐの若葉まじはる山中に来し
うすぐらき木下とおもふ蕗の葉に天道虫《てんたうむし》がひとつ居りたる
若葉ゆゑこの香ぐはしき光あり高き梢は風に音して

洞爺湖

くもりたる色をたたへし湖は穂にいづる麦の上に見えけり

みづみづと青き虎杖《いたどり》のしげりあり湖岸《うみぎし》にして風に吹かるる
しみとほる雲の紫ゆふぐれの湖《うみ》をおほひて一時《ひととき》こほし
曇りつつゆふぐれ永き湖をわたらふ鴉まれに行くみゆ
ときどきの風つよくして湖はいくところにも風明《かざあかり》せり
平手《ひらて》にてたたく如くに湖のくらきおもてを吹く風きこゆ
このひろき山の湖は風のむた動きてやまず夕暮れんとす
限りなき音をつたへて洞爺湖に雨しぶきたる宵のひととき
洞爺湖《とうやこ》に一夜《ひとよ》やどれば光りなき波動界にて風の音する

昭和新山

内部より火のたぎち鳴るおごそかを昭和新山はまのあたり顕《た》つ
まれにして虎杖《いたどり》おふる裾原や去年《こぞ》の噴火の灰ふかぶかし

一山をこめて煙のいぶき立つ山いただきは風のむた見ゆ

人のなき古へのごと山ひびき天《あめ》ひびきする原のはての山

吹く風のひまに聞こゆる煙立つ山の頂の如何なる音ぞ

新しき火山の泥の乾きたる亀裂おびただし見ゆるなだりは

山膚《やまはだ》のあらきところに近づけば白きは塩のごとき軽石

この山の雨をあつめて流れたる川の跡あり石あらはれて

あらがねの土より軽くやはらかき灰おほふ山踏みつつ登る

地《つち》の火のわきたつ響き波のごときこゆる山にのぼり近づく

新しく灰泥をもて成り成りし山にて生けるものを交へず

新しく成りて草木をたもたねば灰おほふ山に雲の影うごく

のぼり立つ外輪丘のいただきは降りたる雨のなごりあらはに

まのあたり灰泥をもて覆はれし山に日すがら水音もなし
たえまなき白きけぶりは中央に燃ゆるこごしき峰より立てり
底ごもるこの怖ろしき山鳴の音にむかへば現身《うつしみ》あはれ
こもりたる火の音きこゆこの山のいぶきは天《そら》に立ちのぼりつつ
火の峰をまぢかに見れば渾沌としていぶきたつ生成ぞこれ
とことはに地にこもれる火のたぎち峰の岩々は鳴る音ぞする
いぶき充ちもゆる巌《いはほ》をよろひつつ地《つち》の基《もとゐ》は眼のまへに顕《た》つ

夏日雑唱

あらかじめ暑き一日《ひとひ》の朝《あした》にて窓よりいづるわが部屋の塵
つるし置く塩鱒ありて暑き日を黄のしづくまれに滴るあはれ 註
音もなき外の日照に青き実のつやつやとして見ゆる柘榴《ざくろ》は

註　昭和六十一年十二月刊の『自選歌抄』にて「つるし置く塩鱒ありて暑き**ひる**黄のしづくまれに滴るあはれ」と推敲。

おほよその緑の中に竹煮草のぬきいでし穂は白くそよぎぬ
トタンのさびしきりに落ちて吾のこもる勉強小屋はゆふべ明るし
幾年《いくとせ》の吾のこころか蚊帳《かや》つりて夜のいぶせき頃となりたり
すひかづら蒸し暑く咲くまれまれに妻とたづさへ行く道のべに
竹煮草ののびし穂立ちもいつしかに樺色だちて花すぎんとす
しなえたる葉のひまにしてつまぐれのつゆけき花よ暑き光に
ひとときに心ゆらぎて過去のことしきりに恋ほしこの花の香は
街ゆきてさわぎし心しづまらんトマトの上に風立ちそめぬ

忿　怒　罪

ことゆゑもなく怖ろしき声いでて吾みづからも妻もをののく
みだれたる心なげよと墓あひの道ゆく吾は人さへに似ず

きぞの雨に砂あたらしき木《こ》かげあり砂に息《やす》めばこころなぎゆく
おどろなる草のしげりの暑きときわれの心のなぎつつ哀れ
嫉妬を去れいかりを去れよといふ声のきこゆるごとき夜《よは》にをりけり

墓道

これといふ安立《さだまり》のなく生きをりて暑き墓あひの道をもとほる
うつしみの生命《いのち》をしみてケーベルの言葉に倚《よ》りき戦ひの日に
見えがたき支配者のまへに心みちて虔《つつま》しかりし人の言葉ぞ
鷗外を読みしときどき静かなる生《いのち》を仰ぎものを思ひき

山水処々

尾をひける雲のいくつは東より西にうごきぬ山の上の空　伊香保二首
山くだりくれば早稲田《わせだ》は稲の花香ぐはしかりき西日さしつつ

四万温泉一首

近山に湧く霧をみて居りしかどゆふぐれ早しここの山峡《やまかひ》

妙高四首

妙高の山はいつくし隔りをもちて仰げば山はさやかに

風たちしゆふまぐれにてうるほへる白ぞたゆたふ蕎麦の畑は

山中《やまなか》をゆく道のへの粟畑《あはばたけ》黄いろになりて夏ふけにけり

関川の宿《しゆく》に年ふりし辛夷《こぶし》の木青葉のときに来りあふぎぬ

水上温泉一首

夕暮のうすあかりにて川原《かはは ら》の石つたふ鳥ねぐらに行かん

新　秋

花すぎし蓮のしげりよさえざえとしたる緑は心いたきまで

折をりの夏草むらに幼かりし雀らもいまは育ちたるらん

日向《ひなた》あり日陰《ひかげ》がありてこもごもに楽しき昼の道あゆみけり

土のうへ低くすがしき一列《ひとつら》の韮《にら》の白花を見おろして立つ

柘榴《ざくろ》の実いまだ青しと待ちしより今日雨にぬるる大き紅
夕あかりいまだ暮れねば鶏頭のすがすがとして立つくれなゐよ
幼子が宵の畳にあそびをり見覚えのあるセーターを着て
とほどほに息づくごとき星みえてうるほふ夜の窓をとざしぬ

夜　寒

曇りたる秋の日ごろを家ごもり愚かにをれば夜々《よひよひ》さむし
盗難にあひてみだれし心さへととのへかねて明け暮れにけり
ことごとく焼けほろびたる去年《こぞ》の火を貧しきゆゑに思ふ折々
妻に問ふごとく嘆きぬことゆゑもなき悲しみはいづくより来る
おもひがけず酒を貰ひぬ喜びて酒のめばわが胃いたむあはれさ

星　明

さきはひの未来界より吹く風あり夜の鶏頭のそよぐ一時《ひととき》

妻と吾とふたり並びて夜の庭に立つ小さなる幸にして

かの火にて財燃えしかど「荘厳」にあひ得しことを吾は思はん

ゆゑしらに悲しき星はふけゆきて吾を救はん光ともなし

神々の天のぼり天くだり夜もすがら荘厳しけん光も顕《た》てよ

「応死」といふ観念をもてあそびつつ行動したりかの青年は

雷《いかづち》の丘《をか》に讃へし古歌なれどいまのうつつに胸さへとよむ

夜ふけて再びみれば厳《おごそ》かの形象《かたち》のままに星かたむきぬ

路　傍

いろづきし草にわたりて吹く風の澄みたる音を聞くべくなりつ

心充ちし日々といはなくに蓼《たで》の茎あかざの茎のうつくしき時

いくばくか土はあらはに明るくて茂りし草もうらがれんとす
いろづきし陸稲畑《をかぼばたけ》に朝の露かわくをみれば匂ひこそすれ
丈《たけ》たかきあかざも蓼も枯れゆかん明るき道に日は香ぐはしく

狭　庭

飯《いひ》をたく煙やすやすと庭土になびきて秋の光にうごく
縁にでて庭を見しとき鶏頭はあそびのごとくゆるる秋日に
百日紅をはらんとしてまばらなる花なりしかど濃きくれなゐよ
移し植ゑていまだ若木の椿あり厚らなる葉に秋の日の照る
しづかなる秋日となりて日のあたる畳に煙草すへば香ぐはし
柘榴の実おのづから割れし紅を机にもちく楽しといひて
つやつやとしたる柘榴のくれなゐを幼子が欲しといへばもぎたり

日の光かがやきてゐる狭庭《さには》にて野分《のわき》の風は音たえまなし
野分だち風ふく部屋に午《ひる》ちかくなりて幼子が外よりもどる
限りなき思ひのまにま午まへの野分ふき通ふ部屋にゐたりき
夜の風わが部屋外に音たてて朱き柘榴もうごきをるべし

銀杏落葉

わが家のさ庭にちりて銀杏葉のあたらしき黄よ夕暮るるまで
枇杷の花さきそめて日のあきらけき今日は折をり蜂がまつはる
墓丘は午後の明るさや家いでてすなはち椎の上に見えつつ
ひややけき午後のひととき鶏頭のこまかき種子《たね》を手ぐさにし居り
いちじくの落葉してくねくねとしたる枝きのふも今日も庭に見えゐる
墓丘のひとところ黄のふかぶかとしたる陸稲はいまだ朝露

銀杏の実しきりに屋根におつる音きくべくなりて寒し夜ごろは
香ぐはしくあかるき道にうかびたる思想の断片を夜《よは》に記しつ
風もなくさむき夜ごろを早くいねて吾が聯想もにぶくなりたり

続札幌雑歌

ことごとくイタヤカヘデの落葉せる木に鴉をりねぐらともなく
ナナカマド朱実《あけみ》の房のうつくしき日ごろとなりぬ落葉したれば
散りのこる通草《あけび》の黄葉《もみぢ》したしみて明けくれしかどつひに終りぬ
吾と妻とあひさかりたる旅にして妻を思へばかなしかりけり
夜ちれるかたちのままに庭の上の落葉ふかぶかし朝のくぐもり
暁の月の照りたる白霜を窓より見しがまた睡りなん
街川のみづに菜を洗ふところ見つきびしき冬は来らんとして

いくたびか体菜《たいさい》を積む馬車に逢ひて旅なるわれも心さわがし

向《むか》ひ家《や》は檐《のき》の煙突と大根にさながら寒き夕日さしたり

どの家の煙突も煙はく見えて寒き日ぐれを一人あゆめり

宵々に冬靄たちて寒くなりし薄野通《すすきのどほり》あゆみて帰る

山もとになびかふ靄はくれなゐに夕映したりこほしきものぞ

街なかの川にさかのぼる鮭ありて今日ゆきずりに見つつあはれむ

いそがしく煙突のけむり夕風になびきて妻を子を思はしむ

落葉せる木の上半がわが窓にみゆる朝けよ寒くはかなし

石炭の配給のこと身にしみて聞きしかどこの町を去りて帰らん

札幌の街にゆふぐれて降る雪に別れて帰る家にむかひて

塘　路　湖

塘路湖《たうろこ》にあそべる鴨よあきらかに見えつつ広き水のうへに鳴く
湖岸《うみぎし》のみちあゆむとき葦原のひまにちかぢかと釧路川《くしろがは》みゆ
葦原をゆきつつ見ゆる塘路湖も釧路の川も水の音せず
ここに来て平福百穂先生をしのぶよすがあり柳の黄葉《もみぢ》
山葡萄の実を負ふ人と湖《うみ》のきし柳もみぢせる道に逢ひたり
丹頂の鶴が朝々ゐるといふ山下岸にめぐりわが来《こ》し
この湖《うみ》に常くる鶴は三羽づれ唯ひとつにて居るもありとふ
湖岸《うみぎし》の山はおほよそ落葉して山葡萄おほしのこる紅葉は
塘路湖の水のあかるき渚《なぎさ》にて菱《ひし》の古実をひとつ拾ひし
輪郭のさだかならぬ雲みづうみのむかうに見えて時は過ぎゆく
渡り鳥鴨のきたるは早けれや湖にほかの水鳥を見ず

みづうみの遠くになりし鴨のこゑ水をわたりてここに聞こゆる
塘路湖のしづけきみづを照しつつ冬の夕日は低くなりたり
湖《うみ》ぎしの道をあゆめばもみぢばの柳も葦もゆふぐれんとす
葦原の上おほどかにあかねさし湖の西に日はかたむきぬ
塘路湖のほとりの家に香ぐはしく川魚を焼くゆふぐれしかば
水の江を網つみてこぐ小舟あり暮れかかりたる湖《うみ》に向ひて
あたたかき冬の一日《ひとひ》を塘路湖に日のくるるまで遊びけるかも
枯原のなかを流るるゆふぐれの青々としてゆたけき川よ

摩　周　湖

さむき風ひびきて吹ける高原《たかはら》や木々の黄葉《もみぢ》は過ぎがたにして
ひといろの木原《きはら》の中にところどころ立てる高木はみな落葉せり

落葉して明るく立てる太樹々にをがせの緑みゆるさやけし
太樹々のもてるをがせは横さまに風になびきて尊《たふと》かりけれ
笹山となりてまどかなる頂に阿寒の山をふりさけにけり
へだたりをもちて聳ゆる山ふたつ雄阿寒のやま雌阿寒の山
たえまなき疾風《はやち》のなかに風を切る熊笹の音さびしきまでに
風のむた雲のゆき早し折々にところ変りて見ゆる青空
裾原のとほき黄葉《もみぢ》のはてにして釧路の川の光る水あり
山低くたたなはりたる遠空はほのかに明《あか》し海かとぞ思ふ
寒風《さむかぜ》のふきしく山をただざまにおちいりて湛《たた》ふる山の湖
ふかぶかとしてしづまりし湖や吹く早風は山に音する
湖を下にたたふる山のなだり残る黄葉はただに明るし

湖岸《うみぎし》にやまの小鳥のまれに啼くこゑは透りてここに聞こゆる
山中にふかくたたふる湖をのぞくごとくに見て立ちにけり
しづかなる水とおもへどここよりは遥かの下に永久《とは》にたたふる
湖をふかくよろへる山の上に疾風《はやち》はさむし日もすがら吹く
摩周湖は山のそこひに広々と水をたたへて一日くもりつ

弟子屈村

さむき寒き弟子屈村《てしかがむら》に一夜あけてこの牧場の柵の白霜
霜おける朝の牧場《まきば》にゐる牛も鶏の群《むれ》も冬日さしそむ
ひとつのみ牧舎のまへに居る仔牛《こうし》ちかづきみれば南瓜《かぼちゃ》を食へり
林間をいでて流れくる釧路川はやき行方《ゆくへ》は一部分みゆ
弟子屈の平《たひら》にて木々せまり生ふるなかを流れき釧路の川は

音のなき釧路川岸に見るかぎり柳は黄葉《もみぢ》いまだ残りて
遠天《とほぞら》に時雨雲《しぐれぐも》みえさながらに風にふかるる動くを見れば
釧路川にそそぐ流《ながれ》あり水あさき砂《いさご》光ればそこに息《いこ》ひつ
釧路川の一支流なる浅川に柳の黄葉ながれてやまず
時雨の雲みなみ片よりに晴れゆきて冬の野さむく風しづまりぬ
黄葉《もみぢ》して高き一木《ひとき》の落葉松《からまつ》は昼すぎて風の音をつたふる
ひるすぎて再び晴れし牧場に遠くうづくまる白き乳牛
馬ふたつ牡馬と牝馬《めうま》毛の色のつやつやとして立つはなごまし
昼すぎてまた来りたつ釧路川虫もあそばぬ寒き流ぞ
夜さむき南弟子屈《みなみてしかが》に牛の乳をしたたか飲みていざねむりなん
アキアヂといふは鮭にてこの川にきのふ獲りしを焼きて食はしむ

弟子屈山中

入りゆかん山の口なる畑には嘴太《はしぶと》の鴉人をおそれず
草枯《くさが》れのなかにまじれる鈴蘭の紅実《あけみ》もともに踏みつつぞ行く
弟子屈の木《こ》ぶかき山にいり来つつ山は明るし落葉せしかば
ナナカマドのあふるるばかり赤き実よ木々落葉せし山中《やまなか》にして
相隣る木にして友はコクワ採み吾はむらさきの山葡萄つみ
友にとりてふるさと山の秋の木《こ》の実《み》旅なる吾も楽し木の実は
木天蓼《またたび》に形似てあまきあしびきの山の木の実をコクワといひぬ
冬ちかき山にまた一木《ひとき》くれなゐの房実は輝りて檀《まゆみ》たちたり
弟子屈の山の林に声するは秋山ゆゑに人のくるらし
熊笹のたえしところに枯れふして羊歯《しだ》の大葉はひらたくなりぬ

おのづから仆木《たふれぎ》くちん匂ひして冬日さしとほる山のひととき
ほがらかに啼ける小鳥のこゑしたり北国の冬の来むかふ山に
この山に雪ふるころは放牧の馬すこやかに笹を食ふとぞ

石狩川口

川ぞひに来れば砂丘は海の音風の音ひとつひびきをなして
曇より海をわたりて吹く風の寒くもあるか砂丘《すなをか》の上
木のきれのおびただしくもうち寄りて荒きなぎさを孤りあゆみつ
荒海《あらうみ》と波かぎりなく乱れつつ白きをみれば寒しなぎさは
石狩の川口《かはぐち》にしていたぶれる海の白波やひびき常なし
石狩のそそぐ流は海のうへ中高《なかだか》に見ゆ白波たたず
寂しさはかくの如きか石狩の流れ交はりていたぶれる波

川ぐちに添ふ長浜に風のむた近波《ちかなみ》のおと遠波の音

身ぢかなる砂をとばして海風《うみかぜ》はさむし石狩の川口にして

われの立つ砂より低くあなあはれ海のなぎさと川の渚《なぎさ》と

対岸は土崩《つちく》えのうへに冬がれて立つ櫟《くぬぎはら》原川をへだてて

海よりの波さかのぼる石狩の川のおもてを日は照らしたり

ここよりはやや遠き石狩の川上に鷗の群は白ししづかに

冬　街

いくつもの鐘ゆれ鳴りてニコライの寺よりひびくわが行く坂は

街ゆけばところどころに光るもの鋪道のうへのマンホールなど

風のふく午後の街にて鉄板に穴うがちゐる強き焰よ

ガラス戸のそとに音する寒き風てらてらとしたる鋪道がみえて

焼鉄《やけがね》のごとき色して夕暮の芝もみぢせる土手つづきたり

丘

冬丘《ふゆをか》に朝のくぐもりは晴れんとす桜の並木しろく見えつつ
冬枯れて日に照るしげみ蔓草《つるくさ》のたぐひは髪のごとくみだれて
街なかのこの畑にも麦を踏む人をりて手をうしろに組めり
冬の曇おもむろにして晴れゆきし昼の丘にて草の白さよ
大谷石《おほやいし》うつくしくして暮れのこる崖下の道さむく帰れば

玄冬

ものの香もなく冷えわたる暁にめざむる吾を救ひたまはな
おごそかに雲黄になりぬ風のふくあけぼのの天《そら》たちて仰げば
秋のころ空巣《あきす》となりて風の日の庭におちゐるこの蜂の巣よ

銀杏《いちやう》の実一日日《ひとひ》にほしてつやつやとしたるしろたへを宵にわが見つ

何といふあてなく居たり宵ながら外はきびしき冬の夜の月

みじかなる焔燠《おき》よりたちをりてこのいひ難きいきほひを見ん

後記

本集は私の第四歌集にあたり、昭和二十年八月から昭和二十一年末までの作歌四四〇首を収めてゐる。

この二年の間、苦悩と希望との交錯した混沌の中に生きて、さてわづかに得たところの歌がここにあるわけだが、まことにはかないかすかな成果といはなければなるまい。戦が悲しい局を結んだとき、私も新しい覚悟をふるひ起して出発を誓ひ、作歌にも或る漠然とした方向を感じつつ努力したのであつた。然し実行は遅々として一向に旧態を脱し得ないままに昭和二十一年が終つた。年が明けるとともに、私は決断して実生活と作歌との上に更に新しい境涯をみづから招かうとしてゐる。そこで、私は去年までを一区切として清算するために本集をまとめた。

昭和二十年春、斎藤茂吉先生が東京を去られて以来、アララギ其他新聞雑誌に発表した私の歌は、すべて先生の教正を経ずに載つてゐる。私はこの歌集によつて、それ等の歌を一まとめにして先生の御一読を願はなければならないが、先生が果してこの程度のものを認容してくださるか否か、その事を思ふと、予め喜憂交錯して殆んど胸のわななくのを覚える。

先生は終戦後もなほ山形にとどまられ、今は大石田町にあつて病後を積雪厳寒の中に静かにまもつて居られる。私は先生の上に速かに健康が立ち帰り、鬱然として青々たる大樹のごとき寿の栄えられることを祈つてやまない。昭和二十二年二月八日、佐藤佐太郎記。

帰潮

昭和二十二年

Ⅰ

苦しみて生きつつをれば枇杷《びは》の花《はな》終りて冬の後半となる
おもひきり冬の夜すがら降りし雨一夜《ひとよ》は明けて忘れ難しも
係恋《けいれん》に似たるこころよ夕雲《ゆふぐも》は見つつあゆめば白くなりゆく
汽車にして見つつ悲しき冬の畑《はた》土日もすがら潤《うるほ》ふころぞ
篁《たかむら》のうごく緑は日の落ちていまだ明るき野に見ゆるもの
滅びにしかつての街とわれの行く丘は夜空にもりあがり居る
せまりたる日々《ひび》の消化を保たむにあはれあはれこの消極《せうきよく》ひとつ
われひとり部屋をとざして両の手を虚《むな》しく置けり夜の机に

Ⅱ

歓《よろこ》びて怒ることなき明暮《あけくれ》を吾はねがひて幾年《いくとせ》経けむ
胸にふく嵐のごとくかくありて怒のために罪を重ぬる
聞こえ来る夜のひびきは春の嵐まぼろしのごと吾は疲れて
潮《しほ》のごと騒ぐこころよ火をいれぬ火鉢によりて一時《ひととき》をれば
道の上にあゆみとどめし吾がからだ火の如き悔《くい》に堪へんとしたり

Ⅲ

春まだきの明るき庭をとぶ蜂が縁をよぎりていづこに行きし
春あらし吹きしづまりし夕暮にあはあはとして机より立つ
ゆくりなき石ころのかげに僅かなる砂をとどめて嵐なぎたり
よみがへるなき丘が見ゆくろぐろと並ぶ墓石《ぼせき》と焼けし大木《おほき》と
松の葉はみづみづとしてゆゑよしもなくやはらかし春日《はるび》となりて

うらがなしく風のなぎたる夕暮のかかるいとまに麦はのぶるか[註]
近き音遠きおと空《そら》をわたりくるこの丘にしてわがいこふ時
今しばし麦うごかしてゐる風を追憶を吹く風とおもひし

Ⅳ

昼すぎの不吉《ふきつ》なる春の曇日《くもりび》に約束ありて家いでて行く
移動するこごしき音は飛行機のやや後方の空よりつたふ
連結を終りし貨車はつぎつぎに伝はりてゆく連結の音
雑然としたるもくろみの湧きながら道にしぶきし暮がたの雨
けぢめなく吾のこころのおどおどとしたる怖れよ電車にをりて
電燈のしたに坐りをり戸の外は猫がいくつもゐる夜の庭
籾《もみ》を摺るひびきのやうにひとしきり聞こえてゐる夜の飛行機

註　昭和六十一年十二月刊の『自選歌抄』にて「うらがなしく風のなぎたる夕暮のかかるいとまも麦はのぶるか」と推敲。

V

柿の木の若葉に光あたるとき春のかがやく朝を迎ふる

石ひとつ机に置きてをりをりに木通《あけび》のごとき石を愛しぬ

弾力のなき顔ふたつ近づけて物を言ひけり妻と吾とは

怠惰《たいだ》なるわれの起居《おきゐ》に得しものを歌に作りぬ命のごとく

われひとりめざめて居たりかかる夜を星の明りといはばいふべし

VI

酒のみし後のものうき春の夜をわきて睡《ねむ》しといふにもあらず

おもむろに春の曇のとざしたる丘をあゆみぬ夕ぐるる頃

月の光やや遠くまで明るきを吹きてすぎゆく春のあらしは

酒のめばものうき春の夜なりしが妻は寒しと言ひていねたり

あはれなる吾等と思ひ家にゐるときに平安《たひらぎ》を妻に得しめつ
夕映《ゆふばえ》のおごそかなりしわが部屋の襖《ふすま》をあけて妻がのぞきぬ
地《つち》の上《うへ》ものみな軽くただよはん風とおもひて夜半にさめ居り
生活は一日一日《ひとひ》を単位としただ飲食のことにかかはる

Ⅶ

黒き布おほひし柩《ひつぎ》めぐりには黄いろき蠟《らふ》の灯《ひ》がともりゐて
　　中山省三郎氏告別式
香炉ふる鎖《くさり》が鳴りて虔しき心をささふ音をきかしむ
たたかひにやぶれし後を伊皿子《いさらご》の部屋にあけくれき君と吾とは
　　悼光橋正起
魚などのあぎとふ如く苦しめる君の病をわれは見たりき
杉森のなかは一面の胡蝶花《しやが》の花あかるきに吾が歩みとどめし
　　上総養安寺村
枯葦《かれあし》の茎のたぐひは春ふけし沼のなぎさに波にただよふ

ゆく春の雨ふりいでし庭の木々朴《ほほ》の若葉はぬるることなく

殿台左千夫生家

かたじけなく一夜《ひとよ》やどれば折々にかうべをあげて潮《しほ》の音《おと》きこゆ

殿台《とのだい》の村にふる雨のしげき夜《よ》に春の潮《うしほ》を聞かんとしたり

横浜

ドックより絶間《たえま》なかりし音やみぬゆふべの潮《うしほ》あたたかにして

街角

坂くだる電車ひとたびとどまりて記念碑をこはす槌《つち》の音《おと》きこゆ

忘るべき過去の記念を除《のぞ》くおと二人働きてゐる槌の音

ありふれし小公園の改装のごとく槌の音たてて人ゐき

記念碑ののぞかるる槌の音ながら罪なはれゐる現身《うつしみ》なせり

Ⅷ

旗《はた》のごと若葉ゆらげる丘《をか》を見て立ちゐる部屋は時計の音す

この初夏《しよか》の日に赤土のひややけき路みえてをり松の間に

ひとしきり乳色《ちちいろ》に窓かがやきてかたはらに愚かなる猫が居るのみ
むしあつき午後の曇に麦の穂はいまだ幼し淡々として
窓そとにしげる若葉はおもひきり雨のしづくをふるふ音する
にはたづみ乾きし跡のしづかなる泥を目守《まも》りて縁《えん》に立ちゐし
戦の末期《まつき》にききし唄《うた》のこゑ過ぎてゆく靴の音もきこゆる
石垣の上よりわかき蔓草《つるくさ》ののびてなよなよと見ゆる曇日《くもりび》
くもり空とりとめもなく輝きてわがからだしきりに重き感じす
まのあたり過ぐるものありこのゆふべ若き穂麦の上をかよひて
大根《だいこん》の散りがたの花おぼろにて飛行機の音とほく聞こゆる

IX

雹《ひよう》のふる音ためらひのいとまなし池をめぐりて庭にみなぎる　六月八日日光

雹やみていくばく黒き池のみづ空気つめたき庭に向へば
ひえびえと雹ふりやめば木々の若芽庭にみだれて夕づきにけり
雹ふりてひとときの経たる太杉の下のくらがりを歩みて帰る
いきほひをもちてさかさまに激《たぎ》ち来る水の白瀬《しらせ》を湯滝《ゆだき》とぞいふ　六月九日
高山《たかやま》に咲けばかくのごと紫のあはれなる花白根葵《しらねあふひ》は
白花の延齢草《えんれいさう》はしづかなる草とおもひて手に採りて見つ

X

枇杷《びは》の実の黄にいろづきし窓外《まどそと》の一木《ひとき》をりをり風にもまるる
さわだちて吹く風のなか青草も刈るべき麦も見えてなびかふ
落ちてゐる柿のころころとしたる花雨ふれば幼子の拾ふことなく
桜の木の下に乳色《ちちいろ》の水たまり梅雨《ばいう》の晴れし昼すぎにして

あぢさゐの藍《あゐ》のつゆけき花ありぬぬばたまの夜あかねさす昼
幾日《いくにち》の雨のはれたる土の上に落ちてゐる桜の赤き実黒き実
鳶色《とびいろ》の光のごとくわが庭を低くすぎたる鳥はしきやし
遠しとも近しとも見えて雲に立つ照空燈の光みじかし

XI

雲間よりかりそめに光来るごとくためらひながら生きてゐる吾
明けくれの貧《まづ》しき吾と思ふなり人参《にんじん》の花ここにも咲きて
ちからなく時に遅るる吾かとも思ふしきりに枇杷の葉鳴りて
時代意志の流の中にかすかにてつれあひの妻と吾と争ふ
縁にでて狭庭《さには》見てをりさみだれに青黴《あをかび》したる柿の幹など
夜々《よひよひ》にこころ貧しく起きゐるは妻はやく寝《いね》てただわれ一人《ひとり》

わが生《いのち》つたなきかなと嘆きつつ躰つかれぬいまだ寝ねば
浄《きよ》からぬ翅《はね》を保護色としたる虫ひとつ来て夜の机に落ちぬ

XII

唐突にラジオを切りてときのまを一つの罪のごとく意識す
髪《かみ》の毛が指《ゆび》にまつはるとおもふとき外の風なき夜恐るべし
夜半《よは》さめて水飲みしよりおどおどとしたる現《うつつ》はしばらく続く
現実の時間なき地下売店にうづたかくして枇杷の黄なる実
むしあつく風のさわだつ街を来てこの地下道の壁しづくあり
若竹ののびしこずゑは乳色に光れる午後の空にて動く
沁むごときかかる明るさも折にあり夕道《ゆふみち》を来る人の顔青し
むし暑き夜の硝子戸に守宮《やもり》来ず外は折ふし風ものものし

XIII

かの丘はこもごもに風の音ぞするひとつは堅《かた》く清き松風《まつかぜ》
ぬきいでて空に光のそよぎゐる銀杏《いちやう》見ゆその下に行かまし
潤《うるほ》ひをもちて今夜《こよひ》のひろき空星ことごとく孤独にあらず
高空《たかぞら》に風ふくごとく星白し仰ぎて夜の戸をとざすとき
かぎりなき地《つち》の平和よ日もすがら響きをあげて風やみしかば

XIV

おごそかに昼ふけわたる夏の日にそよぐものあり銀杏無尽葉《いちやうむじんえふ》
あらかじめ暑き朝《あした》の赤き雲ふきゐる風もこころはかなし
日盛《ひざかり》に庭ほのあまき匂ひする青柿《あをがき》の実がいくつ落ちゐて
わがこころ驚きやすく夕暮れて暑さの残る池をよぎりつ

暑き日を独りしづかに暮るるころ子等帰り来て潮《しほ》の香ぞする
燻製《くんせい》にしたる鯨《くぢら》の脂身《あぶらみ》をかみつつゐたり暑き日昏れて
街ゆけば風ふきあてて夏草の炎《ほのほ》なしなびくところも見ゆる
さわだてる風は今夜《こよひ》はふるさとの土用《どよう》の荒き海おもはしむ

XV

おしろいの花を傾けし南瓜《かぼちや》など夏すぎてゆく庭を見しかば
よろこびの余燼《よじん》のごとき蟬《せみ》のこゑ聞きゐる吾はこころ弱きか
身のまはりすこしの音をたてながら起きをり秋の雨しげき夜
曇より光さすときくれなゐの鶏頭の花いまだあたらし
暁に音しはじめてはかばかとせぬ秋の雨ききて覚《さ》め居し
くれがたの光さす防火用水池そこに幼等は遊ばずなりぬ

いつしかに花終りたるおしろいの叢《くさむら》にうごく昼の陽炎《かげろふ》
しろじろと虎杖《いたどり》の咲く崖《がけ》が見え幸《さいはひ》のなき曇につづく

XVI

秋の日のさやけきころをつぼみ持つ枇杷の一木《ひとき》よ営々として
洪水《こうずい》を悲しみしより幾日《いくひ》過ぎこのひややけく甘き柿の実
停電のため早寝《はやね》する友のこと思ひてゐたり秋の曇夜《くもりよ》
寒き雨庭にそそげば鶏頭の茎《くき》のくれなゐも鮮《あざや》かにして
はびこりし南瓜《かぼちゃ》の蔓《つる》をかたづけていくばくか土寒くなりたり

XVII

浄《きよ》きもの常にかよへる丘の上に銀杏の一樹《ひとき》黄いろになりぬ
青山の墓地のうへの空つねよりも広くして冬にいりし白雲

最勝《さいしよう》のきよき光を月はもつ寒くして冬の来むかふ夜ごろ
いくひらの白雲のひまに月あればただよひやまぬ月を悲しむ
鶏頭の茎のくれなゐ照らしたる初冬《しよとう》の月よ悲しきまでに
幹赤き松黄葉《もみぢ》せる銀杏《いちやう》の木みな厳《おごそ》かに暗くなりゆく
行きずりに手をふるるとき道ばたのあかざも萱《かや》も冷《つめた》くなりぬ
簡明に冬の朝日は照らしたり落葉して高き銀杏の一樹

XVIII

かく謂《い》ひてわれは嘆かん暁の光まださささぬ夜のまぼろし
海とほく南にいのち過ぎしかば形なき公報が家にとどきつ　悼義兄伊森三次
雲ひくくとぢて寒き日にうつしみは愚にこもり待つものもなし
形なきもの吾を責《せ》む過去のかげ未来の影といふわかち無く

女一人《をんなひとり》罪にしづみてゆく経路その断片を折々聞けり

隣室にしきりに鼠音たてわれも起きをり雨さむき夜半《よは》

かすかなる記憶のひだの痙攣《けいれん》と人いふらんかさもあらばあれ

一切のもの見えがたき冬の夜に顕《た》つまぼろしを吾は惜しまん

XIX

冬の光移りてさすを目に見ゆる時の流といひて寂しむ

まれまれに障子に蜂の来ることもやさしと思ひ一日《ひとひ》こもりつ

昼すぎて外にいづれば心ゆらぐ流るるごとき今日の青天《あをぞら》

独りなる部屋の畳を掃きながらいま平安《へいあん》の音がきこゆる

そだちたるわが家の猫いくつかの啼声《なきごゑ》もちて冬の日々あり

幼子のこゑ妻のこゑなき家に膝《ひざ》冷えながら坐りてゐたり

つつましく冬の花もつ枇杷の木の見えゐる窓に日すがら坐る
戸の外は柿の落葉を猫のゆく音せしのみに夜のしづかさ

XX

つれづれのかかる寂しさ冬日《ふゆひ》さす道のとほくに犬がねて居る
冬空をやや傾きて太陽の黄ばむころほひはうら悲《がな》しかり
われの立つ位置とは別の方向にどの窓も青く反射しゐたり
昼のさかひ夜の堺をたもちをり空《そら》の八隅《やすみ》はいまだ明るく
冬霧《ふゆぎり》にまじはりてわが歩みゆく鋪道のところどころ灯《ひ》がさす

XXI

もみぢ葉の重きくれなゐ一木《ひとき》たち昼まへ晴れて昼すぎ曇る
紅のおごそかなりし楓《かへで》一木ちかづきて見んいとまなかりし

山茶花《さざんくわ》の花に蜂ゐてこの虫の本能を吾はあはれに思ふ
窓そとの暗き枇杷の葉枇杷の葉は今日の昼すぎしきりに揺るる
墓丘《はかをか》にくれば終りの紅葉《もみぢ》ありその葉乾きて風に音する
夕空の青き空気は山茶花《さざんくわ》の花にうごきぬあはれ冬花《ふゆはな》
風ながら降る夜の雨の音ぞする庭にとどこほる水に乱れて

補　遺

スフインクスの如き形をしたるもの夕暮の街をひびきて来る

昭和二十三年

I

目をあけて聞きつつゐたり暗黒《あんこく》を開く風の音遥かよりして
あたたかにみゆる椎《しひ》の木に近づきて椎の木の寒き木下《こした》をよぎる

霜どけのうるほふ庭に昼すぎて乾きしところ見ゆる寂しさ

子供らの手ぐさにしけん紅き花霜どけしたる土に落ちゐる

莚《むしろ》しきて行き来のたびに霜どけの泥をこすりし跡かわきをり

褐色の櫟《くぬぎ》の葉ある丘のみち雪もよひ空《ぞら》みえてのぼりぬ

くれなゐの檜《ひのき》の落葉その幹の下にぬれつつ寒き雨ふる

降りいでて漸くしげき寒《かん》の雨なみだのごとき過去が充ちくる

Ⅱ

ぬかるみになりし霜どけの乾くべき風とおもひて家路地《いへろぢ》をいづ

鋪装路のところどころにあらはれて虔《つつま》しきこの土の霜どけ

立春のはやちに出でて街ゆけば広き鋪道は小起伏あり

四十歳になりし褻衣《せつい》は歩みをり疾風《はやち》しづまりしこの夕明《ゆふあかり》

うつしみのわが歩みゐる寒《かん》あけのゆふあかりにて道の土堅《かた》し
霜どけの土の表面に埃みゆ風なぎはてて清きゆふべに
かぎろひの夕べとなりて麦畑の麦に茜《あかね》のうごくひととき
外《と》にたてば流らふる夜の風ありて暗くもあるか霜どけの土

Ⅲ

戦《たたかひ》はそこにあるかとおもふまで悲し曇のはての夕焼
おもおもとして寒き夜に呼ぶべくもなく責むべくもなし過去《すぎゆき》は
二日《ふつか》経し雪とおもふに消え残る杉の林は杉の香ぞする
珊瑚樹《さんごじゆ》がならびて崖《がけ》の土崩れ根かたにかわくところに出でぬ
麦畑にのこれる雪のさやかなる夕明りにて麦やはらかし
寒き風ふくゆふまぐれ枇杷の木の根かたの土に埃《ほこり》たちつつ

平均《へいきん》に水をたたへて夕ぐるる池岸《いけぎし》に春の草まだ萌えず
なぎはてて限りもしらぬ暗闇《くらやみ》と思ひゐしときまた風が吹く

Ⅳ

犬山城展望

天《そら》とほき雪山《ゆきやま》みえて広々とながれ来るはや木曾《きそ》の流は
春の光わたらふ天《そら》のはるかにて御嶽《おんたけ》の雪みゆるこほしさ
しづかなるものと思ひし川むかう美濃《みの》の山より雲ひとつ湧き
午後の日に流のひかる木曾川の遠きゆくへをふりさけにけり
けむり立つ国の平《たひら》をふりさけて城の切妻はふく風はやし

Ⅴ

鴨方にて

今日の雨あまねく降りてくれなゐの桃の花さく低丘《ひくをか》は見ゆ
鴨方《かもがた》の池をめぐりてひくき丘《をか》桃はいまだも紅あはし

鴨方に三日経しかば桃の花咲くべくなりぬ丘の畑に

池岸《いけぎし》にはやく花咲きし桃畑おのおのの木は影を持ちつつ

鴨方の道をかよひて桃の花明るく咲けるところを歩む

鴨方の池の堤の白き道ゆふぐれて牛車《ぎうしや》ひとつ行く音

おもむろにととのふ桃の紅はめにたちそめて鴨方を去る

Ⅵ

椎《しひ》の葉にながき一聯《いちれん》の風ふきてきこゆる時にこころは憩《いこ》ふ

おもむろに四肢《しし》をめぐりて悲しみは過ぎゆくらんと[註]思ひつつ居し

あたたかき曇の中に見えてゐる太陽にいくばくか近きこの丘

柿若葉に軽風《けいふう》の立つゆふまぐれにてありがたき音のきこゆる

かの森のはづれにひとつ雲見えて空あたたかき夕《ゆふべ》とおもふ

註　昭和六十一年十二月刊の『自選歌抄』にて「おもむろに四肢をめぐりて悲しみは過ぎゆくらんと**わが思ひ居し**」と推敲。

喜びてささやく声はかつて満ちきいま輝ける椎のごとくに

墓丘の木々の緑はしづかなる炎《ほのほ》のごとく春惜しましむ

一人にて居ればはかなき昼すぎにをりをり風の集《つど》ふ枇杷の木

Ⅶ

てらてらと池光りたるかたはらを貧しき一人わが通りゆく

さながらにわが貧困《ひんこん》を思はしむ枇杷の古葉《ふるは》が土に乱れて

見なれたる丘の家々ふきぶりの雨にぬれをりいづれも古く

幼子が縁に置き飼ふ黒き蝌蚪《くわと》わが立ちくれば夜も乱るる

壺のなかに蠅の幼虫のうごきゐる家《いへ》の貧困《ひんこん》を人も見るべし

Ⅷ

ゆく春の風さわがしく吹きてゐる夜しづまらん風とおもへど

音たてて晩春の風すぐるとき街ゆく吾は寒くふかるる
谷あひといふべき道に逝春《ゆくはる》の日は照りゐたりからたちの花
春の日に砂のかがやく川原《かはは》を妻と吾とはならびてあゆむ
汗ばめば身の清からぬ思ひして春のかがやく砂に坐りぬ
ひすがらに風にもまれし梅の若葉しづかなる夜は来らんとして
いつとしもなき月光《つきかげ》は射しゐたり障子《しやうじ》の青き春の夜の月
かの光る春の満月《まんげつ》をめぐりつつしらじらとして風か吹くらし
うつくしきひとみを持てる原節子《はらせつこ》映画にてわれ幾たび見けん
よもすがら庭ねむらずにゐるのかと思ふ胡蝶花《しやが》の花おぼろに見えて
春あらしまどほになりて雷《らい》の音きこゆ夕べの空如何《いか》ならん

IX

再遊養安寺

沁むごとき蜜柑《みかん》の花のにほひしてたもちし曇ゆふぐれとなる

かいかいと杉の木立《こだち》より鳴く蛙《かはづ》ひくき曇はゆふべになりぬ

やまかひの養安寺《やうあんじ》村《むら》霧のごと梅雨曇《つゆぐもり》ぞら低くなりたり

蜜柑さく庭のつづきにひとところ苗代《なはしろ》青し昏《く》れのこりたる

ひたすらに蜜柑の花の香ぐはしき庭くれゆきぬ霧うごくまで

X

みづからの光のごとき明るさをささげて咲けりくれなゐの薔薇《ばら》

曇空むしあつくして黄の蜂の音のきこゆる薔薇の花むら

XI

曇日のすずしき風に睡蓮《すゐれん》の黄花《きばな》ともしびの如く吹かるる

梅雨曇ひくく動きぬ池の上の睡蓮の花ときにまばゆく

睡蓮のいくつもの花明るきに漂《ただよ》ふものをわれは息づく
水の上の睡蓮の花ゆくりなく堅《かた》き感じにていくつも開《ひら》く
水に咲く花なれば距離をたもち見る睡蓮は黄《き》も紅《あけ》も明るく

XII

木々の青葉雨にゆらぎてかの丘は赤土のみち特にぬれ居る
捨ててある焼瓦《やけがはら》などかの崖《がけ》におぼろに赤しひすがらの雨
雨はれて光身にしむわづかなる砂椎《しひ》の木の下にたまりぬ
街ゆけば今日も彼等のさまを見るサンダルはきし貧しき蕩児《たうじ》
客観《かくくわん》の如きみづから日の光うごきて風のたつ墓地にゐる
動揺を経て型に凝る陶泥《たうでい》のごときこころと謂ひて黙しつ
たまゆらの心とおもひ自《みづか》らを支へをりにき声をもだして

せまりくる常の不安のひとつにて影なき枇杷の木にむかひをり

XIII

日食《にっしょく》の光しづまりし鳶尾草《いちはつ》の黄の花びらに蠅とまり居る　日食

麦の穂をふく風のおと日食のいくばく暗き道を来しかば

街川《まちかは》に潮《しほ》ながれつつゆふぐれの舞踏《ぶたふ》の楽《がく》は潮こえて来る　橋

夕街はいまだ明るく潮の香のする橋ひとつ渡りてあゆむ

街あゆむ人等をみれば歓楽はいづこにもありて皆連れを持つ

XIV

心みちし人はさもあらばあれ蟬の声ときどき絶えて永き昼はや

この真昼みちの砂礫《されき》をかみながら荷車の音ひとつ近づく

三年《みとせ》まへ海の渚《なぎさ》におびえつつわが幼子《をさなご》の立ちたりしこと

縁にでて見れば鳳仙花《ほうせんくわ》さく庭の草の中よりかぎろひの立つ
かりそめに心はなぎぬ長き葉をもつ玉蜀黍《たうもろこし》のかたはら
立葵《たちあふひ》のまぶしき花はゆくりなき道のほとりに今日さきゐたり
ものみなの息《いき》をひそめし如き昼南瓜《かぼちゃ》の花に蜂ひとつ来る
もろごゑに蟬のなくとき墓地下をゆく片側は昼の空白

XV

黄牛《あめうし》は体《からだ》の皮たえず動かして蠅おひゐたり近づきみれば
青草のとほき斜面を刈る人の鎌みゆ日ざかりの陽炎《かぎろひ》のなか
夕近き墓地をあゆめばところどころ虹《にじ》のごとくに光る石碑は
墓丘のくらき緑に宵の風ふきをり月の立てるを見れば
輪廓のなき雨曇《あまぐもり》くろぐろと移動してゐる丘の墓石群《ぼせきぐん》

XVI

吾ひとりめざめて居ればぬばたまの夜さわだちて雨が降りいづ
わが息のみだるるまでに起きをれば夜をこめて啼くふくろふの声
黄の小花さける胡瓜《きうり》の畑にて得しよろこびを暫《しばら》くたもつ
晴れし日の渚を行きぬ退潮《ひきしほ》の水いくばくか暖かにして
くれなゐのおいらん草の群花《むらはな》を愛してながき夏を逝かしむ

XVII

耳搔《みみかき》をもつ妻の膝《ひざ》にゐる吾に外の月夜《つきよ》は智慧をもたらす
夜の風きよき音して丘のごとき二つのちちもこよなかりけれ
このながき愛の経験をひとりのみ育《はぐく》みたりと妻は思はん
夜の池すこし明るく見えてをり妻に負ふ罪もつぐなひ難く

金が欲しといふ妻をただ怒るなど偽《いつは》りながら生きにけらしも

XVIII

夕づきてしづかに暑きころほひに心憩《いこ》はんたつものの影

ことごとく虚しき昼の道を来て路地に曲ればむらさきの土

いくたびも稲妻が赤くたちながら街くれてゆく神田《かんだ》にゐたり

善からぬにほひする粕取《かすとり》の焼酎《せうちう》を友と会へば飲み一人にても飲む

片側の石垣におそろしき静かさのあるかとおもふ夜帰り来ぬ

かすとりの酔《よひ》にみにくく苦しめば吾がありさまを幼子も見る

キリストの生きをりし世を思はしめ無花果《いちじく》の葉に蠅が群れゐる

鶏頭に炎のごとき花ありと記しとどめてわれ沈黙す

ほとぼりのごとき花群《はなむら》の香はたてり暗くなりたる庭の草より

こほろぎのいまだ幼き声きこえ夜《よる》さむく聞く頃しおもほゆ

XIX

ひとしきり降りつのり雨しげきとき庭にして鳴く虫も声つよし
夜の雨やみてしづまる折々の何が悲しといふこともなく
よもすがら鳴く虫の声ただよへる心のままに楽しく居らん
かの日より三年《みとせ》経しかば悲しみを装ひていふ言葉も聞かず
塩《しほ》のごと辛《から》き涙より出づる言葉ひとつありやと吾は待ちにき
あけがたの風とおもひて聞きゐたりきこゆる風は音永からず
暁の風ききゐたりうつしみの重ねし罪もほろびか行かん
たとふれば妻のといきの如きもの煩《わづら》はしとも吾は思はず
脳炎を怖れてゐたり机には翅《はね》の光れる蛾がまつはりて

夜《よ》の街《まち》に媚びつつ歩く女等《をんなら》と怖れをいだきこもる吾等と
寝ぐるしき夜半《よは》すぐる頃ひとしきりまた衝動のごとく降る雨

XX

くれなゐのおいらん草は過ぎがたとなりて今日ふく風にゆれゐる
柚《ゆず》の実のごとき かの老政治家も立つべき位置に今日よりは立つ
野分《のわき》だつ風にしきりにゆれながら枇杷の木は花のつぼみを持てり
屋根瓦《やねがはら》のあはひより雨もり居らんわが家みつつ帰りくる吾
はかなきははかなきままに破れたる襖《ふすま》つくろひて黄の紙を貼る

XXI

たのめなき雨だれの音きゝゐたり吾を弔《とむら》ふ音に似たりや
花すぎしおいらん草と紅《くれなゐ》の鶏頭とたつ虫もなかなく

風のふく空には何が見ゆるともなくわが心安らぎを得つ
うつつなるものとしもなく平安《へいあん》はいまたちのぼる吾をめぐりて
すこしづつ大きくなりて居るらしき雲見てたてり移りゆくまで

XXII

島のごと見えし葦むらに近づきて葦ふく風は寂しくもあるか
川風のさむき曇日とおもひつつ青葦《あをあし》さわぐ川口ここは
川口のひろきを占めて青葦の茂るところより海にいでゆく
いつしかも海にいでたり舟にして見ゆる曇は一様《ひとさま》ならず
海空《うみぞら》をわたる雁《がん》のむれ見送りて青葦《あをあし》のうへに低くなりたり
海の上にあそぶ鷗《かもめ》も鵜《う》もみゆるいづれの鳥も群《むれ》をなしつつ
川口の護岸《ごがん》は雨に濡れゐたり沖より舟をもどして来れば

XXIII

蝦蟇《がま》ひとつ庭土にいでて居たりけり冬眠にゆくさまとも見えず
隣室に妻めざめたるけはひして睡《ねむ》しといひてまた燈《とう》を消す
胡桃《くるみ》の実《み》川に落ちしがはかなごと思ふ沈めりや流れゆきしや
あからさまに言ひがたきことさまざまにありて孤独をかつて満《みた》しし
菊の花みつつゐたりき冷えわたる空気に佇《た》つは心たのしく
ぬばたまの夜はすがらに菊の花しづくしたたりて冷えつつあらん
「貧賤は人に驕《おご》る」といふこともいにしへびとの言葉のひとつ
霜どけに降《お》りて鴉《からす》のあゆむさま拙《つたな》きものを吾は見てゐし
恬淡《てんたん》に鴉が鳴きてとびたちぬ霜どけしたる昼の庭より
わが席《せき》に移る光を待つごとく居りたるならんおろそかにして

夕雲《ゆふぐも》の輝くごとき菊の花その比喩ひとつ抱いてねむる

XXIV

をさなごの二人《ふたり》食卓にゐるらしく愚かなる猫を追ふ声がする
をりをりに寝てゐる猫がくさめするのみにて雨の音もきこえず
金《きん》の眼《め》をしたる牝猫《めねこ》が曇りつつ寒き昼すぎの畳をあるく
かたはらに猫が毛をなむるかすかにて貧しき音をあるときは聞く
立ちあがりざまに背のびをしたる猫さむき曇にすぐ出でて行く

XXV

晴れし日のゆふべの光あきらけき墓丘《はかをか》に来てしばらく歩む
この丘に来ればこころのしづまりを得て夕影にわが家の見ゆ
夕光《ゆふひかり》さす墓丘の路にして用なき山茶花《さざんくわ》の花片《くわへん》をひろふ

ひややかにゆふべの光輝きて銀杏の立てるところを行けり
おひおひに夕べの光うつくしくなる墓間《はかあひ》の路をあゆみつ
透明に街の遠ひびき聞こえつつこころの憩《いこ》ふゆふべとなりぬ
この丘は日ましに寒くならんとす紅《あけ》おごそかの楓《かへで》がみえて
山茶花《さざんくわ》のうへに夕べの光さしたつ蚊柱《かばしら》の黄いろにうごく
苦《くる》しみのごとき感じのひとつなき谷の家むら夕影《ゆふかげ》のなか
芝草のもみぢの色はいこひ居る吾のまはりにしづかになりぬ
谷街にはやく灯ともす家のありわが貧しさのよみがへるまで

XXVI

ありさまは蓄思《ちくし》みづからの誕生の日を妻と子に祝福せしむ
底冷《そこび》えのする部屋いでて乳のごとき二つの雲が南に見ゆる

家いでてちまたを来ればくぐもれる冬の午前に坂光りゐる

夕さむき川崎《かはさき》の街あゆみたり月より遠き雲見えながら

籠《こも》りより寒く出で来てかかはりもなきはるかにて西空光る

黄葉《もみぢ》せる銀杏《いちやう》の一樹《ひとき》わがまへに傾きて立つかかるすがしさ

墓石《はかいし》と百日紅《ひやくじつこう》のはだか木《ぎ》と光るゆふべの丘を見てゐし

冬晴れの日のゆふまぐれ赤土《あかつち》に靴すべりつつ丘をくだりぬ

わが胸のうちに涙のごときもの動くと人に言ひがてなくに

いなづまの立つをりをりに黙《もだ》したる横雲《よこぐも》みえて街あゆみけり

魚のごと冷えつつおもふ貧しきは貧しきものの連想を持つ

補　遺

幼くて姉とあそびし日のごとく溝《みぞ》に椿の花が落ちゐる

谷あひのごとき家路を帰るとき夜霧はながる吾をめぐりて
かち色の椎の木の実を幼らはわが家裏の道にて拾ふ

昭和二十四年

I

松の上に色の輝く冬の虹さむき夕べの部屋をいづれば
大寒《たいかん》のうちのあたたかき午後のいとま青樫《あをがし》に黄いろき光を置きて
この苑《その》の木下の苔《こけ》が霜荒れし土に乾くを悲しみもせぬ
谷街をこめし夜霧に帰り来る霧さむければ眼鏡《めがね》くもりて
うつしみの人皆さむき冬の夜の霧うごかして吾があゆみ居《ゐ》る

II

この家に坐り居るとき湖《みづうみ》の空はみちみつる光となりつ　霞が浦桃浦

めのまへに光みなぎり冬ぞらは霞《かすみ》が浦《うら》の上にかがやく

かがやきは空を満たしてゆらぎをり大《おほ》き湖のうへの輝き

虚《むな》しきに光を反《かへ》すみづうみの霞が浦のほとりに居たり

湖の光しづまりし冬の日の午後のいとまに吾いでて来ぬ

湖とくろき水田《みづた》を境ひたる柳の下に狭しなぎさは

かぎろひのゆふべ再びみづうみは対岸みえぬまでに輝く

Ⅲ

貧しさに堪ふべき吾はもだしつつ蝌蚪《くわと》ある水のほとりを歩む　建長寺にて

蝌蚪いまだかへらぬ水に動くもの目高《めだか》を見るは幾年《いくとせ》ぶりか

風邪《かぜ》の熱まだこもる身を休むとき樺《かば》いろ清しもゆる土筆《つくし》は

榧《かや》の大木《おほき》春のすがしき香の下に熱あるわが身しづかならしむ

Ⅳ

移居

やけあとの小さき家によもすがらとよもして吹く春の嵐は
ひたすらに竹の葉に鳴る春のひびき聞きゐたりける暇《いとま》ある如《ごと》
潮風《しほかぜ》は海よりここに通《かよ》ふごと街川のうへゆふべ明るし
はるかなるものの悲しさかがよひて辛夷《こぶし》の花の一木《ひとき》が見ゆる
まづしさを嘆《なげ》きいひしがおほよその事とおもひて帰りたるべし
きはまりて貧しきゆゑにこひねがひまされる生《いのち》われは思ひき
まどかにて黄金《こがね》をのべし如き世は何時《いつ》になりなば来《きた》らんとする

Ⅴ

再遊鴨方

わがこころ満ちたらふまで咲く桃の花の明るき低丘いくつ
曇より風ふくときに鴨方《かもがた》の池の向うの花さへうごく

あたたかき花の香のする桃畑《ももばたけ》午後の光は花を照らしぬ
桃畑の土乾きつつ枝ごとにくれなゐの花こぞり咲くはや
曇ぞら傾きかけし日の見えて桃さく丘を越えんとぞする
遠近《をちこち》に桃はさかりの紅《くれなゐ》のわがあたりなる花の明るさ
桃の花みつつ歩みて丘を越ゆいまだ飽かぬに足疲れつつ
桃の花あかるくつづく丘のなだり喉《のど》かわきつつ吾等くだりし

Ⅵ

海みゆる路のぼりつつ折々に島に来てゐる如く思ひき　瀬戸内海鷲羽山
岩肌のあらはなるこの山のうへ松の木ひくく風に音する
渦《うづ》もちて島の間《あひだ》にうごく潮鷲羽《わしう》の山《やま》の上より見れば
松をふく風のきびしき音しつつ瀬戸《せと》の潮《うしほ》を遠く見さくる

曇よりもるる光はうごきつつ赤き小島にいま日があたる
赤崩《あかく》えのとほき岬《みさき》の寂しさよ琴《こと》の海《うみ》といふ水をへだてて
かぎりなく心を過ぎて瀬戸の海くすみの岬《みさき》に潮ながれたり

Ⅶ

駒鳥《こまどり》を聞かんといへば従ひぬ一代《ひとよ》にはかかる生《いのち》もありて　伊予極楽寺
極楽寺《ごくらくじ》の石のきざはしのぼるとき右も左も晩春の麦
山峡《やまがひ》のそこひに川の流みえをりをり岸の竹群《たかむら》うごく
木下にて咲くべき草の春の花木を伐りし峡《かひ》のなだりに見ゆる
山峡のせまき川原のひとところ雨にぬるる石たちまち青し
山寺に雨にこもればゆふぐれて蕨《わらび》香ぐはしき飯《いひ》をくひけり
伊予の国ささやけき寺の極楽寺にまぼろしのごと夕暮れんとす

Ⅷ

新しくととのふ土に日は照れり二十六人殉教の丘　　長崎

浦上《うらかみ》の御堂《みだう》の跡《あと》に朝夕にアンゼラスの鐘のこりて響く

四年《よとせ》まへ滅びたる跡ととのへて御堂の石を石垣にせり

皓台寺《かうたいじ》墓地にのぼりて街中に白き坂道のみゆるさびしさ

久しかる願ひとぞおもふ樟《くす》の木の若葉あかるき長崎ここは

しづかなる心となりて通りたる東山手《ひがしやまて》の石だたみみち

天主堂《てんしゆだう》修理のかすかなる塵《ちり》うごきザビエル立像も心しづけし

Ⅸ

大野山《おほのやま》まぢかに曇り逝春《ゆくはる》の麦の畑は都府楼《とふろう》のあと　　太宰府趾

人工の跡ある礎石《そせき》大きくてゆく春のおもき曇に濡れず

しろがねの麦の穂立《ほだち》のみゆるとき都府楼の石に腰をおろしぬ

くもりぞら身にしむまでに低くして観世音寺《くわんぜおんじ》の庭の砂はや

しづかなる莢実《さやみ》になりし菜のはたけ観世音寺のとなりの畑《はた》は

X

山をふく風のひびきは湖《みづうみ》のうへを渡りてきこゆるものを　田沢湖

対岸の春山《はるやま》を焼く火のけむりやまずなびきぬ湖《うみ》の上の風

山原《やまはら》をゆきてふたたび見えわたる全《また》けき光やまの湖

やや遠くなりて湖の光るとき春山原《はるやまはら》に惜しまざらめや

山焼きしあとに萌えたる蕨《わらび》をもつみて田沢《たざは》の湖《うみ》とほざかる

みちのくの田沢の村は家々に梨の高木《たかぎ》の花みゆるころ　田沢村

通草《あけび》の芽岩蕗《いはぶき》などのひでしもの田沢の村の夜《よは》に食ひたる

うつしみのわが口きよきおもひにて山草《やまくさ》食へば眠らんとする
ひと夜あけし朝の光にこの家のくりや流るるきよき山水
ノセといふ春蟬《はるぜみ》のこゑある時は風の如くに聞こえてゐたり
やまがひの田沢の村に山を焼くけむりのきらふ逝春《ゆくはる》の昼

XI

梅雨《つゆ》のあめ降るべくなりぬ幾日《いくにち》も庭隈《にはくま》の竹の音を聞かずして
おもむろに光りはじめし梅雨曇《つゆぐもり》かかる光は心はかなき
いひがたき今のこころよ吾が前に坐れる妻が涙をおとす
二日経て妻と和解をせしのちの底ごもりたる悲しみながぬ
無気《むき》になりて幾たび妻と争ひしこと茫々と思ひ出でをり
おしなべて涙のごとく迫りたるうちの心をとどめかねてき

日常の茶飯《さはん》のうちにあるときは喜びを得き妻と吾とは
十年《ととせ》あまり経たる妻とのなかからひの遥けきものはいま響きなし
わが顱頂《ろちやう》のうすくなれるを喜びて言ひたまひけることも思ほゆ
さみだれのしげく降る時おぼろなる笹群《ささむら》みえて吾は居りたる
梅雨曇やや寒き日とおもへれば吾のはだへに蠅がまつはる

XII

夏の日にかがよふ花を見つるとき暇《いとま》あればかこころは憩《いこ》ふ
用もちていでゆく妻が夏の日の照る草むらをへだてて見ゆる
夏の日のながく寂しき昼すぎに玉蜀黍《たうもろこし》の花が散りゐる
家いづる勤《つと》めを持たず黙《もだ》しをり夕べとなりて草光るとき
夕ちかき日射《ひざし》となりて夏草の影あそびゐるわが庭の上

やうやくに夕ちかくして虚《むな》しきにひとつの蟬が息《いき》ながく啼く
睡蓮《すいれん》の花とぢてゐる池のうへ昼すぎし日の光かがよふ
日の光つよく寂しき昼すぎにひとつの池をめぐりて歩む
海のこゑとよもす家に一日《ひとひ》暮れて何を加《くは》へし吾とおもはん
若竹のたちまじりたる竹群は晩夏となりてかくわづらはし
近づきて見れば銀杏《いちやう》は限りなき葉影《はかげ》をたもつ暑き光に
みんみんといふ蟬のこゑ身にしみて聞きゐし午睡《ごすい》以前の世界
しづかなる曇となりぬむらさきの木槿《むくげ》の花が窓より見えて
ほしいまま庭をおほひて茂りたる草宵々に黒くしづまる

XIII

東《ひんがし》にひろく傾くくもりぞら那須の高原《たかはら》にわれは来しかば

塩原《しほばら》の須巻のいで湯秋山《あきやま》のつづきの庭に羊歯《しだ》もみぢせり

うまきもの食ふは楽しく塩原にたまご持つ秋の鮎《あゆ》を食ひけり

のぼり来し塩原奥の高原《たかはら》にいぶき匂ひて新湯《あらゆ》とぞいふ

日塩道路

風かよひ雲のかよへる高原に紅葉《もみぢ》する木々やうやくすがし

ほがらかに秋山の秀《ほ》のみえわたる高原道《たかはらみち》をみづからは行く

山葡萄《やまぶだう》の広葉《ひろは》のもみぢ灼鉄《やけがね》のごとき色をも見つつゆくなり

伏流《ふくりう》となりて石のみの荒き谷松山《まつやま》のまに長く傾斜《けいしや》す

伏流にして石群《いしむら》のあらき川原《かはら》山くだり来し道は横ぎる

蛇尾川《ざびがは》のつねに寂しき石原をたちまちにして自動車よぎる

XIV

秋の日におとろふる草の香のしたる一息《ひといき》ごとに吾はやすらふ

庭畑にいでて手《た》ぐさにすることもありて粟《あは》の穂《ほ》軽しとおもふ
貧困にしてかくのごとあり経れば妻にいきどほる事さへもなし
わが乗れる夜行車《やかうしや》過ぎて踏切の鐘《かね》鳴りゐたること思ひ出づ
咲きつぎし木槿《むくげ》の花もいつとしもなく秋庭に終りてゐたり
何を播《ま》くあてなけれども夕暮れて日のぬくみある庭土を掘る
雨脚《あまあし》はみだれて俗にトントンといふ板屋根に寂しき音す
秋さむき夜空にひらく花火《はなび》みゆ人工もかく美しくして

XV

麦わらの帽をかぶりて秋にはにたつ鶏を養はんため
粟の穂をいまだ刈らねば庭畑にみだれてそこに鶏あそぶ
鶏のあそぶ竹群《たかむら》かわきたる竹の落葉はわれにも親し

すがすがとして若きもの秋の日にわれの讃へし白きにはとり
満腹《まんぷく》になりし鶏のひなの声その平安《へいあん》はわれにも聞こゆ
雨もりのするわが家に秋さむき雨をいとへばにはとりも病む
あかあかと朝焼《あさやけ》したる庭にでて鶏をよぶわれは貧しく

XVI

貧しきは貧しきながら来《きた》るべくためらひのなき冬と思ひし
わが涙いまこそ乾け土の上つめたくなりて咲きし花等よ
地《つち》ひくく咲きて明らけき菊の花音あるごとく冬の日はさす
菊の花あからさまなるわが庭のきよき空気に虫もあそばぬ
赤らみてうら枯れわたる藜《あかざ》にも山牛蒡《やまごばう》にも光さしをり
わが部屋の日向《ひなた》に老大の蠅ひとつ親しきものの如く来てゐる

鉄《てつ》さびの色となりたる鉄路の礫《いし》電車くるまで吾は見てゐき
あたらしく成るべき道の一部分行人《かうじん》のなき傾斜が見ゆる

XVII

貧しさに耐《た》へつつ生きて或る時はこころいたいたし夜《よる》の白雲《しらくも》
夜の風ふきて竹むらは沈黙のこころの如き音をつたふる
踏切を貨車すぐるとき憂ひなくながき響きをわれは聞きゐし
新橋《しんばし》にいでて焼酎《せうちう》をときに飲む貧困なれば度たびならず
街上のしづかに寒き夜の靄《もや》われはまづしき酒徒《しゆと》にてあゆむ

補　遺

木槿《むくげ》の花あつき光に咲きそめてあくがれのなき晩夏といはん　晩夏一首
家鴨のひな吾は育ててだみ声の時々まじるまでになりたり

菊の花土にあかるく咲きそめてこの空間も豊かになりぬ
さだかならぬ未来のやうに丘の空遠い梢もかがやいてゐる
この谷の寺の柱は春の日のさしてきなぐさき香がしてゐたり

昭和二十五年

Ⅰ

菊の花終りし庭に透明に冬日は晴れてわれを立たしむ
霜どけのうへに午前のひかり満ち鶏はみなひとみ鋭《するど》し
日ののびて清きゆふべの余光あり凍らんとする土さへ黒く
眼のまへに銀杏《いちやう》の枝白くひろがりて寒《かん》のなかばの曇日《くもりび》けふは
さむざむと檜葉《ひば》のゆれゐる曇日の風単調にしてひびきなし
西空に夕くれなゐのたつらしき気配となりぬ霜どけの土

自動車の燈《ひ》が突然にかがやきて傾斜をくだるこの夜の街

Ⅱ

幼くてめしひし鶏《とり》は晩春のこの日頃卵うみつぐあはれ
涓滴《けんてき》はあひだを置きてしたたりぬなべての過ぎし思ひこそすれ
夜の蛾を外に追ひしが闘争はかくのごときにも心つかるる
唐突に霰《あられ》ふるとき硝子戸《がらすど》のうごきて夜半《よは》にわれ一人ゐし
二色《ふたいろ》にまたたく光もつ星の低空ゆゑに近くみえつつ
老人《おいびと》にいましたまへばかかる日暮《ひぐれ》話の声を絶えて眠らす
旧教の寺院がみえて歩み来《こ》し一分《いっぷん》未満にて寺院大いになる

Ⅲ

しづかさのうちに憩ひの伴はぬ夜の畳に蟻を殺しつ

拳銃はつとめの故に帯ぶといへど「一切の者刀杖《たうぢやう》を畏《おそ》る」
まぼろしに似てきよきこと時に言ふ幼き者の常とおもへど
硝子戸の外に月照ればおのづから燈《あかり》をしたふ蛾さへ来ざらん
顧《かへり》みに思ひいづればしづかにて遠山《とほやま》のごと遠雲《とほくも》の如《ごと》
かたむける月の光に照らされてわが庭のものみなたけ高し
臥床《ふしど》にてありふれしこと思ひをり今夜《こよひ》の蚤《のみ》はきその夜の蚤

Ⅳ

うつしみは漂ふごとく眠らんかよもすがらなるさみだれの音
さみだれのそそぎ降るとき鶏の常さわがしき声もきこえぬ
さみだれの雨の霽れまにしたしくも人の声する童《わらべ》のこゑぞ
忽ちにして迫りたる戦ひを午後に伝へし日のゆふまぐれ

空間のなみだつごとき気配して起きゐたる六月二十六日の夜
うつしみは現身《うつしみ》ゆゑにこころ憂ふ笹の若葉に雨そそぐとき
砲弾の炸裂したる光には如何なる神を人は見るべき
桃の木はいのりの如く葉を垂れて輝く庭にみゆる折ふし
碓氷嶺の熊の平に山崩《やまくづれ》ひとを埋めしさみだれの雨
楽園を追はるるすがた端的に彫像としてここに立てれど

V

鶏はめしひとなりて病むもありさみだれの雨ふりやまなくに
脚たたぬにはとりのため憂ひゐきものみな濡るるさみだれの雨
日をつぎて夜をつぎて雨そそぐとき病む鶏もいたはりかねつ
白き羽よごれし鶏むらがりて梅雨《ばいう》の晴れし庭に餌を食ふ

鶏の羽よごれつつさみだれの降りつぐ頃は哀れなりしか
こもごもに餌を欲りて鳴く鶏のこゑを楽しとかつても聞かず
若竹の傾くさまもおのづから健かにして梅雨《つゆ》晴れんとす

Ⅵ

つゆあけとなりたるかなや桃の木は暑き光に葉をみな垂れて
饗宴ののちの如くに庭のもの立ちをり梅雨のあめ晴れしかば
晴れし日の昼の長さよ鶏の産卵のこゑをりをりにして
夏の日のかがやく庭の鶏舎より声とげとげと鶏が鳴く
宵あかり庭に見えをる葵《あふひ》の花《はな》小さきは花を閉ぢしにやあらん
わくらばに吾に来るときそのすがたやさしくあらん夜の白雲《しらくも》
葉のひまにはればれとせる黄金色《こがねいろ》の胡瓜の小花けさも見てゐる

あつき日に喉《のど》あへぎゐる鶏を今日はをりをり雲がかげする
楽しくも満ちかへり来る潮《しほ》あれやかの堤防に向ひてあゆむ

Ⅶ

うつしみの命すがしき一日《ひとひ》にて若草の香を夜《よは》もともなふ
満潮《みちしほ》を見るはたのしく佇《たたず》みぬ鯊《はぜ》つりてゐる人のかたはら　写真に題す
人をりて鯊つるところのぞきなどしつつ夕潮《ゆふしほ》の長橋わたる
武蔵野の石神井《しやくじゐ》の池秋分ののちの光は親しくなりぬ　又写真に題す
秋の日のかたむきながら照らしたる池の汀《みぎは》にこほろぎ鳴けり
秋風は水をわたればみぎはなる草そよぎをり夕光《ゆふかげ》のなか
はじめての妻の言葉をおもふとき現《うつつ》のごとく吾にきこゆる　放送歌会

Ⅷ

秋分の日の電車にて床《ゆか》にさす光もともに運ばれて行く
秋分の日は昏れがたの空たかき曇《くもり》となりぬ庭のうへ青く
さだまりし日の業もなく吾をれど用事なければ人をも訪はぬ

IX

石組みて泉たたふる池あれば青き鯉ひかりをもちてしづまる　深大寺
しづかなる秋の曇に湧く水のひとつの流れ笹むらの中
水のわくかすかの音も聞こゆべき笹むらの路われは歩みし
あらはれて幾ところにも水湧けり音あるいづみ音なき泉
かすかなる泉を幾つみちびきて湛ふる方形の池の音はや

X

ほしいまま鴨のとぶとき湖《みづうみ》のうへしづかなる水の明るさ　浜名湖

群《むらが》りてひとときにとぶ水鳥の鴨のゆくへはたちまち遠し
浜名湖《はまなこ》の大崎《おほさき》といふ船着場《ふなつきば》なぎさに白く藺草を乾せり
鷲津《わしづ》より湖《うみ》わたり来てこの岸に支線の汽車のひびきをぞ聞く
湖の晴れわたりたるしづかさのおもむろにして昼ふけてゆく
きりたちし山のそこひの狭《せま》き谷《たに》谷のいさごを行けばしづけし　日本平
地《つち》はだのあらはに迫るこの谷に水湧きて細き流をなせり
伏流となりてたはやすく石原《いしはら》に終る流を見て立ちどまる
壁のごと山きりたちし中の谷石あらくして海にかたむく

XI

冬の日の光照りかへしいづくにも風ふく街を今年もあゆむ
黄葉《もみぢ》せる樹々《きぎ》にかすかの風交《まじ》はるところを過ぎて何処《いづこ》にゆかめ

風かよふ坂の空気にへだたりてひとかたまりの冬日照る街
冬晴《ふゆばれ》のひかりのなかに電燈の塵はらひゐる電車駅歩廊
金網の影ひきてゐる冬日のなか光しづかとおもひて通る
精米の機械に冬日さしゐたり落ちくる米は糠《ぬか》の香がして

XII

庭の草たけたかくして衰ふるなかの紅《くれなゐ》を日々に讃へし
ストーブの音なく燃ゆるかたはらに居たり昼夜《ちうや》の境はながく
真相《しんさう》を伝ふるといふ記事のたぐひ幾つ読みけん幾つも読まず
たまきはるうちに萌《きざ》して愚か愚かまづしき者の回想ひとつ
きその夜の酔《よひ》さめをりて形なき不安をいだく冬の一日
体内《たいない》の器官によりてきざすもの悲哀の如く不安のごとく

野田の街くれば醤油の倉庫ならびひさしのひまに降る雨しげし

XIII

朝の霜おきて終りしカンナなど黒く乾きて午後の日は照る

珈琲《こおひい》をのみたりしかば浅きねむり冬の真夜中猫なきてさむ

やや遠き泥濘《でいねい》にラグビーをするところ或るとき選手等の吐く息白し

寒き風ふくみ苑《その》にて先生はあゆむ足よわくなりたまひつる

銀行のとざす扉《とびら》に人倚りて日を浴《あ》みゐたりこの路傍の観

しづかなる冬の光に孤独にて運河のくろき水の辺をゆく

わが来たる浜の離宮のひろき池に帰潮《きてう》のうごく冬のゆふぐれ

彩燈のひかりに街のもりあがるところを過ぎて常の夜ここは

補　遺

さいはひは息づく吾の身の回りただよふらんと思ひゐたりし

昼の日の楽しきを経ていま宵の庭の草らは暗くしづまる

ころころとしたる柿の花おち居《ゐ》たるところに立《た》てば母ぞ恋《こ》ほしき

菖蒲園はまだ蕾なる泥の香のしたし五月の光照れれば

宵空の低きところは遠からぬ渋谷の赤き灯がうつるらし

こまかなる葦の茎などただよひて湖《うみ》のなぎさは冬日明るし

後　記

本集には昭和二十二年から昭和二十五年まで四年間の作歌の中五六六首を選んで収めた。私の第五歌集にあたる。

私は前著『立房』の後記で「私は決断して実生活と作歌との上に更に新しい境涯をみづから招かうとしてゐる」と言つたが、昭和二十二年以後に於いて実際さういふ方向に沿つて生活したのであつた。

私は自由になる時間が欲しいと思つて独力で図書出版をはじめた。そして幾ばくもなく挫折した。それから養鶏をはじめたが、私の企図は一つとして成功せず、敗戦後の数年を貧困の中に送迎したのであつた。もつとも鶏の方は経験もなく資力もないので、傍業として百羽程の鶏を養つたに過ぎず、ただ何か実務を持たなければ生活内容が稀薄になり、それは作歌にも影響するだらうと思つて、かういふ事をしたのである。

作歌に於いては、私の覚悟は既にきまつてゐた。ただそれを一歩たりとも徹底せしめようと欲したのである。私は観念的、模型的操作によらずして、体験に即して真実を表白しようとし、期せずして戦後の生活を「貧困」に縮図したのであつた。然しかう言つても、私の歌には事件的具体といふものは無い。短歌はさういふものを必要としないからである。

戦後の歌壇には「第二芸術論」によつて代表される外部からの短歌批判があつた。

さういふものを取り入れて脱皮しようとする人もあり、反撥して短歌の特地を固守しようとする人もあつたが、私はそのいづれでもなく、ああいふ外部批判に格別に反応しなかつたのである。さういふ事とは別に、自身の信念を独語の形でまとめようとして「純粋短歌論」といふものを雑誌「歩道」に連続執筆したのであつた。

一般に表現は限定する事だといつてよいが、短歌に於いては、先づ感情生活の中から詩的感動を限定し、それを五句三十一音の形式に限定するのである。限定された直観像即ち詩的感動は、生のリズムとして意味に満ちてゐるけれども、その意味は概念的に抽象し証明することの出来ないものである。ただ何となく大切なかけがへのない感じとして胸中に置かれた生の核心である。このいはば意味なきものの意味に満ちた瞬間と断片との裂目から人間性の奥底とか生命のニユアンスとかいふものを見るのが抒情詩としての短歌である。

吾々が現実の中から取つてくる、この重い断片、光る瞬間は、いはば新しい「発見」である。然しそれが単に発見として提示されるのではまだ十分ではない。その発見は体験そのものの声として響いてゐるのでなければならない。感動はもともと言葉を持たないのを、生のリズムさながらに流露せしめるに言葉を以てするのが詩だが、それは言葉によつて証明し物語るのではなく、詠嘆するのである。詠嘆とは直観像を言葉に移す過程をいふので、短歌は五句三十一音の形式に、感動そのものを詠嘆として限定するものである。ざつとこのやうに考へるのが、私の短歌に対する覚悟であつた。

私は純粋な短歌を追及して作歌から第二義的なものを排除しようとした。しかしこれはこの時期に限つたことでもなく、自覚を以て作歌するやうになつてからはずつとさういふ方向に進んで来てゐるのである。ただその覚悟が「純粋短歌論」を書くことによつて更に切実になつたと言つてよいだらう。そして一歩一歩その実行を徹せしめようとしたのであつたが、果たしてどのやうな結果になつてゐるか、その点は人々の批判を待たねばならない。

私自身は勿論これで満足してゐるのではない。現実は顕はれてゐるのだが観がたいものだといふ歎きは何時になつても消えようとはしないのである。然しされぱといつて、この四年間の努力が全く果敢ないものであつたとは私自身思ひたくない。読返してかすかな慰籍を覚える歌も幾つかあり、新しい開墾も少しはあるだらうと思ふ事も出来る。第一歌集『歩道』以来の歌境を兎も角ここまで追及して来たといふ事は言つても不遜ではないだらう。『歩道』は今でも稀に云々してくれる人もあるが、今日の私から見れば全体として重量の軽いものである。

『帰潮』は即ち退き潮であるが、何となく気に入つて書名とした。詩に「瀉海有帰潮衰容不還稚」などとあつて、むしろ老境になつてからの歌集に題して相応しいものであるかも知れない。然し強ひて取れば、貧困のうちに送迎したこの時期の生活を幾分暗指してゐるやうにも取れるだらう。　昭和二十六年六月四日、佐藤佐太郎識。

再版後記

「帰潮」は初版発行以来人々の同情を蒙つた。殊に第三回読売文学賞を受ける事になつたのは思ひまうけぬ光栄であり、私は先輩知友の懇情に感謝してゐる。

雑誌等にも種々批評が載り、私は感銘して読んだ。ただ批評のうち、私が後記で「私の歌には事件的具体といふものは無い。短歌はさういふものを必要としないからである」と言つたことに就いて、私が生々として現実に背を向けてゐるかのやうに解して呉れた友が一二にとどまらなかつた。私の言葉は今更註を加へる必要もない程の常識であるが、人々は必ずしもさう思はなかつたと見える。詩はすべて「具象なる観相」によるべき事は言ふまでもない。つまり具体的なものでなければならぬのである。併しその具体は小説的な事件的なものではなく、詩として感情的な具体を要求してゐるのである。私の短歌観は今後もまづ動かないだらうと思ふが、実作はもつと流動性のものであるから、今後私の実作がどのやうに移るかは私自身予想し得ないことを序でに告白して置きたい。

初版を発行してから約半年が過ぎて、第二書房主伊藤禱一氏がいよいよ再版に著手するといふので、数箇の誤植を訂正し、一言を附することにした。昭和二十七年八月一日、佐藤佐太郎記。

地表

昭和二十六年

Ⅰ　冬　日

なよなよとせる女性語《ぢよせいご》を聞かずして大寒《たいかん》の日々家ごもりけり

暁の地震のなかに立つ光そのときのまの窓を見てゐし

冬の日のひなたにめまひする事もありて鶏に餌《ゑさ》を与ふる

行方《ゆくへ》なきこころの如し木々の枝そのうへの空《そら》白き午後にて

雪どけの泥《どろ》乾きたる踏石を平安にして吾は見てゐる

Ⅱ　春疾風

いとまある一日《ひとひ》の午後に近々と春の疾風《はやち》を聞きつつ睡《ねむ》し

土《つち》のうへ親《した》しくなりて墓あひの路を鶉《うづら》に似し鳥あゆむ

樫《かし》の木の木下《こした》に落葉光りゐるゆふべの道をすぎてわが行く

春の日に生暖《なまあたたか》き芝生のうへ博物館をいで来て歩む
鋪道にてうごくネオンの反映を踏みぬ沈黙のなきこの光

Ⅲ　立山山頂

立山《たてやま》のいただき寒く朝あけて砂《いさご》もあらき石も乾ける
やはらかき土に生くらんものの香《か》の絶えたる山にわれは息づく
風のむた雲の音する山の上うつしみ寒くわれは憩《いこ》へる
山の上に小さき草の花咲けり石に生ひつつ陽《ひ》を待てるもの
陽の光くらみて山を吹く雲の過ぎんしばらく眼をあきゐたり

Ⅳ　劒沢雪渓

さかさまに劒嶽《つるぎだけ》よりくだる霧この雪渓《ゆきだに》を低く過ぎゆく
雪渓の上にそそりて鉄いろをしたる劒嶽岩《いは》のきびしさ

大股にくだりつつ行く雪《ゆき》の渓底《たに》ごもる水の音は聞こゆる
真砂沢《まさござは》落合に来て雪渓《せつけい》の二つは高くかたむきて見ゆ
いきほひて雪の下よりほとばしる水のひびきの中に休らふ

V　晩　夏

不快なる夢を覚めんと努力して漸くさめしとき疲れをり
かわきたる音ひびく鐘《かね》西日さし広き工場の中にきこゆる
土用すぎて梧桐《あをぎり》の葉のやはらかき梢を見つつ暑き日暮れん
蟬のこゑ稀に聞こえて夏逝かんかかるあはれも年々にして
さわがしき中に酒をのむ悦楽のたとへば貝にこもる潮音《しほおと》

VI　新　秋

階《かい》くだり来る人ありてひとところ踊場《をどりば》にさす月に顕《あら》はる

夕暮のにほひするころ仮睡《かすい》より醒《さ》めしうつつを何は救はん
墓地下の道に枳殻《からたち》のみのるころいや更にして貧しかりしか
木槿《むくげ》の花さくべくなりてかすかなるこの匂にも吾は息づく
秋口《あきぐち》のむし暑き日に夕茜《ゆふあかね》わが立つ丘のしたにひろがる
ゆふぐれし風のはかなさや合歓《ねむ》の木にひぐらしひとつ声ひきて啼く
たのめなきものとおもへど夕潮《ゆふしほ》は青き葦にもみちわたり居り
赤々と火のかがやける機関車すぎ黒き貨車長くとどろきにけり

Ⅶ　梶の実

肉親を負ひてあへぐといふ意識相対にして子等さへも持つ
ひたぶるの楽しさ吾にありや無し過ぎていくばくか酒のみしのみ
梶《かぢ》の実《み》はいかにみのりて居るならん罪のごとくに空想うごく

掌《てのひら》を聖書に置きて言ふごとき言葉のひとつ吾は恥《やさ》しむ
たまたまにリグヴエダ読みしろがねの如き言葉は身体《からだ》をめぐる

Ⅷ　秋　雨

秋彼岸《あきひがん》すぎて今日ふるさむき雨直《すぐ》なる雨は芝生《しばふ》に沈む
日もすがらそそげる雨の寒きおと起居《たちゐ》にききて夜も聞こゆる
日の当るところ日陰るところをも心親しと謂《い》ひて歩みつ
わが庭にいまだ咲きつぐ鳳仙花珊瑚細工《さんございく》のごとし秋日に
たまものの薔薇《ばら》の低木にしろたへの花秋の日にひとつ咲きそむ
福島の県《あがた》の梨《なし》を秋雨《あきさめ》のさむき夜も食ふ君がたまもの
秋の日々おもむろにして咲く花の紫苑《しをん》を待てばやうやく寒し
みづからに浄《きよ》くなるべく落葉して立つらん木々よ夜《よは》に思へば

Ⅸ　歳　晩

朝々の霜をかうむりて赤菊《あかぎく》の花咲きながら冬至《とうじ》過ぎたり

暁にとまり木を降りる鶏の羽ばたきの音聞くときは良し

高山の雪に雲にも触《ふ》りて来し後の虚しさも過ぎて居りたる

さだまりし冬のこころに鶏のしろたへの羽朝々見たり

赤菊の色こき花は幾日《いくひ》のちあるかなきかの如くにならん

冬の日に光る木の枝見えながら園ゆくときに心はなぎぬ

冬の日のひなたに居りて日に酔へりかかるいとまのありて年ゆく

補　遺

うちつけに鴉《からす》鳴くとき霜どけの畑の土よりその声きこゆ　立春のころ三首

梶《かぢ》の木のぬめりある紅《あけ》の花を見て晩夏のゆふべ丘に居たりき

鶏のとさかの朱《あけ》はやうやくに鮮かにして歳晩となる

昭和二十七年

Ⅰ　隅田公園にて

対岸に休業の日のデパートが見えて隅田川《すみだがは》の水の明るさ
ひろびろと水をへだてしかの岸に寺あり人の生活見えず
単調の音もちて川をくだる船橋にかかりて音やや高し
川岸にいささかの風吹きをれば捨ててある鶏の羽が吹かるる
隅田川の湾曲みえて歩みゆく川も川岸の鋪道も広く

Ⅱ　五　月

幸ひは馴るるに早し昼すぎて風ふく庭に黙《もだ》しつつ居る
芥子《けし》の花明るくゆれて昼すぎのわが庭の上ひくく風吹く

紫のあやめの花のしづかなる色たえまなき風に吹かるる
くれなゐの芥子《けし》の花風に揺れながらいとまあるとき亡き母思ほゆ
のどかなる心はわれは持たなくにさもあらばあれ今日の喜び
ひかりある五月の風に旗のごとなびく若葉をもろともに見ん
すこやけきかなめの若葉樺いろに輝く一日一日《ひとひ》を送る
竹群《たかむら》のなかにたまれる竹落葉《たけおちば》音をたてつつ鶏あそぶ
池にそふ道をあゆみて樟《くす》の木《き》の若葉のにほふ頃となりたり
札幌《さつぽろ》のしづかに長き朝のいとま思ひ出づれば楡《にれ》の上の雲

Ⅲ　芥子の実

日の照らふ庭のいぶきに桃の木の葉は垂り妻の眠りを誘《さそ》ふ
うろこ雲の行きとどまらぬ日のゆふべ芥子《けし》の実ゆるる庭におりたつ

にが竹の筍《たけのこ》庭に生ひたるを食へども妻も子も喜ばず
午後の日に砥《と》のごとき土《つち》見てゐたり驚怖の声はいづこに潜《ひそ》む
手術後の躰《からだ》やしなふ妻の午睡《ごすい》さみだれの雨外にひびきて

Ⅳ　芙蓉花

梅雨明《つゆあ》けとなりて音せぬ暁にこころ虚しく吾は覚め居り
いとまなく動く蟻らを何時見ても吾に寂しきこころのきざす
夜ふけし家に帰ればわが庭の芙蓉《ふよう》は明日《あす》の花ひらきそむ
竹むらに露の音する暁をまれまれにして早く覚めゐし

Ⅴ　鷺

炎天に羽うごかしてゐる鷺《さぎ》は木々の梢にいくつも見ゆる
夏の日は木々の梢にかがやきてあらはに群れてゐる白き鷺

暑き日にさわがしく鳴く鷺の声なかに透りて蟬の声ひとつ
竹むらのなかの下土に病む鷺のひとつは哀れうづくまりゐる
この森に夏の日すがら鳴く鷺の群《むら》が《が》りて鳴く声のさびしさ

Ⅵ　飛　島

山路来てたぶの太木の林あり古《ふ》りし常磐木《ときはぎ》の中のしづけさ
燈台にのぼりて四方に見ゆる海あかるき中のこのひとつ島
晴れわたる海の向うにおほどかに鳥海山《てうかいざん》はいただき曇る
飛島《とびしま》の賽《さい》の河原《かはら》といふ浜に茅蜩《ひぐらし》のこゑ聞きつついこふ
はまなすの実はおのづから紅《あけ》ふかき頃としなりぬ渚草叢《なぎさくさむら》
海猫《うみねこ》のむらがる島と聞きしかど季《とき》すぎて北に移りたりとふ
海草《うみくさ》を採るにさだまりし日のありて海の干潟《ひがた》に群るる女等《をみなら》

かぎられて乏《とぼ》しき島に生きつげば採る海草も私《わたくし》にせず
飛島のなぎさに近きくさむらに黄菅《きすげ》の莢実《さやみ》くろき種子《たね》をもつ
潮《うしほ》ふく疾風《はやち》のために枯れしとふ虎杖《いたどり》の叢《むら》ここのなだりは
路のべに水のともしき井戸ありてをみな等が来る朝もゆふべも
飛島をめぐれる海はよもすがら音しづまりてわれは眠りき
かすかなる島のあけくれ海草《うみくさ》を浮けし味噌汁すひつつ思ふ

Ⅶ　秋　分

わが胸にたぎてる心しづめかね居りて鶏に餌《ゑさ》を与ふる
ひたすらに檜《ひのき》の青はいたいたし秋日にいでて吾の来しとき
秋分の日の午後の坂くだりゆくわが靴に砂きしむ音して
鶏を売りて鶏のこゑのせぬわが庭のうへ秋の日きびし

桃の木のはやき落葉をしたる枝ある時にその枝はかがよふ
二度《にど》萌《もえ》の鳳仙花ひくく咲く庭にいでてこころを抒《の》べんとぞする
二階よりつづく曇に向ひをり朱実《あけみ》ふりたる辛夷《こぶし》の高木
萩の花すぎがたに青き実の見ゆるわがかなしみて明け暮るるとき

Ⅷ　佃　渡

渡船場《とせんば》に船待つ人のおほよそは富めりともなくみな用を持つ
水明りたつ対岸の渡船場に待つ人等くろきひとつかたまり

Ⅸ　冬　来

草枯れし庭にあらはるる土さへやいたいたしくて冬は来向ふ
病み臥してかなしむ友の文《ふみ》を読みいとまなければ訪ひても行かぬ
葵《あふひ》の実こぼれて庭に萌えしもの青々として冬となりたり

冬空にわたる余光のきよきとき庭にして桃の木の枝ひかる

寒きかぜ空より吹きてゆふぐるる庭には菊の花いまだ見ゆ

Ｘ　街　頭

人間《にんげん》はみな柔かに歩み居るビルデイング寒く鋪道寒くして

掌《てのひら》を人に見しむること勿れ冬の夜霧にぬれてゆく吾

たえまなくネオンの炎《ほのほ》たつ道にたまたま犬の歩むは寂し

高層のひろき窓々冬雲のはれし昼にて空の香をもつ

デパートに吾の来しとき群《むらが》れる人の香《か》のみにあらぬ香ぞする

XI　石

わが身よりものとほざかり眠りたる二時間半を転機としたり

霜どけのなかに乾ける石ひとつ争《あらそ》ひののち吾の見てゐる

竹叢《たけむら》の秀《ほ》のしづまりを見つつ居て苦しく寒きゆふべとなりぬ

たひらなる心を一日《ひとひ》たもち得ず午後の曇は明るくなりぬ

落葉せし欅《けやき》の枝に子供《こども》をり常来る鳥のごときこころか

梢より空かよふ風の音のする園の芝生は黄にしづまりぬ

冬園をあゆみて土のひややけき夕《ゆふべ》となれば家に帰らん

遥かにしへだたりたりといふ意識常わだかまる吾のこころに

補　遺

たひらなる舗道のうへに夕空の青うつるころ家いでて来し

しづかなる島にもあるか漕《こ》ぐ舟の櫓のおと山の路にきこゆる　飛島

昭和二十八年

I　某　日

山吹《やまぶき》の緑の枝はぬれゐたり霙《みぞれ》ふる庭ひとり見しとき
悲しみに耐ふべき吾はストーブの燃ゆる炎の音を聞きゐし
桃の木の枝にしづくの光り居る昼すぎの庭ふる雪のなか
脂肉《あぶらみ》をぢかに炙《あぶ》りてゐる音のわが聞くゆゑにいたいたしかり
樫《かし》の実《み》の独りこころに耐へんとぞ昼の机に膝冷えてゐる

Ⅱ　又某日

寝ねがたき夜の窓外に音たてて骨片《こっぺん》をかむ犬が来てゐる
苦しみを内に持てれば現実のつづきの夢を吾は見てゐし

Ⅲ　斎藤茂吉先生逝去

みいのちは今日過ぎたまひ現身《うつしみ》の口いづるこゑを聞くこともなし
しづかにてありのままなる晩年の時すぎしかばみ命終る

茫々としてたよりなき境涯をみづから歎き歌ひたまひし

健かにいましたまひて火のごとく言葉かがよひし頃をぞ思ふ

うつしみにいまし給ひて作らししみ歌おもへば尊くもあるか

かなしみをうちに湛《たた》へし一生《ひとよ》にて過ぎしをぞ思ふおほけなけれど

ありがたきえにしによりて現身《うつしみ》の君の言葉をいくつ聞きけん

Ⅳ　水の層

かへがたき祈《いのり》のごとき香《か》こそすれ昼のくりやに糠《ぬか》を炒《い》り居る

行きずりに見ればなよなよと金魚群れ水盤の水動くたのしさ

人工の石にネオンの灯《ひ》はひかり翳《かげ》なき顔を人々はもつ

硝子戸の外はたはやすき昼の時幹ごとゆるる竹むらが見ゆ

夜《よは》にして思ふことありありがたき陽の脈搏の中を通りき

たえまなく光乱るる波際《なみぎは》に乾きてひたすらに黒き巌々《いはいは》

水の層また水の層透明に青くかがやく潮《しほ》うごきつつ

V　消　灯

灯《ひ》を消して吾は思ひきつづまりは人のこころは臥床《ふしど》に憩《いこ》ふ

暑き日に心しづまる黄の薔薇《ばら》の花を見たりと人にいはなく

掘りおこす土の乾くにいとまありてこの冷やけき赤土は好し

映画にてをとめ踊りきはればれとしたる白妙《しろたへ》の布なびきつつ

赤錆《あかさび》の鉄材を見て通りしが帰りにも見て暑き日くるる

空《くう》をきる鋭きひびき或時はきこえて吾を息づまらしむ

隣家より庭をへだてて声きこゆ吾が争ひのこゑも聞こえん

争ひの声といふとも孤独ならず鮭《さけ》の卵《たまご》をかみつつ思ふ

Ⅵ　蟬　声

竹の葉にゆふべの露ののぼるころひとつ茅蜩《ひぐらし》声とほり鳴く

高山に行けば健やけき青年の額《ひたひ》の汗は雪にしたたる

さかさまになりて人を見る事もあり邪気なき猿のしぐさの一つ

朝焼のくも高空にうごきつつ芙蓉の花はかたち新し

Ⅶ　応需雑歌

おそ夏の光まばゆく照る庭にあはあはとして木槿《むくげ》花さく

海出でし月やうやくに輝ける十国峠《じつこくたうげ》のうへに吾がをり

秋晴のきよき光にかがやきて天路《あまぢ》来る皇子《みこ》をもろ人は待つ

よろこびて迎ふる声の天《あめ》響きとよもすなかを帰り来たまふ

よもの国見めぐりて瞳《ひとみ》あきらけくいや健かに帰りたまはん

Ⅷ　秋　苑

単純にあらぬ幹にて年老いし椎《しひ》の太木は親《した》し日すがら
おほどかに立つイヒギリの一木あり朱《あけ》の房実《ふさみ》は日にかがやきて
とほどほにしげれる葦の明るさや水ある谷地《やち》にうらがれんとす
犬蓼《いぬたで》も浅茅《あさぢ》も秋の草黄葉《くさもみぢ》水浅き池めぐりて来れば
秋蟬のこゑも絶えたる苑《その》のみち伴《ともな》ふものもなくて歩みつ

Ⅸ　盛岡郊外

丘畑《をかはた》は大豆《だいづ》の黄葉《もみぢ》ゆふかげのわたらふ空の下にしづまる
路のべに麦の萌えたる畑ありゆふべの湿《しめ》りすでにいたれる
夕光《ゆふかげ》の畑にきたりて鈴なりの林檎《りんご》の枝をくぐりて歩む
ゆふぐれの寒くなりたる丘のみち栗山大膳の墓をとむらふ

松木立きりてあらはになりしとふ墓をめぐりて笹のゆふ露

X　十和田湖途上

起伏《おきふし》の遠《とほ》のはたてに岩木山《いはきやま》はつかに見えて高原《たかはら》を行く

一谷《ひとだに》はしみ生《お》ふる杉そのうへに山の高原は黄葉《もみぢ》おぼろに

秋の日に光をもたぬ高原のうねりわたりて遠きもみぢ葉

赤松の秀でてたかき木々の下紅葉《もみぢ》あかるきところを過ぎつ

蔦《つた》の湯《ゆ》に近づきながら太木々の橅《ぶな》の林は散りすぎにけり

とど松のいただき白く枯れたるは雪つむころに兎《うさぎ》葉を食ふ

奥入瀬《おいらせ》の黄葉《もみぢ》あかるき交《まじは》りのただ一日《ひとひ》だに吾はよろこぶ

浅き瀬のたぎちつつくる奥入瀬《おいらせ》の川ひとところ秋の日がさす

風のごと谷をかよひて奥入瀬の浅き流の音はきこえつ

午後の日のさすところあり黄葉《もみぢば》もみなわをあぐる水も明るく

XI　十和田湖（一）

十和田湖《とわだこ》の水しづかにて遥かなる岸山《きしやま》低しきらふ黄葉《もみぢば》
きはまりて晴れとほりたる湖《うみ》のうへ乱れて飛ばん鳥も見なくに
十和田湖をわたりつつゆく近山の紅葉さやかに遠山けぶる
湖をよろひて遠きかの岸ににぶく静まる紅《くれなゐ》を見ん
水あかり岸のいはほに動くとき赤きいはほは永久《とは》のしづかさ
みづうみの水よりかへる光ありて岸の林をしばらく歩む
休屋《やすみや》といふ湖渚《うみなぎさ》秋の日のさして明るきいさご踏みゆく
夕陰《ゆふかげ》のさむき対岸の鉛山《なまりやま》ひとよいねんと湖わたる
対岸のいまだ日当るひとところ屏風のごとき岩が輝く

ひといろに紅《くれなゐ》にぶくつづく山十和田《とわだ》の湖《うみ》はゆふぐれにけり
おほよそに残る光も消えゆきて広らにたもつ湖《うみ》のあかるさ

XII　十和田湖（二）

朝明けし湖《うみ》のしづかさを惜しみをり音なきみづの輝くときに
白雲をとほくしづめし湖《みづうみ》のうへの東空茜《あかね》とほれる
青空に茜《あかね》のたつはいたいたし広きみづうみの対岸にして
四五日も経なばこの宿《やど》もとざされて雪ふかき山の中の湖
みづからの心はさびし湖をへだてて見ゆる空のくれなゐ

XIII　毛越寺

うら枯るるものの明るさや毛越寺《もうつじ》の池のみぎはに荻《をぎ》もみぢせり
毛越寺にわれの来しとき松風は音をつたへて池の明るさ

古き代のこころしのばん石いくつ池中に立つ石もわが見つ

みちのくの遠きいにしへ毛越寺の礎石のひまに松古りて立つ

虚しきにたちて心のしづまりを惜しみしかども吾はたち去る

XIV　中尊寺

金堂《こんだう》のうちのつめたき塗床《ぬりゆか》にたまたまにして金《きん》の箔《はく》散る

金色《こんじき》の弥陀来迎の仏たちさむき御堂のうちに輝く

ささやけき大日堂《だいにちだう》の前庭に柿の落葉を音たてて踏む

遠き世のかなしみ残る清衡《きよひら》の金の棺《ひつぎ》をまのあたり見つ

ことごとく匂ふが如き御仏《みほとけ》と後もしのばん朱《あけ》の唇《くちびる》

XV　新　冬

軽きもの吹き払はれし道のうへ朝の光に土は寒しも

落葉せし無花果《いちじく》の太木見てゐしが思ひいだして人を悲しむ

言問《ことと》ひを絶えてしづかにゐる宵に吾が時すぎし思ひこそすれ

いろいろの薬がありて瑣事のひとつ宿酔《しゆくすい》の苦をこのごろはせず

覆《おほ》ふごとく冬の潮《うしほ》のひびく夜々《よよ》病み臥すさまを吾に聞かしむ

昭和二十九年

Ｉ　新年応需

うつしみの人のこころは浄《きよ》まりて朝の光のなかにことほぐ

あかつきの天《そら》よりわたる日の光あな忝じけな吾にとどきて

ゆたかなるいのちも富《とみ》も足らふこと年の始めの故に希《ねが》はん

きよきもの常に通へる天《そら》なれど年あらたまりみなぎる光

街なかの道ゆくりなく馬が行く胸ゆたかにてなごましきもの

一年のはじめの光束よりさす時こころ静かにあらな

さやかにも凍りわたれる土の上に早く起きいでし人の音する

元日はおごそかゆゑに朝けより箒の音をたてぬわが家

Ⅱ　新　屋

二階家を建てて聞こゆる街の音おどおどとして住みつかんとす

借財して建てしわが家の二階より見ゆる童馬山房焼跡のあたり

聞こえくる街のひびきを世の声と思ひて吾は生きんとぞする

工事のため亡びし庭を濡らす雨貧《ひん》去りて苦《く》の続くわが生《よ》ぞ

わが膝を毛布につつみ坐り居り伴ふもののなき孤独にて

Ⅲ　箱　根

ひと谷をへだてて見ゆる雪の山空《そら》の境に光たちつつ

外輪の山にはだらに消えのこる雪明るきは山広きため

雪どけの滴《しづく》の音のなくなりて山原《やまはら》の雪冬の日に照る

山峡《やまかひ》の竹群《たけむら》みれば深雪《ふかゆき》にしひたげられて幹のすがしさ

深谷の堂が島にて朝の日は巌《いは》むらにつむ雪を照らせり

Ⅳ　家　常

夕餉《ゆふげ》にておもひまうけぬ悲しみのきざしつつ牡蠣《かき》のむきみを食へり

くま笹の色のかわけるしげみにも光明るくてこころ疲れん

山吹の枝の緑とかかはりのなきところにて黒犬が臥す

庭くまに常にうごける竹群《たかむら》や来る春の日に吾は憩《いこ》はん

たえまなき鶏の声しづまりて日が闌《た》けたりと二階をくだる

Ⅴ　八丈島

夕日さす宇喜多秀家の墓どころフリージアの花すぎがたにして

額《ひたひ》より紐《ひも》かけて籠《かご》を負ふ女《をんな》まれまれにゆく道の赤沙《あかすな》

青き萱《かや》桑の若葉も春なれど狭き谷田に鳴く蛙《かはづ》なし

たひらにて砂礫《されき》の清き島の墓地《ぼち》木をたもたねば黒き海見ゆ

霧のごと雨ふりしかどすぐやみてゴム苗植うる畑輝く

鶯《うぐひす》のほがらかに鳴く昼すぎの椿木立のなかに吾が来し

八丈島末吉村《すゑよしむら》にふくろふの声ちかくして眠らんとする

Ⅵ　帰　路

遠雲のうごかぬときに近き雲光りて早し飛行機の外

上空より見ゆる凡その限りありて混沌は海とも空ともつかず

飛行機の右は一帯のひかる海左は無尽数の白波

限りなき海の白波高きより見おろすときに動くともなし

単調に時過ぎしのち海面に暗緑の島ひとつわだかまる

反射光の低くただよふ如くにて真下に海を見つつ過ぎゆく

高きより見おろすときに断崖の上に畑あり寂しきまでに

三宅島《みやけじま》上空を過ぎて岩か島海上《かいじやう》に氷糖《ひようたう》の如きものあり

白雲のなか通過する飛行機の現実の形なき翼《よく》の明るさ

山上に噴煙なびく形《かたち》見え鉛のごとき熔岩が見ゆ 註

Ⅶ　青山墓地

梧桐《あをぎり》の太幹がたち墓あひの路ひたすらに春日に乾く

かつてわが貧しく住みし家が見え赤土乾く墓あひを行く

芝草は枯草ながら浄《きよ》くして石のひま木々の上風音ぞする

註　昭和六十一年十二月刊の『自選歌抄』にて「山上に噴煙なびく**かたち**見え鉛のごとき熔岩が見ゆ」と推敲。

たたかひの後に建ちたる墓多し新しき石は輝きをもつ

Ⅷ　篁

天井にとまれる夜の蠅いくつ休息のかたちゆゑに憎まず
竹藪に降りそそぎゐる雨のおと二階の部屋に居れば聞こえつ
濃厚にしてさやかなるものありと吾の見てゐる檜《ひのき》の緑
油いたむる匂ひがすれば食欲のなき昼食をとる頃となる
春はやく壗《まま》に鳴きゐし蛙《ひき》のこゑ相揖《あひす》てての ち心に残る

Ⅸ　春　夜

ほこりあげて春のはやちの凪《な》ぎし夜《よる》妻も子も遠しわが現《うつつ》より
篁《たかむら》の内部が見えて竹の幹すこやかにひとつひとつ立ちゐる
外燈の蓋《かさ》の下にてその光あかるくなりぬ暮れ果てしかば

帰路《かへりぢ》に渋谷《しぶや》をすぎて麦酒《びいる》のむ人にかかはりなければ楽し
金属の球《たま》のながるるたえまなき音が驟雨のごとく聞こゆる

Ⅹ　梅　雨

雨やみし重きうつつに竹むらの上に幅《はば》せまき青空の見ゆ
さみだれの雨間《あまま》がありて降りいづる時の響きを寂しといはん
放射能ふくめりといふ昨日《きぞ》の雨いま桃の葉に降りそそぐ雨
みづからは常に心の苦しみに耐へゐることを生活と謂ふ
争へばこころ疲れてゐたりしが疲労は人をしづかならしむ

Ⅺ　散　歩

青き木の下にこころのしづまりて哀れに過ぎし妻とも思ふ
高きより細かなる花散りやまず園の木立の下に憩へば

悲しみをしづめゐるとき蠅のとぶ短き音も身にしみて聞く
ゆく夏のつよき光にそよぎつつ広々として青芝は照る

XII　松島宮戸島

松島の島々のまに光る海しづかに暑く日はかたむきて
ひぐらしの声は透りて聞こえをり海をへだてて近き島より
つづきたる道見えをりて両側に海のせまれるところを通ふ
音のなき松島の海ふりさけて一つの島に夕煙立つ
見えてゐる陸のつづきに或るところ光の顕つは島かげの潮
傾きてまだ暑き日に照らさるる海ぎしの青田ひとつ合歓《ねむ》の木
宮戸島《みやとじま》椿林にこゑ透り鳴くひぐらしを君も聞きつや
竹山の上の夕空黄の色にとほりて明《あか》しいまだ暮れねば

XIII　楢　林

晩夏《おそなつ》の木もれ日うごき明るきに楢《なら》の林は幹あらあらし
ゆく夏の強き光に楢林そとの桑畑はかぎろひの立つ
夏の日にかぎろひけぶる桑畑かよふ路ありて自転車通る
さまざまに昼の蟬啼き逝《ゆ》く夏《なつ》の楢の林のなかの明るさ
暑き日に人の働く畑《はたけ》ありとろろ葵《あふひ》の黄の花さきて

XIV　応需雑歌

夏の日にひかりかがやく仙台の七夕祭《たなばたまつり》の中をわが行く
夏の日の光さしつつたなばたの色ある影は鋪道に動く
暴風雨をひきゐる北上し来《きた》るもの人ことごとく怖れつつ待つ
高潮のとどろく海を河やぶりあふるる水を伝へてやまず

颱風のあらぶるなかに鶏の産卵の声しばらくきこゆ

XV　上高地

深渓の見えわたるとき秋の日のひかり茂山のはざまに煙る
うちつづく深渓のまにひとところ川の光るは動くともなし
おちいりし谷の底ひはひとときに見えて川の抱《だ》く白き石原
山ふかく来しと思ふに深谷の狭きところに黄の稲田あり
白骨《しらほね》の道のわかるる沢渡《さはんど》にあららぎの実は赤くなりゐつ
山中の人のすぎはひかすかにて小柿《こがき》の青実臼につき居り
峡《かひ》の空いまだ昏《く》れねば焼岳《やけだけ》に接してきよく光る星あり
ゆふぐれの山のしづかさ仰ぎ見て岩明るきは空ちかきため
昏れてゆく山峡《やまかひ》の空《そら》まのあたりに一つ夕星山にかくれつ

やまかひの広き河内《かふち》にこもり鳴る梓川音夜《あづさかはおと》はすがらに
一夜《ひとよ》ねて吾のめざめし朝明けに焼岳が日に照らされてゐる
川むかう山の麓に朝雲のおもむろにして動くしづかさ
朝の日のつよく照りたる焼岳に立つ煙なし吾は見つれば
焼岳は岩をたもてば朝の日に濃き岩の影ここより見ゆる
大き谷もちてそばだつ灰白《くわいはく》の穂高《ほだか》の山は近ききびしさ
目のまへに大きなる山晴れをりて梓《あづさ》の川《かは》の音はひびかふ
秋の光ひたに照るとき石膚《いははだ》の穂高の山はかぎろひを持つ
木々のまに聞こゆる水は峡《かひ》の平《たひら》かたよりにして遠くなりたり
平凡に草ひたしゐる浅き水音《おと》たぎつ川のひとつ源《みなもと》
太木々の下に湧く水しづかにていくばくもなく音たぎちをり

広き谷ところどころに鳴る水を孤独のごとく思ひちかづく

山羊歯《やましだ》の青むらがりて太木々のしげるところに音は絶え居り

山ふかきしげみをもるる日の光たまたま羊歯《しだ》にさすは安けし

ひとなだり笹の明るきは川岸のさざれ秋日《あきび》を照り反《かへ》し居る

しづかなる湖のみづ移りつつ暗き木下《こした》に音たぎちをり

木下いでて渡るながれは秋の日にめざむるばかり白き石原《いしはら》

山水《やまみづ》の音たえまなき養魚池に落葉しづまりて岩魚《いはな》やすらふ

硝子戸《がらすど》の赤く薄暗き屋内《をくない》に魚をやしなふ水音ぞする

木々古りし峡《かひ》の平《たひら》に家ありて秋のきのこを日に並べ干《ほ》す

ほがらかに晴れし焼岳のいただきに細きけむりの立つは静けし

水の上わたらふ風に吹かれつつ岸の柳は秋の実を持つ

みづうみの向うに黒き森みえて秋の彼岸の光あまねし
焼岳の石のなだれにつづきたる水きよき池を渡り吹く風
なぎさには小さきつむじ立つこともありて明るきやまかひの池
たたへたる水のむかうは石のなだれ一ところ柳黄ばむ明るさ
水音も聞こえずなりて荒々と石のなだれは谷を埋むる

XVI　美ケ原

高原《たかはら》に来れば照りとほる秋の日に虎杖《いたどり》の葉は黄いろになりぬ
起伏《おきふし》のなだらかにして遠々につづく高原秋日さやかに
秋の日の光つよけれど高原《たかはら》に吹くかぜ早し肌《はだ》さむきまで
高原のうへの千草《ちぐさ》はおしなべてたけの短かさ風に吹かるる
秋分の光あまねく近山はけむり遠山明らかに見ゆ

わが友の携へて来し茗荷《めうが》の子香《こ》にたつものを味噌つけて食ふ
ここにして胸門《むなと》ひらけば遠山の穂高槍が岳乗鞍《のりくら》も見ゆ
たえまなき風のひびきは直《ただ》ざまに空《そら》より吹きて草に音する
のぼり来て照る日あまねき草の原つづくなだりは空を限りつ
晴れわたる秋日といへど遠雲に木曾御嶽《きそおんたけ》はかくろひにけり
秋はやく至る高原にかすかにて紅《くれなゐ》の実の照る苔桃《こけもも》よ
すこやかに夏の日すぎて秋分の光あらあらし高野原《たかのはら》の上
わが前を風に吹かれてゆく妻とかかはりのなき事を思ひつ
秋はやくもみぢせるもの虎杖《いたどり》も風露《ふうろ》もすがし高原にして
高原に風のたえたるいとまありて日に照らされし秋草の花
咲きにほふ花のくさぐさかすかにて遠きところは一色《ひといろ》に見ゆ

おしなべて短き草にまじり咲く風露の花の淡きくれなゐ
さながらに秋の光に灼けしもの風露草《ふうろさう》のもみぢ小さけれども
あはれにて秋の彼岸の日にけむる松虫草は咲き続きたり
あからさまにまひづる草の朱実《あけみ》など秋日に照りて後も思はん
風ふかぬところがありて広々とせる草野原秋のしづまり
高原の広きおきふし北空にひたりて遠く行く人の見ゆ
砂負ひて道のたをりに休む人高野をこえて行かんとぞする
高原にのぼり来ぬれば短かなる草のすがしさ光あまねく

XVII　伊豆今井浜其他

壁《かべ》のごと立ちてくづるるたまゆらの波の鋭き音もきこゆる
波音は沖よりみちて聞こえつつわがまぢかくの渚《なぎさ》とどろく

潮《しほ》けむりなびく夕べの海のうへ鋭き波はいくへにも立つ
潮気《しほけ》だつ今井《いまゐ》の浜《はま》は夕暮の音ぞとどろく出でて歩めば
ひとところ鳴くこほろぎは夕渚《ゆふなぎさ》波のひびきのひまに聞こゆる
崖くづれせしところにて入海《いりうみ》の黄に濁る波秋の日すがら
二度咲《にどざき》の花しらじらと菖蒲田《しやうぶだ》に海風《うみかぜ》わたるところを過ぎぬ

XVIII　時　雨

しづかなる象《かたち》とおもふ限りなき実《み》のかくれゐる椎《しひ》も公孫樹《いちやう》も
犬蓼《いぬたで》の赤き茎《くき》などうら枯るるものの香のして水寒からず
落葉してまだ新しき枝々の靄にぬれゐる庭の桃の木
ほとばしる水にわが手を洗ふ時うちの苦しきこころは和《な》ぎぬ
わがからだ寒くしきりに眠き昼そとには時雨《しぐれ》直《すぐ》にし降りて

XIX　冬　園

この園《その》にたたふる池は冬の夜の雨に思ひきり黄に濁りたり
ひとところ流《ながれ》そそぎて池水《いけみづ》のにごり及ばぬ水うごきけり
朴《ほほ》の木の落葉銀杏《いちやう》の木の落葉手入れとどきし木下《こした》にたまる
ななかまどの朱《あけ》の房実《ふさみ》の輝くを冬園にして仰ぎつつ見る
雨ゆゑに黄ににごりたる池水の冬の日すがらおもむろに澄む

XX　風　音

冬の日にさながらに黄に照らされて静かになりぬ擬宝珠《ぎぼうしゆ》の葉は
さわがしき心しづまりて部屋に居り家具も畳も冬日に乾く
歳晩とおもふ夕《ゆふべ》に籾《もみ》のなかにたくはへられし独活《うど》の根を食ふ
冬の雨しげく降るときいくつもの金魚泳ぎてしづこころなし

すみやかに雨後《うご》の冬日《ふゆひ》に乾くもの路にしかれし幾つもの石
篁《たかむら》のつたふる音をとどまらぬ冬暁《ふゆあかつき》のかぜとおもひき
満ち足らふ心ともなく太木々はみなあらはにて土光りをり
戦ひのなごりとどめて人知れず古《ふ》りし鋪道を今日歩みけり

XXI　曇日

苑《その》なかの池に数あまた居る鴨《かも》の枝にとまれるものは眠るか
霜よけのためと思へど菖蒲田に枯葉うづたかく積みし豊けさ
池岸の木《こ》の間《ま》に見えて或る時はみづどりの鴨落葉をあるく
苑《その》の道にわがかへりみし樟《くす》の木はその葉白々し冬の曇に
曇日《くもりび》の道のあかるさや歩みゆくところどころの常磐木《ときはぎ》の影

昭和三十年

Ⅰ　新年応需

うつつなるものの匂ひのしづまりて第一日の朝明けわたる
行《ゆ》く時は即ち来《きた》る時にしていま新しき光となりぬ
あるままにありて自《おの》ら現《うつ》身《しみ》のひとのいのちは今日あらたまる
今日の日に始まる年をさわがしき心しづめて吾は希《ねが》はん
新しき年のしるしに篁《たかむら》の幹ひかりあり朝もゆふべも

Ⅱ　竹　梢

ひとときの霙晴《みぞれは》れつつ竹群《たけむら》のそよぐ梢《こずゑ》は早く乾かん
われのゆく鋪道のうへに冬空の青がうつりてゐたる昼すぎ
胡瓜《きうり》もみの荒き匂ひもあやしまず冬のゆふべの晩餐《ばんさん》終る
動物のやうな形の足うらをみづから見をり夜の灯《ひ》の下《した》

凍死せしものと思ひし金魚ひとつ二日経し今日また游ぎゐる

Ⅲ　雪　山

風鳴《かざなり》の音おほどかにこもりゐる湖《うみ》をへだてし雪山《ゆきやま》ひとつ

山々の雪吹きたつる疾風《はやかぜ》の絶えつつをりて雪の散りくる

折々に風のたえたるいとまありて前にそばたつ雪山ひびく

湖におほひし雪のたひらなる光を見つつこころ落ちゐず

そばたてる青き氷を仰ぎ見て谷寒ければ吾はたち去る

Ⅳ　鳥取砂丘

めのまへに厚らなる砂の丘《をか》いくつおほへる曇《くもり》海におよびて

みづからは露《あら》はにて行く波形に風に吹かれしあとある砂丘《さきう》

おのづから起伏《おきふし》つづく砂丘の谷《たに》あれば谷のたもつしづかさ

砂丘《すなをか》の谷ひとところ松しげる古き松かさあまた落《おと》して

砂丘はいづくともなく明るきに曇のなかに雲雀《ひばり》しき啼く

おほどかに谷《たに》をたもてる砂丘《すなをか》にひとつ鴉《からす》は降りたちて啼く

砂丘の低きところに現はれて水にじむ黒き岩を寂しむ

砂丘のつづく虚《むな》しき中に来て憩ふいとまも旅のこころか

砂に生ふるかすけき草を踏みてゆく砂丘《さきう》のなかの谷の白砂

砂照りて咲くアカシアの白き花わがあゆみ来る砂丘《さきう》の終り

V　石見鴨山

むらさきの藤の花ちる峡《かひ》のみち女良谷川《めらだにがは》にそひてわが行く

昼ながら河鹿《かじか》きこゆる女良谷を行きてわが見し若葉鴨山《わかばかもやま》

亡き人の嘆《なげ》き立ち見し鴨山は若葉あかるくなりにけるかも

ゆく春の峡《かひ》のひかりに紫の通草《あけび》の花のさくを惜しみつ
山ふかき石見《いはみ》のくにの湯抱《ゆがかへ》に人麿のいのち果《は》てし鴨山

Ⅵ　秋　吉　台

草山《くさやま》に現はれてゐるカルストの石の鋭さ吾をめぐりて
石灰岩露出あらあらしき草山に低き曇は躰《からだ》さむきまで
露出してするどき石に鴉啼く曇日さむき草山のうへ
曇空ひくくなりつつ草山にあらはれてゐる石の紫
カルストの石かぎりなき草山の曇のしたに遠く起伏《おきふ》す

Ⅶ　平　林　寺

平林寺うらの林に春蟬のをりをりにして声あらく鳴く
篁《たかむら》にそひつつ来ればわが靴《くつ》に踏みてやはらかし竹の落葉は

青々として幹のたつ篁に竹の落葉のちる音きこゆ
たかむらのなか明るきに筍《たけのこ》の黒々として秀《ひい》でたるもの
庭の上ひろく静かにひとところ椎の落葉は午後の日に照る

Ⅷ　声

降りそそぐ雨しげきなかくれなゐの花もつ葵《あふひ》すくすくと立つ
この朝のわが放送を妻と聞くみづからの声をみづから知らず
聞きなれぬ人の声してこだはれば階下に妻がラヂオききゐし
梅雨《つゆ》のあめ降りつぐときにわが庭のハマナスの実は赤く熟れゆく
必ず語尾が笑ひとなる女の声いくたびもして街頭録音終る

Ⅸ　地　表

鉄のごとく沈黙したる黒き沼黒き川都市の延長のなか

ひとときに房総半島見えながら海に傾く国土の一部

明かに眼下に見えて生動の具体なき地表移りつつゆく

簡明に見ゆる赤土も田園の青も明るし日は照り居りて

霞が浦上空にして見えわたる常陸灘《ひたちなだ》海岸線白くただよふ

海洋の見ゆるはるかの幽《かす》けきを幾度《いくたび》にても雲かと思ふ

わが乗れる飛行機の影海潮《かいてう》のうへに小さく動く寂しさ

褐色《かつしよく》の河の流のそそぐ海あはき濁を静かにたもつ

濃厚の代赭《たいしや》の流うねりたる北上川《きたかみがは》の上空を過ぐ

北上《きたかみ》の山塊に無数の襞《ひだ》見ゆる地表ひとしきり沈痛にして

光なきわたつみの上に白波があざやかにして顕《あら》はるる時

海上に起る白波の短きがおもむろにして白淡《あは》くなる

広々として平《たひら》なる赤き砂浜《さひん》けぢめおほどかに海に終れる
一方《ひとかた》に流るるごとき白波は津軽《つがる》の海に限りなく立つ
おぼおぼと空にうかべる白き雲光の渦《うづ》となりて近づく

X　釧路附近

輝きを空に反《かへ》せる海ぞひにひえびえとして続く草原
草原は朝のしづかさをたもちをり紅《あか》きハマナスところどころに
火の山のいぶき音する砂原に白きイハツツジの花咲き残る
草原をひくく潮けぶり吹く朝《あした》放牧の馬立ちて草食《は》む

XI　阿　寒

黒々としげる樹海《じゆかい》の遥けきにパンケトー・ペンケトー二つ湖《みづうみ》
弟子屈《てしかが》に通ふ山路《やまぢ》にふりさけて樹海にこもる湖《うみ》のしづかさ

ひとしきり目前《もくぜん》の幹日に照りて森々《しんしん》とせる山なかに居り
ことごとく黒くおきふす山の上おもひまうけず空晴れゐたり
山々の黒きしげりの上にして光のなかの雌阿寒《めあかん》の山

XII　層雲峡（一）

去年《こぞ》の風に倒れし木々の白々とあらはなる山しばらく続く
倒木《たふれぎ》の乱るる山の下の畑虫よけの煙たちて人居り
おびただしき風倒木《ふうたうぼく》は一年《ひととせ》を過ぎて谷ぞひの山に乱るる
近づけば倒木あらき山のなだり働く人も馬もひそけく
倒木を切り出して荒れし山の肌ところどころに水濁りをり

XIII　層雲峡（二）

もりあがり来る山がはの濁りたる流の岸に蕗なびき伏す

二日前《ふつかまへ》ふりたる雨に山がはは流にごりて激《たぎ》つ白波
石狩《いしかり》の川のみなかみに吾は来ぬ覆ふごと巌《いはほ》きり立てる峡《かひ》
雲と雪けぢめなくして山の上に大雪山《だいせつざん》はしばし見えたる
山峡《やまかひ》に日はかたむきて濁水《にごりみづ》とどろく川をひととき照らす
山の上より雲動く如き滝みえて峡《かひ》にとどろくその滝の音
大箱《おほばこ》といふ巌《いは》の峡《かひ》あふれ来る山川のみづあはれ豊けし

XIV　熱海惜櫟荘

海いづる日のさしそめし暁にみんみん蟬も法師蟬も鳴く
海の沖おぼおぼとせる夏の日に大島《おほしま》の上にこごる白雲
大島のうへを離れぬ白雲の昼すぎてやや北寄りとなる
海音《うみおと》のたえずとどろく庭のうへいまだ暮れねば芝《しば》のさやけさ

微かにて花咲きそめし萩などもしほはゆき海の風に吹かるる

XV　応需雑歌

川越《かはごえ》の街のゆくてに時《とき》の鐘《かね》黒くそばだつをあやしまなくに

ゆく夏の光に甍《いらか》つづく街封建の世のおもかげにして

川越城址に題す

川越の稲田つづきに高瀬舟《たかせぶね》江戸にかよひしなごりの古江《ふるえ》

速度ある活《はたら》きによりて成りいづる「日々の歴史」を吾は尊ぶ

人《ひと》の世《よ》のかなしき記事もつづまりは運《めぐ》りてやまぬ時《とき》のこころか

新聞週間によせて

XVI　能登和倉

能《の》登《と》の海《うみ》ひた荒れし日は夕づきて海にかたむく赤き棚雲《たなぐも》

波しぶく和倉《わくら》の岸に人群れて草相撲《くさずまう》たつ夕ぐるるまで

能登の海いたぶる波の沖にして松しげりたる机島《つくえじま》低し

しほはゆき能登の和倉の温泉《いでゆ》には大《おほ》き秋の蚊《か》ひとつおぼるる

XVII　無花果

中央に向ひて傾斜せる芝生《しばふ》秋の曇にひたすら青く
こまかなる虫の糞あまた乾き落つ光あかるき桜の木下《こした》
秋庭は何故《なにゆゑ》となきにほひして花まばらなる鳳仙花など
颱風ののちはかばかとせぬ秋日無花果《いちじく》の実に蟻たかり居る
宵々の露しげくしてやはらかき無花果の実に沁みとほるらん

後記

昭和二十六年から昭和三十年まで五年間の作歌のうち四八三首を採つてまとめた。私の第六歌集にあたる。

『帰潮』以後の作をまとめようと思ひ立つたのは昨年の初夏であつたが、実際に着手してみると為事はなかなか困難であつたし、それに数も足りないやうに思つて中絶してしまつた。今年一月になつてまた整理に着手した。そして不満足な歌を削つたり、語句を改作したり、素材のままで温めてゐたものを新に作つたりしてどうやらまとめる事が出来た。併し全体としては数が多くないので、註文に応じて作つた軽い作を収めるやうな結果になつた。私は何時となし身辺が多忙になつて、作歌に集注する時間が以前に較べて少なくなつてゐた。一生の間にはさういふ時期のあるのも致し方ない事だと考へては居たが、五年間の収穫をまとめてみると矢張り寂しい。もうすこしどうにかなつた筈だといふ悔恨も湧く。併し更に思へばこれが私のぎりぎりの為事として諦めねばならないのかも知れない。

けれども原稿を読み返し、校正を読んでゐるとやはり親しみと愛惜とを覚える。この五年間の私の生活は経済的にはややゆとりが出来たが、内面にはいろいろの動揺と苦悩とがあつた。それを短歌でどう処理するかといふことはその人の権利であり、私は私なりの表現の中にかすかな慰藉を求めたといつてよい。また、諸方に旅行した時の作が少くないが、これも私は自身のはじめての経験を大切にする立場から、少い時間を主にさういふ素材の表現に当てたので、そのため却つて第二義的な素材を捨て去つたといふ事がいへるかも知れない。先師斎藤茂吉先生が談話のついでに「短歌は固有名詞がいらないから気持がいいね」と言はれたことがある。言葉は卒然としてゐるが、抒情詩としての短歌の本質にふれた言葉の一つである。現歌壇もますます隆盛でその時その時の小波動を生みながら進んでゐるが、私はさういふ小波動とは関係なしに自身の道を一向に進まうとしたのであつた。さういふ事を思ふとこのかすかな過去の記念も私には捨て難いやうな気持になつて居る。あとは鎌田敬止氏の手によつて体裁が整へられ、人々の同情を得ることを希つてゐる。昭和三十一年六月一日、佐藤佐太郎識。

群丘

昭和三十一年

Ⅰ　熔　岩（桜島にて）

熔岩のあらき傾斜はゆふぐれの薄明《うすあかり》にて満つるしづかさ
熔岩の稜《かど》光あるゆふぐれに人の世に似ぬ平安をもつ
熔岩のむらがるなかを通《かよ》ふ道《みち》来る人ありて人を怖るる
熔岩のなだりにつづく夕暮の海は降る雨のなかの明るさ
熔岩に雨ふりをりてわがめぐり大気の重き夕暮となる

Ⅱ　阿　蘇

ひえびえと膚《はだへ》しむまで雨雲に境《さかひ》されたる青の起伏《おきふし》
雨のふる草千里浜《くさせんりはま》のところどころ光たたへてとどこほる水
水たまり幾つもみえて昨日より雨ふりてゐる草千里浜

熔岩の阿蘇中岳《なかだけ》をのぼりゆく雨雲《あまぐも》のなか息あへぎつつ
熔岩のかたまりあへる中の砂かすかに流れ来る水のあり
黒砂の上のながれは雨水《あまみづ》か阿蘇いただきのひとところにて
とりとめもなき雨雲のなかの音のぼり来し山に感じつつ立つ
硫黄の香《か》ありとしもなくにほふ雲うづまき居りて山に降る雨

Ⅲ　青　島

ひさぎゐる貝細工《かひざいく》にも光ありて海わたり吹く風あたたかし
びらう樹《じゆ》の葉の騒ぐ音ききつつやと過ぎにし人をしのびつつ行く

Ⅳ　別　府

音たてて噴きいづる湯は湯げむりのなびくをりをり澄みとほる見ゆ
青々としづまりてゐる海地獄わきいづる熱き湯をたたへつつ

おのづから赤くわきいづる湯の色のすさまじくして楽しともなし

Ⅴ　魚（下関水族館、江ノ島水族館）

必然のかたちをもちて生くる魚こころ驕《おご》りもなくてわが見つ
水底《みなそこ》の砂うごかして潜《ひそ》まれるかすけき魚もこころ楽しも
うつくしき黄の縞をもつ魚を見る少年の海とはに帰らず
ひとつひとつ魚見て来ればうぐひなど淡水の魚せはしく游ぐ
いのちある物のあはれは限りなし光のごとき色をもつ魚

Ⅵ　潮　流（下関にて）

ひとかたに流るる渦の見ゆるまで中空《なかぞら》の月海峡に照る
底ごもる音を伝へてまのあたり白波たたぬ潮のながれよ
対岸の燈火あかるき海峡に夜の潮ながる音をつたへて

ともしびの早く移りて潮流にしたがふ船がしばしば通る

Ⅶ　蜜　柑　山

山いくつ青々として風かよふ蜜柑の花の香ぐはしきとき
道のべに白きうつぎの花さきて見ゆる山々は蜜柑の畑
人居らぬ蜜柑畑に花すぎしものはかすかの実を結びたり
花すぎし蜜柑畑をくだり来て山下の家の井戸水を飲む

Ⅷ　浅　流

孟宗の篁《たかむら》あれば春の葉のまだ稚《をさな》くて幹のしづかさ
たしかなる形となりて朴《ほほ》の木の若葉はすがし春の曇に
ゆく春の浅き流《ながれ》に見ゆる泥やはらかにして蜷《にな》の跡あり

Ⅸ　小　河　内

山間に灰白のダム見えて居る泥ひかる道を近景として
たえまなくダム工事場におこる音ひろき狭間《はざま》のいづこともなく
赤土のところどころに草光るダム工事場は降る雨のなか

Ⅹ　花　火

暑き日のいまだ明るき街空に光なき花火はぜてとどろく
花火より彩《いろ》ある煙ひろがりて空に垂れつつ日昏れんとする
音ひきてあがる花火の開くとき空をおほひて光美し
ひとときに赤き花火はひろがりて覆ふ光の空よりせまる
水の上に噴きあがる火の泡だちのなかに輝く彩とめどなし

Ⅺ　晩夏早秋

あはあはと日のさしてゐる竹群《たかむら》の梢も桃の梢も残暑

鳳仙花いまだ咲きつぎてかすかなる花の匂を惜しまんとする
静かなる日がつづきゐて葡萄の実の黒くなりたる下を行き来す
蓮の葉は老いて緑のさえざえし稲穂にいづる道を来しかば
黒き門ひとつ残るをかへりみて城址《しろあと》の暑き広場をよぎる　館林にて

XII　対　岸

対岸の火力発電所瓦斯タンク赤色緑色等の静寂
道のはていづこにも船がそばだちて船は孤独に海の上に居る
新しき陸地のひまの狭き海にとどろきてゐる造船の音
区切られて滑走路となる広き鋪道海ちかければあらき日がさす
電柱の幾重にも立つむなしさのなかに見えゐる白き建築
埋立てて成りたる広き鋪装路のむかうに満つる虚しさは何

唐突に鋪道のうへの空間のとどろくときに飛行機がとぶ
水寒き上の低空《ひくぞら》にいくつもの起重機が立つ赤き鋭角
海中に木を貯ふる白き柵つづきて遠く瓦斯タンク見ゆ
海こえて白き護岸の光る見えわがたつ原は荒き草枯《くさがれ》

XIII 葛　飾

浮草の青くおほへる水路にも秋日は照りて刈田あかるし
田のはてのおのづからなる葦群に鷺はみだるる日に光りつつ
ひき潮につづく海苔篊《のりひび》の黄にひかる海のしづかさひろびろとして
製鉄のとほき煙のくれなゐが動きつつゐる退潮《ひきしほ》の海
ひき潮のなぎはてし海おもむろに水泡《みなわ》ながれて満潮《みちしほ》となる
平均に水ひたしくる満潮の海のなぎさはいまだ静けし

みちしほの動きつつゐる海の上葦の上なべてゆふべの光

水光る河口《かこう》にむかひ歩み来て黒きものやうやく青き葦となる

満潮に乗りてかへりくる舟多し沖に働きてゆふべ帰る人

海岸《うみぎし》を行く人の背にとまる蝿いくつも見ゆる夕光《ゆふかげ》のなか

護岸のみち遅れてあゆむ人を待つ夕日のなかの「遠人眼無し」

満潮にしたがひてところ移りゐる鴨の群とほく夕ぐれんとす

海ぎしに魚をやしなふ池ありて音なき水の光るゆふぐれ

荷揚げして貝量《はか》る音さわがしき浦安橋のたもとのところ

砂利などのごとく新鮮に黄の殻のぬれたる貝をうづたかく積む

XIV　佐久間ダム

谷に立つ吾のまともに息ぐるしく傾斜してゐる灰白《くわいはく》のダム

湖《みづうみ》を背後にたもつ堰堤《えんてい》の傾斜の下は谷のむなしさ
建設のあと整《ととの》ふるブルドーザーひとつ動きて谷こだまする
堰堤によりて成りたる湖の山をひたせる水の寂しさ
天竜の水をせきたる湖にくまぐまひたる対岸の山
さむざむと風吹きわたるダムのうへ音なき水は広くたたへて
湖となりてたたふる水の下何があらんといまは思はず
ひろびろとたたふる水のうへ寒し水にひたれる山膚《やまはだ》寒し
石を採りてひとつの丘がほろびたるあとの川原《かはら》ただしろじろし
われの立つうへの空間にばりばりといふ送電の音がきこゆる

XV　冬薔薇

冬の日の光に咲きてしろじろと襞《ひだ》くどからぬ蔓薔薇《つるばら》ふたつ

ゆふぞらの重き白雲さしあたり重き感じは形よりくる
なまぐさき牡蠣《かき》のむきみの置かれある厨《くりや》さむくして夕暮の靄
眼にとめてわれは憎まず秋更けし土にまばらに萌ゆる小草ら
雨そそぐ夜の外苑をよぎりつつ人なくきよき夜とおもひつ
赤き灯の下ににごりて流動のなき空気をもかつて愛しき
サボテンの生きをることを気にかけずありふる時に冬至とぞなる

昭和三十二年

Ⅰ　寒　日

寒き日に赤さえざえと金魚泳ぐ心いたましといふにあらねど
洗髪をしたる後にて手にふるるみづからの髪ある時やさし
ふるさとの山のみづきの赤き枝こころにいとまありて恋《こ》ほしむ

燈台の光めぐりてをりをりに襖《ふすま》あかるむ部屋にねむりき
石むるる渚《なぎさ》にちかき松林みどりは冬の光にきよし

Ⅱ　冬　田

草原のごとくひこばえの枯れつづく明るき冬田そのうへの雲
うちつづく冬田のなかにもりあがり橋かかる見ゆいくところにも
草枯《くさがれ》のするゑに入江の水光りこころこほしきところを過ぎつ
川沿《かはぞひ》のあかるき道のところどころ楝《あふち》の木《き》たちて光る黄の実は

Ⅲ　水　音

屋根の上に猫あゆむときその重き音あやしみて猫を好まず
いつにても水騒がしき便所あり停車場に来たる序《ついで》に寄れば

Ⅳ　羊歯山（尾鷲にて）

羊歯《しだ》おふるのみの草山冬こえてみどり黄ばみし草山いくつ
そのころゑは木蓮の花にひびくなり晩春の庭に蟇《ひき》ひとつ鳴く
燈台の灯が見えてより光るまでめぐりのいとまありて寂しむ

V　鷹　島

曇日《くもりび》の昼しづかなる海のうへ笹覆ふひくき鷹島は見ゆ
鷹島のなぎさのさざれ明るきを明恵《みやうゑ》が踏みし石とおもはん
ひと住まぬ島のなぎさのさざれいし魚と水母《くらげ》と潮干《しほひ》に残る
遠霞かぎりをなして紀《き》の海《うみ》の照らふ春日を船わたり来つ
青々としたる岬は蜜柑山黄の見ゆるまで船ちかづきぬ
曇ぞら西より晴れて春の日に蜜柑黄に照るひとつ岬は
いにしへの聖《ひじり》がをりし白髪の山ほがらかに蜜柑しげれり

Ⅵ　せめぐ波（鳴門にて）

幾重にもうち合ふごとく波さわぎ湧きたつ海を日は照らしたり
波さわぎいたぶる潮の流よりうつつの音は低くきこゆる
いつたいに海しづかなるところあり潮さわぐ鳴門《なると》のうちとおもへど
ひろびろと鳴門にうつりくる潮のひとたび段《きだ》におつる白波
白波のわきたち騒ぐところよりいつとしもなき海のしづかさ
いそがしく白波せめぎあふところ遠くにも見え近くにも見ゆ
傾きし日光《ひかげ》およばず白波のさわぐ鳴門をわたりて帰る

Ⅶ　盛　夏

窓そとに日に輝きてとべるものわが部屋に入れば土《つち》いろの蝶
酔蝶花といふ花に紅《あけ》のいろたちてわが視力弱きゆふぐれの時

わが躰《からだ》のうちにて爪《つめ》の堅きことあやしともなく宵ひとり居つ

Ⅷ　山上の泥（尾瀬にて）

樅《もみ》木立《こだち》くらき木下をのぼりゆく落葉の朽ちて泥ふかき山
山上のなだりは黒き草の泥踏みあらされてつづく寂しさ
山の上に黒くかたむく泥の原めぐりの木々は霧に音する
山上に水にじむ泥の平《たひら》ありて曇のなかに広くかたむく
寒霧《さむぎり》のひくくとざせる山の上の菖蒲平《あやめだひら》に光る水あり
きれぎれに飛ぶ霧ありて湿原はさやるものなき山のいただき
山のうへ菖蒲平に水たまりありて黒き水しづまるあはれ
しづかなる藺草《ゐぐさ》のひまに浮草のこまかきものはみな紅葉《もみぢ》せり
霧にそよぎ風にそよぎて山上の菖蒲平の草もみぢせり

山の上の泥のぬかるみ寂しみておもひしかども吾は踏みゆく

Ⅸ　古　寺

夢殿《ゆめどの》をめぐりて落つる雨《あま》しづくいまのうつつは古《いにしへ》の音

夢殿のなかにいまして黄金《こがね》古りし救世《ぐぜ》観世音《くわんぜおん》のほのかの光

ただひとつ百済《くだら》観音《くわんおん》うつくしく立たす御手《おんて》をわれはおもはん

八本のまろき柱は朱《あけ》ふりて唐招提寺《たうせうだいじ》のたもつしづかさ

金色《こんじき》の光背のなかに立たしたる聖観音のくろきみすがた

Ⅹ　熊　野　川

山峡の広きところの石川原《いしがはら》あるときは雲触《ふ》りつつうごく

山川《やまがは》をさかのぼり来て会ひしもの川原の岸に稲積む小舟《をぶね》

Ⅺ　火の真髄（千葉にて）

平炉《へいろ》より鋳鍋にたぎちゐる炎《ほのほ》火の真髄は白きかがやき
火花とびほとばしりゐる熔鉄の赤き火白《しろ》き炎《ほのほ》のたぎち
熔鉄は平炉より出づ音のなき輝きびし火の渦にして
沈痛のかがやき動く出鋼をやや高き位置に居りてわが見つ
熔鉄のたぎちの持続深刻にして構内を汽車通る音
熔鉄のあらき輝あびながら立つ人の見ゆ人の沈黙
火の極《きはま》りの白き輝そのうへに立てるはつかの緑もきびし
クレーンに吊られて移動する鋳鍋煙のごときかげろふをもつ
しづかなる黄の炎たつ液体として熔鉄は型にそそがる
熔鉄を型にそそぎてゐる光めぐりに猛《たけ》き煙がうごく

XII　製鉄所構内

岸壁の赤き堆積黒き堆積鉄鉱にて山の如く寄りあふ
火のもゆる鉱炉をめぐり落つる水たえまなくして音のきこゆる
近づきし熔鉱炉より熱風の燃ゆる音さへ聞こゆるうつつ
電鈴の長く鳴りゐてコークス炉の下に黒きもの消火車が来る
赤々と焼けしコークスが岩などの如く消火車の上に崩るる
消火塔より蒸気がたちてわがめぐりあらき雨滴のひとしきり降る
製鉄の広き構内のひとところ赤き煙は平炉より立つ

XIII 観音崎

なぎさには赤き海草おびただしうち寄せられて雨にぬれゐる
燈台の下をつらぬく隧道をいでて煉瓦の廃屋ひとつ
隧道をいで来し浅き山峡はセロリーの畑《はた》クルスある家

降る雨の音さむざむしこの岬《さき》の砲座の跡をめぐる芝生に

XIV　返　花

季《とき》の移りおもむろにして長きゆゑ咲くにかあらんこの返花《かへりばな》

風あるる庭土のうへはしりたる鼠は昼のひかりを怖る

練乳《ねりちち》は清からぬゆゑ入れしめず珈琲をのむわが午後のとき

ありふれし物煮ゆる音とおもへども忙しきその音にこだはる

まれまれに昼寝するとき朝いでてぬくもり残るわれの臥床《ふしど》は

冬の日は短きゆゑに大工職が午後四時電燈の下に働く

消防車のするどき響《ひびき》すぎてのち短くたえまなき常の警笛

事々にこころ苛《いら》つは寒くなりし部屋にストーブをまだ焚かぬため

昭和三十三年

Ⅰ　早　春

昼ながら鴨の猟場はしづかさのみちをり池をめぐる竹むら

Ⅱ　大　山

大山《だいせん》のなかのみ寺に行くときに水なき谷を幾つわたりつ
若葉せし橅《ぶな》の林にをりをりにとよもす風の音はきこゆる
大山の蓮浄院はしづかなる縁《えん》にひろげてぜんまいを乾す
ひとしきりとよもす風に大山の蓮浄院の屋根の萱とぶ
ひろびろと山に傾く石の磧《かはら》精進谷に雨しぶき降る

Ⅲ　小岩井農場

風さわぐ独逸唐檜《どいつたうひ》の林ありひとつらなりの緑こごしく
牧草の畑のつづきに雪山《ゆきやま》は五月の光かがやける見ゆ

丘をもつ広き畑に土煙ひきつつ動くトラクターひとつ
ひとかたは草青き畑ひとかたは土赭《あか》き畑雪山みえて
青き眼のこよなかりける牛を見き乳しぼられてをりし牛等よ

Ⅳ　海　猫

海の日の照る岩島にほつほつと白く見えつつ海猫は棲《す》む
海猫のきしみ啼く声さわがしき島のあひだに船ちかづきぬ
おのおのに島をめぐりて海猫はみだれつつとぶ幾つもの島
さわがしき光のごとく島のまの空にみだれて海猫はとぶ
ちかづきて島を見るときつくづくと低き岩にも群るる海猫
岩白き島が垣なす入江あり浄土が浜といふところにて　宮古にて

Ⅴ　アジア競技大会

祝砲のとどろくときにグラウンドを走る聖火のひとつの炎
競技場をめぐる二十国の旗なびき放たれし鳩ひとときに飛ぶ
さはやけき五月の風にあかあかと燃ゆる聖火の炎のゆらぎ
その国の旗さきだてて進みゆく選手の列と拍手の渦と

Ⅵ　庭

暑き日のつづく庭のうへおのづから松葉牡丹は午後花を閉づ
不吉なる音の近づくやうなときへリコプターの飛ぶ音を聞く
くれがたのまだ青き空とほくにてときどきネオンサインが光る
唐突の花火の音に前後して宵鳴く犬は動物のこゑ
むし暑き朝とおもへど睡《ねむり》よりさめてしづかなる心をたもつ
をとめごは健康にして朝寝《あさい》するわがかたはらに息をたてつつ

Ⅶ　街

あゆみ来て水見えるときさわがしい港の音はその水にある
砂利を置くところを過ぎて道のさきに隆起してゐる清洲橋《きよすばし》のアーチ
勝鬨橋《かちどきばし》の石のてすりが光るとき西日をあびて歩みつつ居る
中庭をへだてて見えるビルデイングひとつの街のやうに灯ともる
人つどふ駅にゐしかばすこやかに足日焼《ひやけ》せし少女《をとめ》をも見つ

Ⅷ　松川浦

しづかなる潟《かた》とおもへば引潮《ひきしほ》のながれの音す青藻なびきて
舟にして見つつ寂しむ引潮にあらはれし砂の人の足跡
封建の世に塩とりし跡といふ岫《くき》のつづきを見つつ舟ゆく
岫《くき》の下はすべて松川浦《まつかはうら》のうち畑《はた》ありて大根の間引《まびき》してゐる

畑にそふ干潟《ひがた》のみちは曼珠沙華すぎがたにして遠き波音
うづたかく干潟にかわく藻のうへに外海《ぐわいかい》の波の音がきこえる

Ⅸ　夏泊半島

風濁《かざにごり》せる浅海の牡蠣棚に人いくたりも立ちて働く
かすかなる部落がありて葬《とむらひ》の白き造花を人はこびゆく
颱風に崖《がけ》くづれせしところ見え赤きにごりを波はいたぶる
青草のひくき岬が境せる荒き海にぶき海ひとときに見つ
風のむたあらき渚《なぎさ》に海鳥の鷗ら波にむかひていこふ
はやかぜの吹きしく海にあらはにてひとつ岬は秋の草青し
みちのくの海のなかなる岬にて風に吹かるる喉《のど》かわくまで

Ⅹ　十三潟

わがこころ楽しみがたくひといろに赭《あか》く濁れる十三潟《とさがた》は見ゆ

東よりふく寒風《さむかぜ》に十三潟の水移りそらの曇移ろふ

十三潟のおもき濁《にごり》をへだてつつ対岸の樹林黒きしづまり

ふく風の音をつたへていさごには浜草なびく十三の浜原

浜原に音する風は十三潟を吹きわたり来て海にすぎゆく

いく日も濁たもちて澄みがたき十三潟のみづ海に移ろふ

前潟《まへがた》は十三《とさ》の部落の前のみづ草青き浜を対岸として

十三潟のつづきのごとき前潟もさびしかりけり岸の蓖麻の実

あかあかとにごりたたふる湖《うみ》ぞひに荒地のところどころの畑

XI　群　丘（七里長浜にて）

秋曇《あきぐもり》ひくくわたれる群丘《むらをか》のひとつの丘にわれは立ちゐつ

遠々に丘のおきふししづまれる曇のしたの七里長浜
低丘《ひくをか》のたたなはる青さびしきにこもれる沼もひとときに見ゆ
高山《たかやま》といふ砂丘《すなをか》のいただきに祭がありて人集ひをり
砂丘につづく林は柏《かしは》の木なかの砂路《すなぢ》を行けば音なし
林なす柏の木立年ふりて秋の青実を葉のひまにもつ

XII　坑　内

坑道の扉をふたつ過ぎて来て人なき暗き切羽《きりは》を通る
風のなき切羽をいでて寒き風音たててふく広き坑道
坑道のひとところより聞こえくるポケットに石炭を落すとどろき
坑内の水をあつめて来し流音《ながれ》たぎちつつここに落合ふ
坑内に水をたたふるところありて水のうごきは電燈に照る

XIII　空　路

垂直に見おろす山の起伏《おきふし》に紅葉《もみぢ》は暗し日は照りながら

おもおもと色をたたふる海のうへ船ちひさくてみな波を引く

灰白の中洲《なかす》或は灰白のなかに無数に分かるる流《ながれ》

秋の日の光けぶりて上空にただよふ中を過ぎつつぞゆく

白雲の上かがやきて遠々に見えわたるとき騒がしからず

白雲のかがやく上にはつかなる天《あめ》の夕映《ゆふばえ》わたらんとする

雲の層すぎてくだれば夕暮のおぼろに暗き底《そこひ》は地表

灯をもてる船ひとつ見ゆたたなはる夕雲の下の薄明《はくめい》の海

上空の雲の夕映をくだりきて暗き雲のはての夕焼

昭和三十四年

Ⅰ 新年

歳月のおもおもしきをいなまねど一区切《ひとくぎり》にて年あらたまる
ひととせのうづの月日をもたらしし朝とおもへば豊かならずや

Ⅱ 春日

屋根のうへに働く人が手にのせて瓦をたたくその音きこゆ
親しかるもののごとくにたわたわに飛びながら啼く鴉のこゑす
厠《かはや》より吾ののぞきし石垣はまぶしく照れり春の朝日に
大工等の憩《いこひ》の声がきこえをりみな地方より出で来しものぞ
鼻毛きりてくさめのいづる時あれど常ひとりある吾とおもはず
わが子等になき感傷のひとつにて黄にともりたる電燈のいろ

Ⅲ 当麻寺

白藤《しろふぢ》の花にむらがる蜂の音あゆみさかりてその音はなし

うちつけに牡丹あかるき庭に入る千仏院《せんぶつゐん》といふ寺の庭

むしあつく雨の晴れたる昼すぎに黒牡丹の花おもくしづまる

Ⅳ　石見処々

焼山《やけやま》の高きなだりをおほひたる菜の花おぼろ春ふけにして　湯抱

幹堅き蜜柑畑の葉の下を清しくなりてたづさはり行く　益田

夏蜜柑の黄の実いまだもゆたけきに早きつぼみは開かんとする

ひたすらに移りて青き川の水まぢかに海の波はとどろく

寄る波はここの河口にさわぎつつほろびるまでのいとま短し

鯉むるる津和野の街のなかの溝《みぞ》こころはなぎて見つつ歩みし　津和野

鷗外の生れし家にわれは来て古りたる縁にしばらく憩ふ

吉利支丹浦上人《うらかみびと》のはてしあと津和野の峡《かひ》に御堂《みだう》ひとつ建《た》つ

Ⅴ　燃　島

年々に地《つち》せばまりてゆく島にひとつの井戸によりて人住む
一島が二十九世帯の子等あそぶ分校の庭午後の日暑く
島にある分教場の棟《あふち》の木《き》花おぼろにてしきりに落つる
馬鈴薯のしろき花咲きてむしあつき島の畑を渚《なぎさ》にくだる
波にくづれ雨にくづれてゆく島のきりぎしの下なぎさ静けし
灰白の軽石層上表の貝殻層くづれし島の断面が見ゆ
こまかなる軽石きよき島なぎさ畑《はた》のほろびしあととしもなく
タモの木のしげる渚に若者も女《をみな》もをりて人の匂ひす
ささやけき島の哀れはいにしへのアトランテイスに似るものもなし

Ⅵ　仏桑華（奄美大島にて）

ことごとく山のなだりは蘇鉄《そてつ》の木《き》風にすがしくその葉輝く
ちかよりて蘇鉄の朱実《あけみ》みつるとき蘇鉄林はあらあらしけれ
浅川の水はしたしくタモの木のしげる根かたを流れつつくる
生垣《いけがき》の赤き花さく仏桑華《ぶつさうげ》昼ひそかなる部落を過ぎつ
入海のみづの明るさひとところ浅葱《あさぎ》にとほるいろさへ見えて
動く雲きりのごとくに明るきに蘇鉄しげれる山のしづかさ
雲に啼くひばりの声はこの真昼蘇鉄のしげる山にひびかふ
蘇鉄山幾重にも見えひとかたは音なき海の明るさあはれ
安木屋場《あんきやば》といふ部落にて蘇鉄山の下にいささかの水田《みづた》が光る
紫の昼顔のさく道をゆく沖にはうとき珊瑚礁の波

海ぞひの明るき道に逢ひしかば籠《かご》に蘇鉄の朱実を負へり
白波のたつ珊瑚礁沖に見えちかくの海の浅き明るさ
海風のかよふ一山《ひとやま》おしなべて緑やさしき芭蕉のしげり
砂糖黍《さたうきび》刈られしあとの土暑し海しづかなる岬のたひら
珊瑚礁のあるところには波たちて風の如くにその音きこゆ
高倉《たかくら》の床《ゆか》に蘇鉄のあかき実を乾せり古代の風ふくところ
砂糖煮る悲劇のごとき匂ひしてひとつの部落われは過ぎゆく
道のべにガジマルの木を仰ぎ立つゆるる気根のかなしともなく
赤土の展望台は拝山《をがみやま》すなはち神の天降《あも》りしところ
夕凪《ゆふなぎ》のなほ暮れがたき日のひかり仏桑華の赤き花を照らせり

Ⅶ　葦　原

葦原は市街の見えぬ埋立地《うめたてち》さやけき葦の青昏れやすし
曇とも靄ともおもふゆふぐれの重き葦原猫なども来ず
葦原のむかうに黒き廃船に夕ぐれてなほ人のゐる音
ゆふぐれし葦のむかうに廃船の鉄截《き》るひかり火をこぼしつつ
廃船のある埋立の葦原にとほきひびきは靄ごもり来る
製鋼の火のとどろきのたつ夜空埋立の葦へだてて見ゆる

Ⅷ　栗の花

栗の花おぼろに見ゆる月夜にて翅音《はね》のなき蝶もくるべし
かのゆるる栗の梢にさく花とかかはりなくて栗の花の香
ひとしきり鳴く猫のこゑ酒よわくなりて酒に酔ふこともみにくし
ナイターに蝶などのとぶ映像を見つつはかなき消遣ひとつ

現《うつつ》なるこころのながれ惜しみつつかすかに生きてありと思はん
説得と奉仕のための高速度写真のごときものを好まず
あるときは闘争として現実を見る立場をも思ひつつ寝る
かたくなに世のさまを見て悲しまぬ老人《おいびと》にして偏奇館にゐき　永井荷風先生

Ⅸ　梅　雨

雨季ゆゑに濃く太き雨そそぐときうつしみ吾の憂ひは消えよ
昼食のときに満ちゐし韮《にら》の香もながくたもたず梅雨《つゆ》のひすがら
青羊歯《あをしだ》のかすかのにほひ息づくは遠き代よりの悲しみに似ん
梅雨《つゆ》どきの土のしめれる庭にしてうとましきもの蟻うごきをり
子の声の妻の声として聞こえくる時あり梅雨の曇日うとし

Ⅹ　高　原

日のひかり暑き高原《たかはら》のなかの道わびしくのこる水たまりあり
夏の日にかぎろひのたつ高原は明るきところ虎杖《いたどり》の花
高原の奥に見えゐるひとつ山風に倒れし木々あらあらし
颱風のすぎし高はら日は照りていたどりの花に蜂むるる音

XI　水　辺

対岸に積む石炭はみち潮のにぶき光にひたりつつ見ゆ
夏の日ににほふ貯木のラワン材水路の潮は風にながるる
風あらき海をへだてて見えてゐる晩夏のくもり屋根の円蓋
月見草群落の花さきのこり対岸に球形の瓦斯タンク照る
新しき島は人無き埋立地水をへだてて夏日にひかる
海わたり船よりひびくもの音のあやしきまでに風ふきとほる

水施餓鬼の卒塔婆の立つあたりにも風さわがしく橋をわたりつ

一区劃ありて子供等が柵に立つ遊ぶかたちとおもへど寂し

わたりゆく運河の橋にかへりみて街かげに丘の如き土照る

ひろびろと海につづける川口のみづのいろ重し満潮《みちしほ》のとき

おもほえぬ西日がさして対岸の曇につづく長き橋照る

風さわぐ晩夏の一日《ひとひ》釣をする人ことごとく水に向きて立つ

XII 農　園

温室のガラスのなかに人をりて夏草花の種子《たね》を収むる

乾きたる晩夏の土にひとところ赤きかたまり鶏頭が咲く

ゆふづけば松葉牡丹は花とぢてしづまりてゐる土の明るさ

時を消すために見てゐる里芋《さといも》のしげりたくましき赤茎《あかぐき》もよし

夏のゆくときのしづかさ粟畑も陸稲《をかぽ》の畑《はた》も青き穂を垂る
梨の実の黄いろにたるる梨畑《なしばたけ》木下に居れば曇日あつし
ゆく夏のひとひの曇わづらはし梨畑《なしばた》の土やはらかにして

XIII　泥　の　塔（八幡平）

沼のうへ重くくるしき隆起あり泥火山にて泥塔《どろ》をなす
塔のごとき泥火山群いきぐるしく泥の流れし襞《ひだ》をたもてり
泥の塔の上にたぎてる熱き泥罪のこころの如き香ぞする
くろぐろと鈍《にぶ》き光をもつ泥が隆起してゐる泥火山群

XIV　湯沼周辺（八幡平）

広々として石あらき磧《かはら》あり湯をふきて熱き石霧寒き石
熱にふけし如き色をもつ石の原底ごもり鳴る音ぞきこゆる

たえまなく湯の噴く音は霧のなかいくところにも磧にひびく
わきいでし湯のあつまれる流あり熱き静けき乳いろにして
霧のなかに顕はれてゐる白き山堅固ならざる火山のひとつ
岩白き丘のつづきを行きしときうつしみ寒し霧はやくして
雨霧のなかに霧より濃く白きにごり動きて湯沼《ゆぬま》たたへつ
どろどろの熱きたぎちは沼の上いくところにも盛りあがり湧く
湯の沼のたたふる底に白泥《はくでい》の隆起いくつも鎮《しづ》まりてみゆ
現実のなかの虚しきこころにて湯沼に走るいで湯のにごり
いこひなき音ぞきこゆる崖下の沼にたぎり湧く湯の水反響《みづこだま》

XV　焼　山（八幡平）

霧くらきなかに見えゐる焼山《やけやま》の爆裂のあと朱《あか》きしづまり

枯れし木がまばらに砂に埋れたつ焼山さむし降る雨と霧

おほひたる砂礫のいろの寂しきをぬらして雨も霧もながるる

火口壁きびしき下におぼろなる水の光は雨霧のなか

青き湯をたたふる淵のもなかより噴きあがる湯の鋭きひびき　玉川湯泉

補　遺

なげうたん石を持つ手のふるへざる神あり或は党ありといふ

偏奇館にわが見たるよりはたとせか石見の旅にありて偲びつ

シラスといふ火山灰土のきりぎしが西日に光り下にわがゐつ

暑き日に影するタモの並木あり街川ぞひの道ゆきしかば

昭和三十五年

Ｉ　冬　日

寒き日のちまた歩めばあるところ麴《かうぢ》をほぐすわびしきにほひ

冬の日のさせるロビーのしんかんとしたる石の床《ゆか》しげき靴音

風さむき運河わたりて橋づめに今年の草の青も吹かるる

青々と晴れとほりたる中空《なかぞら》に夕かげり顕《た》つときは寂しも

Ⅱ　晩　春

やはらかき卵とぢの韮《にら》食ふときに一日《ひとひ》ふきたる風なぎゐたり

こもりゐて風さわがしき春の日とおもひしかども街の安けさ

夕暮るる庭にむかひて黙《もだ》しをり木蓮の花しきりに動く

星たちのなかに孤独に移りゐる人工の星ひかりさやかに

Ⅲ　栂　の　尾

栂《とが》の尾《を》の谷川の音きこえくる楓若葉《かへでわかば》の下のいしみち

杉落葉石水院址《せきすゐゐんあと》の礎石など降りにし雨のなごりにぬるる
鶏卵のごとき小石《こいし》はいにしへの聖《ひじり》がもちし鷹島の石

Ⅳ　夏　花

夏花の立葵《たちあふひ》などさきそめし朝《あした》の庭は土の香ぞする
めざめゐる梅雨《つゆ》のあかつきわが犬も鳴かず音なく重しうつつは
朝はやく聞く放送は意味のなき楽《がく》なりてよりはじまるあはれ
年々に実つかぬ栗の花さきて庭に明るくみゆるこのごろ

Ⅴ　群　集

ただならぬ夜の群集のみつる上やや遠き旗しきりに動く
衝動のごとき拍手のひびきあり幾たびとなくところを替へて
群集のこぞれる声すあるときは切実にして静かになりぬ

Ⅵ　奥多摩湖

かつての日の畑のあとか湖岸《うみぎし》に風濁《かざにご》り広くたつところあり
湖《みづうみ》の岸のなだりに山の木々枯れてあらあらし葉をたもたねば
赤土によごれし石《いし》の崖《がけ》乾きをり山川が湖となるところにて
山川の流はここに終らんと音たぎつ水湖《うみ》にまじはる
あるところ人の通らぬ古き路ありて湖の水におちいる

Ⅶ　秋　庭

犬のかむ骨片《こつぺん》ひとつ石のごとくころがりゐるに蠅のまつはる
鳳仙花いつとしもなく終りゐる庭に銅貨をひとつ拾ひし
にはか雨やみて音なき秋の宵窓に来てゐし守宮《やもり》をころす
裏窓にちかき笹生《ささふ》の音きけばある時は犬がためらはず行く

秋分をすぎつつ暑き曇日《くもりび》の庭にひびきて蟬ひとつ啼く
暮れはてし十国峠のうへにをり海いでし月いまだも低く
ゆふぐれし山の上のそら明るさのわたりて海に月いでにけり

Ⅷ　岬

月見草枯れてつづける岬《みさき》のみち堡塁《ほうるゐ》の跡ひとつあらはに
幾重にも海苔篊《のりひび》ひかる海みえて岬のみちは要塞のあと
きりん草黄にさきのこる原のさき岬のいだく潮はものうし
廃屋は要塞のあと草光る岬のみちに影をおとせり
堡塁にのこる油のにほひをもわれは寂しむ岬のみちに
秋日照る岬を来ればあらはなる砲座のあとに水たまりをり
松の木の下の砂みち草枯に要塞の井戸すたれてのこる

岬なる松の林のなかの池秋あつき日に菱《ひし》の葉しげる
たひらなる緑は松の砂防林秋のひかりに岬しづまる

IX 霞 が 浦

晴れわたる霞が浦の上の空とぶ白鷺のをりをり光る
湖に見れば陸地は重々し岸の大木のみな影をもつ

X 水 路

閘門《かふもん》を舟入りくればせまき堀に音たえをりて水の香ぞする
しづかなる水をゆくとき堀岸に黄のつはぶきの花はかがよふ
木々せまるなかを舟のゆくせまき堀冬日は晴れて水のあかるさ
舟のゆく水路つづきてひろびろと冬の日の照るところに出でつ
水漬田《みづきだ》をかよふ水路はあるところ水いさぎよく流れつつ見ゆ

しづかなる黄にうらがれし真菰など冬日に照りて水寒からず
さまざまに水路めぐりて無花果《いちじく》の老木《おいき》のたてるところをも行く
さかひなく水湛へたる田のつづき藻のなびきゐるながれは水路
与田浦《よだうら》にいでて水の上はるけきに黄につづきたる草枯《くさがれ》のいろ
水門がひらけば舟は入りてゆく黒き水門のなかのしづかさ

XI　波

岩群《いはむら》にとどろく波はいきぐるしくひとたび砕けふたたび砕く
時おきて岩にくだくる波みればすなはち泡の激《たぎち》もみあふ
岩の間に落ちあふ波が日にひかる流《ながれ》となりて走るときのま
荒波にちかく湛ふる潮だまり波のなごりの水泡《みなわ》ただよふ

XII　九十九里浜

川岸に断崖をもつ砂の浜たひらかにして冬日をかへす
川そそぐ九十九里浜のひとところいささかの葦冬日に光る
河口よりさかのぼる波砂岸《すなぎし》にかすかの音をつたへて移る
海に入る川とも波のなごりともわかずひとしきり早く流るる
横ざまに長き白波幾重にも見えてたえまなき海のとどろき
さわがしき海の光とおもふとき渚《なぎさ》の光あはれしづけし
ひとさまに九十九里浜をおほひをり虚しきに充つる海のとどろき

XIII　午後

午《ひる》すぎて椎《しひ》の老木《おいき》に冬の日のさせるしづかさ丘に来ぬれば
午後の日のうとくなりたる寺庭に楓《かへで》の落葉よごれて乾く
午後三時すぎて赤《あけ》ばみし日の光たまたま樫《かし》の幹にとどまる

関《かか》はりのありとしもなく入りがたの夕日かがやき川のかがやく
うづたかきところの土の光るころ夕暮れてゆく晴れし冬日は

XIV　掌

蟻《あり》などの居らずなりたる庭のうへジンジャーの花またひとつ咲く
ゆくりなくわがをとめごの掌《てのひら》を見たり大きくなりし掌
哀れなる母親としてわが家に二夜《ふたよ》やどりき嬰児《みどりご》のこゑ
みづからが運転をすることに馴れてめのまへの道光るは寂し
結婚を待つわがをとめ湯を浴びてゐる音きこゆ夜半《よは》の階下に

補　遺

かへるでの若葉かがやく栂《とが》の尾のみ寺に来りわがいのち足る
昭和三十六年

Ⅰ　寒峡

午《ひる》すぎてわれのいで来し峡《かひ》のみち山の修羅場《しゅらば》は雪白く見ゆ

風花《かざはな》のひかりつつ散る山の峡こほりてかたき道をふみゆく

日のあたるところに憩ふしばらくも空にきこゆる山鳴《やまなり》の音

山吹《やまぶき》も茨《いばら》も照れりおほよそに冬枯れしかば山のひそけさ

日の当るひとつの尾根は冬木々のさながらけぶり暖かにみゆ

をりをりに氷柱《つらら》くづるる音したる谷よりいでて冬日てる道

Ⅱ　声

需《じゅ》と給《きふ》とふたついさかふ声すれど母と子なればわれは気にせず

わが庭に移し植ゑしより花さかずなりたり梅も椿もあはれ

左肩うとましくしてあり経れば山椒をうつし得ず春となる

無花果の木下《こした》の土のひたすらに乾きて蕗の薹もえゐたり

ゆたかなる春の光にいでてたたば健かにあれわがをとめごは

ひとがたのかすけきものにとことはの命をこめし君を讃へん

鹿児島寿蔵氏に

もろともに柞《ははそ》の若葉そよぐとき五月のひかり林泉《しま》に輝く

小林慶子夫人に

境内《けいだい》に樟の木ありて匂ひたつ若葉のひまに鳩あまたをり

京都伏見稲荷

Ⅲ　陥没地帯

いつたいの陥没のあと退潮《ひきしほ》の泥に崩《く》えのこる煉瓦炉の赤

ひとかたは川の常なる黒き水陥没地帯に沿ひてゆくとき

ひき潮に泥あらはれし陥没地とほくひかりて海鳥あそぶ

青き葦しげるところも海没地コンクリートの塀などのこる

Ⅳ　竜飛崎

あをあをと渚《なぎさ》にしげる虎杖《いたどり》のくさむら寂し津軽の海は
下北《しもきた》の赤き断崖も見えずなり津軽の海にそひつつぞゆく
昆布《こんぶ》とるとき終りゐてひそやけきひとつの部落たちまちに過ぐ
海ぎしに風垣《かざがき》たてていとなめるひとかたまりの竜飛《たつぴ》の部落
遠く来し松前街道《まつまへみち》はきはまりて夕日にひかる崎草山《みさきくさやま》
陸果《くが》つる海の光に草山は黄すげの花のかがやくあはれ
海峡に入る潮の渦かがやけど音のきこえぬ草山の上
黄すげ咲く竜飛の崎《さき》にふりさけて北海道の遠山は見ゆ
とほく来しこころにぞ沁む草山の下に輝く潮のながれは
夏日さす津軽の海やひとさまの潮のながれの前進さびし
海峡の津軽の海にもはらなる赤きかがやき夏の日は入る

あかあかと竜飛の海におつる日をおきざりにする如く帰り来《く》

V　阿仁山中

鉱滓をすてて乾ける泥のいろ夏の日の照る山中にして
ひといきに鉱石をおとすさま見れば石より火花とびつつ落つる
銅鉱は即ち鉛《なまり》いろの泡くらきものより絶えまなく浮く
銅鉱が砥粉《とのこ》のごとく附着せしかすけきものを削りとりゐる

VI　浅間爆発

爆発の音ききしよりものぐらくなりし木立に石おつる音
うちつけに音しはじめて石の降る音恐しくやうやくしげし
浅間より砂礫ふるときわが庭につづく田の水たちまち濁る
山おほふ雲の中よりあらはれて飛ぶ鳥がみゆ砂礫ふるとき

灰の降るおと庭にみち木々の間のけぶりて遠きところはおぼろ

いつしかに音むつまじく降る灰とおもひて聞けばときながく降る

乾きたる灰の香のして硝子戸のそとに浅間の灰降りしきる

爆発の灰しづまりて降る雨に木立より黒きしづくしたたる

青栗のしづけき上の曇よりにぶくきこゆる山鳴の音

Ⅶ　風　音

家うらの道に音してふく風をりをりに聞くこもり居しかば

わがめぐり虚しくなりて吹く風の音あきらかに峡田《かひた》をわたる

穂にいでし峡田しづけく遠風の聞こゆるいとま聞こえぬいとま

移りゆく松風の音ききをればやうやくにしてまた強くなる

峡の田をこえて松ふく風きこゆわが庭の木々しづまる時に

めのまへに落葉松《からまつ》の枝ゆれをりて遠くの風の音がきこゆる
風のおとながるるごとく近づくとおもふいとまに終りたるらし
高原《たかはら》の木を移りふく風の音きこゆる部屋に山蟻うごく

Ⅷ　砂　浜（伊良湖岬）

ひろびろと浜の常なる寂しさかわが真近くの波はとどろく
曼珠沙華さくところよりおりたちて光ゆたけし伊良湖《いらご》の浜は
颱風のあらびしなごり流木は海にただよひ清き砂浜
秋分の日の砂浜に影をひく流木の根とうつしみ吾と
ひかりさす浜に憩ひぬわがめぐり枯れし草萌えし草かがやきて
砂浜に照る秋の日のつよければ草は香にたつ海風のなか
おほよそに秋日まぶしきなかに立つ浜ひろければ波遠くして

塩《しほ》しみてかたき砂浜かなしみのこころの如く秋の日に照る

IX　夜　の　虹（伊良湖岬）

潮いぶきたつにかあらん静かなる夜半《よは》にて月をめぐる虹の輪
月光《つきかげ》に見えゐる遠き渚波をりをりにしてつよく輝く
中空の月よりわたる明るさに浜ひくく見え海ひくく見ゆ
いろのなき明暗にして月照れりけぢめの渚しろく見えつつ
官能の慾なき夜半《よは》に照る月になぎさも海もおぼろに遠し
月照れどおほよそ暗きわたつみに沖波しろく顕《あら》はるるなり

X　石　切　場（大谷にて）

直線の風景は石をきりしあと山そばだちて西日に光る
西日さす山のいただきに平《たひら》あり石切場にて人うごく見ゆ

地の底に音なく開く方形のうすくらがりを近づきて見つ
ふかぶかと虚しさみつる石切場《いしきりば》底にかすかに人は働く
ひとところ石の窓より外光のさしつつをりて塵光るなり
垂直におちいりてゐる石壁《せきへき》の淡緑《たんりよく》の色おほよそ暗し
洞窟に石材を仕上げゐるところ電燈のした塵ひかりつつ
外光に置く石材の並列は新しくして湿りをもてり
稲田にはいまだ人をりて稲を刈る石切山《いしきりやま》のいくつ明るく
方形の堆積《たいせき》として石を置く山の上にもとほく日がさす

XI　大井川河口

見るかぎり広き川原《かはら》は石のみのあらあらしきに砂煙たつ
いちめんに赤きところは曼珠沙華ひとつの堤《つつみ》川原に終る

川の岸に風あたる音きこえつつ水なめらかに川は流るる
海ちかく広き川原は風のなか長橋《ながはし》みえてゆく人もなし
うづたかく砂の見ゆるは河口《かはぐち》か砂の上ときどき光る海波
中高《なかだか》にもりあがりつつ波躍る早きながれよ海にいたるまで
秋の日にひかりて風になびく草海にむかひて歩めば寒し
海に入りたるつひの流《ながれ》はひとしきり幅《はば》をたもちて瀬のたぎち見ゆ
海の波たえずくだくる寂しさよ河口《かはぐち》にある対岸の砂
河口のほとり歩みて横ざまに波みゆるときその波高し
たえまなく波をかうむる砂の洲の青空映《うつ》りあらはるるとき

XII　阿世潟峠

煙害を受けて枯れにし山々のなだりあらはに谷に傾く

とほどほに足尾につづく谷は見ゆ虚しき山のなだりあへれば
晴れがたき峡《かひ》の遠くは雲の下ありとしもなき沈澱池《ちんでんち》ひかる
石あらき灰白《くわいはく》みえて山わたる雲におほよそ山はかくるる
谷の底木をたもたねば石のごと白きは川とおもほゆるのみ
阿世潟《あせがた》の峠にたちて雲ながら見さけし谷の大き虚しさ
しろざれて寂しき山は雲のまにところをかへて見ゆるをりをり
煙害のためにひとたび枯れし山霧のまにまに笹青く見ゆ
焼山はむなしけれども年経たりやうやく笹のよみがへるまで

XIII　鱒

太き木々黄葉《もみぢ》せしかば養魚池の水あかるきに鱒ら群れをり
ひとときに黒くむらがる鱒のため処をかへて餌をまくあはれ

山水のきよきながれを湛へつつ池にあらはに鱒を居らしむ

ひとしきり群りて餌をくひしのち常のさやけき水に鱒をり

もみぢたる木の葉ながれて寒き水すこやかにして鱒らはうごく

かすかなる鱒といへども落雷に生きのこり体《からだ》曲りておよぐ

くれなゐの輝くごとくなりし鱒産卵のため川さかのぼる

やみがたき産卵のためその尾びれ白《しろ》曝《ざ》れし鱒ながれに泳ぐ

はらごもつ鱒とこそ聞け常ならぬその紅《くれなゐ》をわれはかなしむ

さわがしき水の音する屋内に紅《あけ》あはき鱒のはらごしづまる

XIV　奥日光

みづうみの靄たちなびく寒き日に水遠くして山のくれなゐ

湖岸《うみぎし》のやまの紅葉のこごしきが雲の奥がにみゆる湖《うみ》より

太木々《ふときぎ》の楢《なら》のもみぢの終るころこちたき心なくて山行く
男体《なんたい》のつづきの山は木原《きはら》のうへ日のあたりたる山のしづかさ
クレソンの青も落葉も池のうち水の音せぬ水源地にて
香ぐはしき原をよこぎる路あれば秋の西日を受けつつ歩む
低山の日影はのびて原おほふ刻《とき》の移りのおもむろにして
おほよそに原かげりゆき日のあたる遠き林はもみぢ明るし
小田代《をだしろ》のあかるき原を限りたる日影はひとつ低山の影
ほとばしり湧きいづる水いくところ水蘚《みづごけ》青き岩むらにして
地獄沢《ぢごくざは》みづの源《みなもと》ゆたかにて入り来し峡《かひ》のすぐに窮《きはま》る
からまつが淡き黄となるころほひの山をあゆめば山は明るし

XV　川　淀（竜王峡にて）

岩かげに滝あれば滝のみづけむり川の流《ながれ》にむかひてなびく
川上《かはかみ》の白瀬《しらせ》のたぎちめのまへの淀につづきて音ぞきこゆる
ふかぶかと濁りみなぎる川淀《かはよど》の中のかすけき砂洲《すなす》はあはれ
淀なかにそばだつ一つ石ありてめぐりの水は早くながるる
川淀のにごりにせまるうづたかき砂のきよさよ秋日《あきび》に乾く
おし移る川はにごりのさびしきに滝のつづきの水たぎち入る

XVI　富士山中道

めのまへに雲の触《ふ》りゆく高山《たかやま》の傾斜の砂礫《されき》くろきしづまり
動きくる雲の中なる濃き雲のごとく樹帯はおぼろになりつ
おのづから形をなして空かぎる大きなる山のひとつの傾斜
まのあたり傾く山のひとところ接して光る雲みづみづし

高山の砂の傾斜に黄葉《もみぢ》せる虎杖《いたどり》ありてこごしく光る

大き山音たえをりて中道《なかみち》の上より下にただになだるる

さしあたり白き蝶ひとつただよふを山の中道に妻はさびしむ

雲すぎてさやぎの音の聞こえゐる林の中をたまたま歩む

かすかなる風を伴ふ雲の行《ゆき》山のなだりにすみやかにして

高山は下にむかひて傾けば黄葉樹帯かたむきて見ゆ

たちまちに雲晴れゆきて大きなる山の中道《なかみち》に礫《いし》の影たつ

ひとときに山より見ゆる湖も平地も雲の下のしづかさ

高山のなかどの道をめぐり来て栂《とが》ふく風の音するところ

いただきをおほふ雲よりなだれゐる黒き山膚《やまはだ》赤き山膚

ためらはぬ角度をもちて遠しとも近しともなく稜線は見ゆ

XVII　項の汗

あたたかに冬日さすとき老いづきし項《うなじ》の汗をわびしむわれは
あはれなるものの匂《にほひ》のなくなりし公孫樹《いちやう》の幹に日が当りゐつ
酒飲《さけのみ》が放射能に抵抗つよきこと諧謔として言ひたるあはれ
白波のたぎちに近く沈鬱に水しみいでてぬるる石あり
宵空にぬきいでて灯《とも》るアパートのひとところ空よりも暗き階段

XVIII　歳　晩

わがための火として燃ゆるストーブの青き炎も夜のたのしさ
フロイドの境涯ならぬ夢も来よ寝どこにウイスキーのみて灯を消す
みづからのいびき聞きつつ睡るなり漸く知りしかかる安けさ
寒水《さむみづ》に鱒のはらごの淡《あは》き紅《あけ》しづきゐしかどかへりたらんか

日に遠き北空ふかし晴れわたりかがやく庭にたち仰ぐとき
噴水がけむりのごとく立ちをりてその先端は冬日にひかる
天《そら》のいろ顕《た》ちくる朝のいとまにてわれのこころを静かならしむ

後記

本集には昭和三十一年から昭和三十六年までの作歌五七二首を収めた。私の第七歌集にあたる。

五十歳を中心とした前後数年の作歌といふことになるが、前集『地表』からの連続で、行旅自然の作が多くなつてゐる。対象は与へられたものであるが、そのなかから何を見るかといふことに、やはり私としての志向があつたはずである。そして私はものを見るといふことを追及して、いくらかでも徹底したい念願ですすんで来たが、それがどの程度のところに到り得てゐるか、おぼつかないことであるかも知れない。しかし前集に比して、幾分の変化を見ることが出来るやうにもおもふので、そこにかすかな慰藉がないわけでもない。私は昭和三十三年に『佐藤佐太郎作品集』(四季書房)といふ自選歌集を編んだとき、昭和三十一年以後の作歌を、「群丘」といふ題下にまとめて抄出した。さうしてみれば既に歌集名をきめたやうなものであるから、このたびもそれを用ゐることにした。

歌集をまとめるについて、いつたん発表した歌に手を入れ、或は歌を削つたりするのは誰でもすることだが、本集では相当数の歌を削つた。この期間の作は三十首とか五十首とかいふ大作の要求に応じたものが多いので、素材と歌数との比重に調和しない点があつたりしたためである。とにかく私の歌は一首一首孤立したものとして受取つていただいていい。そしてなるべくは一首一首に佇立するやうにして受入れていただきたいとおもふ。かういふことをいふのは作者として不遜なことかも知れないが、森鷗外の「歌日記」にも「ひと時にひと歌を見よ」といつてゐるほどだから許していただきたい。昭和三十七年秋彼岸、佐藤佐太郎記。

冬木

昭和三十七年

Ⅰ　氷　海（宇登呂行）

氷塊がよりあひて海をとざしたるいちめんの白満《しろ》つるしづかさ

流氷のうへに雪つみて白き海沖とほくまで視界音なく

よもすがらひすがら海は音たえて白く凍りぬ知床《しれとこ》の海

凍りたる海よりも雲くらからん一望にしてただ白き海

ひとさまに海をとざせる流氷の沖とほく帯《おび》のごとく光れる

氷塊のせめぐ隆起は限りなしそこはかとなき青のたつまで

氷海にのぞみて落葉とどこほるオシンコシンの黒き断崖

こほりたる海にむかひて音たぎちそそぐ滝あれば音を寂しむ

雪道に薪《まき》と馬橇《ばそり》とおきてある部落は宇登呂《うとろ》氷海の岸

人の住む宇登呂も白き海のきし船修理の音油のにほひ
蓬《よもぎ》など雪よりたてる岬山《さきやま》に白き氷の海をみさけつ
知床の白き海よりてりかへす光のなかにしばし憩ひき
氷海のかぎりをなして知床の岬みえをり雲のごとくに
さかひなく陸より海となる雪のつづきのところ何かこちたし

II　残　雪

春来んといへば雪のうへうるほひて昨日も今日もあまねき光
おしなべて境なけれど濤沸湖《たうふつこ》対岸の雪を馬橇ひとつゆく
しろじろと雪おほふ砂丘のあるところ褐色の枯葉うごく柏《かしは》は
午後の日のまともに低き道のうへ川のごとくに雪解水《ゆきげみづ》ながる
ひといろの雪野をゆきて落葉松《からまつ》のはつかの朱《あけ》もこほしかりしか

山こえて風わたるとき飛ぶ雪のあれば朝空に光りつつとぶ
山寄りに木立のなきは雪の野に埋れし川のありとおもはん
このひろき雪の平《たひら》は木を伐りしあとにて高き切株つづく
太木々の林のなかに橇道のつづくを見れば橇ひとつ来る

Ⅲ　納沙布崎

雪せまる海のなぎさは沖根婦《おきねっぷ》拾ひし昆布《こぶ》をくろぐろと乾す
流氷の寄るころ海にただよふを拾へば拾昆布《ひろひこんぶ》とぞいふ
雪の原とほどほしきに放牧の馬は曇にひたりて立てり
納沙布《のさっぷ》の雪原にゐる放牧のたづななき馬は脚太くみゆ
たひらにて雪をいただく島あればその雪ひかる午後三時ごろ
流氷をいたぶる黒き潮みれば遠くわが来ぬ納沙布の海

流氷のたゆたふ黒《くろ》き潮《しほ》流氷にたゆたふ黒き潮納沙布《のさっぷ》の海

沖とほき水晶島はおぼろにて流氷の白ながくつづける

納沙布の沖によこたはる白の見ゆオホーツク流氷の末端にして

流氷のただよふ潮に海鳥《うみどり》のくろき鳥ゐて声とほり啼く

Ⅳ　早　春

妻と子といさかふ声にこだはりて聞けばいさかふ声はやみたり

あたたかき春日となりてストーヴにあたる半身のぬくもりあはれ

俗にいふ五十肩にてうとましき躰をはこぶ蕗萌ゆる庭

堤ひとつくだりて音の異ればおもひまうけず寂し川原は

Ⅴ　飛驒古川

苗代のめぶくを見れば奥飛驒の春のあかるさ雪山照りて

橅《ぶな》などの枝しろく照る春山や木々のしづくは雪消《ゆきげ》のなごり
残雪の照る山峡《やまかひ》をのぼりゆく滝の音すぎてまた滝の音
雪山のとほき光をふりさけて峡《かひ》のとどろく滝のうへに立つ
ひとしきり人のもみあひせめぎたる「起し太鼓」はおほどかに行く
朴《ほほ》の葉に味噌も漬菜ももりて焼く飛驒の炉のへの朝がれひにて
奥飛驒の春田のひかる峡のみち土筆《つくし》をつむと妻といで来つ
春たけし村みちくれば壗《まま》ありて田打花《たうちばな》さく朝日のにほひ

Ⅵ　大阪にて

まのあたり浄土曼陀羅に楼閣のあること寂し仏《ほとけ》あそべど

Ⅶ　萩　に　て

埋立てのため水を吐くところあり沖の曇に光るその水

海ちかき山のささやけき噴火口年古りし土赤くのこれる

Ⅷ　青　海　島

洞窟は海よりかへる光にて揺ぐがごとし岩ぞ黄に照る

波たたぬ潮すみとほる洞窟のうちにひびきて海燕《うみつばめ》鳴く

あら海に柱のごとき岩たちて頂の巣にみさごひとつ居る

Ⅸ　湘　南　平

われの来し山の平《たひら》は空かよふ相模《さがみ》の海のいぶきさやけし

大山《おほやま》の峯よりわたるたたら雲この山上の平にとどく

Ⅹ　能登総持寺

ひぐらしは裏の山よりこゑきこゆ寺庭の芝青き夕ぐれ

Ⅺ　銚子大橋

くれなゐの明るき橋をわたりゆくわが上は空わが下は潮
長き橋わたれば風にたつほこり潮さむき河口《かこう》青々として

XII　波　崎

やすらかに冬日のみつる広き浜渚とほくまで貝殻ひかる
砂防林つづける見ればところどころ冬日に光る砂のしろたへ
よこたはる送泥管の砂の音浜のいづこにゐてもきこゆる
突堤にかへりみるとき砂浜は幾重《いくへ》の波のむかうに低し

XIII　新　雪

田のうへの遠くうるほふころとなり新しき雪ひかる山みゆ
遠空《とほぞら》のくらき曇《くもり》にまじはりて淡々ひかる雪山ひとつ
魚野川はやきながれの水上《みなかみ》は午《ひる》すぎのそら黄にくもりたり

おほどかに雪光る山ちかづきて山はやうやくこごしく見ゆる
ひるすぎて雲そきそめし空の青たちまち雪のおもてに動く
軽井沢にて三首
雪どけのしづくみだれて吹く風の音をりをりに山にとよもす
日のあたる草藪などに雪どけのしづくの音は親しかりけり

XIV　歳　晩

日のさせば朝の霜とくるわが庭に柳は赤き冬芽かがやく
冬空の青のふかきに音たえし昼にて椎《しひ》の梢がそよぐ
いづこにも若者多きことに気づく老いそめて寂しき心のひとつ
われの住む青山にても街のさま変りゆき世のさま変りゆく
たまたまに裏窓に見し街空にわだかまる新しき建築ひとつ
口中の乾くを老のきざしとぞ吾はおもひて人にいはなく

オレンヂを夜の灯の下に食はんとす吾も黄の実も恥《やさ》しきごとく
煙草やめて鯣《するめ》の足などかみをれど吾を哀れとみづからいはず

昭和三十八年

Ⅰ　新年処々

にはかなる曇に白き部分あり降雹となりて近づきて来る
冬の日といへど一日《ひとひ》は長からん刈田に降《お》りていこふ鴉ら
海上の雲にひくくたつ暁《あかつき》の朱《あけ》は北にも西にも見ゆる
ひろびろと白きは砂をおほふ霜川原《かははら》さむく見おろしてゆく
午《ひる》すぎの枯葦むらに限りなき雀の声はねぐらするらし
霜どけの畑《はた》に人ゐてうちつけに土より赤き人参《にんじん》をぬく
砂丘にも共鳴ありや海音は太鼓うつ音のごとく聞こゆる　中田浜二首

このひろき浜のなぎさに遊ぶ人歩き働く人網をひく

冬木々のさながらあたたかき山のまに畑がありて霜いたいたし

ふるさとに似し冬山の香こそすれ櫟《くぬぎ》の枯れし葉は光りつつ

単純に土山《つちやま》といふ陶土とる山ありて道のひかる曇日　　瀬戸二首

陶土とる山くだり来て山茶花はくれなゐの花あふるるばかり

午後三時すぎてゆくてに輝くは遠雲のみとおもひつつ来し　　伊勢五首

青々と島のあひだにいりくみし海みえをりてわたる松風

ゆふあかり浅山のまの入江《いりえ》にはしづく海苔棚《のりだな》の青いさぎよし

ひつぢ枯れ冬田明るく西日さす山ふところも入江のつづき

安らかに晴れたる冬の一日《ひとひ》にて海ゆふかげり砂浜ひかる

冬の日はくらくなりたり山垣のうへに輝く伊勢の夕星

Ⅱ　三宅島

熔岩のつづきの渚《なぎさ》くろぐろしくだくる波の白《しろ》いたきまで
新しき噴火のあとはいさぎよき赤き岬が海にそばだつ
噴火のあと冷えてしづまる黒き山ふゆぞらの下に稜線ひかる
骸炭のごとき熔岩の黒き山ただにしづけし海にいたるまで
あるときは波音きこゆ黒々となだれし山の遠き下より
熔岩の山のあひだに海みえて光のごとき遠波うごく
ひといろの黒き山にて熔岩に鉱物の香のたつは寂しも

Ⅲ　冬　沼

あきらかに沼の遠くに白鳥《はくてう》の群《むれ》うかびゐて風にながるる
遠くより大きくみゆる白鳥はそのからだ波にゆれてただよふ

頸《くび》たてて沼のとほくにうかびゐる白鳥の群ときどき光る

Ⅳ　立春前後

さながらに霜あれて軽き庭のつち寒《かん》の日々《ひび》晴れて乾きに乾く

枯芝の白きわが庭虫などの動かぬ冬の日々をすがしむ

椿の花むらさきばみて見えゐるを長く咲きたる花とおもひつ

日の長くなりしゆふべに椎《しひ》の木の上は青檜《ひのき》の上はくれなゐ

「つぐなひは済んだぜ」「借《かり》は返したぜ」古き日本のことばにあらず

わが家の裏の石垣にひとしきり音ひびき吹く春のあらしは

健康のために歩けと人いへど春あらし吹く午後家ごもる

Ⅴ　阿蘇大観峯

ななめより朝光《あさかげ》わたる草山に放牧の牛ひかりつつ立つ

Ⅵ　天　草（Ⅰ）

石垣をもつ部落など船に見る島のさびしき人のいとなみ

海中に黄の断面のそばだちて石採る島のいつまでも見ゆ

船の寄る島の港に部落あり聞かねばその名知らず過ぎゆく

島も海も雨にぬるるといふ感じなく雨降りて渚はしどろ

夕立の雨はれしかば天草の海のおもてより直《す》ぐに虹たつ

いくへにも島遠くして光あるゆふぐれちかき天草の海

Ⅶ　天　草（Ⅱ）

天草の福連木越《ふくれぎごえ》は八月のゆふくらがりに早稲《わせ》の香ぞする

高浜は砂のさやけさ段々《きだきだ》に畑たたみて山めぐる下

段々の畑に七夕《たなばた》のうつくしき竹とクルスと仰ぎつつゆく

清潔に畳しく大江の天主堂こゑつつしみて吾ら立ちゐつ
木立より鳴く蟬のこゑしげからず大江天主堂に来りたつとき
水きよき妙見浦を見おろして踏みし道の石ながく思はん

Ⅷ　仲　秋

ただよへる雲の境がけぢめなくにごりて暑き午後となりたり
幾つもの屋上みえて屋内の余剰のごとく学生等ゐる
木々のうち檜《ひのき》の緑さやけきが二階より見ゆわが秋の日々

Ⅸ　地　上

色彩は地上にあれど淡々《あはあは》し空《そら》より見つつ寂しきまでに
青ぐらき昼の高空《たかぞら》にまじはりてゆくに真下は光る雪山
雲海の二つの層のあひだにておのづからなる青寂しけれ

四国沖すぎつつありとおもふとき午前の海は光をはなつ
沖遠くおぼおぼしきに光る雲二つとその影二つ静けし
おもひきり遠きところに雲の影かすかにあるは海のつづきぞ
ひたすらに豊後水道を潮《しほ》うつるありさまさびし白波の向《むき》
海面《かいめん》の白波みればおもむろに青淡く顕ちてその波終る
揉皮《もみかは》のごとき海表みえをりて黒き光の安からなくに

X　鶴（荒崎にて）

空わたり来る鶴《つる》のむれまのあたり声さわがしく近づきにけり
むらがりてとび来る鶴のこもごもに鳴く近きこゑやや遠きこゑ
荒崎《あらさき》の田に降りるまでいとまありて空めぐりつつとぶ鶴のむれ
真鶴《まなづる》の八羽の群《むれ》についばむものうづくまるものなべて安けさ

くくみ鳴く声きこゆるは荒崎の田に鶴のむれ降りていこへる
をりをりに鶴とびたちてかがなける声もあそびのうちと思はん
おりてゐる鶴のやすけき声きこゆ冬豌豆の青き畑より
真鶴のしろき一群《ひとむれ》風あれば羽ふかれつつあゆみゐたりし
夕映のやうやく淡きころほひに風のなか鶴のこゑの聞こゆる

XI　長島・黒之浜

黒之瀬戸《くろのせと》わがわたるとき潮走るながれのうへの白き冬雲
長島《ながしま》は空のあかるさ島山も畑《はたけ》にて冬のあらはなる土
長島の段々畑ふく風にきらめきながら棕梠の葉なびく
たちまちに冬の雨はれて豌豆をつちかふ畑は照る白き花
長島のつづきのごとく寄りあひて天草《あまくさ》みゆるところまで来つ

ささやけき漁港にて黒之浜《くろのはま》といふ山にゆらぐ竹潮にゆらぐ船
山下に家かたまれる黒之浜帳《とばり》のごとく網赤く干す
朝の漁をへて帰りくる船みれば働く人に女もまじる
黒之浜の港はさむき朝の雨たゆたふ船にみな人がゐる
ときじくの筍のびて路傍には集荷待つ甘藷の袋をぞ置く
夕雲のあかるき下に布袋草《ほていさう》枯れて咲きのこる花のむらさき

XII　夜間飛行

飛行する夜空にみれば地上にてあげし花火のちひさく開く
ひとすぢの灯のつらなりのおもむろにひろがりて市街の中心となる
海星《ひとで》などのごとき市街の灯かがやきの冴々《さえざえ》としてしばらく見えつ
俯瞰する夜の地上にかがやきの聚落も暗黒のなかのさびしさ

まなしたの白雲のなか明るみてときのま黄の光はしる稲妻《いなづま》

地のはてとおもふあたりに明るさのひとすぢ顕《た》つは月照れるらし

満月の光をかへす雲の上ひさしく行きてわれは寂しむ

月てりてたたなはる雲輝くは雪原よりも虚しかるべし

XIII　身　辺

身辺のわづらはしきを思へれど妻を経て波のなごりのごとし

昼食ののちしばしして眠くなる身ぬちさながらにめぐる眠たさ

まれまれに夢を楽しとおもふことありて夢中に漢詩を作る

いつよりか壁にかかげし写真あり亡き人の顔に会ふときのおどろき

ビルデイングならべるなかの狭き路ゆくに世の常のもののにほひす

灯の下に塵けむり人動きゐる駅の一部が陸橋にみゆ

集会をしてゐたる宵消防署ちかければ唐突にサイレンが鳴る
ビルデイングひとつたとへば光の壁したをゆくとき空気明るし
いつまでも戦《たたかひ》のなごりとどめゐし防火用水もこのごろは見ず

昭和三十九年

Ⅰ　鹿島海岸

波音をさへぎる砂のなだりありふかぶかとしたる砂のしろたへ
ひくき松海桐花《とべら》のしげる砂山の砂には雨後の寒さのこれる
ひろびろと曠野《あらの》ひらきて砂を採るゆゑにいくつも見ゆる断崖
砂採れるところを来れば冬の日に影たつ起伏あらあらしけれ
松群《まつむら》にせまりて砂を採れる崖《がけ》機械の音の遠くこだます

Ⅱ　水　路

たひらなる水のつづきの岸のくさ蓼《たで》など枯れて冬日にかわく

ピーマンの茎枯れて立つ畑には冬日ににほふ赤き実青き実

ややひろき水路にみづく簀立《すだて》あり青いさぎよき常磐木の枝

湖岸《うみぎし》のひろき畑に甘藍《かんらん》の霜やけて赤き葉を見つつゆく

湖《うみ》こえてさす夕《ゆふ》ひかりさやけきに苺の冬葉赤き畝々《うねうね》

月の照る水をとびたつものありとおもふ間にたちまち見えず

Ⅲ　百合根

餅のかび百合《ゆり》の根《ね》などのはつかなる黄色もたのし大寒《たいかん》の日々

いづくにも人無きごとき窓そとの夕《ゆふべ》の気配《けはい》わがのぞきゐし

老いづきし眠《ねむり》さめをれば北窓の早くあかるむ春日となりぬ

立春をすぎしこのごろ朝々の鴉そらわたる声のちかさよ

廉売《やすうり》の花をむすめが買ひて来しひなげしあまた花のやさしさ
貧しかりし石炭の灰が庭すみに土となり蕗の薹ほほけをり
通《とほり》より建設のおとたえまなき北窓の砂南窓の砂
春一番《はるいちばん》といふ風ふきし日のゆふべ黒き雲あかき桃に日がさす
街なかにすくなくなりし空地《あきち》あり春の草青く犬が寝てゐる

Ⅳ　白　鳥

白鳥《はくてう》の鳴くこゑたえず聞こえゐる水の明るさ雪山ちかく
白鳥はちかきところにも安らかに水移りつつ鳴くこゑあはれ
年々にここに渡りくる白鳥は群れてただよふ雪山の前
ほしいまま水にあそべる白鳥のとぶとき濁《にごり》をあげてはばたく
白鳥はからだおもければとびたつと水の上かける如くはばたく

こゑ呼べば餌《ゑ》につどふ白鳥の群あはれかかはらぬ別の一群《ひとむれ》あはれ

白鳥の群とびたちてひとしきり雪山の上ゆれつつわたる

白鳥は帰るべきときちかからん山光り水光るひるすぎ

Ⅴ　信濃川河口

堤防が遠くみえをりテトラポッド積めば単純の直線ならず

広き川こえてわだかまる雪雲《ゆきぐも》のあればをりをり風花《かざはな》のとぶ

対岸の長き堤防のかげは何そのひとところに鳥の群しづむ

赤砂《あかすな》のごとき燐鉱を積む船が泊ててをり寒きここの河口に

製油の赤き炎は雪山を背景としてさびしくなびく

すぎてゆく場末のひくき屋根の雪いちじくの枝さむき夕ぐれ

Ⅵ　太郎代浜

渚《なぎさ》のみ波音のたつ太郎代《たろだい》の浜《はま》のひろさよ曇日さむく

アカシアの木立のなかに雪のこるところを過ぎて波遠き浜

浜ひろきゆゑ松のまに畑あり砂かわきつつ雪きえのこる

ところどころ消残《けのこ》る雪はおのづから形しづかに砂浜にみゆ

浜ひろき中のかすかなるものの音瓦斯井《がすゐ》のほとり行けば聞こゆる

瓦斯井戸《がすゐど》に時おきて水の噴く音す人なき浜のひとところにて

太郎代の浜の長きに湾曲部ありてささやかに寄る波のみゆ

間隔をもちて瓦斯井の櫓《やぐら》立つゆゑに砂浜の遠くにも見ゆ

Ⅶ　三方五湖

岬山《さきやま》のうへの平《たひら》にいこふとき五つの湖《うみ》は光をかへす

つらなれる湖いつつ山のまに遠くひかるを三方湖《みかたこ》といふ

潮いぶきかよふ岬の岳山《だけやま》に蕨《わらび》はたけぬ春蟬のこゑ
湖も海も音なき昼つかた岬山《さきやま》のうへに雉《きじ》がゐて鳴く
湖と海とまじはるところには満潮《みちしほ》どきの水のすがしさ

Ⅷ　山　道

山中《やまなか》を通ふ道ありてふりいでし雨に土の色濃厚となる
ことごとく若葉のなかに道のべの柿と桑とは明るかりけり

Ⅸ　海の中道

ふたさまに海を限れる砂地あり玄海《げんかい》のあらき波そこを越ゆ
志賀島《しかじま》の先端をなす砂岬《すなみさき》砂まどかにて波あらあらし
海《わた》なかによこたふみれば白砂は光のごとし海《うみ》の中道《なかみち》

Ⅹ　火　山（蔵王山・吾妻山）

夏の日に這松《はひまつ》の樹脂《やに》にほふらん風ふくなだりしばらく歩む

あらはなる火山の平《たひら》わがいこふめぐり声なき蜻蛉《あきつ》らのとぶ

駒草平《こまくさだひら》といふところにて柵《さく》めぐる人遠し山に見る人の寂しさ

餅かびのごとき山肌《やまはだ》に日は照れり高山《たかやま》なれば風ふきをりて

夏日照る火山のなだりまれに生ふる虎杖《いたどり》は花乾きつつ咲く

火山ゆゑあらはに見えてへだたれる一切経山《いつさいきやうざん》の風音《かざおと》きこゆ

噴火にて降《ふ》りしより年経たるもの浄土平の稜《かど》ある小石

そばだちてまどかなる山いただきは火口にて岩の濃き影をもつ

幾重にも尾根みえをりて石の尾根そのむかうには雲動く尾根

白泥《はくでい》がかたまりて成る山ひとつ硫気にやけし山に接して

火山灰しきて道路の補修せり白きほこりは硫黄のにほひ

這松のいづこともなき鳥がねは小鳥の声ぞ吹く風のなか
高山《たかやま》の香《か》のする風は山肌の黄にただれたる傾斜より吹く

XI　白河関趾

いづくにも浅山《あさやま》のまに青田あり白河関《しらかはのせき》へゆくみちすがら
白河の関趾《せきあと》とほし砂を積むトラック通ひいくたびも逢ふ
田草《たぐさ》終へて来る人もなき山のまの晩夏のひかり青田を照らす
山のまにかよへる道はあるときは葦のみしげるところを過ぎつ
夏日照る白河関趾《しらかはせきあと》につきしかば古りし木立のなかの静かさ
白河の関趾にしばしいこひたりおそふ蚊のなき古木《ふるき》々《ぎ》の下

XII　秋　庭

日がたけて雲ひかる下木槿《むくげ》などときながく咲く花あはあはし

こまかなる萩の花さくひとむらの枝そよぎつつ残る暑さか
わが娘さかりゆくとき近づきて予《あらかじ》め日々の妻のさびしさ
おろそかに昼ねむければ睡るなり風のすずしき日ごろとなりて
まれまれに啼く秋蟬の声ありとおもふあひだにその声をはる
午睡よりさめて出で来し秋庭にとぶ蜂ひとつ体おもたし
いくばくか夕暮はやしわが窓にみゆる塔には灯をかかげたり

XIII　西洋羈旅雑歌
往路、タイ上空

午後の日に緑《みどり》泡だちてゐるごときタイの森林地帯がつづく
夕光《ゆふひかり》うけつつあらん立雲《たちぐも》の空ひろければ幾つも見ゆる
とほどほに見てゆたかなる赤雲《あかぐも》のなかに黄に透る輝きのあり
ときながく赤き夕雲を見つつゆく空しづかなる輝きのなか

夕雲のかがやく下に距離もちてしづかに赤き地《つち》の反映

おごそかに地のうへ暮れて夕雲のきはまりし赤《あけ》遠くなりゆく

ルアーブルより巴里

朝焼《あさやけ》の空遠き野をゆく道に榛《はん》の並木は秋のすがしさ

おのづから起伏をもてば朝焼にただちにつづく畑の黄の土

傾斜せる野のかげに村あるらしく朝焼にひたる尖塔ひとつ

やうやくに朝たけて空気寒からん靄たちなびくセエヌのながれ

しづかなるセエヌ川よりいくすぢも細き煙のごとく靄たつ

ひとさまに森のつづきの区切りたるノルマンデイの空の低さよ

セエヌ川にそひつつ行けばあるところ森をひたして川流れをり

巴里・ヴエルサイユ

人多き巴里の夜とおもへどもコンコルド広場たけき噴水の音

夜の灯に照るエヂプトの塔みえてシヤンゼリゼーの並木を歩む

あわただしき旅の日を経て巴里なる街とどろきのなかに眠りつ

小方の石をたためる広場には古りておのづから凹凸のあり

ヴエルサイユの室《へや》めぐりつつわが思ふほしいままなりし帝王の富

王宮の花壇と芝生むかうには雨ふりそめし木々の葉の音

青銅の十二の像にかこまれし広き方形の池のさざなみ

紅葉《もみぢ》せる林のひまに遠き水ひかるところも庭園のうち

寒き雨ふらんとしつつよぎりゆくセエヌ川ぞひのブローニュの森

一夜《ひとよ》あけて雨のなごりのとどまらぬ朝の巴里の並木ふく風

巴里よりデイジョン

フランソア・ミレエの住みし村のさまたうもろこし枯れて畑がつづく

広き野の緑のはてにつづく森もみぢしをりて梢がひかる

並木もつ道いくたびも野にみえてあるとき高き榛の木の列

ささやけき町の広場に吹かれゐる落葉のおとも旅のこころか　（Sens）

野の川はセエヌの支流水岸《みづぎし》が畑の岸にて甜菜《てんさい》を積む

壁古りし家のあひだの細きみち石畳に雨のなごりとどまる　（Auxerre）

やまぐにの道とおもへどゆるやけき丘の起伏を過ぎつつぞゆく

午後のとき久しくなりて青野には動くもの見ゆ白牛のむれ

簡潔に運河がみゆるもみぢばの榛の並木の下をゆく水

縞をもつ栗の実大き柘榴《ざくろ》の実ゆふべデイジヨンの街にいで来つ

デイジヨンの白き小粒の葡萄の実フランス山間の匂ひかあらん

薪《まき》を積みたうもろこしを積める家いつしかもジユラの山中《やまなか》となる

デイジヨンよりジユネーヴ

あまたたび青野《あをの》をすぎて草を食む牛の鈴きこえくるときのあり

葉のかたき樅《もみ》の林をすぎしかば山の空気にその葉音する

さはやかに風ふきをりてマロニエの並木の落葉青野にうごく

たちまちに雨となりつつ寒からん青野つらぬく川ひとつ見ゆ

砦《とりで》ある山なかの町にむらさきの蕪《かぶ》褐色の兎《うさぎ》など売る　(Pontarlir)

国境の外気にたてば遠くゐる牛の鈴の音《おと》をりをりきこゆ

アルプスがみゆるといへば遠雲の下に雪ひかるモンブラン見ゆ

鈴なりになれる林檎を近景として雪山の遠きかがやき

レマン湖にそひつつひろき向日葵《ひまはり》の畑は秋の黄の花さけり

常ならぬ空あひなればレマン湖のうへおぼろにて雨ふりそそぐ

白緑《はくりよく》の波わきたちて湖水《うみみづ》はとどろき流る橋の下より

にはかなる雨をさくると夕暮れしジユネーヴの街に麦酒《ビール》をぞのむ

ジユネーヴよりミラノ

音のなき雪山そびゆレマン湖にそひてふたたびスイスとなれば

山嶽のあひだにひくく空みえて昼の雲黄にかがやくあはれ
山間の古城はさびしこの町にまぢかに円き塔あふぎ立つ　（Martigny）
十字架をさきだててゆく葬の列花かざる自動車黒衣の人等
森黒きうへの雪山のいただきが晴れたる空に光をかへす
自動車は山間のみちに徐行して十一頭の牛を行かしむ
山ふかく来つつ山ふかきこころなし見ゆる傾斜は葡萄の黄葉《もみぢ》
雪山はグランドセントバーナードつづく高野《たかの》も秋の日に照る
秋晴れのつよき光にみちのべの青野にのこる新しき雪
やうやくに雪せまるころアルプスの山の青野に牛のゐる見ゆ
いまゆのち牛も来ざらん草もみぢしたる野ありてところどころ雪
六キロのトンネルのなかに国境ありそこより道は下りとぞなる

まのあたり空のなかばに輝きてモンブランちかしまぶしきまでに

秋の日のあまねき光てりかへすモンブランの峯に襞《ひだ》の影あり

雪山を後背として見おろせる村には屋根の石板《せきばん》ひかる

ななかまどの朱実《あけみ》たりたる並木みちモンブランより光およばん

昼食のあひだ忘れゐし雪山がめぐりに光るアオスタの町

秋の光ものうき午後にこの町にのこるアーチの石に手触《たふ》りつ

ある部落すぐるとき鈴のさわがしく石階をおりてくる牛の群

岩山のするどき峯が午後の日に光れる下の葡萄のもみぢ

午後の日にもののかたちの明らけくしばしば見ゆる山の上の城

しづかなるリバローリンの湖は秋の斜陽に靄けぶりたつ

ミラノ其他

おびただしき尖塔を荘厳せし本寺《ドーモ》朝の光にけぶりかがやく

正面に垂れし臙脂《えんじ》の旗のした敬虔のかたちもちて人入《い》る
日曜の朝の弥撒《みさ》つづくサンタ・マリア・デレ・グラチエに震《ふる》ふ鈴の音《ね》
白き壁をもつ僧堂の延長のごとき「最後の晩餐」を見つ
古き代の城のこれれば城壁にそひてヴエロナの町に入りゆく
円形の古代戯場の石窓《いしまど》に秋日きらひて鳩のいこへる
日曜の兵多くゐる石だたみの広場に寺の昼の鐘鳴る
ポー川を過ぎていくばく来つるらんいちめんに赤き林檎の落実
ボロニアの町の十字路にのこりたる赭《あか》き古代の建築ひとつ
ところどころ大戦のなごりありしかど悲しむいとまなく車過ぐ
家あひの低きところに夕雲《ゆふぐも》の赤《あけ》みゆるころ運河をぞゆく
ヴエネチア《ヴエネチア》のゆふかたまけて寒き水黒革《くろかは》の坐席ある舟に乗る

ヴエネチアのせまき運河にのぞみたる寺ゆふぐれて赤き灯ともる

交通の標識として黄の灯ありゆふべほのぐらき運河の上に

水岸《みづぎし》の壁にちひさき龕《がん》ありて古き信仰の灯をともしたり

サン・マルコの塔より鳴れる鐘の音にちかづく船に吾と妻と居き

そそりたるドームが二つ大運河へだてしサンタ・マリア寺は見ゆ

朝《あした》より群れゐる鳩はおびただしサン・マルコ広場にくろぐろ動く

いしだたみの広場に来れば色彩のあるサン・マルコ寺院かがやく

赤き灯を吊る堂内にこもごもにミサの声ミサの鈴きこえゐし

ヴエネチアの運河の潮に石階のひたる楽しさ朝の日さして

フイレンツエ

秋曇《あきぐもり》あはきにひたるサンタ・マリア・デル・フイオレの朱《あか》き円屋根

フイレンツエの大寺《キヤシドール》にて大理石にたたふる水に指をひたしき

思ひいづる時もあらんかメヂチ寺のミケランジエロの石に手を置く

大理石の床《ゆか》は古りたるさまざまの文様《もんやう》と文字《もじ》金の獅子など

ドナテロが「神曲」を彫りし灰色大理石《グレーストーン》しづかに金の象嵌《ざうがん》ひかる

床《ゆか》をはく箒のかすかなる音すサンタ・クロチエのひろき御堂に

革細工売る露店ありて陰湿のにほひただよふ石だたみ道

古き町ゆけば建物の側壁に馬つなぎ灯を懸けし金具のこれる

フイレンツエに見しものをわがをしみつつ黄に濁るアルノ川岸を来し

ローマ途上

フイレンツエを離《さか》りて来ればオリーヴの丘起伏して秋日にけぶる

オリーヴの畑《はた》のあひだに暖竹《だんちく》のしげるを見れば小さき川あり

ところどころ空畑《あきばた》ありて午後の日に影もつ泥岩《でいがん》のごとき土塊《つちくれ》

青木々の上そそりたつ城壁の古き色みゆるまで近づきぬ

古き城をかこむかたちに寄りあひて一つの部落富めりともなし

低丘はオリーヴしげり秋晴の光にとほく立てる白雲

ローマ（I）

上層のおほよそ白きコロッセオそばだちて長き夕映終る

さやかなるローマの朝日淡青《たんせい》の水をたたへし泉にとどく

円柱のあひだあひだの秋日踏み石だたみ古りし廻廊をゆく

廻廊のまるき柱に倚る老《おい》のいくたりもゐて秋の日を浴《あ》む

諸国より来りて柱廊をゆく人ら黒人の僧の一団もゆく

ひややけき花崗岩円柱のならび立つパンテオン古き神殿にして

天窓より光さすドームの床石《ゆかいし》に雨水を遣《や》る穴うがちあり

夾竹桃さきのこる崖を境とし低くつづける古代の廃墟

石しろき廃墟のみちを旅行者のあゆむ寂しさわれは見おろす

暑きまで秋日は晴れてコロッセオの上方の窓にみゆる青空

石古りし壁のあひだにただよへる廃墟のにほひ灰のごとくに

ローマ（Ⅱ）

中庭に降る雨を見てをりしときローマの空に秋の雷鳴る

つよき雨しきりに降りて夕ぐるる部屋に寺院の鐘の音きこゆ

噴水の音やうやくに遠ざかりサン・ピエトロの広場をあゆむ

幾組も弥撒《ミサ》あるひろきドームには讃美歌ひびくひとところより

弥撒の燭《ひ》にサン・ピエトロのことごとく輝くときに吾ら入り来し

もみあげに汗ながれゐる僧に逢ふミサ果て小童をさきだてて来る

死せるキリストを抱く架空の聖母像ミケランジエロ信仰によりて作りき

方尖《はうせん》の碑の立つ広場よぎり来て妻とわれとはいづこに行かん

灰白《くわいはく》のいやしき色として残る剝落したる浴場の壁

廃墟には雨の流れしあとありてセメントの破片煉瓦の破片
円形の浴室なりし古き壁あるところ灰緑にモザイク残る
山川《さんせん》の変遷よりも哀れなる古代の跡をいくつ見にけん
ローマにていくたびも聞く鐘の音のひとつカラカラに居れば聞こゆる
雨はれし街空の青くるるころ一つの寺にわれは入りゆく
人の来るゆふべの寺のくらがりに乞食《こじき》をり中世のごときその声
街なかに古代ローマの跡ありて石畳にあまた猫うづくまる
ひとところ低き遺跡の方形をめぐりて街の外燈ともる
雨のなかヴアチカンに来て壮大の画を見しことを長くおもはん
ヴアチカンの坂に雨はれて散る黄葉《もみぢ》とねりこの並木風にふかるる

ナポリ途上

くもりぞら晴れんとしつつ横《よこた》はる丘に断続に城の跡みゆ

あるときは白き石山みえゐたりオリーヴの木々しげる彼方に

山頂に建つ寂しきはモンテカシノ僧院にて大戦にひとたび壊《く》えき

アペニンのつづく山脈《やまなみ》おぼおぼと灰白の石秋日にひかる

アドリアの海にむかひて越ゆる道あらはに高き山に見えをり

数本の柿に黄の実の照るところ過ぎてナポリへ向ひつつゆく

草おほふ石山ひとつ淡緑のうらがなしきに秋の日は照る

オリーヴの古木のしたにチコリ摘む農婦をみればあそびの如し

白楊《はこやなぎ》の並木にわたす葡萄の蔓ゲーテが見たるものをわが見つ

ナポリ湾へだててミネルヴァ岬みゆ遠くつづける断崖の白

ソレント《ソレント》の昼のひそけさ紫のブーゲンヴィレア花あふれ咲く

ことごとくオリーヴ光る山の上ヴエスヴイオのけむり南へなびく

せまき道に夾竹桃並木さきのこり秋日あかるき南イタリア
直《す》ぐ下にある海の音オレンヂの青き実をもつ木々の葉うごく
海みゆる庭におくれし昼餉とる百日紅の紅葉《もみぢ》あかるく
オリーヴの長き葉白くひるがへり海風のふくソレントのみち
しろがねの葉のひるがへるオリーヴの実はこぼるらん風のまにまに
疲れつつあゆむポンペイ《ポンペイ》の傾斜路にせまりて高き荒廃の壁
床上に残るモザイクあざやかに午後の光は壁こえてさす
まのあたりものの音なきポンペイに残れる壁の生活のあと
ポンペイの荒廃したる壁の中に草しげり秋の花咲くあはれ
わづらはしきまでさまざまに壁つづき「不快な印象」をわれもいなまず
傾斜路の轍《わだち》のあとも井戸桁の摩滅のあとも石の親しさ

共同の水場《みづば》の跡に古き代のままにて大理石鷲《わし》の浮彫《レリーフ》

秋の日に影をおとしてはればれと円柱のたつ神殿のあと

ポンペイの遠きいにしへ屋壁の素材に軽石あり赤き火山岩あり

ゆふぐれのナポリ《ナポリ》の海にあざやかに波防ぐ大理石塊しづむ

妻とわれと出で来しナポリの坂の街うすぐらき店に海綿を買ふ

夜ふけて風いづるらしブラインド鳴る部屋に赤き葡萄酒を飲む

昨夜《ゆうべ》より風雨となりて木々なびくサンタルチアの海岸《うみぎし》のみち

九階の朝の食堂にきれぎれの波立ちあるる地中海みゆ

荒波の上につきいでし石塊のごとき古城に雨しぶき降る

中世の城壁に滝のごとき雨ながるるを見てナポリより去る

草丘のつづける中に筋なして雨のなごりの流るるところ

XIV 痕跡

帰路サウジアラビアの砂漠上空を飛ぶ。赤城猪太郎氏にこの一聯をおくる。

ありありと見ゆる砂漠に動くものなくて無数の襞はしづまる
限りなき砂のつづきに見ゆるもの雨の痕跡と風の痕跡
紅海の上すぐるとき砂終る渚の水の青のさやけさ
紅海につづくスエズの運河みゆそこに向ひてゆく船も見ゆ
夕光《ゆふひかり》あまねきときに見るかぎり無塵無音の朱き砂のみ
行方《ゆくへ》なき雨の流れが砂漠にて終るところぞ平たき砂は
白珊瑚《しろさんご》の枝のごとくによりあへる砂漠の谷はいくたびも見ゆ
たなびける夕朱雲《ゆふあかぐも》とおもふまで遠くに光る断崖ふたつ
砂の地表ただに虚しく移りをり見つつ寒暑の意識さへなし
朱《しゆ》のいろの反映ひかる砂漠には砂のひだ黒し充つる静かさ

あるときはそばだつ岩の山みえて砂原よりもするどく光る

くれなゐの砂漠のはてと夕映の間に暮れてゆくところあり

岩山も砂のたひらもひといろの暗き朱となり夕ぐれんとす

荘厳にしづまるなかに夕雲のごとく岩山は朱《あけ》暮れのこる

みるかぎり起伏をもちて善悪の彼方の砂漠ゆふぐれてゆく

インド上空

飛行機に汗しづまらず居りしとき川ひとつ川原《かはら》の光る寂しさ

群山のひまに断崖をもつ台地しばしばみゆる朝の日あつく

限りなき耕地こまかに区切りたる水田《みづた》さながらに農の貧しさ

いちめんに光しみとほる青田みゆところどころの木は午《ひる》の影《かげ》

大き川を境にしたる遠きおぼろそこに幾筋もひかるは川か

ガンジスの分流がいくつも光りゐる森林地帯青々として

上下なく遠近のなき海と空みえてひとところ水皺ひかる

XV　夕　空

地下道を出で来つるとき所有者のなき小豆色《あづきいろ》の空のしづまり

街ゆきて売れるをみれば椎茸《しひたけ》も鰹節《かつぶし》も老いしものの寂しさ

あるところ辛辣《しんらつ》に匂《にほひ》ただよへる盛場を今日稀によぎりき

新橋の広場に来り僥倖を待つ人々のなかにいこひつ

街ゆけば予期せぬものを今日は見る弓をもつ一団の人があゆめる

ふ、く、ろ、といふおでんを食へば一瞬《ひととき》に二十五年前のにほひよみがへる

つながれし範囲にて排泄をする犬はところ得るまでおちつかず居き

あゆみゆく並木の道のさむき午後雲黄になりぬ南ひくぞら

新しき高速道路ゆくときに前方の曲線をわれはよろこぶ

昭和四十年

Ⅰ　冬　木

憂《うれひ》なくわが日々はあれ紅梅の花すぎてよりふたたび冬木

わが部屋にひそみて年をこえし蠅あたらしき糞を机におとす

この日ごろ思ひあたれば話《はなし》するとき人の顔すべて輝く

あやしまず未明の音をわれは聞く地下電車ゆくひとつとどろき

元日に歳とらしめて三歳となりたる犬が枯芝に臥す

唐突に東京港の汽笛の音きこえくるとき騒がしからず

日のあたる席にあたたかき珈琲をのみてゐしかば冬の雷鳴る

孫の手といふ素朴なる道具などわが身辺にいつよりかあり

肩に貼る薬剤のためうそざむき躰《からだ》とおもひ冬の日暮るる

いつよりか心にかけしはかなごと毛抜を買ひて街よりもどる

Ⅱ　散　歩

道のうへ冴えかへるころたくましき公孫樹《いちやう》並木の下をわがゆく
外苑のさむき朝々常磐木《ときはぎ》のうちにて樟《くす》の葉はやはらかし
冬の日の光かうむりて噴水の先端がしばしとどまる時間
冬池に湧く泉ありかすかなる自浄作用の音をつたへて
足さむくあゆみ行くとき石畳のひろき歩場に夕映ひかる
競技場屋上のひろき石だたみ寒き午後にて遠木々ゆらぐ
冬の雨に幹洗はれし楓の樹あひ見んとして家いでてゆく
空わたる鴉を見ればゆふぐれの競技場の屋根にひとたび憩ふ

Ⅲ　上野公園

上野なる五重の塔にねぐらする雀らのうれひなき声きこゆ
黄に枯れし芝生のうへに鶴《つる》あゆみ雁《がん》のねてゐる寒きゆふぐれ
外燈の光たつまで夕暮れて人は歩場に影ひきよぎる
ゆふぐれて暗くなりたる柵のなかいまだ寝ぬ小鳥いくつか動く

Ⅳ　地下道

終戦のころのつづきにて古銭《こせん》など売る店のある長き地下道
やうやくに老いづきしごと地下駅にをれば車輪より轟音のたつ
生れたるばかりにて危険を知らぬ蠅われのめぐりにしばらく飛びつ
幾年かかへりみざりしに白花のつつじ胸せまるまでの明るさ
へだたりて常にとどろく街音は雨ふる音のなかに聞こえず
砂きよく狭き渚が月島にのこるときききて家を出で来つ

鉤《かぎ》を持つ人が道にゐる月島の冷凍倉庫のまへを過ぎたり
大樹寺《だいじゆじ》の八代の墓そがひなる春篁《はるたかむら》のひかりしづけし　岡崎にて

Ⅴ　来島海峡（Ⅰ）

島めぐる潮さわがしくなりしかば遠くにも光顕《た》つ流《ながれ》みゆ
一斉《いつせい》に声あぐるごとひたすらに島のあひだを潮流走る
湧きあがる渦のしづかさ湧きしづむ渦のさわだちこもごもに見ゆ
転流となりてふたたびたつ潮の音きこゆるはこころ悲しき
潮せめぐ来島《くるしま》の海ふりさけて島々青き夏は来向ふ

Ⅵ　来島海峡（Ⅱ）

近き島遠き島見えてことごとく海光ある朝となりたり
ふく風のごとく寂しき渦潮の流れの音は島にきこゆる

をりをりに春蟬の鳴く島山を来れば明治の砲台のこる
ふとぶとと虎杖しげるくさむらも石だたみ道も砲台のうち
海峡のひとつの島にをりしとき海遠白き憩流《けいりう》となる
島の間にふたたび動きそむる潮憩ふひまなき潮とおもはん
潮の流れ久しとおもふに現はれし岩乾きあまた蜷のまつはる

Ⅶ　紀伊白浜

しづかなる朝《あした》の杜《もり》に鳶は鳴く湯崎にのこるいにしへの跡
ゆく春の海くもりつつ断崖のうへの平《たひら》に海桐花《とべら》群れ咲く
ひろびろといぶきたたへて温室のサボテンの苗いちめんの青

Ⅷ　燕　麦

年を経ておもひいづれば湖塩粒々《こえんりふりふ》すなはち鈍きこころのかなしみ

燕麦《えんばく》の粥くひしのち仮睡する手近の「呻吟語《しんぎんご》」を枕となして
米飯《べいはん》をへらして果汁などを飲む日々といへども清からなくに
すぎてゆく日々の消化に眼鏡《がんきやう》をおとしし昨夜《さくや》梅雨の泥濘
自動車の尾燈つづきてよひよひに赤き炎のたつ坂ひとつ
蟬ひとつ鳴かぬ山中《やまなか》にわがいのち憩はんとして夏の日々ゆく
原因のあるごとく無きごとくにて桜いたいたしく枯れゆくを見つ

IX　秋　日

秋日照る古都をよぎりて屎尿の香ただよふちまたかなしかりしか
せまき畳に夫婦と嬰児《みどりご》と居たりけりその一人即ちわが娘にて
山もとに魚を放たぬ池ひとつ河骨《かうほね》の花ぬきいでて咲く
痛烈にとよむ声してめざめしが象と知るまでのあひだ怖るる

当然のことを哀れむさまざまの動物の声は言葉にあらず

大阪港四首

夕空の雲ひかるころくろぐろと艀溜《はしけだまり》に船群れてゐる

水の上はやく日かげる河口よりいでて埋立の外壁《ぐわいへき》さむし

夕ちかき埋立地より帰る人船を待ちバスを待ち道に立ちゐる

雨ふらん紀伊も淡路も遠からずわだかまる黒き雲に日がさす

いくばくか躰さはやかに午睡よりさめて声ながき寒蟬《かんせん》きこゆ

はびこりし篠《しの》きりしより秋の日に萌えて草むらのごとき篠の葉

針樅《はりもみ》の林のなかに音のなき夕まぐれにて暗し緑は

はりもみの林をいでて帰りくる稲穂田の黄のくれのこるころ

電燈のつきし鶏舎がしらじらとみえて夕暮の峡《かひ》をすぎゆく

X　新冬光

白き幕ことごとく風にはためける建設場の上に人をり
かすかなる道の凹凸のみゆるまで冬の日きよし吹く風のなか
ビルディング建設を覆ふ白き幕みな風はらむ遠景にして
たえまなく吹く風つよし八階に居りてみおろす道光るまで
やや遠き高速路など日のあたるところ輝きて寒くもあるか
待つものもなき冬街を見てゐたり午後の日に床《ゆか》の光るロビーに

XI 人　煙

人煙にまつはり生くる雀らのこゑ埋立に遠くきこゆる
埋立の砂をたもつと植ゑなめて黄に冬枯れぬ弘法麦は
はや風にさからひて寄る波みればしぶきけぶりて長く靡かふ
海ぎしの松をふく風はやければ絶えず余韻なき音のするどさ

海上の生簀《いけす》に白く群れてゐる鷗は魚をとることありや

XII　湖　上

柴山に降りしづまれるはだら雪明るき午後の峠をこゆる

湖のうへは音なき冬の日に対岸の雪のなぎさがひかる

雪つみし湖《うみ》の渚に接したる水さむからず沖のさざなみ

雪おほふ山にときのま吹く風のあれば始終なきその音をきく

XIII　冬　雨

遠くより示威行進のこゑきこゆ個々の声なきどよめきとして

人のみが行く道みえて降る雨のなかおもむろに人あゆみゐる

午睡よりめざむるときに夕暮れていまだ大工の働く音す

あしたより寒くたもちし曇ぞら善悪もなく午後雨となる

失ひし手帳ひとつにこだはればすがすがとせし夢さへもみず

昼寝せず一日の生《せい》をたもち得るまでに癒えつつ冬ふかみゆく

酒のみてゆるぶ心の現はれを省みおもひ歎かざらめや

わが心よみがへるまで椎の葉をうちてしたたかに降る冬の雨

雨あとの曇空よりいくたびもためらひながら冬日さしにき

雨やみし雲をとほしてとどきたる明るさのありわれのかたはら

XIV 斑髪

いつよりか部屋にひそみてゐる蠅のまれにとぶときその音《おと》を聞く

聟といふ関係にある青年が午睡のわれをのぞきて帰る

「うちさましうちさましして」たもちたる不犯《ふぼん》を斑髪のわれが尊む

目にみえぬ時間に拘束されてゐる過程といへど世の常に似ず

亡き人の短歌一首を添削すかかる行為もみづから哀れ

犬などにけだものの臭《にほ》ひ淡きこと互に長く親しみしかば

竜巻《たつまき》の過ぎゆく時のとどろきを十月のある夜とほく聞きにき

民族の悲哀をおびしホ・チ・ミンの声をしききてわれ沈黙す

ストーヴのほとりに瞳《ひとみ》かわきて居る冬至すぎつつ街にも出でず

わが一生《ひとよ》に解決のつかぬ思ひあり民族とかかはりのなき神のこと

いちはやく壮《わか》きとき過ぎて珈琲をのみし口中の酸をわびしむ

後記

本集には昭和三十七年から昭和四十年まで、四年間の作歌五五二首を収めた。私の第八歌集にあたる。

前集『群丘』をまとめたとき、このつぎにはいくらかすつきりした歌集が出来るやうな予感をもつてゐた。しかし実際は必ずしもさう行かなかつたやうである。殊に昭和三十九年にはヨーロッパ旅行の歌を多数介在せしめたので、色調がやや複雑になつたかも知れない。この旅行では私ははじめ歌を作らないつもりだつた。ところが実際には三冊の手帳に見聞をメモし、人が眠つてゐるバスの中でも私は見えるものを見てゐた。全くの走り歩きにすぎないが、それでも折角経験したのだから、短歌に作るといふ結果になり、これは良い悪いではなく必然的にさうなつたのである。ただ、数を惜しんで作るやうに心がけた。飛行機がフランクフルトに着いてから以後の、ドイツ、オランダ、ベルギー、イギリスあたり、殊にダンケルクの印象を歌に作りそびれてしまつたが、帰路にサウジアラビアの上空を過ぎて砂漠を見たのは、私にとつてひとつの収穫といつてよいだらう。

昭和三十七年に流氷に閉ざされた海を見、オホーツク流氷の末端を見た。それから昭和三十八年に荒崎に渡来してゐる鶴を見、昭和三十九年に白鳥を見た。これらは長く心にかけてゐたものを、みづからすすんで見たのである。その他は随縁随時の経験と日常の瑣事である。先師斎藤茂吉先生は病気には一等症も二等症もないといつて居られるが、短歌に表現すべき対象もまたさういふものだらうと私はおもつてゐる。ただ、見る眼と現はす言葉がどのやうになつてゐるか、みづからおもむろに省察しなければならない。

歌集をまとめるについては、その人その人の態度があるだらう。私はこれまでの歌集でもさうだが、本集でも相当数の歌を削つた。削つたのはつまり捨てたのだから、自分ではさばさばした気持である。書名の「冬木」は、これをもつて老境を暗示しようなどとおもつたのではない。私はまだ老の戸口に立つたにすぎない。近作に「憂なくわが日々はあれ紅梅の花すぎてよりふたたび冬木」といふのがあり、これは小庭の寒紅梅だが、なにがなし心をひかれたので書名としたのである。書名をきめたら心がいそいで、一挙に原稿をまとめてしまつた。あとは短歌研究社小野昌繁氏の配慮によつてよい本になることを希つてゐる。昭和四十一年四月八日、佐藤佐太郎記。

形影

昭和四十一年

鯉

おもむろにからだ現はれて水に浮く鯉は若葉の輝きを浴む
水そそぐところに朱き鯉いくつ形あかるく鎮《しづ》まりてゐる
落葉朽ちしづめる水にをりふしに鯉をりて憂《うれひ》なき濁《にごり》をあぐる
ふく風にその葉は震《ふる》ふうるほへる土にこぞりし菖蒲の若葉
何の木の花とも知らず水に浮く池のおもてはさわがしく見ゆ

街上

芝生にて昼の宴会ありしかば靴よごれつつ帰るゆふぐれ
駅前に閉ざされし馬券売場あり高架電車より反映およぶ
「路看ずして即ち走ることなかれ」現代の語のごとくにひびく

めぐりゐるエスカレーターに易々《やすやす》と大人の連《つれ》のなき子供乗る

競 技 場

塵累の軽き境界とおもはねど宗教の香《か》なき塔の形態
石だたみ広き歩場《ほぢやう》と黒き塔繁殖のなき安けさにして
石階のかぎる曇にともしびのごとく円錐の燈蓋ひかる
曲線の屋蓋《をくがい》をもつ競技場ちかづきてまのあたり低き豊かさ
石を敷き赭き砂礫を敷く広場くもり日の午後影なくあゆむ
いましがたの雨のなごりは曲線をもつ屋蓋に光を引けり
円形の競技場に沿ふみちを来て街の騒音のきこゆるところ

海 浜

からうじて曇をたもちゐるごとき颱風あとの磯なまぐさし

たえまなく潮煙とぶ砂浜にふむ浜草はいたくぬれたり
薄《すすき》よりくれなゐの穂のいづるまで海のほとりの梅雨《つゆ》ふけわたる
長かりし梅雨あけがたく海のべは潮けぶりとび山ぞゆらげる
梅雨期のひと日の曇サボテンの木の明るきは花あふれ咲く

山　居

山の霧しげき昼にて電燈をともせば光度に消長のあり
唐松の林しづまるひすがらに稀に鳴く郭公を幼が真似る
霧と雨こもごもに一日《ひとひ》くれゆかん畳に蟻の来ることもなく

島

青実照り青き葉の照る蜜柑畑島のぼりゆく右も左も
蜜柑照る山をのぼれば島のまの海めのしたに見えて音なし

秋の日は傾きしかば影となる蜜柑山の下の紺ふかき海
通ひ鳴く鳥のこゑ無き島の山あをき蜜柑の寒からなくに
島のまに鼻栗瀬戸《はなぐりせど》の海みえて川のごとくに海はしづけし
ふりすぎし時雨《しぐれ》の跡《あと》ののこる砂樟の木下はさながら清し
色彩のある鎧などさむざむし外の樟の木をわたる風音

千石沼

十月の光となりて舟かよふ稲田のひまの水路のにほひ
うちつづく稲田蓮田のなかの水人ゐて水をうごかす音す
蓮の根を洗へばゆるる水草のかすけき花は秋の日に咲く
境なく水路につづく沼のなごり秋青き蓮は心さわがし
秋の日に青き蓮の葉おくれ咲く花のあはれも旅にして見つ

「バツタリ」とよぶ堰ありて水落つる音きこゆるは舟通ふらし
限りなき稲はみのりてたもとほる村に老木《おいき》の樟の葉の鳴る

晩秋の頃

夜来の雨やみし都会の軌条の錆いまだしづけき暁にして
自動車に遠くゆくときしばしばもトンネルの中の泥濘さびし
公園に居れば唐突に噴水の音たちそめて寒き宵やみ
新たなる移住者といふ意識なく陸橋の下にむらがれる鳩
わが部屋におもひまうけず置かれたるごとくに月の光さしゐつ

渚　村

自生して水仙のさく浜のみち冬の日ゆゑに逢ふ人もなし
浜ちかき藪の木群《こむら》の海桐《とべら》の実小鳥来てゐるその声きこゆ

ときはやく椿花さく藪かげをいでて波の音やうやくしげし
海風のあたらぬ浜のくさむらにしばし憩はん浜木綿《はまゆふ》の青
満潮《みちしほ》になりし浜より帰りくる風を負ひ枸杞《くこ》の芽をつみながら
海のべの畑の壖《まま》の曼珠沙華こぞれる青は風にふかるる
あたたかき冬至の一日《ひとひ》くるるころ浜辺にいでて入日を送る

歳　晩

十二月二十三日夜半鼻出血

暁の部屋にいり来しわが妻の血の香を言ふは悼むに似たり
血のにほひとどこほるらし朝曇《あさぐもり》おくれて晴るる日々さむく臥す
鼻の孔に綿をつめたるみづからの顔を鏡にうつすいくたび
枕頭の極楽鳥花みつつ臥すかかる構図を誰か哀れむ
出血を怖るるのみに覚むるとも眠るともなき夜の時ゆく

新宿の歳晩の灯の聚落は音なく低し空ひろき下
午睡よりさめて蕎麦をくふ病院のすべてしづまれる歳末の日に
病院の第五階にてわが窓はおほつごもりの夜空にひたる
鹹《から》き血のにほひのなかに逝く歳を守るともなくわれは覚めゐき

雑歌附載

いそがしくシヤベルを使ふ音すればひとしきりわが心は楽し　題詠四首
晴れし日のつづきて寒き朝のみち霜ふめばたつ土埃《つちぼこり》あり
いさぎよきものにもあるかひとむきに広き生簀《いけす》をめぐる魚等は
潮たぎちそそぐ流れにさからひて生簀の魚らすこやかに棲む
水そそぐところに近くいくつもの鯉しづまるは楽しかるらし　御題「魚」応制歌
たましひの流れのまにま君が手の十の指よりひびきくるもの　人に贈る

昭和四十二年

歳　首

病院に新年を迎へ、一月五日退院

出づる血のしばらく止まりたのめなき一月一日の夕暮となる

隣室のかすかなる声きこゆれば旅のやどりに似たるときのま

屋根の下窓のうち人の住む灯あり病む五階より宵々に見つ

寒靄《さむもや》の遠きところに見えそめて彩灯の赤さやかに動く

ふく風のなかにしづかに見ゆるものビル側壁のかかぐる冬日

海　音

海音《うみおと》の昼はきこえぬ家いでて浜に逢ふ潮干《しほひ》のときの静かさ

ひき潮のときゆゑ石蓴《あをさ》あらはれて静かなる寒《かん》の浜に出で来し

波きよき浜のみぎはに藻屑などあれば細かなる虫あまたとぶ

修竹の上の空よりきこえくる海の音遠しひとつとどろき
ひとねいりめざむる時に冬の夜のしげき雨音なくなりゐたり
窓あけて望むおぼろは満潮《みちしほ》のともなふ白き夜明《よあけ》とおもふ

恐山途上

いづこにも紅空木《べにうつぎ》咲き梅雨曇《つゆぐもり》さむき陸奥湾《むつわん》にそひてゆきゆく
実りたる菜種畑のおきふしを荒野かとおもふ幾たびにても
ここにても麦畑は稀になりたるか穂にいづるまへの青き麦畑
新しくひらきし水田《みづた》かりそめのごとく苗植ゑて赤土あらは
恐山ちかづく道は雲しづむ檜葉山《ひばやま》のなか暗くなりたり
おのづから檜葉のしげ山をぐらきに朴の青葉はさやけかりしか

恐　山

ふかぶかと檜葉しげる山くだり来て恐山《おそれざん》白き石原と湖《うみ》
うつつなる音たえをりて恐山の砂礫をぬらす霧あたたかし
死者の霊集ふところと鎮まりていぶきあたたかき砂礫を歩む
あらはなる恐山のうち湯のながれ水のながれの音かすかにて
礫《こいし》つむ塔いくところ曇日に眼にしみるまで硫黄のにほふ
石南《しゃくなげ》の群落ありてさみだれの雨のしづくの花にとどまる
白砂につづきたたふる宇曾利湖《うそりこ》のほとりにいでて寒し曇は

海　猫

海猫はかずかぎりなきさわがしさ島の土にも島の空にも
いつせいに空にとびたちて海猫の声とほざかるときのまのあり
海猫の雛かへりたる蕪島《かぶしま》に鳴くはことごとく親鳥のこゑ

かへりたる海猫のひな虎杖《いたどり》の下にいくつもうづくまりゐつ

雛いだきしづまりてゐる海猫のこゑなき哀れ近く見てたつ

眼のふちの赤き海猫ちかぢかにいくつもをりて人を怖れず

海猫は雛はぐくみて粥のごと半消化せる魚を吐き出す

みづからの位置を守ればまぎれ来し雛をも攻むる血の出づるまで

幾万といふ海猫はこの島に棲みてさわがしくなまぐさくゐる

蕪島の余剰のごとくうみねこは突堤にあまた群れていこへる

蕪島に棲むかぎりなき海猫のいこふものとぶもの雛にかかはる

海辺夏日（Ⅰ）

夏至《げし》すぎの日のくれがたき夕浜にもみあふ白き波を目守《まも》りつ

白き泡もみあひて浜に寄る波のひたすらにして速しともなし

むらがれる浜昼顔の淡紅に海の夕日のおよぶかがやき
浜木綿《はまゆふ》の下に浜百合《はまゆり》も咲くころとなりて楽しく渚をあゆむ
くさむらの草のいきれも身にしみて浜べの道にいこふことあり
暁のきざすくれなゐに竹そよぎあらかじめ一日《ひとひ》の愁《うれひ》をおくる
あつき日に渥美半島長くよこたはり三河の海の光を限る　蒲郡にて

海辺夏日（Ⅱ）

盂蘭盆《うらぼん》のまつりねもごろに墓ごとに燈をかかげ香を焚く海浜の墓地
海浜の墓地のいづこも人をりて砂の上ぢかに線香を焚く
盂蘭盆の宵もののしくむらがる燈なびく煙のなかに人居り
風ふけば波音ちかき藪かげの道におしろいが午後すでに咲く
たまくすの木のかげおよぶ庭のうへ夕ならずして白粉《おしろい》ひらく

大角豆畑《ささげばた》むらさき淡くさく花は朝のまにして早く散るらし
裏畑のささげ前庭《まへには》のおしろいは昼花を閉づゆく夏の日々

大台が原

晩夏某日、赤城猪太郎氏夫妻薩摩慶治氏および妻とともに大台が原に遊ぶ

たちまちに晴れて大台《おほだい》が原山《はらやま》は樅など木々の葉に光あり
遠山に雲のつらなる午後となり大台が原の山晴れわたる
昨日《きぞ》ふりし雨のなごりをとどめざる大台が原晴れて山の静かさ
木々深きゆゑにものの音徹るなり鳴く鳥もなくあらき沢音
山のそら午後より晴れて雨にあれし路に晩夏の木もれ日がさす
つばらかに樅《もみ》の房実《ふさみ》の黄のゆるる大台が原の一ついただき
白ざれて立つ木々のある頂に風さわがしき雲の早さよ

ふく風にのりて鳥らは通ふらし頂にしげき声のきこゆる

浦　安

浦安に鴨わたりくる頃となり送泥管の上みだれ飛ぶ

埋立の砂につづきて遠き水さざなみのごと鴨の群れゐる

秋の空たちまち高く晴れゆきて葦原とほき午前の光

埋立の砂洲にのこる古き水営みのなきしづけさあはれ

この原の季《とき》にしたがひて移るもの藜《あかざ》の朱《あけ》は特にかがやく

秋の日のかぐはしくして水よりも浮萍《うきくさ》ひかる水のべをゆく

海辺秋日

曼珠沙華いづこにも咲く村のみち潮鳴のおと空にきこゆる

とどこほりあるわがからだ運びゆく胡頽《ぐみ》の秋花のにほふ藪かげ

波あらき浜より帰るみちすがら枸杞《くこ》の芽をつむひでて食ふべく
幼子を待ちて佇むついでにて道のべの枸杞の花をあはれむ
玉樟のうへに茫々とひかる海秋の日午睡よりたちて見さくる
西風のふく庭に出て海鳴のおと山鳴のおとの聞こゆる
ひるすぎに秋の日晴れてわが庭はさやけく悲したつものの影
秋の日は暗く暮れたり海の沖とほきところに茜《あかね》とどめて

秋冬雑歌

爪はのび早きか歴日は短促かなど思ひつつ爪を切りゐる
秋雨の音しげきなか暁のわが窓白くなりゆくあはれ
したたかに降りたる雨を境とし今年の萩も終りてゐたり
一年のあひだに躰《からだ》おとろへて今年また路傍の水仙の花

潮みつる音風のごときこえくる冬の日の午後浜にいでゆく

波に寄る荒布《あらめ》を運ぶ共同の作業みゆ冬浜の二つところに

とりいれてのち営みの無きしばし土の静けさ柿赤き下

修竹の上なる夜の海鳴は二十五年まへのこころを伝ふ

あまたたび心の愁やらはんとせし一年《ひととせ》を今夜ゆかしむ

雑歌附載

中浜新三郎君逝去

病院を出でて働きをりしかどいくばくもなく虚しいのちは

塙千里歌集『冬麦』序歌

むつまじき心をもちてかすかなる波の影さへ君は見たりき

天地《あめつち》に満つるあはれを知るゆゑに田草取る泥のいぶきをも聞く

銀杏《ぎんなん》を拾ひてわれに送り来し君のこころを喜ぶわれは

松本武歌集『北空』序歌

二十年まへにひとたび相見つる縁《えにし》おぼろになりて忘れず

さすたけの君がいのちを写したる歌とおもはんつつましきもの
大雨《おほあめ》にみなぎる濁《にごり》しかすがに山川《やまがは》なれば濁さやけし　御題「川」応制歌

昭和四十三年

新　年

衰へしかたち微かに生きをれば年あらたまり心あらたまる
若人《わかひと》とことなる吾はつつしみて静かに生きんこの一年を
ほとばしる川の流を年わかき友等はいかに思ひて渡る
来る年を迎ふるときの胸みつるごとき心はいつよりかなし

那　智

立春の日、勝浦に紀伊の諸友と会ふ。由谷一郎氏および妻同道

十年《ととせ》経てふたたび来れば移りゐる雲ひとつ那智の滝のしづかさ
高きより光をのべて落つる滝音さやさやとさわがしからず

那智の滝冬日に照りてほとばしる最上端の特にかがやく

冬山の青岸渡寺《せいがんとじ》の庭にいでて風にかたむく那智の滝みゆ

黒き海めぐる熊野の群山《むらやま》はいぶきたつまで冬の日に照る

妙法の山のつづきにしばしばも遠く小さき那智の滝みゆ

太　地

冬の日の入りたる後に海ひろき梶取崎は木々の葉ぞ照る

冬晴のひとひの光かたむきて海に短き虹たつあはれ

立春の太地《たいぢ》の潮に泊ててゐる船は色彩うつくしくして

雪　渚

二月十一日、新潟における中浜新三郎追悼歌会に列す。
長沢一作君由谷一郎君および妻同道

波あらき渚にいでて積む雪の白しづかなる境をあゆむ

波さむき汀《みぎは》の砂はあなあはれ雪にほとびて踏みごたへなし
疾風《はやかぜ》の下に湧く波をつらねたる荒海さむくまなかひにあり
波さわぐ海の沖なる佐渡の島わだかまりたる雪山は見ゆ
冬浜の雪より立てるアカシヤの幹光あり吹く風のなか
亡き友をしのぶよすがに雪つもる渚に添ひて昼餐《ちうさん》をしつ
雪つもる浜のむかうにたえまなく動きて海の白波さびし
日のもるるところまばゆく浜おほふ雪海おほふ白波の見ゆ
雪浜のうちに見えゐる沼ひとつ凍りてにぶき青のさびしさ
浜おほふ雪ふみゆきてわりなくも重油の汚れつきし長靴
さかひなく雪おほへれば青き幹たてし篁のなかにもつもる
篁の常にて幹の寒からんそのなかに積む雪を悲しむ

冬より春

きれぎれに吾の心によみがへるうつしみの悔《くい》消えがたくして
をりをりに扉がきしみ寂しさのただよふなかに午睡したりき
花ささぬ瓶《かめ》のごとしと人のいふとも、老づきて独りゐる時のこころの安けさ
雪どけのしづく聞こゆるひるすぎに生養《いのち》ひてしばらく眠る
貧少に如《し》かざる吾は病みながら半生涯の日々はやく逝く
そばだちて街の遠くにとどこほる寒き曇に午後の日あたる
五百歩の石の歩場のさむき昼半天晴れて半天くもる
春さきの和布《わかめ》をひでて食ふときに五十年前の香ぞよみがへる
三月の渚に枸杞をつみに出ておくれ咲く黄の水仙もつむ
わが卓に来てまつはるを幸《さいはひ》のうすき幼《をさな》とあにおもはめや

老づきしあはれのひとつあやまりて舌嚙むことの幾たびとなし

四　月

十一日、金沢

花冷《はなびえ》といはばいふべし浅野川ゆふぐれゆきて顕《た》つ水明り

さくらばな雨にうたるるこのゆふべ鮓酒《ごりざけ》のめばすみやかに酔ふ

十二日、永平寺

寺庭に消《け》のこる雪をぬきいでて紅梅一木《ひとき》さく偈頌《げじゆ》のごとくに

ありがたく雪どけの水ほとばしる承陽殿につづく石階

十三日、常照皇寺

山のまの常照皇寺しづかにて桜なだれ咲く花のあがるさ

同日、京都二条城

夕光《ゆふかげ》のなかにまぶしく花みちてしだれ桜は輝《かがやき》を垂る

花みちて塔のごとくに立つ桜垂りたる枝の末端うごく

ゆくりなき遭遇に似て旅の日に去年《こぞ》みし花を今年また見つ

あまた咲く桜のなかにおのづから八重の桜はくれなゐのたつ

二十八日、山中湖

落葉松《からまつ》の緑あはあはと富士桜《ふじざくら》まじはりて咲く林しづけし

やうやくに芽ぶかんとする落葉松の林のひまに雲も湖《うみ》も見ゆ

戸　隠

五月二十四日、務台貞義君久保田次男君および妻同行

ひと朝の霜に萎えたる蕨らを戸隠《とがくし》原に踏みてあはれむ

たえまなき響のこもる戸隠の山にむかひて長く憩ひつ

戸隠のいただきに午後の陰《かげ》たちて麓の若葉いたくかがやく

老杉のかわける膚のにほひにもわが生涯の寂しさはあり

夕光《ゆふかげ》の空にひとたびまぎれたる遠雪山の光るゆふぐれ

晩春のくれがたきそら近山の戸隠くろく遠山しろし

市街

おぼおぼとしたる市街の延長に林のごときビルの聚落

まなしたに水青き屋上プールあり固体のなかの震揺ひとつ

エスカレーターのなまあたたかき手摺にもおもひまうけず心のうごく

リヤカーを中心として一群の人が車道をおもむろにゆく

たちどまり見る幼子はセメントのわびしき匂ひ感じ得ざらん

売卜《ばいぼく》の人路地にゐて卓におく提灯のにぶき灯人の世のあはれ

幼児

あるときは幼き者を手にいだき苗《なへ》のごとしと謂ひてかなしむ

いつよりといふけぢめなく幼子の音たしかにて階段を踏む

痰を切るにいたく苦しむことのあり夏浅き日々楽しかれども

われのみの知るわびしさぞ坐りゐる膝のほとりに蟻のうごくは
隣家に泣く嬰児《みどりご》はこの日ごろ育ちて声の強くなりたり
わがめぐり紙魚《しみ》の生れゐて衰へしわが眼見ぬときも紙魚の子うごく

浜木綿

浜木綿《はまゆふ》の花さくなぎさ梅雨あけの暑さに馴るるわが日々あはれ
よろこびに憂ひに心さわがざれ夏草むらのにほふ午後《ひるすぎ》
幼子は幼子ゆゑにわれのいふ夏虫のこゑ聞こえざるらし
浜みちのほとりの畑《はたけ》夏の日に貝殻草は花のかがやく
海のべに日の入りしのちまだ暮れぬ渚にいでて霧を寂しむ

海鳴

某日、強風不息

時じくの筍のびし渚村《なぎさむら》髪種々《しようしよう》とふかれてあゆむ

篁に幹のうち合ふひるさがり身をそばだてて浜より帰る
角材をたててとよもす声きこえ海鳴きこゆ犬樟のうへ
某日、晴暄
朝日さす庭にみだれてよもすがら風に吹かれし樟の葉にほふ
水仙の黄の咲きそむる浜のみち人に逢ふ恥もなくて歩みつ
幼児喘を病む
海の湧く音よもすがら草木と異なるものは静かに睡れ
某日、妻の誕生日に当る
われを捐《す》てず相伴ひし三十年妻のこゑ太くなりたるあはれ

東海村

村松虚空蔵尊
ここに立ちここに詣でし少年は老鈍となる加護かうむりて
村松晴嵐碑
砂山の松に音なくただひとつ置く石を見れば濡るるその石
晴れし日の砂山のうへ濡石《ぬれいし》はみづからぬれて膏《あぶら》のごとし

茫々と潮けぶりたつ遠渚《とほなぎさ》人をおもへば聞こゆるごとし
蹠《あし》あげて砂をわたればおのづからふるさと近き渚は悲し

待　眠

紅葉《もみぢ》せるつつじひとむらの輝《かがやき》を置きて煙霧のなかの遠き陽《ひ》
朱硯のはやく乾きし夏の日をおもふまたたくひまの百日
ともなへる人ありて悲しみを尽し得ず過ぎたりしかば夜半にしのびつ
いこひなき常の街音とおもへども雲の端空の端ひかる冬の日
塵多きところとなりてしばしばも眼中に入る塵をにくみつ
日に酔ふといふことあれば冬の日のあたる机に鼻血したたる
窓のそと庭をへだてて老人《おいびと》の咳にくるしむ朝々のこゑ
たるみたる手の甲の皮膚つまむなどなにゆゑとなき時を消しゐき

衝動のひとつ悔《くやしみ》のわくこともありて来《く》るべき眠をぞ待つ

雑歌附載

大塚栄一歌集『往反』序歌

越《こし》のくに魚野川べに雪つもる冬のこころを君は抒《の》べにし

遠山に雪ひかるころ君が家に漬菜ほめつつ酒のみにけん

新婚賀歌

ひとときに春の輝くみちのくの光は君ら二人にそそぐ

伊藤いく子歌集『人音』序歌

ありふれし日常のうちにひそみたる真《まこと》を君は歌に作りき

読むわれの心にひびく母として祖母としてつづくをみなのあはれ

みじか歌ひとつひとつに光あれ美しくさとき人のいのちぞ

次女に与ふ

たづさへて二人立つとき人の世の輝く光ゆくてに見えん

浦上五六氏挽歌

声もなく病の床に耐へながら過ぎしいのちは悲しくもあるか

年老いしははそはの母にかしづける君のこころを永くしのばん

向山忠三歌集『樹海』序歌

こころ厚き人の行為はすがすがし工場の歌も山ゆく歌も

世の常のすがたに君のみとめたる有情滑稽はわれにも親し

端的にことばを据ゑし君の歌われはよろこぶ吾のみならず

某日二首

旅館など家多くとざす阿字が浦よぎりて冬の海音近し

間断のなき波のおと四十年以前の暮鳥をよみがへらしむ

昭和四十四年

新年光

新しき光さしそふ渚《なぎさ》みち枸杞《くこ》の冬芽のやはらかに立つ

新年の干潟にみえて寒潮《さむしほ》にそだちしものら光を浴びる

あらたまるこの一年の日も夜もわれのこころは安らかにあれ

あたらしき風濤三百六十の日々を凌がん健かにして

追ふべくもなき時ゆきて老づきし日を積むために年改まる

峡谷

峡《かひ》の門《と》のみえそむるとき山肌はむらさき寂し石あらはれて
青山の上にそそりたつ断崖の最高頂に雲うごく見ゆ
おもひきり高きところに懸る滝みえて大理石断崖つづく
石壁《せきへき》に穴ありて燕子口《えんしこう》といふある穴は水ほとばしりをり
色のある襞《ひだ》こもごもに地の紋のかがやく大理石断崖は
石紋のなみうちつづく断崖の壮大のなかの黒とくれなゐ
年ふりし大理石崖とおもへども水の漱《そそ》げる石のあかるさ
真上より光さしくる石壁のしづかさ石の吐く霧うごく
空せまき太楼閣《たろこ》の谷は山を見ぬまできはまりて寒き石壁《せきへき》

乾坤のふかきところに雲はみゆ断崖一千米《メートル》のうへ
石壁にこもりて水のさわがしき窮極洞はみつる寂しさ
石壁が偪《せめ》ぎて水のとどろけばわが身はゆらぐその音のなか
一壁《いちへき》が一山《いちざん》としてまのあたり見ゆるときありその白き峰

冬　渚

しろざれて荒布《あらめ》の茎のちりぼへる冬の渚は日のにほひあり
ものこほしく見つつすぎしか退潮《ひきしほ》に石蓴《あをさ》あらはれし海の草野を
海鳴のおほふ渚の砂畑ゑんどうの白き花さきそむる
菜の花もレタスもひくくわたりくる光のなかに畑にかがやく
冬の日の鶏舎にみつる声のなかかぎりなき雀の声もまじれる
山鳴を負ふ砂畑はあたたかし耕して蒔きしものまだ萌えず

枸杞の芽をつめば蓬《よもぎ》の匂ひあり一日《ひとひ》のかかる偶然もよし
時のさかひ処のさかひなき音が遠くにこもる雨後の曇に

晩冬初春

すさまじきものとかつては思ひしか独笑《ひとりわらひ》をみづからゆるす
あたたかき寒《かん》の一日《いちにち》ふる雨のしげき音して午睡よりさむ
ひさびさの雨にぬれゆく庭のもの枯れしすすきに顚《た》つ朱《あけ》も見ん
とりかへしつかぬ時間を負ふ一人《ひとり》ミルクのなかの苺をつぶす
おのづから当年すぎて添水《そふづ》などに似る排泄も哀れなるべし
みづからのめまひのごとく揺りそめて終る地震ありいたく寂しく
霞が関ビルの一面とほき日の反映紅《あか》く空にそばだつ
にきびなど吹出物ひとつなき皮膚のすがしさ老《おい》にかかはりありや

歳月に灼けてけがれしといふ顔と歳月に灼けてさやけき顔と

この日ごろ眼鏡《めがね》かけそめし人の顔可《かほ》も不可もなき親しさあはれ

簡易なる昼食をして酢にむせるかかる瑣事にもわびしさはあれ

睡眠を恩恵としておもふまで気力おとろへて午睡より起つ

春　雪

時の経過おもむろにしてひねもすの雪やうやくに寒く暮れゆく

わが部屋によもすがらなる雪明りめざめてをれば煙草すひたし

ゆふぐるるまへの明るさ一日の塵かうむりて雪乾きをり

あるときは雷震ふ音まじはりて彼岸にちかき一日雪ふる

春の雪ゆたかに降れば三昼夜ひたすら融けて音とどまらず

飲　食

わが庭の土に埋めし大き石をりをり思ひいでて弔ふ

今日われは何をすべきか支配者の声まつごとく朝床《あさどこ》にゐき

一日《ひとひ》ひとひ花多くなる山吹の隣家にさけば見ゆる窓より

朝々のしはぶきの声きこえずと思へば既にみまかりしとふ

をさなごの出で入る上にこのごろは楸《ひさぎ》の若葉くれなゐの顕《た》つ

今日食ふは何処の和布《わかめ》かとおもふなど飲食たのし年老いてより

雪きえしところに萌ゆる蕗《ふき》の薹《たう》春の湯沢の香をしのばしむ

黒き鯉赤き鯉むれて寄るみれば身をそばだてて人に親しむ

声そろふすがしさありて街上を運動選手の一団がゆく

距離感のなき輝のうごくうへ夜の歩道橋わたりて帰る

疲るれば瞳のいたむこの日ごろ老の迫るもさまざまにして

眼鏡の合はずなりしを調へんいとまなくして春の日々ゆく
ゆく春のけしの畑をしのべとぞ花びら二片机にとどく

五紀巡游

序。かりそめに生をうけて春六十、干支一巡を紀として五紀に達し、己酉の年にたち帰つた。この時にあたつて吾等相携へて西国諸寺を巡拝する。あながち仏法の帰依厚いためではない。事によせていささか季春の風光をもてあそび、童馬山房先生の故事にまねんで還暦を記念するのである。同行三人赤城猪太郎、薩摩慶治、佐藤佐太郎。無償の短歌につながれて交りを結び、生年を同じくするのも因縁である。明の高青邱は詠じて「人生百年の寿、六十未だ晩しとなさず」といつた。四日の游行終れば新しい四十年の出発がある。

紀三井寺

風わたる紀三井の寺の樟若葉すがしき下にわれら憩ひき
海みゆる紀三井の寺は香煙をたえずなびけて風のさやけさ
みどり濃き玉葱畑紀の川にそひて五月の光にけぶる
たまねぎの向うすぎがたの菜の花は春惜しましむ泪いづるまで

粉河寺

大きいらか粉河《こかは》の寺にふく風の涼しきまにま睡もよほす

槙尾山

貧困の時よりつづく二十年老いて胡蝶花《しやが》さく槙尾《まきのを》に来つ

峡ふかく入りても来しか槙尾の山のみ寺にゆらぐともしび

谷ふかき山のいただき施福寺の御堂の中に西日さしたり

まだ萌えぬ萱場とぞいふ青山のいただき遠くみゆる白枯

長谷寺

牡丹照る長谷寺に来てさいはひの一日《ひとひ》に集《つど》ふおもひこそすれ

さわがしく人みちみつる長谷寺にゆく春の花かがやきやまず

壺坂寺

樟の木の春の落葉はひとしきり壺坂寺に風にながるる

ここにても樟の若葉は風に鳴る無数珊々《さんさん》の音をつたへて

岡寺

いづくにもつつじ明るき寺々のわびしともなき岡寺のみち

むらさきの藤浪なびく岡寺にまれまれに鳴く春蟬のこゑ

南円堂

疲れたるからだはげまして詣で来し南円堂に春日かたむく

三井寺

ゆく春の朝のすずしさ三井寺に詣でて高き木下をあゆむ

湖をわたりくる風三井寺の木々の若葉のしづくをおとす

石山寺

うつしみの吾をおほひて光しむ石山寺の楓の若葉

岩間寺

山の上にありてささやけきみ寺こそ親しかりけれ篁の風

六角堂

あまた棲む鳩の喉声うつつなき六角堂の寺庭に立つ

革　堂

街なかの革堂《かうだう》は蔀《しとみ》とざしたりいます仏のみえがたきまで

六波羅蜜寺

六波羅の六波羅蜜寺うとき眼のめざむるばかり朱《あけ》よそほへり

観音寺

今熊野観音堂に白藤の香ぐはしき日を後もしのばん

長命寺

長きいのちこひしねがひて来しみ寺近江の湖《うみ》の波音きこゆ

湖の上にしのぎてをりふしに風の音する山の寺の杉

長命寺裏山杉にたつ風の伝ふる音を聞けばしづけし
雨あとの曇晴れんと風ふけば竹生の島にゆきがてにせり
長命寺くだりて帰る畑のごと葦の若葉のみゆる湖岸《うみぎし》
紅《あけ》あはきつつじ花さく若葉かげ憩へば更に山の親しさ　観音正寺
たちまちにやむ蟾蜍《ひき》のこゑ風なきににほふ筍寺庭のうち
野にみつる陽炎《かぎろひ》の上の山の寺わがいのち足り友のいのち足る
やや遠き光となりて見ゆる湖《うみ》六十年のこころを照らせ

春　渚

ゆふぐれてたちまち暗し鋪装路の側溝に蛙鳴く渚村
ここに来て三年《みとせ》こころをのべたりと浜萱《はまがや》あをきところに憩《いこ》ふ
ゐんどうもそらまめも咲く渚畑《なぎさばた》潮にけぶりて白し春日は

みちすがら採りて漬くれば菜の花の辛《から》きもありていくたびも食ふ
おぼろなる浜大根の花さきて干潮の海とほき波音

薔　薇

限りなきところをわたりとどきたる宇宙の声をののきて聞く
驢《ろ》の肝《かん》のごとき硯にわがそそぐ水はひろがる憂《うれひ》なぐがに
健かさたちかへりたるわが部屋の夏浅き日々まだ虫も来ず
われを待つところともなき明るさや七万の薔薇ひとときに咲く
薔薇さきて小鳥ひくくとぶ楽しさはかつても見しか老いて今日見る
さく薔薇の土に影おくかたはらに老いて愁の多きは何か
点々と黄の花ひかる百合《ゆり》の木《き》とくろき立雲夕日を受くる
すでにして妻は羽田《はねだ》をたちしころ汗ふきながら午睡より起《た》つ

仏が浦

七月の山々はみどりやはらかに仏《ほとけ》が浦の断崖ひかる
海雲《かいうん》のほとりに岩のしづかなる渚をふみて吾はさびしむ
そばたてる岩よこたはる磯白し陸より人の来ぬところにて
雨風《あめかぜ》につね洗はれてけがれなき青白《せいはく》の岩海《いは》にそばたつ
沖のへをゆく船ありて切り立てるひとつの岩の長くこだます
音たえし仏が浦の岩の間《ま》に木の葉しづみてひき残る潮
そびえたつ岩のあひだを海鳥か山鳥か声ひびきつつとぶ
みちのくの仏が浦にわが憐れむ紅《あけ》のつゆけきなでしこの花
うるほひて岩ひかる山の傾斜あり虎杖《いたどり》たけし渚の上に

七月二十一日

月面におりし人を見こゑを聞くああ一年のごとき一日

ただ白き輝《かがやき》として人うごく永遠《とは》に音なき月のおもてに

眼にみるは月の一小角なれど空の暗黒を限りかがやく

空気なき月とおもへばまのあたり光と闇とあひ交《まじ》はらず

竹生島

をりふしに日照雨《そばへ》ふりつつ八月の琵琶湖の上を白雲わたる

湖のかがやき移り白雲のかがやき移る島うごくまで

こゑ透り昼ひぐらしの鳴く島に一日《ひとひ》わたりて妻と憩ひき

空ひろきみづうみのうへゆく船の右も左も近江遠山

山崩《やまくえ》をもつ伊吹山とどまりて見えつつ船の上に親しむ

形　影

何もせず居ればときのまみづからの影のごとくに寂しさきざす
草木のかがやく上に輝《かがやき》をしづめしづめてゐる空気見ゆ
知るものはその妄を知るしかれどもあそぶ心を誰かいなまん
身のおきど心のおきどなき吾の半日は過ぐかかる半日
おろそかに日々をかさねて老いゆくか身心酲《てい》を病《や》みてただよふ
つつしみてわが居《を》るときは心かろし風にふかるる樟の葉の音
さはやかに心あらんとからうじて善につながる一日《ひとひ》をおくる

林間

さわだちて林をおほふ風の下ひと日幼《をさな》のころゑを憐れむ
幹ゆるる林のうへに風音のつどふをりをりその音をきく
旅にある妻をかたりて娘らと吾としばらく思ひを分かつ

窓もりてわが床《とこ》にさす月光《つきかげ》に夜半《よは》さめをればよぎる影あり

むささびの屋根はしる音豆腐うまき湖畔の村に三日おきふす

夢なかに漢詩を作りゐたりしがふかく思ひて現実《うつつ》にかへる

遠近のなきときのまのとどろきは大砲の音老いてをののく

演習の大砲のおと一年の衰へを積みてまた山に聞く

ほしいまま鳴きてとどまらぬ鶯のこゑ聞こゆれど吾かかはらず

葉のひまの空が葉の照るごとくみえ暮れはてにけり林の中は

わがねむり覚めてあやしめば一日のひねもすよもすがら林音なし

しづかなる夜半の林に灯をともす窓に鱗翅の寄るまでのとき

残　暑

残暑の日おくれ生れて孤独なる蟬とおもふに声ながく鳴く

長き夏すぎて残暑に返り咲くつつじ一時《いちじ》の誤《あやまり》にして
隠元《いんげん》の莢実のにほひ惜しむべきことわりもなき厨の暑さ
面変《おもがはり》するまで運命にあらがひしそのおもの汗あつき日の午後
秋口《あきぐち》の午後の驟雨はまのあたり空黄になりていさぎよく降る

鳥　雀

鳥雀《てうじやく》のごとたあいなく秋の日のいまだ暮れざるに夕飯《ゆふいひ》を待つ
ひといきにビールのむとき食道の衝撃にも老いて弱くなりたり
やうやくに老いしこころか飽くごとき闘争の声ききつつおもふ
家ごもりをれば青年も壮年も眼にふれず勤労感謝の一日《ひとひ》
午睡する老いし形《かたち》を妻はいふみづから知らぬあはれの一つ

鳴子附近

水底《みなそこ》の硫黄を採りし跡すたれゆふべ明るき山の湖
秋山を虹のごとくに展《の》べし水雨ふりをりて早く日暮れん
降る雨にぬれて音なき峡《かひ》をゆく朱《あか》くなりたる山きはまらず
時雨《しぐれ》ふるはざまの空はゆふぐれて紅葉《もみぢ》あかるき山ぞそばだつ
高原《たかはら》をめぐる紅葉の朱き山夜《よる》の雨はれて朝雲かるし
仙台藩寒湯番所跡ふく風に橡《とち》の黄葉《もみぢ》は音たてて散る

噴　煙

遠くまで曇にひたる沙渚《すなぎさ》かすかに波の寄るところあり
かぎりなくこの海に棲む赤貝は貝殻となりてなぎさにつもる
霧多きところとぞいふ麒麟草の黄は川原《かはら》をうづめてつづく
直方《なほがた》のあたりをすぎて寂しさや夕ぐれごろは人の家暗し

山の間《やま》にダムあるらしき濃厚の水の緑はやうやく細し

空遠くみおろすときに光りつつかすかに動く阿蘇噴煙は

薩摩半島

おもむろに西空晴るる山のみち石蕗《つはぶき》の花いちめんに咲く

海みゆる千貫平《せんぐわんびら》の山のうへ秋の曇に土やはらかし

みんなみの長崎鼻《ながさきばな》にちかづきてしづかなる畑《はたけ》秋蕎麦の花

南端の海しづかにて秋の日は開聞岳《かいもんだけ》のかたはらにあり

大き山ひとつ桜島日を受けて巓のさやけきゆふべとなりつ

清水磨崖仏

秋の日に月輪梵字《げつりんぼんじ》あきらけきその石壁《せきへき》にひびく川音

いにしへの心のにほひ石崖に浅く彫りたる塔も親しも

わが聞くは秋の日の午後石泉のこゑたえまなし風のごとくに
清水《きよみづ》といふところにて石壁の下の洞より水ほとばしる

晩秋初冬

曇日の明るき海に鷗等はみな胸白く風に向きて浮く
雨ふれば濁りし井戸も国道となりてかへらずわが家のあと
田を植うるころにて豊かなる水になびく真菰も泥もにほひき
たちかへるいのちいささか楽しまん一日《ひとひ》のために飲食《おんじき》甘し
わが妻をさきだちとして相好の人をおもほふは楽しかりけり
わがための日あり夜ありとおもふこと老いてやうやく心にぞしむ
秋日照る机に垂れよ三十年妻に驕りし懺のなみだは

雑歌附載

アンコール・トム

石だたみきよきバイヨンの廊のまへチークの花のめにたたず散る
バイヨンの石塔の群《むれ》山のごとく回廊のうへに見えて日に照る
石柱にのこる朱の色林にはこだまをおこし鳴く鳥のあり
回廊の砂岩にきざむレリーフの不尽壮大をあゆみつつ見き
戦争に随伴したる哀れをも写してエジプトのレリーフに似る
闘鶏図あれば足たゆく立ちどまり長き回廊の壁を見てゆく
石を積み四面に顔をきざみたる石の塔あまたむらがりて立つ
煩雑に石のそばだつバイヨンをめぐりて塔の日かげに憩ふ
いくつもの仏頭の顔おぼろにて石の塔あつき空に群れたつ
幹たかくチークもラワンもそそりたつ石に接して白きその幹
バイヨンをさかりゆくとき落ちてゐるチークの朱実《あけみ》手にとりて見つ

石まろぶ廃墟の原もむしあつし体《からだ》ほそき蠅とびてまつはる

「象のテラス」前面にして昼顔の花あまた咲くところも暑し

朴に似てチークの落葉かわく道にほふ埃《ほこり》を踏みつつあゆむ

三層に赭岩を積みて高きものピメアナカ天《あま》そそる宮殿のあと

落葉ふみ木の根をふみてたもとほる廃墟ゆゑよこたはる石塊も踏む

汗ふきて憩ふいとまの寂しさやなにゆゑとなき空気のにほひ

アンコール・トムのうちにて立つ高木あるとき幹は砂岩の膚《はだへ》

アンコール・ワット

アンコール・ワットの濠にほてい葵の花うごかして水牛沈む

在天の象徴として灰青の五つの塔黒き回廊のうへ

アンコール・ワットの塔は午後の日にひとかたかげる空のしづかさ

外の日の反映ありてしづかなる回廊の壁ひかるレリーフ

ただよへる暑さのにほひ婆羅門の神話をきざむ石壁つづく
石壁のつづく回廊の遠くより通ふ風ありとおもへば通ふ
回廊と回廊のあひだ低くして石しづかなるところを歩む
あつき空めぐりとぶ九官鳥のむれ塔のいただきにとどまりて鳴く
ここに来し仏教の徒の錯誤のあと日本人ゆゑ哀れにてならず
巨大なる石ひとつあり仏石かヴイシユ聖足か曖昧にして
風かよひ九官鳥のこゑきこえ高き石階の下にいこひき
堂塔のたかき空には昼の月みえてときどき黒き鳥とぶ
石を積み石をたたみし巨構よりせまるもの生くる神なき虚しさ
崩壊のあとの石塊にしばし立つ虚しきものは静かさに似る
讃歌なき石壁の像つかれつつ目に入るものをただ吾は見る

日の下にいま見る踊女群像も歳月に石けがれてのこる

回廊の裏に日をさけてしばしをり睡くなりつつ汗をさまらず

旅人はしばらく寂し回廊の濃厚に夕日あたれるところ

アンコール・ワット処々

朝ゆゑに林のなかは暑からずプラ・カーン参道のチークの落葉

プラ・カーンにせまる林はところどころチークの黄葉《もみぢ》木々のしたしさ

顔面にあたる部分の削られし石柱ならぶ宗教交替のあと

回廊のなかにはびこる木の根にも馴れてあやしまずレリーフを見る

男根を象徴とせるリンガを置くいくたび見てもこころよからず

石ふりしところに立てるたくましき幹ひかりあり水銀のいろ

ひとしきり九官鳥のさわがしき廃墟をいでて道あつくなる

方形に石をたためる浴場の跡にて水は暑さをかへす

幹たかきゆゑに散る葉のありありと見ゆ浴場の水をへだてて

幾条の幹とも根ともつかぬもの門の仏頭をおほひて生くる

タ・ソム

神殿に向ひて石囲《いしがこひ》とリンガありしばらくアグニの壇として見つ

プレ・ループ

赭々《あかあか》と煉瓦をつみし塔の下吐気もよほすまで暑くして

おほよその林のひまに枯原のごとき刈田のありて牛臥す

落葉するころとおもひて踏みゆくに落葉にまじる赤き花あり

タ・プロムは木の根わだかまる小廃寺石の塔いくつこごしけれども

林より風かよふらし廃墟にて累々とまろぶ長方の石

ここにても古りて膠気なき幹を見つ石のあひだにひかり立つ幹

うすぐらく林せまりて塔の奥におもひまうけずまた塔のあり

わがこころしきりに虚し目のまへに木の根動かず石も動かず

石壁に垂れし木の根が銀灰に光るところをすぎて出で来し

五紀巡游拾遺

紀の国の粉河の寺にまうで来し老人三人《みたり》ラムネをぞ飲む

興福寺南円堂はゆふぐれの空にぬきいでていらかさやけし

人多きところとなりて塵めだつ五重の塔に西日があたる

眉と顎ひかる長谷寺の観世音くらき御堂のなかに立たせり

春の日に照る青芝のくさいきれ古き礎石のしづかに残る

ひといろにつつじ朱を布《し》く輝に今日ひたりきと後もしのばん

枝垂れて春のすがしき柳立つ六角堂に鳩あふれ棲む

水田《みづた》照る耕種のときにおちつかぬ心きざして近江をよぎる

米原《まいばら》の古りたる道の石標《いしじるし》犬の糞ひとつ乾からびてゐる

蕨比良夫歌集『渚ある庭』序歌

おぼろなる過去をしのべば連れだちて鷺みし暑き一日もあはれ

赤城猪太郎歌集『遠望』序歌

父母《ちちはは》のうた孫のうた卒直にしてあたたかし君のこころは
君の歌われはよろこぶ山に植ゑし杉をかへりみる君の如くに
十年《ととせ》あまりわが親しみし君の顔会社新屋の前にいま立つ
たち還る己酉《きいう》の年の楽しさをもろともにして四日あそびき
ゆくりなき君とのえにしはしきやしわが歌いくつ成りて残れる

東山子歌集『累日』序歌

病よりいえしいのちを朝夕《あさよひ》にまもりて君の歌さやさやし
つつましき君の心にひびきたる仏のひかり仏のにほひ
累ねたる日々のまことはかりそめにあらぬ詞《ことば》のうちにこもれり
大野紅花歌集『彩雲』序歌
しづかなることばつづけて暁の雲のごとくに輝くあはれ
むつまじき心いたれば歌となる家居るときも旅ゆくときも

住むところへだたりながらわが妻もわが娘らも君に親しむ

薩摩慶治歌集『高槻』序歌

ひたすらに歌にはげみてにごりなき君のあゆみを吾はよろこぶ

高槻に家成りてより幾年かやうやく老いて歌もさやけし

かたみなる心かよへばおのづから君とともなふ時の安けさ

後記

本集には昭和四十一年から昭和四十四年まで、四年間の作歌四八六首を収めた。私の第九歌集にあたる。

昭和四十一年は、前集『冬木』をまとめるために時間と精力をつひやし、作歌は多くなかつた。そのうち歳晩に鼻出血があつて、それから私の生活は変つた。すべてに無理をしないやうにして休養をとり、作歌も数を節するやうになつた。私は昼食を廃し、毎日一時間ほど午睡する。睡りを待つあひだ、睡りから覚めてしばらく、床中で漢詩のたぐひを拾ひ読みするのが楽しみとなつた。

眼に見えるものを見て輝と響をとらへ、酸鹹の外の味ひをもとめて、思を積み、詞を遣るに語気迫り、声調また徹り、しかしておもむくままにおもむくのが作歌である。歌境は個性にもとづく特徴をもちながら年齢の推移に応じて変化してゆく。何時までも変化がないとしたら、それは流動進展がないのだからよろこぶべきことではあるまい。また周囲に反応してたえず変化するとしたら、それも神経が弱いということになるだらう。私の作歌は、おもむくままにおもむいて今日に至つたが、昭和四十一年の歳晩を転機として、その様相がやや鮮明になつてゐるやうにおもふ。

私はこの十一月十三日に満六十歳となつた。還暦になつたら自作をかへりみようといふ希ひをかねてもつてゐたが、ともかくその実行ができた。今日では還暦などといつてもなにほどのこともないが、人生の一つの区切であることには違ひない。

私は五月はじめに五紀巡游をくはだてて、あらかじめ還暦を記念してしまつた。これからも天命にしたがつて、ふかく悲しまず、ふかく歓ばず、かすかな思を短歌に托することにしよう。昭和四十四年十一月十三日、佐藤佐太郎記。

校正を待つあひだに若干の作歌があつたからそれを追加した。昭和四十四年終までの作歌を収めたことになり、総数五一四首となる。昭和四十五年一月三十一日追記。

開冬

昭和四十五年

新年

あたらしき今日の光をさきだてて長短のなき一年はあり
みづからの分《ぶん》を守りて生きゆかん老《おい》の一年を大切にして
たちかへる年の月日のゆたけきをすべて消化せん健康にして

冬旱

朝の日に川原《かははら》の石あたたかし冬ふかくして乏しく旱《かわ》く　（Ⅰ）
見るかぎり冬の日早く赤き山ひとつかがやく遠き雪山
冬かわく昼の電車に運ばれて人多く競馬新聞を読む　（Ⅱ）
旱天の冬の屋上に飼はれゐるものにおどろく鵜の眼は緑
香煙がなびきをりをりたつ炎その紅も冬の日のなか

某　日

冬至すぎ一日《ひとひ》しづかにて曇よりときをり火花のごとき日がさす
六尺の牀によこたへて悔を積むための一生《ひとよ》のごとくにおもふ
わがねむりひとたび夜半《よは》にさめてより朝のめざめを疑はず臥す
雪山のはだへかがやく映像は今日の眠を軽くあらしむ
真髄の萎ゆるまで老いて酒に酔ふみる人にくみいとはんものを

又 某 日

二十年人をうらみていふことば聞くため遠く老いてわが来つ　（Ⅰ）
熱川《あたかは》をすぎてわが見つありありと空より海にふき落つる雲
面《おも》変りしたる故人に逢ふごとく水常くらくなりし街川　（Ⅱ）
おどおどとコーヒーをのむわが前に女性来て革の手袋をぬぐ

街かげり空晴れてゐる寒き午後ゴムのにほひのする風がふく

きえのこる紅霞の下の石だたみ寒き歩場をあゆみて帰る

一単位二羽三羽にて競技場の屋稜をたちて帰る鴉ら

高架路の下の広場にむるる鳩人に馴れ灯に馴れて宵いまだ寝ず

渚　花

昨日より今日は花多き金盞花冬海ちかき畑をよぎる

菜の花の咲く冬晴の渚みちあゆむ幼は今年足つよし

あつきまで晴れわたりたる冬渚水仙をつめば三種類あり

砂畑に萱をめぐらして培へば冬のたけ低きゐんどうが咲く

暖竹の筍あれば目にとめて季《とき》にさきだつものを憐れむ

冬の日に石蓴《あをさ》かがやく退潮《ひきしほ》の海にむかひてこころをのぶる

水　辺

こもりよりめざめし鯉は利根川の音なき今日の水にあそばん
あたたかき水の光や利根川のほとり音なく冬の日早く
おもむろに葦の根ひとつ移りゆく遠近のなき水の明るさ
対岸の砂におりたちて鷺あゆむ遠くに見ゆる楽しきかたち
水のべにをりて冬日の反映をしばらく受くる吾と柳と
漸くに老いゆく吾はやはらかき川のいさごを踏みて憐れむ

泛　春　池（四月十六日、大沢池吟行）

老いづきし人の憂を見るごとく遠き桜がをりをりうごく
かげおとす雲に桜のややにぶきをりふしありて水の明るさ
花にある水のあかるさ水にある花のあかるさともにゆらぎて

醍醐寺（四月十七日）

垂る枝のうごくともなく降る雨に散るべき花はおもひきり散る
にはかなる雨ふりいでて散るさくらみるみるひまに下土白し
枝おほふしだれ桜のうちに立つ降る雨の音うとくなりつつ
いくばくか雨に空気は冷ゆるらんしだれ桜の枝のしづまり

日常瑣事

一擲に万人開くといふ快はわがほとりより遠ざかりたり
使はねばなににても銹《さび》のつくごとく乗算《じようざん》の九九を忘れてゐたり
やうやくに強くなるかと待つごとくをりてかすかに地震が終る
わが踏みし柳の枯葉かたきこと寂しともなく思ひいでをり
掌《てのひら》に重みあるものをもてあそぶ銅印なれば文字光あり

聞く用のなきときテレビなどの声きこゆ老いつつものうき吾に
直接にわれの楽しき春となる山の蕨も海の和布《わかめ》も
ひたすらにいそしむ音がきこえをり飯煮ゆる電気炊飯器より
山吹を植ゑくれし人われは知る今年また咲きてその人はなし
夜の街に雨のなごりはありやなしや眼下に見ゆるしづかなる道
晴曇の境みゆれどおしなべて暗し街の灯のうへの夜空は
終末の来るときあればまのあたり長き雨やみておもし曇は

沼　畔

水いづる青枯草のひまの青みな短くて沼のべに萌ゆ
沼ぎしの枯葦むらは春の日に水よりいでし茎乾きをり
枯草のみづく沼のべ春の日が匂ひて涙きざすおもひす

黄のいろの柳花さく沼の岸人も光もしたしかりしか
きぞの夜の雨にいくばく水ふえし沼あり上の雲あたたかく

尾駮沼

風はやきゆゑに人出でぬ尾駮沼《をぶちぬま》白波はしり曇移らず
沼のべの村のしづかさ残汁《ざんじふ》を護る蜆《しじみ》も風に乾けり
はや風になびくを見れば葦ふかしひそみてまれによしきりが鳴く
風ふけばひるがへる紅《あけ》わびしくてはこねうつぎはいづこにも咲く
七月の寒き海よりあるところ沼にむかひて潮ほとばしる

天が森

大波のたえずくだくる汀みゆ月見草咲く浜をへだてて
とどろきて風はやきかな時のまもひびきて松にとどまらなくに
梅雨曇おほふ上北《かみきた》の低山をすぎて沼ひとつまた沼ひとつ

光りては消ゆる沖波さびしさは間断のなきとどろきにあり

伊　勢

内宮の朝しづかにて御幕《みとばり》のしろたへの下玉砂利ひかる
夏日さす朝熊《あさま》の山のいただきに風のまにまに蜩鳴けり

神　島

すなどりの人多くゐる島の港いくところにも渚火もゆる
神島にかたまりて住む家々にたなばたの笹親し一日は
大き石ありていにしへの塚といふ肥桶にほふ畑のほとりに
島山にみゆる瀬先《せさき》といふところ葛しげる下潮は瀬にたつ
夏の日にけむるわたつみ波の上に乗りてすみやかに来る船のあり

身　辺

あやつりの人形のごと嬰児のみちたりて腕をふるさまあはれ　（孫動半歳）
手にとりて和紙の表裏をたしかめるときの心の安暢もよし
五階より見ゆる虚しきは雨の降る空ともやみし空ともつかず
刺戟あるライスカレーを食ひしかば夜半に気味わるき夢にめざむる
おそろしくみつる雨音とおもひしが外に出づれば雨たはやすし
旅なれば昼酒のむもよからんと葛の花さくところを通る
たえまなく土に動けど人に馴れて怠惰になりぬこの家鳩ら
やうやくに眼《まなこ》衰へて電車より見ゆる畑をまぶしむ吾は

国上山

良寛がいほりし跡の竹の葉に秋の日さして蜻蛉《あきつ》いこへる
ささやけき乙子《おとご》神社をおほひたる木々は露ふかし秋日さしつつ

大欅音なく秋日さしとほる五合庵跡にしばし来て立つ
国上山《くがみやま》五合庵あとに秋の日はいたやかへでの落葉を照らす
かしのみの一人かすかに住みし人山の泉の涸れしあとあり

弥　彦　山

ふか谷はおのづから紅葉しげからん中空にひとときを見おろしてゆく
弥彦山海に迫りて終りつつさやかに寂し沙の渚は
雲のゐる佐渡のあたりは寂しけれ弥彦の山にのぼりて見れば
この山の谷をへだてし嶺の青とはのしづまり秋の日に照る
秋の日の光にちかき山の上に晩れ咲く黄の花をあはれむ
ふたざまに陸と海みゆる山の上昼たけて海は重くなりたり
榛の木の列さまざまに見えをりて遠き山ちかき刈田も寂し

山の木々雪ふるまへのしづけきにまじる緑は心いたいたし
菊の花ひらくころにてゆくりなき刈田に隣る黄のさやけさよ

龍泉洞

おもひきり石壁高き洞のうちしづまりみちて積む水暗し
地底湖にしたたる滴かすかにて一瞬の音一劫の音
流動も深浅もなくきよきもの地のそこひに淵はたたふる
さかしまに石髄たるる洞奥は昼夜にぬれて石ひややけし
音たぎつ地下の滝ありてたちまちにみじかきゆくへ巌《いはほ》に終る

龍泉洞途上及帰途

おのづから道はめぐりて晩秋の赤き山ひとつ西日またけし
草枯の原は水のなき湖《うみ》の底細き流の秋日に見ゆる

貯水湖の水涸れをりて古道《ふるみち》も木の切株もあらはに白し
対岸の紅葉の山は落葉せる白樺多し光るを見れば
高原にこころあそびて遠風のきこゆる木々の間を歩む
白樺のみな幹太く落葉せる高原にして風ひびきあり
高原に見ればあまねく行く秋の遠き日受くる赤き山々
傾斜してひろき牧草の原あれば午後の光に草はかがやく

森鷗外生家

鷗外の生れし家にしづかさや柿の一木の朱の葉をおとす
鷗外がまだいとけなく遊びたる家の縁にも吾はいこひき
柿落葉さやけきゆふべ鷗外の生れし家はすでに戸をさす

菊の花

菊の花ひでて香にたつものを食ふ死後のごとくに心あそびて
五十年以前のこころよみがへる鶏頭の朱《しゆ》に日のにほひあり
硝子戸の風に音するをりふしに軀《からだ》おとろへし吾は寂しむ

寒　渚

老いづきし身を養はん海のべにいまだ息《いこ》はずいまだ忘れず
冬の日の眼に満つる海あるときは一つの波に海はかくるる
冬海の沖より寄せて影のごと現はれし波やうやく白し
渚には川沙を巻くながれありわが苦しみのよみがへるまで
海に入る流は浅き瀬のたぎち寒き渚にその音きこゆ
夕潮は満ちつつあらん千鳥らの波にしたがひて動く汀に
さわがしき海のひびきとおもへども汀あかるく夕ぐれにけり

うつしみのひたすら寒く立つなぎさ月照るまでに海くれてゆく

山茶花

詩仙堂山茶花一樹千苞

山茶花はゆふべの雲にしろたへの花まぎれんとして咲きゐたり
山茶花の花のしろたへおのづから老木の下にあつまりて散る
山茶花の老木はくれぬ散れる花めぐりの砂の白きゆふぐれ

編　余

たのしくも朝の渚にみちみつる濤音きこゆ一年の音
老いづきしわれとわが妻あたらしき年のともしびに影を並ぶる
掌におきて掌より大き石硯にならばもちて帰らん
しづかなる冬の光に影をひく木の幹のひま幼子うごく
つつしめよつつしめよといふ声あれど酒にこころの遊ぶしばしば

浅草寺境内に来てさまざまの人おもひ出づ岡麓など
浅草寺いらかのみゆる街空にときをり観覧車の色彩めぐる
眼に満つる海にはさむき朝靄を引きてひとところ潮のながるる
砂畑は萱にこもれば汀より見えて茫々としたる寂しさ
池岸の桜あたたかき昼つかた蕊《しべ》見ゆるまで舟ちかづきぬ　（泛春池二首）
わがための長き春日とおもはんか花のかがやき水のかがやき
　贈赤城猪太郎氏
かりそめに病みて今日来ぬ友のことわが思ふとき人の言ひいづ
マイクにていふ抑揚のなき声が路地にきこえてながくこだはる
ゆく春の季《とき》のすがしさ醍醐寺の縁にをりをり樫の葉が散る
醍醐寺の池にただよふくれなゐのその落椿ところを移す
　贈間瀬れい
ゆく春の新茶をのめばさながらにわが身にしみて香《かをり》とどまる

わが部屋をうかがふけはひありしかど眼をとぢをれば一時ねむる

紫の葛の花さく湖岸《うみぎし》のくさむらふかし残暑のにほひ

高安弘歌集『沼葦群』序歌

いそがしき仕事のひまに顧みしもののいのちは歌にのこりぬ

読む吾の羨しきまで沼のべに棲む田螺にも君は親しむ

あわただしくわが家に来て帰りぬと妻いふ聞けば吾はうなづく

務台貞義歌集『峡空』序歌

戸隠に一日あそびて雪山の輝くゆふべもろともに居き

おのづから縁に随ひていのちあり地滑の歌も地震の歌も

年毎に大会にひとたび君と逢ふかかるえにしもおろそかならず

「短歌新聞」二百号を記念して石黒清介君におくる

健かにしてたゆみなき二百月そのいそしみを吾もたたへん

いきほひのありてすがしき君のこゑ酒を飲みつつ聞く時はよし

渡辺良平歌集『笠雲』序歌

笠雲をいただく富士も雪煙かがやく富士も君は目守りき

目のまへの三百六十日の富士こころ傾けて見れば歌成る
湧きいづる富士伏流のほとりにて生れし君は心さやけし
西村婦美子歌集『冬旱』序歌
生くる世の市井のすがたとどめたる歌のいくつを吾はよろこぶ
ありのまま歌に写して貧しさをいへども君の歌すがすがし
追はるるごと六十年を生き来しといふは即ちいまの安けさ
香川美人歌集『風濤』序歌
戦ののちのくるしみを伝へたる君の歌かなし泪いづるまで
潮きよき伊予の海なる島ひとつ君は生れて吾にも親し
ひたぶるに斎藤茂吉をあがめたる八木沼丈夫に君は学びき
熊谷優利枝歌集『造影』序歌
あたたかき君の心のあらはれは医のみにあらず歌の親しさ
海の外に出でて遊びしもろともの楽しさ君の歌にしのばん
やうやくに老づく吾の命さへ安けくあらな君にたよりて

江畑耕作歌集『草原』序歌

学生のころに詠みたる歌いくつわが記憶にもありて親しさ

なりはひのいそがしければおのづから歌少なけどえにし絶えずも

われの知る君は医として常人《つねひと》をこゆるはげみの日々を積みにき

堤直温・信子歌集『雙燕集』序歌

かたみなる孫の歌など潮舟のならべて見れば吾さへ楽し

作りたる歌をたがひに示すとき老づきて心あひ親しまん

なごましき心をもてる妻の歌医の大家夫の歌一巻となる

すなどりのかづきの舟あまた出でてゐる近くを過ぎて楽しともなし

（神島二首）

ささやけき島の社とおもへども古より千木よそほひ斎《いつ》く

山こえて行き行く一日唐松の黄葉白樺の黄葉は楽し

（龍泉洞三首）

秋山の下にゆたかに砕石を積みて湖の堰堤とせり

風ふけば桜の落葉しきりなるところに昼の飯さむく食ふ

わが軒の限る月かげしづけきを暁がたにさめて見にけり

しづまりて水のそこひにゐる鯉に新しき日の光さしそふ

稲垣年彦薩摩万亀子新婚賀

たまくしげふたりたつとき人の世のゆくてにみつる輝を見ん

『安村武歌集』序歌

すこやかに君がありし日川のべにゆきて釣する歌多くあり

さすたけの君が釣りたる鮎いくつ二度ほど吾にとどけくれにき

晩年の歌寂しきはことわりの常といふとも心にぞしむ

補遺

浅山のまのささやけき湖は残暑の水にひつじ草咲く

眠よりさむるは朝とかぎらねば覚めてゆふべ食ふものおもひゐつ

後頭部重く家ごもりゐたるときメーデーの声遠く聞こゆる

水仙の冬さく花の香はしたし渚のみちのゆきも帰りも

葛などの露かぐはしき島のみち伊良湖度合を見て立ちどまる
むらさきの畑《はた》白の畑馬鈴薯の原種農場に花さくところ
はや風に木々ひるがへる昼つかた茫々として沼のべ寂し
風さむき天《あま》が森《もり》にて七月の松の新芽の銀を讃ふる
藤田紫水歌集『蕪の花』序歌
寡黙なる君とおもへどあたたかき心のにほひ誰かいなまん
拾ひ来ていとまに石をみがくごと言葉むつまじき歌の数々
蕪島に棲む海猫をともに見きわが歌のこり君が歌のこる
川端トミ子歌集『樹影』序歌
おしはかりおもへば君はねもごろに夫につかへて家まもり来し
なほざりに日を送らねばひたむきの心そそぎてよみしその歌
天《あめ》のいのちさきはふ君はかくのごといくたび病めどいくたびも起つ
松原加代子・多仁子歌集『草木集』序歌
世の常のこととといふともまのあたりともしきまでに母と子むつむ

鎌倉の岡にあそびし母と子の楽しさながく歌に残りぬ
美しきかたみの心かよふときみじか歌ひとつひとつ輝く
片山新一郎歌集『石階』序歌
松島の宮戸の島も十和田湖も君とあそびて長く忘れず
辛辣に現実を見し友の歌見守りて来ていま祝福す
二十年わが知る友はこのごろは古き壺めでてこころ豊けし
松木光歌集『紫雲』序歌
にごりなく心やさしき人ありとおもひて君に親しみにけん
父ぎみと二人暮して互《かたみ》なる幸ありき君の歌読めば
二十年わが知る君は生死《いきしに》の境を越えて歌もさやけし

昭和四十六年

新年来

新しき一年きたる一年の光も音も身にかうむらん

潮来り潮去るごとく一年がまた新しくなりて豊けし
かたちなき時間といへど一年がゆたけきままにわが前にあり
新しき年のあゆみのこだまさへ聞こゆるごとし吾のゆくてに

黄　花

あはれみて吾の伴ふ幼子は渚の路に菜の花をつむ
妻の知る媼なぎさの畑にをりおうなは生死家をはなれず
豌豆も蚕豆《そらまめ》も花はかなくてたえまなき海の響にゆるる
老の身を惜しむともなく枸杞《くこ》の芽が目につけば摘み渚に遊ぶ
茫々と菜の花すぎん渚路いづこに見ても黄は映りよし
風邪気味の身はたゆくしてこのゆふべ春の嵐におされて帰る
病牀といはばいふべきつれづれを慰めし程君房《ていくんぼう》の断片

この岬の海のしづかさ色彩のある藻が潮にしたがひ移る
老鈍となりて退かんビル工事道路工事なくデモなきところ

雁（二月十四日、宮城県伊豆沼）

枯葦の光る夕沼いくたびとなくさわがしく雁《がん》の群《むれ》帰る　（Ⅰ）
沼のうへ渡りてかへる雁の列こもごもに鳴くこゑ移りゆく
かへり着きし雁とおもふにためらはず沼のうへ翼つらねて渡る
おのおのの体ひかりて沼の上のひろき夕空をかへり来る雁
つぎつぎに沼にむかひて鳴きながら帰り来る雁の群を仰ぎつ
よもすがら千羽の雁は伊豆沼の真菰枯れふすところに眠る
靄ふかきみちのくの沼遠く来てきこゆる雁の声をあはれむ　（Ⅱ）
白鳥のこゑ雁のこゑ靄ふかき沼にところをへだててきこゆ

晩　春

眠ければ軀《からだ》ちからなく街をゆく晩春の雨さむき古書《こしょ》の香

薔薇のさく土より埃ふきたてて一日わづらはしゆく春の風

池のべに子どもがをりてやや暑くなりし水よりざり蟹を釣る

繁殖期すぎし孔雀らの棲む檻は砂のにほひの暑くなりたり

還らざりし鴨濠にをり小さなるこの鳥に何の楽しみありや

街なかに見るゆゑおもふ寂しさか人の住むアパート窓の灯くらし

幼子は恬淡として銭を欲るゆゑに与へて結論もなし

蛍（六月二十六日、宮城県金成町小迫）

三日月の遠き宵やみ大釜《おほがま》の堰《せき》に声なく蛍むれとぶ

やはらかき光を曳きて蛍らのとび交ふ宵の道をゆきつも

三呼吸ばかり光りて流らふる蛍は遠くとぶこともなし
草にほふ大釜の堰宵やみの水のくらきに蛍火映る
八時すぎし夏宵闇にとぶ蛍翅よわくして長くとび得ず

明治神宮内苑

梅雨曇くれんとしつつ菖蒲田は白あきらけく紫しづむ
菖蒲田に風たつらしきゆふまぐれ紫の花しづかにくるる

初夏日々

川のごとき東京港に泊てし船ゆふあかりのなか緑をともす
童女にもときに重厚のかたちありわれに向ひてもの言はず立つ
みはりたる二つの瞳そのなかに老いて恥多き吾は映らん
裏窓の早くかがやく夏の朝人おきいづるまで音もなし

意味のなき夢といへども邂逅のひとつ先生と吾とゐたりき
屋前《をくぜん》の田に苗の立つころとなり風のまにまに朝靄うごく
あかつきの海の渚にあそぶもの蟹の子ら群れて川さかのぼる

礼文島にて

わたなかの島にて空の香のみつる草山の原花かぎりなし
むらさきの風露《ふうろ》さきつづく山の原霧のむかうに海音きこゆ
草にゐて鳴く鳥多し萱草の花照る遠きなだりにも鳴く
海霧のたゆるをりをりやはらかに花をのべたる山光あり
北の海の島の花原よろこびを追ふごとく来て吾ひとり立つ
夏の日に昼の霧たつ北の海老いてむさぼらず島より帰る

林　間

宵の雨やみて時長くしづくする林の音をきけば眠りぬ

やや強き朝の地震にしづまれる林のなかのわが家動く

富士晴るるをりをり林あかるみて一日長し午睡の前後

鳥の声あまたきこえて郭公と杜鵑《とけん》は一つひもすがら鳴く

くれきらぬ林のなかに鳥のこゑ絶えて幼子の花火が光る

林間の家におきふしてあるときはもの食ふ幼子の舌の音を聞く

暗黒に林のひびく山の雨ききつつ思ふ五十九年の非

落葉松《からまつ》の林をふきて移り来る風の音移りゆく風の音

榛の木を切れば日のさす切口はたちまちにして深黄となる

午睡よりさめし畳にみとめたる蟻は殺意を感じて動く

昼ゆゑに鳥のこゑなき山のみち八月二日萩すでに咲く

ひとところ林ひらけし夕空は梢のひまに星みえそむる
はればれと林透りて朝あくる夏の佳日をつぶさに迎ふ

平庭高原

直線の白の聚合は雨雲のしたにとほく見ゆ白樺の山
落葉して山々に風の音もなしなかの平は牧場の青
灼金《やけがね》のごとくもみぢせし柏の木牧場なれば牛の声透る
親牛に仔牛もまじり降る雨にぬれて躰よりゆげ立ちゐたり
種牛は即ち牡牛たくましくおそろしきまでうづくまりゐる
種牛の精子とる機構を見たるとき罪のごとくに笑ひあへるかな
しぐれの雨ふりつつをれど白樺の幹も落葉も山の明るさ
落葉して幹白く立つ木々ふかし白樺林雲にまじはる

白樺林

冬木なす白樺の梢ゆれながら山の雨ふる午後となりたり

山の雨はれてまた降る白樺の林ほのかに匂ふ落葉は

白樺の奥の雲より鴉鳴く声きこゆるは雨はれんとす

遠山の黄葉《もみぢ》のうへに立雲《たちぐも》は動きて雨後のこころ軽さよ

牧場

もみぢせる木々の間より見つつゆく牧草地雨にしづまれる青

もみぢせる林のなかに水たぎつ流あり広き牧場なれば

落葉松の若木のもみぢ黄につづく山のなだりは雨雲高し

しづかなる庭ありければ降る雨は秋ふけて青き芝に音する

津和野その他

家そとは峡《かひ》にかたむく友の刈田いま音みちて霰ふるなり

黄葉《もみぢ》せる三椏《みつまた》の畑ちかづけば早春に咲くつぼみを垂るる

黒雲のごとき青空みえそめて青野の山の薄《すすき》が光る

夕露は菊の花にもおきぬらん鷗外生家戸をとざしたり

永明寺《やうめいじ》の庭しづかにていまおちし形をたもつ柿の落葉は

紅葉《こうえふ》の天《てん》あけて露ふかぶかし柿落葉ちる鷗外の墓

編　余

「家」応制歌

鷗外がまだいとけなくめわらはとあそびし家の縁も古りたり

新年の光かうむりて老《おい》われの皮膚も心もやはらかにあれ

海の雨たちまち晴れて光あり暖竹の上を移る白雲

薩摩次郎君新婚

近づきし春にさきがけて喜びをかち得し君は羨《とも》しからずや

赤城貫太郎君新婚

けふの日をさきがけとして幸《さいはひ》の束の如きもの二人に来れ

渡辺良平氏を悼む

かすかなる喜びとして墨をする春のあらし吹くこのゆふまぐれ

贈西川敏君

雪山の富士のかがよふほとりにて六十年のいのち悲しも

友に贈る

草木の新しき春をたたへよと人はいはねど筍とどく

贈梅崎保男氏

老づきし身を養へと送り来し春の和布《わかめ》は潮の香ぞする

与片山新一郎君一首

晩春の果実さはやかに憂なし日々酒強きことを須《もち》ひず

吾の見し雁が帰りてゆきしとふ三月尽の空しおもほゆ

おどおどと妻にかくれて煙草すふ夢よりさむる軀《からだ》つかれて

五十年以前に漉きし吉野紙巧拙もなくわが文字あそぶ

救急車などのサイレンいつよりか変りて不快なる音すぎてゆく

戦前の人をみるごとく代書屋と端唄稽古所とバス停留所

赤城猪太郎氏外遊
藤の咲く日にいでたちてくさぐさの国を見めぐる楽しかるべし

明治神宮献詠会
おもひきり枝をのべたる楓など若葉たはやすく風に吹かるる

贈由谷一郎君
三崎よりまぐろもて来し友帰りゆふべを待てば半日長し

後藤田恵以子歌集『花紋』序歌
子の親にあつくつかふるは常といへどまのあたり君の境涯ともし
ふるさとの藍畑村もをさなごの命もいまは君の胸に生く
やうやくに老づく君はしづかなる旅のこころを歌に伝ふる

柿沼かつ歌集『古樫』序歌
その歌を読みておよその生活をしのぶ親しさ君の場合も
みじか歌一つといへど世に生くる君の心をささへしものぞ
たまくしげふたつの肩に負ふものを歎きて君の歌いのちあり
日のあたるところいくばくか楽しくて展望三百六十度すべて騒がし
夏蟬のごときそのこゑ秋分の近江蓮華寺に蟬ひとつ啼く　（茂吉先生歌碑除幕式）

驕りたる人の言葉をあびしかど忘るるごとく時すぎにけり（偶感）

十月二十四日、高野山（赤城氏生前の墓）

あらかじめ建つ墓ひとつうつつなる人過ぎねども石はしづけし

白樺の林のなかに入り来つつふかき落葉は降る雨の音

白樺の林のなかは山の雨はれて落葉にしづく音する

児島孝顕歌集『長島』序歌

長島を詠みたる君の歌いくつわが知る一日しのびつつ読む

荒崎にかがなく鶴をたづさはり見しが七年の過去となりたる

潮はやき黒の瀬戸こえてわが立ちしひとつの丘もながく親しき

山県幸子歌集『青峡』序歌

ふるさとの館林なる沼の辺にいのちをのべん家成るといふ

つれあひのさきだちて後二人子《ふたりご》をはぐくみし君いまぞ安けき

をみなにはをみなのこころありといへどたゆみなかりき勤も歌も

歌集出版合同祝賀

一巻《ひとまき》にをさめられたるわがどちのはげみのあとを見れば楽しも

補　遺

わが窓のあかるきは月の移るなり来る暁を待ちつつをれば

沙ふかき渚の冬の畑にて甘くなりたりこの葱の根は

淡ければ即ちしづかなるかたち目の前に立つものをあはれむ

風はやき浜に出でくれば楽しくも波のごとくに鷗むれ浮く

味噌つけて苦《にが》き香のする独活《うど》を食ふ老いて懶きわが眼も開け

安房の浜にわがをりし時風なぎて風反しといふ雪ふり出づる

てぶくろの革の匂をまとひたるをみなといへど吾はうとまず

雪の上もゆる炎はみちのくの羽黒の山にかがよふらんか

日本の新年のいろ海のべに見るとき楽し旗かざる船

宮本美津子歌集『冬靄』序歌

土浦にをりしころより吾の知る君の歳月おろそかならず

みづからの心によりて見しものをことばさやかに歌に作りき

雪のふる旭川の歌霧ふかき釧路の歌も寂しからずや

藤原弘男氏追悼

ともがらの君のみいのち過ぎたりと安房の海のべに聞きて悲しむ

昭和四十七年

移居新年

煩はしかりし処をのがれ来ていくばくもなく年改る

居を移し心移ればまのあたり新年来る鼎々として

冬青《とうせい》の実のくれなゐにいちはやく光さすとき残蔵はなし

立春前後

二十年魚の目老いず雪はれし部屋にうづくまり魚の目を削ぐ

季《とき》の運《めぐ》りうながす雪とおもはんか晴れて冬青《とうせい》の朱き実はなし

部屋ごもり机によれば冬晴の日はゆふづきて顔重くなる
波のため岬の山は裂けしとふわれの育ちしところ移りて
六十年すぎて思へば海村に油虫なども知らず育ちき
雲の影道にうごきて移るとき街あゆみつつわれは寂しむ
冬ふけて水あたたかし平らかに小石のしづむ泉に来れば
冬の日の晴れてかぎろひのたつゆふべ遠近もなくクレーン動く
草焼きし跡のゆゑもなき静かさやその灰黒く土かたくして
落葉して枝勁き木々ゆふづきて冬日に枝の下側ひかる
雲ちかきデパートの屋上に人工の滝あり水の音さむきかな
簡易なる食堂に来て酒のめば逢ふ老ひとり故人のごとし
善を積みしごとくおもへばはかなしや酒のまぬわが一日終る

みづからの形いたはりて午睡する雪まだやまぬしづけさのなか
われの死を弔ふ声がおもむろに飛行機の音となりて近づく
たとふればめぐる轆轤をふむごとく目覚めて夢のつづきを思ふ
風のごときうしほの如き街音のなかより吾は遠ざかりたり
一月十四日、宮中歌会始
しろじろと砂礫しきつめし方形の庭に葉を待たぬ梅一木咲く
庭の砂礫まぶしくめぐる廊あればあゆみて紅梅の一木ちかづく
まのあたり屋根の緑青《ろくしやう》のうへに照る冬の光はしたたるごとし
一月三十日
月蝕のくらき部分は蝕すすむままにあはれに明るみてゆく
深黄の球体として皆既蝕の月みゆ夜の音なきところ
一月三十一日
よろこびのすくなき年を積みし妻やうやく老いて日々安くあれ
二月二日
蠟涙に炎のひかり映るなど幼子とゐる宵のすがしさ

晨花《あさはな》のかがやくなして動作あり幼少が力《ちから》うけゆく過程
生き物を飼はずなりたる幼子の小石拾ひ来てわれに見しむる

辛　夷

移り来し家に今年の花を待つ百苞の辛夷《こぶし》日々光あり
きのふよりつづく疾風《はやち》にわが窓をおほひてゆらぐ辛夷《こぶし》の白は
残りたる二十歯《し》のうち一歯欠くたはやすくして血さへにじまず
而立《じりつ》のとき見ておどろきし油虫に東京駅の通路にて逢ふ
買ふあてのなきに寄りて見る明《みん》の墨《すみ》売品なれば見つつ楽しき
革の香のわびしきロビーの椅子ありとおもふあひだに人多くなる
草木に雌雄があるといふことのわづらはしさよ何故となく
窓にさす晩春の朝日つよくして音なきときにわれは眼をあく

下庭の百花かがやく色を見ずこもる一日長短もなく

梅　雨　期

その指をとりて祖父われは憐れまんをさなご故に爪やはらかし

わが窓に朝日かがやくつづきにて晴るる日たちまちに曇る日のあり

温室の覆をとりし園みえて無枝の林はふく風のなか

わが庭の草たけて梅雨明けんとす咲くつまぐれも百合も草の香

泛　夏　沼（八月六日、宮城県伊豆沼）

伊豆沼の三百町の無主の蓮花さけば遠く来りてあそぶ

水に生ひて今年の青を遠く鋪《し》く蓮はさやけし空ひろき下

蓮の花見つつ舟にしてゆくときに朝日に照るは花のみならず

さわがしき朝の光とおもはねど遠近のなき蓮のくれなゐ

水の香をもちてかがやく蓮を見つ淡紅の花深紅の苞
三尺の天にひらきて紅のなかにうつくしき蕊あり蓮は

八月七日、多賀城趾他

みちのくの有壁村といふところ野の川にささやかに砂金をぞ採る
蟬の声たえずひびきていにしへの跡の方形の赤土さびし

羽　黒　山（八月二十六日、七日）

嫗なる姉はすこやけしゆくりなく羽黒の山に逢ひて別るる
ぬばたまの羽黒の杉に降りしづむ雨のひびきを聞きつつ眠る
鳥海の山遠く稲田穂を鋪けばかがやく海のごとき夕映
二十年衰へて来し羽黒にて南谷にもくだることなし

大石田にて（八月二十八日）

夏の日に聴禽書屋は戸をとざす時ゆきて桂の木も人もなし

葛の花ちりて夏ゆく今宿《いましゆく》の薬師堂に来つ亡き人のあと
寺庭に影をおとせる柏の木老いて石のごとき幹に手ふれつ
雨あとの濁ながるる最上川とところ替りて空の青うかぶ
最上川の流にひびく蟬のこゑ横ぎる舟に眩暈《めまひ》もよほす
帰路《かへりぢ》の舟にゐるとき最上川の流に雨のふる音きこゆ

秋雑歌

黄の花のとろろ葵さく残暑の日門をとざして家ごもりけり
帰らんとしてかへりみる水引の昨日より今日は紅《あけ》の穂長し
天は老い地は荒れたりといふ言葉おもひ出づるは何のはづみか
草木の上にも神はやどれるを八百万神といひしいにしへ
注目を身にあつめつつ生きたしとこの若者もおもひたるらし

百合《ゆり》の木《き》の黄葉して堅き葉の音の風にきこゆるところまで来し
晩秋の壁つめたきを因縁として手ふれつつ午睡するなり
鏡中の人は老いたり考古的発掘のごとくいま歯をみがく

山の辺の道

木々古りし三輪山の天寒《てん》くしてゆく山のべの道あたたかし
古のこころの如くおのづから山のたをりの道ぬれゐたり
苔むせる石を祀りて鳥居あり道のほとりはいにしへのまま
巻向《まきむく》の山のつづきに黄柑の日に照る山も親しかりけり

山口県大畠（十一月十二日）

山畑にひとときをりて黄柑の手に嘸《みづふ》くを妻はよろこぶ
滝よりも高き公孫樹の黄葉せる岩尾の滝はすがしかりけり

黄柑の照る山畑に音もなし潮のながるる海見えながら

中国山脈横断（十一月十二、三日）

山かひに人の住み捨てし田のあれば白くかがやく茅原なせり
紅葉の山のしづくに潤ひて岩はゆくてにしばしば光る
山峡に水のあふれし跡しるし堤防のごとく石を田に積む
樽床《たるどこ》といふ山の湖新冬の日の照る水に浮く鳥もなし
樽床に車をとめて山なかに別るる人の影地《つち》にあり
紅葉の山限りなくゆきゆくにせまき平のあるは寂しも
すこやかに老いしめたまへ山なかの小春生日の天《てん》暮れてゆく

歳晩

わが肩に倚りて一時間眠りたり二十四の時のなかのかなしさ

朝空にうかぶ雲などものの際ひかるを見れば日はすでに満つ
冬至より幾日すぎしか冬の日は林の下の泉に動く
実の落ちし萁《まめがら》のごとおのづから軀さびしくて道にたたずむ

編　余

こひねがひかたみにもてば新しき年の時間のゆたけき楽し
顔料のにほひに嘔吐もよほすと言ひたる人のことばを想ふ
（レオナルド・ダヴィンチ也）

横尾忠作歌集『丘畑』序歌

あらがねの土にしたたる汗ありて生れし歌をわれは尊ぶ
幸はおもむろにして病いえし友の世すぎも定まりぬらし
風ふけばほこりのなびく丘の畑働く友は健かにあれ

蓼科白雲荘即事

白樺の垂り花うごく梢より蓼科山は見えてしづけし
すみれ咲き羊歯もえいづる高原の一日のあそびとぶ虫もなし

七月三日、麻布はん居即事

杯をいまだなめざるにこのゆふべうま酒の香はわが顔をうつ

贈高瀬雅美君

健かに夏の日々ありて藤沢の鰻食ふべき丑《うし》の日《ひ》となる

堀山庄次歌集『林響』序歌

変らざる或は変るあしひきの山のすがたを友は常見る

桐の花さく晩春の尾鷲《をわせ》にてあひ見たるより十年《ととせ》あまりか

うつしみの歎《なげき》は人をはぐくむかみまもりて来ていまこそ謂《い》はめ

藤森輝子歌集『少女像』序歌

世の常に似ぬ少女等を教へつつ年月長し尊きまでに

社会とのかかはり絶えし少女等のこころを君はことごとく知る

しげりたる蓮のあひだはあるときは林の如く舟をゆかしむ　(伊豆沼)

水草のこまかき花は黄も白もたひらにのべて沼に音なし

あらかじめ暑き夏日は伊豆沼のさやけき蓮の上にけぶらふ

贈片山新一郎君

歓《よろこび》を倶にして舟にゐたるとき蓮の香よりも酒の香つよし

砂金採るところを見ると川岸のくるみの青実垂る下に居き

明治神宮献詠会一首

そこはかとなき泥の香も親しくて水のほとりの蓼もみぢせり

わが夢と現実の間に浮沈するコンピューターの機械語いくつ

かすかなる山橘の実は照りてわが足軽し思なければ

いまごろになれば思ひ出づ降る雪をとほして白き山見えしこと

落ち葉のすでに乾ける山の道遠き滝の音ここにきこゆる

遠地《とほち》より伝へくるなり山は雪刈田うるほふこころの悲しさ

ともなはん人さへもなきをみなごの独りの歩みしのびつつをり

山茶花の花縁に散るこの家に昼酒のめばはやく酔ふらし　（斎藤功氏宅）

贈山上次郎氏　（蘇東坡曰夏食葉冬食根）

たまものの山芋も里芋もみなあまし根を食ふ冬となりにけらしも

来島の海のうづ潮とこしへの君のいのちはそこにこもらん　（歌集『憩流』）

老いづきし君とおもへばたゆみなき歩みの跡はここにしるけし　（歌集『庭霜』）

補　遺

問はずして知る利尻山雲なびく海の遠くにはれればれと立つ　（「山」応制歌）

風は夜を待たずといへばさながらに庭を覆ひて雪やみにけり

得も喪も区寰《くくわん》のうちと思へ思へ草木雨に葉を垂れて立つ

根府川の海の渚に朝波にぬれて玉のごと石はかがやく

よごれつつ咲きのこる辛夷その上の桜は蒼朱くなりたり

水仙の花すでに咲く渚道年あらたまる光さしをり

昭和四十八年

一　年

一年の草ら一年に枯れゆけど人吾は老いて年あらたまる

新しく来向ふ年はいかならん月満ちて人の健かにあれ

寒のころ

冬晴の午後三時ごろしづかにて煙霧のなかに日は遠ぞきぬ

六十を過ぎつつおもふをりにふれてわが身よりたつ臭《にほひ》はなにか

十葉《じふえふ》の薔薇もみぢせる窓外に大寒《たいかん》の日の平安はあり

陰《かげ》を布《し》く木のなき庭に芥子《けし》の花さきて寒《かん》の日のこころ軽さよ

悔多きわれの頂《かうべ》を撫《な》づるものありとおもひて夜半《よは》にさめゐき

臥床

窓外に辛夷《こぶし》のつぼみ立つこころとなりて衰へしわが日々寒し

蘇東坡曰不聞不見我何窮

聞かず見ずありて安けく過ぎなんを病み伏すときに窮るらしも

山砂

寒しともなき山霧をさびしみていくたびにても湯泉にいる
病む吾をおほふひねもすの霧暗し庭の山砂黄にうるほひて
ひるすぎの雷《らい》ふるふとき能満寺虚空蔵の桜しばしば散らん
枝垂るる桜があればしばらくのこの輝きを病みて惜しまん
足よわくなりて歩めばゆく春の道に散りたる樟の葉は鳴る
病むわれの運動として庭に踏む浜砂よりもきよき山砂
晴天に風鳴る四月尽のひる湯泉の濤に病む身をひたす

病中閑日

対偶をよろこぶ及辰園先生が藤浪の下にこよひ酒を飲む
戯れに愁を割《さ》くとわがいひて刺《とげ》強くなりし楤《たら》の芽を食ふ
衰へて吾はおもへば縁《ふち》赤き焼肉などもいたいたしけれ

麦仰ぐ季《とき》にいまだも病むわれは能満寺のほとり歩みて帰る

蛙鳴くひねもすの雨湯泉にひたれば泥のごとき香のあり

土割りてひいづる黒き筍の食はぬ梢といへども楽し

木のうれに寄りて咲くゆゑ遠けれど散りたる藤のむらさきすがし

山砂をおきたる庭は初夏の日にまぶしく照りて萌ゆるものあり

夜ふけてわがひたるとき湯泉は湛へおそろしきまでに溢るる

日を経つつ土になるらしき岩いくつ庭にほとびて完塊はなし

苗の立つ水田にそひて乾くみち初夏の日長きゆふぐれにして

大河原にて

わが生《あ》れしところかなしく昼の田の蛙の声をききつつあゆむ

生れしより六十年か低山のうへに蔵王の残雪ひかる

苗植ゑし田のあひだにてこころよくまだ植ゑぬ田は水の流るる
田をうるころにて畦に黄の花の金鳳花など咲くふるさとは

初　夏

六月にいまだ食ふべき筍のあれど霧ふるゆふぐれ寂し
ともなへる幼子をとめおのづから声円美にて三日親しむ

六月十二日、銚子恵天堂医院

海風か川風か吹くとどろきを銚子のまちに一日《ひとひ》聞きけり
さいはひの予感をときにいなまんや眉に疣《いう》ある老人《おいびと》にして
松山に入りて狐の棲む穴を見る梅雨《つゆ》ばれの暑きひるすぎ
くさむらに狐の通ふ道ありて山畑なれば梅の実まろぶ
魚くひてなまぐさき身をぬばたまの夜の湯泉の濤にしづむる

自著に題す

逝きてより二十年過ぎし先生のいますがごとくわれは悲しむ

湯本白水阿弥陀堂

古き代の御堂がありて浅山の入野《いりの》にみゆる屋根高からず

白水の阿弥陀堂にてふたもとの老木のひとつ樟に蟬鳴く

石見銀山跡

浅山のいづこもしげる竹むらに風ふきて封建の代を思はしむ

徳川の代に銀掘りし山のべに古き治水の跡のこりをり

行く人のなき銀山の跡のみち竹にひびきてひぐらしが鳴く

山峡は昼しづかにてところどころ間歩《まぶ》と呼ぶくらき坑口の見ゆ

悲しみのきざすごとくに龍源寺間歩の風かよふところに憩ふ

式年遷宮

遷　御

しろたへの帳《とばり》うつるはまのあたり神遷《うつ》るなり闇にたふとく

星おほふ夜空の下はけがれなき闇となりたり神遷るとき
よみがへる遠き古《いにしへ》のこころにてするものの鉢に篝火もゆる
おごそかにしづかになりて白石《しろいし》をしく神庭にこほろぎの鳴く

川原大祓

林間の川原大祓《かはらおほはらへ》といふまつりせまき斎庭《ゆには》に人あふれけり
秋の日に幣《ぬさ》光りつつ林間のまつり見えがたくたふとく終る

開　冬

やうやくに老いつつ思ふわれの得し肯定は論理のたすけを待たず
冬開く日々の晴天に骨の鳴るごとくに音す家の柱は
わが足の弱りゆくべきことわりのありと告げ得ず家ごもりけり
冬日さす一日のいとまこより縒るわが手の指もにぶくなりたり

娘に示す

よろこびはさもあらばあれ産むまでの産みての後のくるしみあはれ

妻還暦二首

わが父母をあしざまに言ひしこともなき妻と思ひていまともに老ゆ

人の胸に刃をたつるごとき言葉六十年にひとたびもなし

人参の葉など小葉《せうえふ》は安らかに庭の上ひくく冬の日わたる

冬ごもる蜂のごとくにある時は一塊の糖にすがらんとする

編　余

冬の芽のきざせるものも古き葉を保てるものも光さやけし

新しき年鼎々としてきたる冬青の朱実の照る窓の外

新年のみつる光は三寸の黄橙の上にまのあたり見ゆ

み仏にささぐる灯にも新しき年の心はこもりたるべし

国交が成りて思ひいづることばあり「蒼海何ぞ曽て地脈を断たん」

あら玉の如しといひてたたへたるその新年となりにけるかも

寄西川敏君。黄山谷詩集は西川敏君贈るところ、「矞雲従龍小蒼璧」の句あり

立春を過ぎつつあふぐ夕空に矞雲《いつうん》といふ朱雲見えよ

大沢たか歌集『轍』序歌

くさまくら旅ゆくときに老母とあひたづさふる君はともしも

ありなしの風のごとくにねもごろに心はかよふ子にも母にも

いばらきの栗のつぶら実かねづきてかがやくものを見ればおもほゆ

園節子歌集『薄明』に寄す

うつしみのくるしき日々に耐へながらあり経し君の歌かがやきぬ

六月二十五日、松山茂助氏逝く

千曲川ながれのゆくへ山峡に入りぬといひてわれは寂しむ

明治神宮献詠会

秋暑きわが庭のうへしづかにて紅蜀葵《こうしよくき》の花枝たかく咲く

女子命名

すりばちの如きすゑものにつつましく燃ゆるを神のかがり火といふ

年々のこころなれども夏ふけてこまかき蚊いづる頃となりたり

木斛《もくこく》の色づく庭に去年の夏山中に鳴きし小鳥来てをり

寄大沢たか夫人

子を思ふ母の涙のしむらしき那珂川の冬の鮭を食ひたり

歌集合同記念会

さながらに声きくごとき親しさのありと伝へてわれは祝はん

人の世の波を凌がんに今日よりは相依るつれのありといふもの

つれあひといふありふれし言葉さへ実感として今日より楽し

（新婚賀歌二首）

補　遺

おもむろに病いえつつ黙しをり桜うるほひて雨ふるゆふべ

冬至の日やうやくちかく水明るしこの山峡《やまかひ》のひとつ泉は

浅井喜多治歌集『還住』序歌

いさぎよきまた騒がしき製材音還住つねに君を離れず

こころ篤き君とたづさへ行きしかば紅葉生日の天に逢へりき

生れし日を祝ひてわれの名づけたる君がまなごは育ちつらんか

昭和四十九年

病後新年

朝夕に逡巡して味ひの長からんわが残年のうちの一年
よもすがら煙をあぐる命榾《いのちほだ》われの命もつぎてたもたん
海底《かいてい》に星おちつくし年明くる人のいのちは健かにあれ

雷震

夜となりてともなふ雷の震ふとき雪つみをれば長くとどろく
衰へしわれの場合を思ふにもあはれあはれ人は病みて衰ふ
幼子の祖父にまつはるは消遣のためにて朝早く来ることのあり

答志島

冬の日の海をわたると寂しさや船にしみたる潮の香ぞする

海よりも淡き青にて山みちに桃取石《ももとりいし》の見ゆる入海
わがからだ寒《かん》に中《あた》れば宵早く臥して鯛の腴《ゆ》を食ふこともなし
「島道は山道にして」吹く風にひるがへるゆゑ木々の葉ひかる
（上句妻の歌にまねぶ）
島山に見ゆるは常の寂しさかひとつの瀬戸に動く白波
暁の海におこりて海を吹く風音寂しさめつつ聞けば
松阪にて
あたたかき色もつ石に冬日さす街中にある城の石垣

足摺崎

青々としげりて嘉植なきところ足摺崎に海高く見ゆ
椿など覆ふ岬みち葉をもれてまれに燈台の焱《ひばな》かがやく
無線塔空に音するのみの夜見えがたくして海窓に満つ
四国第三十八番、足摺山金剛福寺。ふだらくやここはみさきのふねのさをとるもすつるものりのさた山

補陀落《ふだらく》の寺のしづかさ冬青き山には枯れしたぶの木ひかる
海いでて山に照る日は椿さく寺の泉のほとりにも照る

晩　春

たちまちに辛夷をはりてしづかなるいとまなかりし花を哀れむ
みづからの幹をめぐりて枝あそぶ柳一木はふく風のなか
いちはやく若葉となれる桜より風の日花の二三片とぶ
あくびしておのづから出づる声のあり楽しともなきその老いし声
大根の花にまじりてゐんどうが咲きわが庭の春ゆかんとす

北極の天

北極の半天を限る氷雪は日にかがやきて白古今なし　（Ⅰ）
光源として太陽のかがやけるその青天も雪も動かず

老鈍の心ゆらぎて北磁極いま過ぎたりといふ声をきく
おしなべてただ白けれど山のまの氷河の終る海はしづけし
氷雪の力をしのぐものありと石黒き山しばらく見ゆる
ひとしきりグリーンランドの地膚みゆいまだ乾かぬにぶきその色
夏ゆゑに雪とくるらし氷脈のあひだに見ゆる青ひとところ
南より照る日に黒き影をもつ氷山群は陸地にあらず　（Ⅱ）
眼に満つる氷雪にして陸と海とあるときは色異りて見ゆ
遠近もなき氷雪の輝きのなかに氷河はにぶくかがやく
日没の時なく茫々と白き涯《はて》山にときのま顕つ色のあり
飛行機の窓に太陽の熱気あり北極を俯瞰して長き一日

ユングフラウ行

遠ざかるごとく近づくごとくにてスイスアルプの雪山いくつ
山のまに傾く氷河遠くみゆ湧きたつ川のごとき寂しさ
トンネルの或る窓は雨筋に降る音なき山の空間の雨
雨のふるところを過ぎて高山のユングフラウに雪みだれ降る
かがやきて天に横たふ雪山のひとつわが立つユングフラウは
やや遠く淡青の泡たつごとしクレッチヤー氷河の末端にして
一谷をへだててひろきなだりには雪に亀裂があれどしづけし
雪山の遠きあたりは青く見え午後の空晴れて雲の輝く
朗らかに谿晴れをりてくだりくるその道々に山高くなる

八幡平

湧きいでてゆたけき山の泉には日暮れて靄のたつにかあらん

いにしへゆ盲清水《めくらしみづ》といひ継ぎて清き泉をゆふべわが見つ

松川地熱発電所

屋蓋の下に熱泉の湛あり柱列ごとに靄いやふかく

秋　暑

九月二十八日、京都嵯峨にて

鳥虫《てうちゆう》の声なくあつき秋の昼幹青くたつたかむら広し

九月二十九日、近江観音正寺歌碑。五紀巡游の友情を記念して赤城猪太郎氏故薩摩慶治氏の建立せるもの

すでに亡き一人を交へいしぶみに三人の名を永くとどむる

秋の日の観音正寺にのぼり来て蟬の余喘を聞くごとく聞く

秋　庭

ペチユニヤは秋庭に雲のゐるごとし花ゆゑ色の軟かにして

湯に入ればをりをりに躰《からだ》あたたかし秋づく庭に雨ふる一日

百日草稚女《ちぢよ》のごといまだ庭に咲き白髪われは何にか似たる

一夜のみ咲きて終らん花を見つ憐れは大き花ゆゑにあり

穂　芒

わが父母の言葉にききし竹駒の稲荷なつかしみ寄道をせり

雨あとの石だたみには光あり友と三人《みたり》の開運のため

秋の日に踊るすすきといふ比喩をよろこぶまでに穂はみづみづし

夕　空

雲のふち虹のごとくに色たちて風なきゆふべ空の安けさ

位置うごくことなきゆゑに窓に見る街の灯の沸くかがやき寂し

書斎新築成る

部屋ふかくさす冬の日をかうむりて睡《ねむり》に似たる楽しさを得つ

編　余

「朝」応制歌

こもごもに翼すこやかに列りて朝《あした》の空を雁わたるみゆ

残歳のなきを惜しまず新しき年の光をかうむりにけり
明治神宮献詠会
寒あけのいまだ明るき夕庭に馬酔木はつぼみ長くなりたり
ゆたかなる春の光はたまくしげ二人立つときいや豊かなり　（新婚賀）
寄西川敏君
あづさゆみ春の和布を食ふときに千里山より筍とどく
わが孫の渡辺かがり生れしところ三宿病院に海棠がさく
薩摩慶治氏に戯に贈る
さすたけの君が病ひはこの草の芽を食ふ時にけだし忘れん　（萱草）
寄稲葉正次君
わが好む夏のはじめの日々のうち一日を当てて君を祝はん
佐藤洋子に与へ併せて佐藤淳子に寄す
十の指二《ふたつ》の腕がこほしとぞ肩こるときに来る人を待つ
舘富江歌集『水平線』序歌
安房のくに館山にあるわが友ら君に親しみ吾に親しむ
あしざまに人を語らふこともなし神にすがれば敬虔にして

愛ふかきつれあひの夫もつ君は常やすらかに日々を送らん
明治神宮献詠会

百合の木のかげに憩ひて硬き葉の音降るときに人をしのびつ
山上次郎著『斎藤茂吉の生涯』出版祝賀会

いそしみの力をしまぬその人を見るごと親し君の著述は

大き人の生《いき》の涯《かぎり》を炎なす言葉によりて君は伝へき
七月二十日、神田ランチヨンにて

泪いづるまでなつかしむわが若くビールを飲みしところはここぞ

湯泉にたたふる朝の光あり光のなかにわが身をひたす

新しく成りたる部屋に騰々と一年ゆきて一年来る

陶《すゑ》ものにもゆる庭燎《にはび》は夜のまつり神遷りますときのま暗し
「祭」応制歌

補　遺

北極の一日雪多く長かりき夜の時なくロンドンに着く　（北極の天）

山と谷ほがらに見ゆる窓のそと雪消のしづくやまずしたたる　（ユングフラウ行）

ゆく春の擬宝珠を食ひしのびたる吉野谷に来て湯を浴みにけり

昼の湯を出でていこへばはかなごと老いたる脛の白毛に気づく

風あれば鳩はたのしく飛ぶならめ花さく百合の木の上の空

まどろみを誘ふ秋の日青桐に似たるはだへを白松《はくしょう》はもつ　（湯島聖堂二首）

しげき葉の覆ふ楷樹《かいじゅ》はもみぢせり風も吹かねば音なき一木

巓頂をも襲ふことある秋の蚊をにくみて暁はやくめざめつ

後記

本集には昭和四十五年（満六十一歳）から昭和四十九年（満六十五歳）まで、五年間の作歌五七六首を収めた。私の第十歌集にあたる。

この五年間にも昭和四十八年三月と昭和四十九年九月と、健康に小異変があつた。いはばその病中病後の詠歎を主な内容とするわけだが、比較的元気に生活した日もあつて、たとへば伊勢の神宮の式年遷宮に臨時出仕したときの作とか、ヨーロッパに遊んだときの作などもある。それに、晩年に移つたこのみにしたがつて親しい友に贈つた作歌も少くない。

それにしても全体としての作歌の数は多くない。私が作歌の数を節するやうになつたのは前集『形影』以来である。これは単に健康状態の関係ばかりではない。要求する方向にしたがつたので、ヨーロッパ旅行に於いて北極の歌とユングフラウの歌だけを作つたやうなものである。

先師斎藤茂吉先生は「芸術に極致は無い」といはれたが、作歌を継続してゐれば思ひがけず境地が進むこともあり得る。私は短歌の価値の大部分は「ひびき」にあると思つてゐるが、蘇東坡は「語、煙霞を帯ぶる古より少し」とも言つてゐる。私の作のいくつかにそのおもむきが全くないこともあるまいと思ふのは欲目といふものであらうか。

書名の「開冬」は冬開く、新冬の意である。東坡の詩に「この生味《あぢはひ》あり三余に在り」といふ句があるが、「冬は歳の余、夜は日の余、陰雨は晴の余」が「三余」だといふ。私は前集『形影』以後、いはば冬の季節に入つたやうなものだから採つて書名とした。昭和四十八年以来すきな酒も節して少い量をいかに楽しむかといふ工夫をしなければならなくなり、「逡巡して味尤も長し」といふ態度で日を送つてゐる。これは単に酒のみではない。

昭和五十年四月十日　及辰園に於いて　佐藤佐太郎記す

天眼

昭和五十年

天眼

庭にゐて山橘《やまたちばな》のささやけき実に空想のうごく冬の日
冬の日にいでてあゆめば逢ふ人もなく蒲の穂の光る川ぞひ
竹を負ひ梅もどき赤き木のあればひさしく逢はぬ兄おもひ出づ
湯泉にいくたびもいり風邪《かぜ》ひきしそのつれづれに酔語を恐る
雀らは刈田にをれど川ぞひの赤き檀《まゆみ》とかかはりありや
収めたる冬野をみつつ行くゆふべひろき曇に天眼《てんがん》移る
蘇東坡曰、披雲見天眼

グアム島にて

際海に緑常なる島なれど消しがたきもの戦蹟のこる
白波のうちしづかなる島の海みつつ胸をどる潮のみどりは

春雑歌

童馬山房先生二十三回忌一首

移り来しところに馴れず早春のあたたかき日にも馴れず帰路《かへりぢ》

よき人の七十年のみよはひを吾もやうやく老いて尊む

三月二十二日、鎌倉東慶寺にて二首

生死夢《せいしむ》の境は何か寺庭にかがやく梅のなか歩みゆく

ひたすらに梅はかがやきみつれども葬《さう》の庭ゆゑ人ら声なし

わがこころめざむるまでに輝きて窗《まど》そとにたつ辛夷《こぶし》一木は

三月二十八日以来体調異変あり

窗《まど》ちかく桜の花はかがやかん見んきほひなく臥しつつをれど

さく花を待ちつつをりしわがこころたはやすくして春すぎてゆく

わがをとめいまだ幼く踵《かかと》にてはしる足音二階にきこゆ

ともしびの光を分ち窗に散る桜を見たる宵を思はん

楽しくもその声をきく二階にてきこゆるものは鳥のみならず

くれなゐの花たをやかに光ある海棠を惜しむゆふべをとめと

銚子詠草

四月十八日、銚子恵天堂医院入院。翌十九日

衰へし身を養はんわが日々に甘藍うまし海のべここは

長閑の人をあはれむ院長がいり来て部屋に昼灯をともす

四月二十日、散策

しづかなる葦をとほして海風にふかるる川の流はきこゆ

利根川に立つ逆波は海風のふきのまにまに音を伝ふる

衰へしわが聞くゆゑに寂しきか葦の林にかよふ川音

川原の葦は青き芽のびそめてよしきりが鳴き波音きこゆ

古葦にまじる新葦《にひあし》川原にてとらへし蟹は泥の香のする

四月二十一日、終日雨

病室の夕飯どきに酒をのむ老いてみにくき人とその影

四月二十二日

寒暖にかかはりもなくよもすがら天《てん》にとどろく風きこえゐつ

おどろにて道の花壇に葉牡丹の黄の花寒しゆく春の風

四月二十四日、曇

静脈に注射を受くる晩春の日々寒ければ日々のわびしさ

二十五日、雨

廬山にて酒許されし淵明の場合をおもひ酒のみゐたり

四月二十六日、曇後雨

われの生《よ》に逢ふ晩春の日々の雨かたくなにして寒くすぎゆく

四月二十七日、曇明

この因をいかに結ばん新聞を読まず手紙を待たず日々ゆく

二十九日、妻ら来る。江畑君と散策

あたたかに晴れし波崎《はさき》の渚には潮干の波にあそぶ蟹あり

外川《とかは》には浜大根の花まぶし四十年すぎて老いて来ぬれば

おきふして十日経しかば海ちかき畑に甘藍の黄の花がさく

三十日、曇後雨

霧の日にさいれんの鳴る銚子にてその音きこえ午睡したりき

五月一日、秋葉四郎君と散策

ゆく春の日々を惜しむと利根川の水ひろくなる豊里に来つ

十日経て枯葦もともに変化せるごとく青葦はいたくのびたり

五月二日、晴天

利根川のまぶしき水を往き来する渡船をみれば人多からず

五月三日、曇後雨、出游

帰らざる一群の鴨やまのまの池にただよふ逝く春あはれ

ふる雨に明るくつづく桑畑ここの台地は古代にか似ん

東庄《とうのしやう》といふところにて木々古りし森に社も寺もこもれる

そのはたて屛風が浦断崖の一部見えつづく台地は晩春の畑

五月五日、風

神《かう》の池《いけ》いたくさま変り残りをりかかはりなきに虚しうつつは

七日、晴

もてあそび難き余齢とおもはんか鹿島港のあたり寂しく帰る

みづからの顔を幻に見ることもありて臥床《ふしど》に眠をぞ待つ

八日、晴

はればれと大漁旗なびく船いくつ遠く北洋に出でゆくところ

八隻の船つぎつぎに遠ざかる船団をくみて北洋へゆく

五月九日

われに似て杖ひく人のまれに来る罷業の駅にしばし憩ひつ

五月十日

その母に似たりとおもふをりふしのありてやうやく妻老ゆるらし

五月十二日、晴

かすかなる機械化ひとつゆきずりの石屋は同じ石を截りゐる

五月十三日

どこといふけぢめもあらず衰へぬ杖つきゆけば肩いたむなど

五月十四日

さよりなど魚売る店のならぶ道いでて歩めば楽しかりけれ

五月十五日

今日はややわが足つよくあゆみきと昨日につづく晴を喜ぶ

五月十六日

ただ広き水見しのみに河口まで来て帰路となるわれの歩みは

五月十七日雨。江畑耕作、秋葉四郎二君と潮来に遊ぶ

みたり来てあそぶ潮来《いたこ》にひといろとなりて長《た》けたり葦も真菰も

青葦のかげになべては見えがたきころとしなりぬ与田浦《よだうら》あたり

水門をとぢて流なき水のうへ雨ゆゑに帰路いくばく暗し
五月十八日、晴
対岸にみゆる波崎の先端の砂丘がひかる晴天なれば
五月十九日、感謝退院
晩春の日々初夏の日々血脈に友は光明を注ぎくれにき
よみがへる力を得つつ帰るべき時となりたりあなかたじけな

夏のころ

あらかじめ暑き一日は朝蟬のこゑ荘厳に迫り来るらし
鼻出血以後の十年をかへりみて長き命をいま感謝せん
われの亡き後に残らん人憐れあるときはかく思ふことあり
摩挲《まさ》すれば枝癢《か》ゆがるといはれたるさるすべり花のすがしさあはれ

日々

画にかかず机になえしあけび二つ心きほひなく秋すぎてゆく

街ゆけばマンホールなど不安なるものの光をいくたびも踏む

蛇崩坂（一）

朝雲はさむざむとして光あり運動のため坂をゆくとき
銀杏《いちやう》ちるところ欅《けやき》のちるところ雨はれし坂のぼりてくだる
石垣のあひだをくだる蛇崩《じやくづれ》の切通坂さむくなりたり
衰へて足おぼつかな日ごとゆく蛇崩坂に銀杏《いちやう》ちるころ
半年の時たはやすく夏すぎて秋すぎんとすわが足よわく
ゆりかへす地震のごときいくたびかありてわが軀《からだ》安定を得ん
家いでて道をあゆめば日のかげる蛇崩坂のくだり路《ぢ》さびし
蛇崩の坂の熟柿《うれがき》雨ふれば鳥は来ざらん吾もあゆまず

冬　庭

寒き日にやうやく馴るるさだまりを得つつ朝々の冬青《もち》のくれなゐ
いささかの時雨にぬれてわが庭の楓は朱《あけ》のよみがへるらし
おりたちてわれの親しむ山茶花《さざんくわ》はいま咲きしもの花びら強し
冬ちかき小園のうへさく薔薇のめぐりは清し日は照りながら
わが庭の薔薇の朱実をついばみてしばし遊びし冬鳥あはれ
辛夷の葉散りすぎてよりあらはなる花芽ひかりて一日風ふく

編余

赤城猪太郎歌集『点滅』序歌

老いづきて甲子同じきわが友は足健けく心さやけし
点滅の灯にしたがひて朝々の道ゆく君はすがしかるべし

高瀬雅美歌集『青潮』序歌

ひたすらにいそしむ君はまのあたり幸《さいはひ》多し仕事も歌も
さすたけの君とのゆかり丑の日の鰻も老の広き書斎も

海のべに育ちしわれに親しさや大津は君のふるさとにして
たましひの流るるままに巧みなる君の言葉をわれは喜ぶ

秋葉四郎歌集『街樹』序歌

つつましきひとつの道をゆく友は吾に親しむひたすらにして
うつしみの吾より若き友みればともしきろかも行末ひろし
切実にものを見るときゆきずりの街樹のたぐひ輝ふらしも

画　讃

いつ見てもかたき葉ひかりさやぐなき泰山木は花開きそむ

「銚子詠草」のうち

いづこにも浜大根の花さける春日外川《とかは》の渚をあゆむ
サイレンがしきりに鳴りて霧ふかき午後となりたり銚子のまちは
在るはずのなき海のべに港ありかかはりなきにうつつは虚し

宇佐神宮

木々ふかきなかに交はる松に鳴く春蟬の声とほりてきこゆ

百日紅別案

むし暑き花とおもひゐしさるすべり咲きて近く見る花のすがしさ

「坂」一案

うつせみの軀《からだ》きたふると長き坂のぼりてくだる昨日も今日も

蛇崩坂

熟柿のおちしが道につぶれゐる蛇崩坂を日ごと歩みき

昭和五十一年

島にて

灯の暗き昼のホテルに憩ひゐる一時あづけの荷物のごとく

逢ふはずのなき斑白の人を見るわが全容が鏡にありて

田を植ゑてつひに貧しきこの島は明治以前のごとくに寂し

哀歓の声なく群れし沐浴《もくよく》の人等の顔を思ひ出でをり

ひもすがら鳥とばぬ空くるるころ更紗を買ひて妻等帰り来《く》

石

おのづからある如き石ここに在り大き石朝の霜おびずして

霜とくるあしたのひかり幹青き竹の林の石つやつやし

この石の出でたるところ湯の岳に残るはだれのたちまち見えず

湯の岳の大石を据ゑ竹の幹植ゑくれしかば筍を待つ

冬の日にそよぐ竹の葉しげからず大き石三つ庭のしづかさ

冬　日

新年述志

たまきはる内の心の常強くひたぶるにして迷ふことなし

一月二十四日、斎藤茂吉歌碑除幕式

冬の日はみじかき故に午《ひる》すぎの三筋町よりただちに帰る

「坂」応制歌

神島《かみしま》の女坂《をんなざか》より雲と濤かすけき伊良湖水道は見ゆ

あさあさに体操すれば寒き風めぐりに動き腕をわが振る
「酒を嗜み風痺《ふうひ》を得たり」といふ言葉思ひ出でつつ坂のぼりゆく
二十四の時とおもへど過ぎてゆく一日々々《ひとひひとひ》は相当に長し
柔かき枕にいこふわが頂黒《かうべ》からず全《また》く白きにあらず
洋子枕を贈る

蛇崩坂（二）

蛇崩の坂の冬木は堅痩のときすぎんとすわが足軽く
勉強のいそがしきゆゑ伴はぬをとめを坂に思ふことあり
午睡よりさめし老びといま坂をゆく一日の幻《まぼろし》いづれ
辛夷《こぶし》さくわが門《もん》を出て道をゆく一年過ぎし空気香《か》のあり
高きより俯して見るとき明らけき辛夷の花を今年たたふる
締りなく老いて胡《こ》を垂《た》るわれの頸《くび》鏡にむかひ時にあはれむ
陸放翁曰、牛老垂胡

三月二十日、一首

操《あやつ》りの人形のごとき感じなく今日歩みきと坂より帰る

門のうち門のそとにも辛夷ちる風痺を得たる日の記念にて

蘇東坡曰、生死夢三者無劣優

忘れたる夢中の詩句を惜しみつつ一つの生《せい》をさめて喜ぶ

世田谷公園

鳩群のなかに足病む鳩ひとつみとめなどして広場に憩ふ

雨あとの公園にゐつ休止して喜びのなき噴水とわれ

きづなき日を思ふなど単独のときほしいまま心はあそぶ

蛇崩の坂より帰りいこひしが雷鳴ありて眠よりさむ

雑詠三首

四月四日、伊予川之江

三本の花のあかるさまどちかき桜の奥になほ桜あり

五月、赤坂御苑

玉樟の大木の下に五月末の雨かと思ふ花のこぼるる

明治神宮献詠会選者吟

雨つづくゆゑ青草のふかき庭くれなゐの薔薇日々しづかにて

砂鉄川渓谷

五月二十四日、猊鼻渓とよばるるところに遊ぶ。同行片山新一郎君他諸友。

雲のごと藤さく洲《す》あり断崖のきりたつ川をさかのぼり来て

晴れし日の水のひかりは石壁にありその下の咲く藤にあり

石壁の下の川洲にむらさきの藤を明恵《みやうゑ》にまねびよろこぶ

山なかの音なき川にまれまれに河鹿なくとき水音きこゆ

夏より秋

わが足はふたたび軽し窓ちかく風によろこぶ竹のごとくに

雨に遇ひて蛇崩坂をいそぎ行く今日の一人も哀れならずや

戯歌　雨にあひし及辰園先生が杖もちて蛇崩坂を急ぐ夕ぐれ

片山摂三氏撮影の自照に題す

わが顔に夜空の星のごときもの老人斑を悲しまず見よ

さろんぱす胃散などあるわが机人見ざるゆゑ人あやしまず

九月十五日

衰へしわが手を取るはあるときは憐れみ歎くのみと思はず

禁　煙

禁煙の第一日は可も不可もなき一束《ひとたば》の過去となりたり

わが胸を通りて行ける香ばしきかつての煙おもふことなし

期待せぬゆゑかかはりのなき時計動くに気づき時に憐れむ

青天となりし午すぎ無花果《いちじく》をくひて残暑の香をなつかしむ

館林にて

おほよそに白き蓮の葉空ひくく秋燕とぶ沼に音なし

たもとほる沼のほとりに紫のほてい葵寒暑なき花の咲く

返りさく花稀に秋の葉のしげり静かになりぬ庭のつつじは

下野岩船山高勝寺

秋蟬と夏蟬と声さわがしく鼓吹する岩船山六百段の道

秋分の天

台風の余波ふく街のいづこにもおしろいが咲く下馬あたり

夏すぎし九月美しく道に踏む青の柳の葉黄の柳の葉

病みながら痛むところの身に無きを相対的によろこびとせん

たはむれに台風が遊びをりなどといひし一日の雨量を思ふ

めのまへの緑の山がたちまちに茶色に変るといふ山崩

水のみに起きしついでにごきぶりを一つ殺して安く眠らん

いくばくかわが足つよく坂をゆく一年すぎし秋分の天

十一月十三日

銀杏ちる坂を歩みて歎きけん去年と同じ人みちを行く

熊野路

季《とき》おそきいそなでしこの紫の花あはれみて江須崎《えすざき》をゆく

つはぶきは黄も葉もともに光あり一つの崖の海になだるる

隧道を出でてしばしば海あればいづこも枯木灘《かれきなだ》といひたる

海光を呼吸したりし山茶花の老木花さく大島《おほしま》に来つ

暮れかかる水平線にひとしきり船見え光の団塊《かたまり》移る

しづかなる水平線をさかひとし海より遠きそらの夕雲

贈答の歌

梶井重雄、市田渡氏に報ず

重からずはた軽からぬ液体の香《か》をわれは知る加賀の「菊姫」

贈大沢たか夫人

朝夕は寒くなりぬと思へればうべ那珂川の鮭をもて来し

寄畑山正人君夫妻

大粒の栗のごとうまき馬鈴薯がこの世にありと君に伝へん

寄山本昭子夫人

大正のころの蜜柑をしのぶまで今日食ひしものに味ひのあり

編　余

鈴木冬吉歌集『餘燼』序歌

うつしみの言葉静かに言ふ人は妻さきだてて七年経たり

祝『斎藤茂吉遺墨集成』

いとせめて亡き妻の夢みるときにその中の声さながらにあれ

人のために

遠くより吾はたたへん十年の心のまことあざやかに成る

天雲のごとく垂りたるかぐの実の葡萄の露の凝りしこの酒

人に贈る

葡萄くふ歌を考へをりたるに柿林檎蜜柑秋あわただし

佐保田芳訓君新婚賀歌

おしなべて味ひふかき人の生をあゆまんとする今日より君は

和歌森民男君新婚賀歌

今日よりは人の世を渡るつれありとかへりみるとき湧きくるは何

新聞のための新年歌

待つもののなき日々ながら一年は月満ち風のととのひてあれ

昭和五十二年

年改る

時のめぐりおごそかにして寒き日のつづきに行く年来る年のあり

一年のあひだに老化せしからだたちかへるべく年改る

「海」応制歌

海のべの木草かがやき晴れながら雨ふることのあり熊野路は

土蛍

洞窟のくらきところに輝ける音なく瞬《また》きのなき土蛍《つちぼたる》

眼がなれて星空のごと洞くつの奥にかがやくもの限りなし

山の木にまじはる羊歯《しだ》は夏もえの新葉ひろげをり大木のごとく

むらさきのジヤカランダ咲く木の下に二年たよりし杖つきて立つ

キウイとふ翼なき鳥うづくまる見つつうとまず旅なるわれは

蛇崩遊歩道

陰晴に附すといへども降る雪をよろこばずして吾はわびしむ
手に杖をたづさふ者の当然として力なき足を歎かず
街川をおほへる遊歩道ありて常見ぬ家の裏側を行く
ただ歩くため日に一度道をゆくたまたま伴《つれ》のあるとき楽し
かかるときおのづと思ひ出づる人あな忝なその人が来る

大寒日々

途上一首

道のべに霜やけて朱《あか》き杉の立つこころなつかしき東金《とうがね》あたり

銚子一首

冬ながら甘藍うまきところにて青き畑海の光を受くる

熱海梅園二首

白梅《はくばい》にまじる紅梅《こうばい》遠くにてさだかならざる色の楽しさ
あるときは日のまともにて白梅の最勝の白しばし輝く

朝寒くかたちかすけき白魚に魚の香のあることを寂しむ
患《やまひ》ある身にこだはればさはやかに日を迎へ得ず日を送り得ず
わが義歯に水しみわたる寒の日々うけし寿《いのち》をいたはり生きん
骭《ふとはぎ》のしきりにかゆき冬の日のわたくしごとも三年《みとせ》を経たり

懐　抱

門《もん》いでて杖をたづさへ歩めども懐抱は日々同じにあらず
道に逢ふ杖もつ人は健康者よりも運命に振幅あらん
杖をもつ人の多きに気のつくは神社等来るところによらん
われの知る蛇崩川が消滅し遊歩道に残る橋の名あはれ
午睡よりさめて出で来し蛇崩の道に今年の梅の花ちる
辛夷さく門をかへりみたちいづる及辰園先生は今年足つよし

いづくにも沈丁花かをり一人にて行くとき二人にて行くとき楽し

晩　春

蛇崩の薄紅梅はもどり路にゆふづく空の色に染みをり

空はれし一日《ひとひ》辛夷の明るきははなびらゆれて風をよろこぶ

雨の日につぐ逝く春の風の日をこころ衰へてわれはわびしむ

道ゆきてわがかへりみる八重桜さく明るさに濃淡のあり

山上次郎氏、中川一政先生作陶印を恵贈

紙展べて書きたる文字に陶印をおすときわれの心はあそぶ

四月十日、千葉県海上町歌碑除幕式

彫《ゑ》られたるわが歌をみる灰白の石の光はひややかならず

亡き人の声なき日々をかへりみて人はなげかん一日《ひとひ》一日《ひとひ》夢《ゆめ》

花水木

街路樹の花水木祭のごとく咲く街すぎて動君の家を訪ひにき　「動」は孫の名

花水木あぢさゐなどに煉瓦色の楽しともなき外国種あり
時はいま楽しといひて蛇崩の柿の花落つるところを通る
わが庭の石のほとりに萌えしとふ筍あはれ行きて見ねども
ゆりかへす地震のごとくおもへれど五月十四日いたく驚く
下剤にて「首より上の薬」といふ街ゆきて遭遇したる売薬
睡眠は大切ゆゑに宵のうちより薬物によりねむることあり
わがこころ斯くの如きにも感謝せん胸のとどろきを薬はしづむ

游金華山

五月二日、帰路宮戸島に遊ぶ

島あれば島にむかひて寄る波の常わたなかに見ゆる寂しさ
松島の宮戸島にはひかりあり水田《みづた》も桜さく浅山も
遠近の浅山は桜すぎがたのこの世ともなき島の明るさ

桜さく浅山の間はみな水田いこふところなき島いさぎよし

この島にしたがふ友は顧みて二十年長き交りをせり

良き友にめぐまれ生きて花ちらふ宮戸の島に遊びけるかも

薔　薇

光ある花を讃へて薔薇のさくころ充ち足れる日々とおもはん

出直すといふこと生くる世にあればわが健康をふかく憂へず

立葵さくころとなりゆきずりの路傍などにも健かにさく

酒などを断ちつつをればやうやくにうちのほむらも消えんとぞする

マッキンレー山

アラスカのいづこも草に似る柳ゆく道のべに花さくもあり

むらさきのルピナス群るる川原《かははら》をよぎるときあり高原《たかはら》ゆけば

けだものの棲むさまあはれ草山の雪にけだものの足跡のあり
からまつの林あらはに馴鹿《トナカイ》の歩むかたちの見えてバスゆく
みなもとは雪の山にてその流《ながれ》高原とほくかたむきて見ゆ
マッキンレー雪山とほき高原にしづかなる道のごとし川原《かはら》は
白泥のごとき川原《かははら》あるときは濁る水澄む水ならび流るる
雪山をいでて清き川氷河よりいでて濁る川高原のなか
日のあたる高原の道遠くゆく原ひろきゆゑ川は音なし
白雲にまぎれて遠き雪山をマッキンレー展望台に立ち見つ

入江と氷河

干潮時ゆゑしづかなる川と砂泥《さでい》雪山並の下の入江は
八十粁《キロ》の長き入江に満潮《みちしほ》と引潮《ひきしほ》とせめぐ音ありといふ

遠く来し入江の終るほとりにて氷河は光る雪山の峡《かひ》
ポーテージ氷河の末に広からぬ湖ありて氷塊うかぶ
氷河にて濁る湖なにゆゑとなき寂しさや渚にたてば

氷河拾遺

おのづから吹く風ありて湖の氷塊をうつ波音きこゆ
氷塊の位置うつりゐて湖に傾き落つるとき音とよむ
湖のなぎさのさざれ氷河ゆゑ濁る乳白の波にぬれをり
氷塊の断面の青みづうみの波とかかはりなくて輝く
湖にとくる氷はおのづから流れて帰路の川にも見ゆる

晴　雨

道をゆくときたづさふる杖のこと人いかに見んなどと思はず

感謝する理由なけれど雨ふらず一日保ちし曇くれゆく
いくばくか夜の明けおそくなるころの善悪もなき生《せい》の寂しさ
さしあたりわれを拘束するものとして降る雨の音にくみゐき
木の実にて「かぼす」といふ酸味添へて食ふたとへば答志島の若布を

木槿の花

公園の水場《みづば》のめぐりいつ来ても咲ける木槿《むくげ》の花多からず
噴水のほとりに憩ひをりしとき期待せぬ空晴れてよろこぶ
残暑の日さるすべり散る門《もん》を出づ午後の散歩も煩はしけれ
アベリアの咲く遊歩道花の香と知りてゆく道の香をうとむなし
わが足の強くあらねば夢のごと思ひいづる小学唱歌のやさしさ
わが顔の酒糟鼻《しゆさうび》といふ特徴がいつとしもなく消滅しをり

全天晴

石蕗の濃き黄の花はさきそめてわが生れし日を人の待つとふ

ゆく道に柿の葉の散るころとなり今日の朱の葉をけふ拾ひもつ

晩秋の蛇崩坂のうへの空しづけさはその青空にあり

午すぎてまた出で来れば秋の日は全天晴れて山茶花ひかる

道の上に落ちて光れる椎の実を衰へしわが眼みとめて拾ふ

ゆきずりの道に咲きのこる鳳仙花百日われを慰めし花

五六本桜がありてゆく秋の日にもみぢせる葉の落ちやまず

手にとりて爪を立つれば蜜柑より噀《みづふ》く幼きころの香のあり

十二月四日、島根県匹見歌碑除幕式

山いくへこえ来て雪のふれる山見ゆるほとりにわが歌碑は立つ

わがからだ衰へをりてゆくりなく餅撒きをする腕《うで》力なし

飛行機のひびきの下にへだたりて琵琶湖のあたり暗くなりゆく

歳晩日々

土の上うるほふころはうら悲し四十年山茶花にまつはるおもひ
よみがへる日の光うけ明日よりは吾のこころは明るくあらん
ガード下に街のびてゆく過程をも知りつつ日ごと道を歩みき
作業よりいづる余剰を燃す炎路傍の寒きころとなりつつ
憩ひつつ見る道のうへよぎるもの媼《おうな》と老いし犬ひとつ類型
夕光《ゆふかげ》にふたもとの槻葉をおとすところ見えつつ坂くだりゆく
あるときは足もと寒き午後の道さびしともなく歩みて帰る
くれやすき冬の日ゆゑに公園の灯の下よぎり帰ることあり
生誕の日をすぎてよりゆとりあるいのち何故《なにゆゑ》となき年の暮

わが生に定数ありといつよりかおもひ折々の喜怒に動かず

塩見詠（一）

十二月二十八日、晴。午後渚を歩む

冬枯れの陸地は遠く風のふく海をへだてて西日にけぶる

ちがやなど風にふかるるもの軽し影さきだてて帰る渚に

二十九日、晴

浜芝の枯れて斜陽にひかるもの踏みごたへなく渚をあゆむ

ところどころ稀に岩ありて音すれど砂にくだくる波もののし

磯岩のあひだにうごく潮暗し西日平安に照るなぎさにて

三十日、晴。午後砂取に遊ぶ

砂取《すなどり》にふたたび来れば風《かぜ》竹を敲くなぎさに涙もよほす

十年《ととせ》経てわが足よわく砂取の水仙にほふ渚をあゆむ

砂取の渚にあそびゑんどうの畑のほとりの水仙をつむ

水仙のさく渚みち片側は曼珠沙華の青堋《まま》をうづめて
三十一日、籠居
をりをりの音さわがしく家裏の歳晩の海ひとひ雨ふる

編　余

「土蛍」即詠
洞窟の中の暗きに光る虫あまた音なし夜空のごとく
鐘乳洞いでて道に踏む赤き花旅ゆゑ心おちつかずして
ユーカリのやはらかき葉を好むとぞパンダに似たるこのいきものは
うちつづく牧草の丘ところどころたうもろこし畑青やはらかし
加藤照歌集『積日』序歌
みんなみの海に過ぎたる子のいのち長くしのびて歌によみにき
戦《たたかひ》の時すぎしかどわすれえぬ三十年の日月を積めり
いにしへの跡をたづねて詠める歌ひとの心はさやけかるらし
成田連治歌集『岩木川』序歌
津軽なる成田連治も老いたりと幾年ぶりに逢ひて思へる

その業を子に嗣がしめて岩木川流るる水のほとりに老いつ

ひかへめにふるまふ人を懐しむことあり君もその一人にて

「松島」拾遺

牡鹿なる自動車道を懐しむ今年楤の芽をつみし山中

松島の海ぞひの道しばしばも逢ふゆく春の桜あかるし

アラスカ即詠四首

アラスカの木々ふかからず紅の野薔薇の花はいづこにも咲く

夏の日のアンカレージの路傍には風にふかるる赤き萱の穂

八十キロ長き入江の奥にあるポーテージ氷河今日来り見つ

ポーテージ氷河の破片湖に漂ひをりてその波きこゆ

人に贈れる歌四首

送らるるゆゑにいろいろのものを食ふ今日の生牡蠣もわが血となるか

老いし歯にこころよき芋朝に食ひ夕に食ひて酒をつつしむ

出羽の海の大寒の鱈つつがあるうつしみのためめぐる血となれ

道ゆくときみがなさけの身に軽きものを纏ひて延年をせん

賢島にて二首

十年後ついでありて来つ松山が水にひたると見し賢島

いささかの喉のかわきにこころよき的矢の牡蠣を食ひて別るる

「薔薇」一首別案

きほひなき日を送りつつこの日頃たしなむものを断ちゐるあはれ

昭和五十三年

庭の上

さしあたり善悪もなく新年の庭に辛夷の冬芽かがやく

来《きた》る無く失ふも無きわが庭に奕々《えきえき》として夕薔薇の咲く

「母」応制歌

左きなりしことなど懐しくしてたらちねの母しおもほゆ

塩見詠（二）

一月一日、やや寒。晴曇交々

青空の見えてはかばかとせぬ一日《ひとひ》元日くるる海のべにゐき

二日、晴。夜半強風

わが窓につづく枯萱《かれがや》日にひかり波たたぬゆゑ海遠く見ゆ

三日、雪後の東京に帰る

風音にまじれるものは夜の海湧く音としてたえず聞こゆる

及辰園大寒

蛇崩《じやくづれ》をくだり来て逢ふ黄柑は寒《かん》の日春近きゆゑ光あり

さざんくわの終も梅のはじまりも認めず過ぎて大寒となる

草木はこゑなきゆゑにめにたたず庭隅に咲く梅をあはれむ

たとふれば走る鼠のごとき音幾年ぶりに聞くにかあらん

午睡の夢さめて一時間道《みち》あゆみ充実したる半日終る

体力のあれば心にはりありて風ひびく午後家いでてゆく

冬の日のあはれのひとつ瞳球に搔痒感の走ることあり

及辰園立春以後

春ちかきころ年々のあくがれかゆふべ梢に空の香のあり

晴れし日はやうやく低く帰りくる一足ごとに空気ひえそむ

今年また来る日々楽しまへぶれの沈丁花の香《か》ひとところあり

白梅《はくばい》にややおくれゐし紅梅《こうばい》に逢ひたる今日を喜びとせん

いづこともなき花の香を感じつつゆふべ蛇崩の道かへりくる

ゆききする道にわが知る山吹のしげみ草藪に似てあたたかし

春の日の道あゆみ来て憩ふときいとまのありて人を哀れむ

ありのまま咲くものはよし道のべの三椏《みつまた》の花れんげうの花

蕊《しべ》ほほけ過ぎがたとなる紅梅を見送る今年健かにして

帰り路の坂をあゆめば夕つ日は連翹の黄の花群にあり

桜の頃

蛇崩の道の桜はさきそめてけふ往路より帰路花多し
われのゆく蛇崩道に桜さくころ杖をもつ四年のあゆみ
桜ちる昨日も今日もともなはんつれなき一人蛇崩をゆく
君によりよみがへりたるわが視力けふ明らかに散る桜見ゆ
蛇崩の斜陽に立ちて行人を数へしばらく愁なくゐき
六十九の老残として世にありとかつておもはぬ実感ひとつ
晴れし日の何事もなく暮れゆくを老い衰へてわれは感謝す
道のべの日々花多き山吹もつつじも旧知わが声を待つ
海棠も蘇芳もはなの濃厚にして変化なき晩春の日々

四月二十四日、河野与一先生夫妻。上句茂吉先生にまねぶ。

二人とも長生きをする老い人《ひと》としてひさびさにその声を聞く

膝上作歌

くさぐさの花晩春の日々すぎてむらさき光ある藤のさく

わが好む季《とき》は来たりといふごとき晴れし晩春の午後坂をゆく

風の日は若葉の動くのみながら心ゆとりなく道歩みゐき

蛇崩の往反人の同じきに季うつり家々の垣薔薇となる

憩ひつつ膝上に短詩成ることもあり蛇崩の道をあゆめば

高屋君古稀賀歌

われよりも一年はやく人々のたふとむ老に君到達す

秘かに自著に題す

十年の心のながれあるときは一首の歌のごとく響かん

再び自照に題す

七十年生きて来しかばわが顔のさびて当然に愁ただよふ

蛇崩往反

蛇崩《じやくづれ》のみちの桜は家いでてゆく日々緑暗くなりたり
晴れし日の梧桐《あをぎり》の木は影をもつ青葉うごきてその幹青し
暑き日をさへぎる湯島聖堂の楷樹《かいじゆ》の下に今日は憩ひつ
窮達の到らぬところ知らずして日々さだまれる坂往反す
待つものの無き老一人歩めるをもし憐まばわが友ならず
わが死後の記念のために意識して幼子の頂《かうべ》なづることあり
もてあそぶ余齢のためにわが歩み憂へず待たず蛇崩をゆく
蛇崩のほとりに老いぬ杖をもつ坂の来往一生《いつせい》同じ

雪山・滝・氷河

遠からぬ山並見えて岩石の節理のまにま残雪ひかる
断崖の山堅固にて高きより落つる滝見えぬ谷にとどろく

コロンビア氷河の上にわが立てば水幾すぢも光り流るる

雪山の映《うつ》る湖のきしをゆくそのほとりにも柳花さく

あざやかに雪をたもてる山ありて音なき天をわれは寂しむ

ロッキー山処々

バンフにて四首

白波のたぎちとよもすボー川の滝は音なき雪山の下

おし移る滝のつづきの早きながれ対岸の針葉樹緑しづかに

滝音をたよりにホテルいでてゆく見ゆる雪山の暮れがたき夜

一日の長かりしかなリスの鳴く川沿のみちホテルに帰る

タカコー滝二首

うづたかき赤土は雪崩《なだれ》ありしあと高原《たかはら》に二つ滝音遠く

山中《やまなか》をバスゆくときにおのづから峡せばまりて木々高くなる

コロンビア氷河四首

氷原のうへは起伏のあらあらし風無きにひくく空気動きて

水到りおのづから成る溝《みぞ》あればめぐりさやけきその音を聞く

氷原のおもての起伏晴天にかすかに青の顕つところ見ゆ

いのちあるあひだ人には遊びありたとへば今日は氷河を歩む

カナダ随時十一首

バスのなかに覚めて雪山の光る午後夏ゆゑ一日の長き寂しさ

雪山に光と影とある午後のしづかさ天も地も風ふかず

ボーピークといふ雪山を過ぎて来て湖ありボー川の源となる

偉大なる雪の連峯をヘツターといひ湖をヘツターといふ

ありのまま自然をたもつ藍きよき湖ありて倒木しづむ

いただきに雪烟たつ遠山の見ゆることありあたり静かにて

今日一日《ひとひ》見し雪山はいくたびもわれのこころを静かならしむ

やうやくにゆふべに近き山稜の雪あるときは灯のごとく照る

一日の長く音なきカナデアンロッキー雪山の岩のしづかさ
雪山と湖と森一年のうちにて静かなる日々音もなし
経験のせまき範囲にて日もすがら音なく風なき雪山を見し

夏日常（一）

今年また立葵さくころとなり同じ花同じところに開く
運動のため道の上駈《か》くることありてあはれなるわが影動く
時長く咲く四照花《やまぼうし》梅雨ちかきころふく風に花びら強し
門《もん》ちかく今年移しし梅の木の下に薔薇さく及辰園の庭
立葵あぢさゐなどに当然に塵なき梅雨の日々坂をゆく
柿の花おちしところに落つるもの柿の実にして逝く日々早し
生《あ》るる蟬少きゆゑに聞こえくる蟬夏の日に稀になりたり

この年のきびしき暑さその中を時過ぎをりて寒蟬の鳴く
歌選みをれば睡《ねむり》がわれを責む生《せい》あるためのかかる半日
隣室の夜半に聞こゆる鼾声《かんせい》は少女かその母かいづれも愛し

芝沼美重君を悼む

運命に負けず苦悩に負けざりし人とおもひて君を悲しむ

夏日常（二）

門いづるをとめの姿二階より見ゆ死後かくの如き日を積む
あり得ざること一夜あけ在るごとき強き刺戟に馴れず老いゆく
暑ければ熱くなる眼をいたはりて臥床《ふしど》に本を読まず憩へる
無為にして過ぐる一日《ひとひ》の惜しむべきことわりもなく吾はわびしむ
ものを持つ二つの手さへあるときは心養ふために働く

渚

晴れし日の濃紺の海しづかにて渚は音のなき正午ごろ

草むらに鳴くきりぎりす少年の日のごとゆふべ渚にきこゆ

丑の日の鰻を食へと館山にとどけば藤沢の鰻をぞ食ふ

胡瓜棚と百日草と窓そとにありて風景の色彩うごく

いつまでも百日紅に日のありて健かに逝くわれの一日

いただける笠雲光り夕雲にまぎれず遠き富士山は見ゆ

波を吹く風音のする夜明がた居処あやしまず覚めてをりたり

「短歌新聞」二十五周年を祝す

よろこびを歌人のために共にせし二十五年の歩みと謂はめ

残　暑

朝々の味噌汁に浮く茗荷《めうが》の香雨ふらぬ夏やうやく更けて

常の道ゆきつつゆくりなき家のくさめの声にときに驚く

おしろいの花の明るき夕ぐれを待ちて歩みき今年の夏は
道のべの残暑のひかりくれなゐの蓼は同じ穂の咲き替るらし
夕雲のこころこほしきしろたへを道に伴ふ人にも見しむ
昭和三十年柏崎療養所にて撮りし写真とどく。熟視涙をもよほす。
二十五年前の写真にうつれるは皆病者にて亡き人もあり

秋

たちまちに寒き日あれば暑きより三十日滝のごとく移れる
その花の名を聞くのみになつかしき白萩《しろはぎ》などの咲くころとなる
何故《なにゆゑ》となく腰いたむ日のつづき萩咲くころといへど歩まず
たまさかに銀座に来れば街路樹のなき人のみの石道もよし
かたきもの嚙みえずなりて歯のすずしなど戯れをいひて眠らん

神　島

神島《かみしま》の燈台へゆくさかみちに法師蟬鳴く十月はじめ
秋の日にまだ葛の葉のもみぢせぬ島寒からずさわぐ潮の瀬
海ひろき伊良湖水道にたえまなき船の音あり島の坂道

晩　秋

目に見ゆる変化なけれど天《てん》おほひ寒気《かんき》来るころわが足弱し
足弱きことを歎くは病みながら痛まぬ幸《さち》をときに忘るる
色しづみ硬くなりたる木々の葉に音なき午後の坂を歩みつ
寒からず暑からずしてありがたき日の暮るるころ坂帰りくる
空中に雨滴ただよふ気配して晩秋寒暑なき夕暮の道
ところどころ柿の実赤く高台の秋の日淡き午後道をゆく
西空の黄の輝きはしづまりていま近づける夜おもはしむ

人を畏れ黙坐しをれば夕暮のたちまち至る秋の日の午後

山茶花

山茶花の咲くべくなりてなつかしむ今年の花は去年を知らず
卵とぢの蔓菜《つるな》やはらかに歯の弱きわがよろこべば妻のつみ来る
待つなきは日の常ながら歩みゐてゆくりなく逢ふ友をよろこぶ
蛇崩をゆく長閑の人のあり壮者をおそれ犬をもおそる

小林慶子夫人に寄す

むらさきの雲のごときを掌《て》に受けて木の実かぐはしき葡萄をぞ食ふ
道のべに憩へる人は同類として親しむかわれを見送る
街かげにわびしく水無く残る川けふ来れば覆ふ落葉新し
ゆきずりの見知らぬごとき老人《おいびと》の影あはれみてわれ街をゆく
いさぎよく黄葉《もみぢ》かがやく銀杏《いちやう》の木わが肌骨《きこつ》醒め傍をゆく

槻の木にゐる夕鳥のこゑきこえ行く坂道は寒くなりたり
夏柑《なつかん》に黄の顕《た》ち年のあらたまる蛇崩を行くただ歩くため
色づきし柿の葉桜の葉を踏みてゆく道楽しきのふも今日も

冬　薔　薇

静かにて清き冬日の稀にあり辛夷《こぶし》の花芽ひかるわが庭
沈黙のわれのごとくに茎たかく咲くくれなゐの冬薔薇あはれ
竿燈《かんとう》に似る花の穂のときながく咲く遊歩道やうやく寒し
冬の日のくろき半天一年のをはる銀杏は勁風にとぶ
暮れやすき冬の日ゆゑに帰路《かへりぢ》の落葉を照らす街燈寒し
土の上に落ちず木に枯るる豆柿を三年《みとせ》見しわれ三度《みたび》弔ふ
足軽き靴よろこべどはき馴れて音なき歩みあるとき寂し

年に似る日もありしかどうつし身のやうやく老いて年日に似たり

街かげの日々人の無き小園に来ることのあり枇杷の冬花

庭のうへ落葉ふかくして一年に木々太りわがかたち老いたる

歳晩

歳晩の一日《ひとひ》清美にて散りのこる銀杏《いちやう》花に似て花に非ざるに似る

いつ終るともなく花は終るらしたとへば路傍のほととぎすなど

蛇崩の一年まへの花の下みちをあゆめる被写体あはれ

宿雲のまだらに解くる空となり冬至すぎの焱稀《ひばな》にかがやく

五本ある足の指などなにゆゑとなく煩はし老いておもへば

半生を過ぎて感謝すわがめぐり長幼女性の声のやさしさ

歩道年末記念会

それぞれに持つよろこびを知る我の一束《ひとたば》としてことほぐあはれ

旧恨も新愁もなきおいびととして冬庭にひかりを浴ぶる

愚夫愚婦のあひだに生れともかくも寿《いのち》あり昭和太平に老ゆ

街あゆむ心は寂し行く年を惜しむはおのがいのちを惜しむ

いたるところ皆老ゆべしと割切りて歩みゆく蛇崩歳晩の道

編　余

長田邦雄君新婚賀歌

一年の日月ゆたけきよろこびをさきがけとして今日二人立つ

偶成一首

おくらるるものを受けぬは交りの無きゆゑ贈る場合も然り

「自照に題す」一案

七十年生きて愁のただよふを見ることもなし幼子なれば

「金華山」別案

われののる船より見ればわたなかの風にかかはらず波島に寄る

石毛君所持本『及辰園百首』に題す

肉体に力ありしかば書き得たるみづからの本老いて親しも

人に示す

日本武《やまとたける》のごとく事実に随ひて遊ぶ言葉をわれは喜ぶ

森松千枝子歌集『黄水仙』序歌

松山に相見し君はこの日ごろ病むとし聞けばわれは悲しむ
遠ければしばしばも逢ふことなけどわがおもふ友の一人ぞ君は
病む人はすみやかに癒え春さればみづからの歌みづから読まん

佐藤志満第四歌集『白夜』序歌

桜島大正三年に噴火せしそのころ生れし妻は老いたり
ノルウエーの北極圏を旅ゆきて白夜《はくや》にひたる妻はともしも

をさなごの母は即ちわが娘その母妻の尊くもあるか

赤城猪太郎歌集『流水音』序歌

寺々の仏を訪ひしかつての日五紀巡游の春の日こほし
人生百年の寿《いのち》のうちの四十年残るといひて十年《ととせ》経し二人
教へられず悟らず老ゆる人あるに啐啄《そつたく》同時のなからひわれら

「歳晩」別案一首

冬至すぎいくばくか日の身にちかきころ坂をゆく土寒くして

後　記

本集は私の第十一歌集にあたり、昭和五十年（六十六歳）から昭和五十三年（六十九歳）まで、四年間の全作歌を収めた。

さきに『佐藤佐太郎全歌集』（講談社刊）をまとめたとき、私の作歌生涯を顧るに昭和五十年までを一区切りとするのが好都合なので、既刊の歌集に更に昭和五十年の作歌をも附したのであつた。そして「天眼」と題したが、さうすれば、書名は既にきめてしまつたやうなものであるから、このたびもあらためて考慮することをせず「天眼」とした。蘇東坡の詩句「披雲見天眼」（雲披いて天眼を見る）に依つて、雲間からのぞく青空の意だが、「天眼」は古くからある語だから、どのやうな意に取つてもらつてもいい。

私は昭和五十年三月に脳血栓をやつて、それ以来普通の健康体ではない。いまでは毎日のやうに、すこしばかりの散歩をして、すこしばかりの午睡を楽しんで、あまり人に会はないやうにしてゐる。蘇東坡の詩に「畏人默坐成痴鈍」（人を畏れ默坐して痴鈍を成す）といふ句があるが、たとへばそれが今の私の状態である。「畏」は単に恐れるのではなく、人を煩はしく感じるのも「畏」だが、かういふ人の類型は今日でも見られる。このやうに蘇東坡の詩には箴がある。

それはともかく、私は言語も足もやや不自由で、酒をやめ、煙草をやめて、毎日散歩をしてゐる。しかし、いつの日か更に悪化しないとも限らない。たとひ手足がどうあつても、頭が働けば歌は作ることが出来る。東坡にならつて「我生有定数」とおもつて、今のところ深く憂へないことにしてゐる。

更に言ひたいことがある。私は昭和五十三年春『茂吉秀歌』（岩波新書）を刊行したが、校正の段階になつて、全体にわたつて推敲加筆して、ある部分はほとんど書きあらためたりした。はじめは現在の体力では無理だらうとおもふこともあつたが、目の前に気にいらないものがあるのに、それを放置するわけにもゆかず、あへて実行したのであつた。その結果、文章は更に徹底することになつたが、それよりもこれを境にして、わたしの精神に活力がややよみがへるのを感ずるやうになつた。

私はもともと多作ではないが、老境になつて更に少くならうとしてゐた。その程度はどのへんがいいのか、むづかしいが、「待つ無し」といふ態度が消極に向ふやうになるのはよくない。昭和五十三年に数がやや多くなつて来てゐるのは、やはり赴くままに赴く精神力の現はれがここにあるだらう。

前に言つたやうに、私の全歌集には本集の一部が既に収められてゐるが、本集全部を加へることによつて、もつとはつきりした姿となるだらう。本集を全歌集と同じ講談社から出して貰ふことになつて喜ばしい。加藤勝久氏、田沢雄三氏、高橋加寿男氏の好意に感謝する。私の作歌はいつまで続くかわからないが、これから後のすべては七十歳以後の作といふことになる。「淮南子」に「我を逸するに老を以てし、我を休するに死を以てす」といふが、そのやうなとらはれない日を送つて、歌を作らう。

昭和五十四年一月三十一日　佐藤佐太郎

追記、書き終つて気がついたら、今日は四十年前の結婚記念日にあたつてゐた。健康であれば祝杯を挙げるところだが、今はさういふこともない。ただこの機会に妻の永い協力に感謝しよう。

星宿

昭和五十四年

新年

一年の寒暑に老いし草木にまじり声なき梅ひらきそむ

手につつむ真玉《またま》のごときものありて生《い》くる一年さやかにあらな

更始する年をおもへばわが友の誰の上にも恩恵はあれ

尊まずはたさげすまず見て来しがその老境にありみづからは

つつしみて怒るなかれといふ声をみづから聞かんこの一年は

立春

青天に音なく雪の傾斜する窓外の屋根山などのごと

昨日《きぞ》の雪あとかたもなき庭のうへ声なく相隣る梅と山茶花《さざんくわ》

道のべに霜ばしらたつ遊歩道寒《かん》の日くれて身辺さびし

身の老いしわれのごとくに柳立つ冬の日またく葉無きにあらず
風の無き冬日に開く眼の寒くおもひて今日は道歩みゐき
青空が暗く見えつつ歩む午後空さまざまに白雲光る
立春のころひるがへる花の無き道あゆみをり雨後あたたかく
わが家の白梅《はくばい》隣家の薄紅梅《うすこうばい》立春ごろのあたりひそけし
たちまちに晴天となり行く坂の遠くに槻《つき》と雲と交はる

渚

渚《なぎさ》ゆゑ波音のする梅の間《ま》に西日の赤きけぶりとどまる
晴れし日の渚をゆけば海桐花《とべら》など松にまじれる葉に光あり
波音のかよふ畑にゐんどうの十年《ととせ》相見し花いまも咲く
踏むたびに崩るる同じ砂踏みて二年親しみし渚を歩む

暖竹《だんちく》の筍《たけのこ》青きなぎさみち二月の光る砂を踏みゆく

春無辺

川風に木々の葉うごく小園の土静かなるところに憩ふ
来日《らいじつ》の多からぬわが惜しむとき春無辺にて梅の花ちる
かたはらの人語を聞けばおほよそに心のいこふ声多からず
悪《あく》のなきわが生《せい》ながら天象《てんしやう》に支配されをり日々肉体は
道のべの桃四日経て花ほほけ雲のごと軟かに見ゆるころほひ
いちめんに覆ふ沈丁華香ぐはしく低き丘あり公園なれば
くさぐさの花順序なく桜さく昨日雨《あめ》の莟《つぼみ》今日の満開
塵のとぶ風を畏れて帰り来るこの道も自転車多くなりたり

惜春

屋根の霜みるみるうちに融けゆくを春[註]のわかれと謂《い》ひて寂しむ

やなぎなど骨おほき魚歳月を重ね重ねていま煩はし

いひがたく耐へがたき刺激の反射ありその蹠《あしうら》を人憐れまず

まのあたり王制ひとつ崩壊す哀れむいとまなくそのいはれなく

黄のあはき葉《は》牡丹《ぼたん》の花さくころとなりて銚子の日を懐しむ

今年また花にむかへばいささかの風にも重く八《や》重《へ》桜《ざくら》さく

えにしだは黄の花をどる枝垂れてゆききのわれの愁を知らず

吉《よし》尾《を》村《むら》あたりの山の中をゆく水《みづ》田《た》みづうみに似る田植どき

虫いでず寒暑なき一日楢の葉のこもれ日うごく浅山にゐき

うつくしき紅葉《もみぢ》の落葉くだりゆく三春あたりの峡《かひ》のながれよ

夕　渚

註　昭和六十一年十二月刊の『自選歌抄』にて「屋根の霜みるみるうちに融けゆくを**冬**のわかれと謂ひて寂しむ」と推敲。

四月二十九日夕、渚を歩む

いたるところ浜大根《はまだいこん》の白き花渚に波のごとく吹かるる
知る人は知るその花のなでしこに似るあはれさや浜大根は
淡紅の浜昼顔にここに逢ふ十年の時と人まのあたりあり
おひおひに夕暮れてくらくなる渚《なぎさ》浜待宵の黄は星に似る

首夏

われの来し湯島聖堂の後庭にむらさきの雲桐《きり》の花さく
やはらかき葉なれば音のなき柳夏あさく緑暗くなりたり
かたくなに枝にとどまりてゐし楓《かへで》その枯れし葉は若葉となれり
日の光まぶしき坂を歩めれど真夏のごとき寂しさはなし

梅雨の日々

早口の女性の声がテレビより聞こえてをれど妻らいとはず
初夏の日に散る葉まれにして枇杷の実の青し小園の常来るところ
昭和四十年以来わが身は長き坂まろび来し如くまろび行く如し
この日ごろわが握力の衰へを朝々洗顔のときに思へる
あぢさゐはいづこにも咲き道の上にあはき影ある梅雨の曇日
植込の黄楊《つげ》の木むらは星空のごと小花《こばな》さく梅雨どきの日々
今年また柘榴《ざくろ》花さき道のべの目を射るごとき朱《あけ》をわが見る
老境の常とおもひて暁の曇る静かさにひたりゐたりき
夏至《げし》の日の晴天ゆゑに僥倖を記念するわれ街に出でゆく

京都二首

夏至のころ萩さきそむる古庭《ふるには》のあはれをしのぶ後の日もあれ

生垣《いけがき》のそとに筍のびてゐる円通寺石ある庭のしづかさ

樟枯葉

曇日は待つとしもなく時すぎて晴れをりながき梅雨のあけくれ
葵すぎあぢさゐすぎし坂の道一年半ば日々暑くゆく
道に散る樟の古葉の老い朽ちぬもの美しとおもふ夏の日
梨の実の二十世紀といふあはれわが余生さへそのうちにあり
シーザーが石にまどろむといふところ重きト書《がき》を夢に読みゐき

百日紅

出入する庭に顧みてあはれみし去年に似たり花魁草《おいらんさう》は
珈琲《コオヒー》を活力としてのむときに寂しく匙の鳴る音を聞く
道のべの椅子にいこへばわが足に地《つち》より暑気ののぼる日盛り

枇杷の実の落ちゐる庭のにほひなどいとはしからず自然の空気
みづみづしき運命みえて咲きそむる今年の百日紅のくれなゐ
いづる蚊を畏れて行かぬところあり歳月ふかき椎の木の下
わが庭に生れし蟬の声きこえ午後の日課の門いでてゆく
雲開きつついくばくか夕暮の早き蛇崩《じやくづれ》の道帰り来つ

新　秋

街路樹のしげるみどりの重くなり運動のため街歩みゆく
わが部屋にあまねく及ぶ秋暑あり心しづかにて居るところなし
いつといふさだまりもなき紫の枸杞《くこ》の小花は道のべに咲く
わがための佳日とぞいふ七十歳はじめての声をわが友は聞く
蛇崩の椎の木に鳴く蟬のこゑひたすらにして騒がしからず

秋の日に玉のごと照るざくろの実そのくれなゐはやがて開かん
道ゆきてなにゆゑとなき香をにくみ音をも憎む虔《つつま》しからずして
広き葉の枇杷を愛してその上の天に音する風を聞きにき

晩　秋

遠くより柿の黄の実の見えながらゆく蛇崩のくだり路《ぢ》安し
朝床にさむるすなはち寒暖にこだはるあはれ躰衰へて
あかときに神のみすがたとどくとぞ夢に読む古代詩篇のことば
夕ちかき蛇崩道をかへり来るまかげして人は壮年ならず
やうやくに音しづまりし夕暮の空まだくれず台風の後
台風を境に木々の衰ふるとき菊などの咲く花つよし
山茶花《さざんくわ》を画にゐがくとき言葉なきものは安けし秋の一日

インド即詠

石棺を見ていでて来し空の下大理石の広場すべて輝く

大理石もて亡き妻の光沢の象徴としきタージマハールは

からき飯食ひし一夜をあやしまずシバ像なども想ふことなし

ヒンズーの像さまざまに今日ここに見る仏像の静かさあはれ

いにしへの釈迦説法の古蹟にて空にぬきいでて赭き塔立つ

南方の印度といへど冬の日の早く暮るるを旅の日々見つ

みづからのあがむる神を他に強ひずして調和あり人おほどかに

随時感想

わがごときさへ神の意を忖度す犬馬《いぬうま》の小さき変種を見れば

ほしいまま老人はまた一年を積むべく道に落つる葉終る

多日《たじつ》なき老境にてもたくましき人は腥羶《せいかん》を怯れずといふ

展覧会会場などに逢ふ人に類型のあり世は広けれど

喜ばず蔑まず見よ香煙を掌《て》に受けてその身いたはる姿

歳晩

冬ながら暖かき日のつづきゐる段落ひとつ黄の銀杏《いちやう》ちる

冬の日はみじかきゆゑに蛇崩の道をかへればはやも夕暮

憩ひつつたまさか見ゆるその地《つち》にいたるまで木の葉ただよふ時間

つるされし魚のごと木にとどまりて垂るる黄の葉はみな数ふべし

葉のさわぐ槻《つき》の木の下かへりくるゆふべの風は露をおびたり

道に踏む槻も桜《さくら》もこのごろは古りて硬き葉の色あたたかし

道にちる銀杏の葉おのおの形ありそのことを知りその色を踏む

冬日照る坂ゆきずりに見ゆることあれど遅速なしわれの歩みは
あたたかき冬至の日にて花に似る山吹のもみぢ風に吹かるる
きはまれる青天はうれひよぶならん出でて歩めば冬の日寂し
昭和五十五年

年　始

改まるいのちよろこぶわれさへや世に在るあひだ妻の声をきく
ほしいまま拘束のなき老境はからだ衰へておのづからあり
得喪のひとしきわれのひそけさや辛夷《こぶし》の花芽冬日に光る
つつしみて怒るなかれといふ声の聞こゆるときに項《うなじ》垂れをり

大　寒

はなやかさ寂しさもなき葉牡丹の花壇は日々の霜柱あり

世が変り郵便ポストまれに立つ風の日街を遠く歩めば
風の日のひかりきらめく蛇崩《じゃくづれ》の切通坂は風音さびし
ふく風を聞けば寂しくこもりしが日課なきわれ午後また眠る
冬の日の晴れて葉の無き街路樹の篠懸《すずかけ》は木肌うつくしき時
わが庭の奥に年々さく梅のまへに七十の今年また来つ
路地にゐる犬を怯れて進み得ぬまで年老いて衰へにけり
大寒の路わが影をさきだてて歩みゐき老いて生活淡く
われの子の一人ふえたる懽《よろこび》を得しより十年《ととせ》をとめとぞなる

紅　梅

今年またわれの眼老いて花を見る紅梅は色雨をいとはず
沈丁華さき風なきにおのづから遠き香かよふ頃となりたり

梅の花日にかがやける昼のとき庭に消えのこる雪も音なく

かくのごと平和なる日のいくたびかありてやうやくわが世すぎゆく

街中に鴉のこゑを聞く春となりて雨ふる朝近く鳴く

自照に題す

泰らかにして驕らざる境涯にいたり得ずして形老いたり

香川末光氏歌集序歌

伊予の国大三島にてかぐのみの蜜柑のほかに成るものを待つ

立春以後

山吹や連翹などの日にけぶり藪なつかしき蛇崩の道

痛むなく癒ゆるなくして老びとの伴ふ愁《うれひ》わが友は知る

いただきを拊《な》づるものありとあからさまに言ふこともなく日々すぎてゆく

風さむき早春の街用のあるごとく無きごとくあゆめるあはれ

ここにある「第六天」といふ祠《ほこら》民間の神仏混淆にして

ひとときに咲く白き梅玄関をいでて声なき花に驚く
空遠きところをおもふ春山《しゆんざん》の無限にきよき恵州あたり
あたたかにしてある時はわがめぐり忘るるごとき安けさのあり

平安

青岸渡寺歌碑除幕式

早春の雨にうたるる石黒し音なく遠く那智の滝見え
きぞの雨ことごとく晴れ輝ける潮《しほ》の岬《みさき》にあしたばを摘む
右の波左の波とせめぐなくまじはるとなし黒島のへは
桜ちる風におされて今日あゆむ老いて心にいとまあるわれ
花白きさくらのまじる一むらの槻《つき》けぢめなく若葉萌えそむ
蛇崩《じやくづれ》のいづこゆきても繁紅の海棠の花さくころとなる
ありのまま咲く道のべのやまぶきはいつ見ても黄の花うれひなし

必然の進路なかりし才人として思ひ出づ柘榴さくころ

恵　州

遠目には桜のごとき街路樹の羊蹄花さく恵州に来つ
蘇東坡の掘りたる井戸は八百年いま学校の屋内にあり
相隣る林媼《りん》の跡花赤き木綿《もめん》の木あればしばし手を置く
わたり鳥鴨の帰りし恵州の豊湖の水にわれ手をひたす
玉塔が微瀾に臥すと詩に言へるほとりに朝雲の墓は残れる
道にある花影を共に踏み行きし早春の日を永く惜しまん
嶺南に来て安かりし人思ひ蛍とぶ早春の一夜ねむりき
湖岸《うみぎし》の藤さきそめしその棚《たな》の下に立ちにき留念のため
羅浮山の麓と東坡みづからが親しみ言ひし恵州ここは

春動く羅浮を望みて立ちし人窮達不到の境に在りき
注「羅浮春欲動」「窮達不到処」皆蘇東坡語

小　庭

青ふかき着子《ちやくし》の梅を顧みて門《もん》出づるわれ健かにあれ
わが未来まねくべからぬ体調を日々かへりみて日々にこだはる
小々の月輪の下しづかにて庭のかへでは若葉ゆたけし
大苞の泰山木は葉の動く風にしろたへの花のしづかさ
半年を経て公園に水たたく噴水の音ききつついこふ
ゆくりなき遭遇などを人の世の味はひと知るわれ老いてより
いつにても蝶がまつはり子らあそぶ木のあり梅雨の蛇崩ゆけば

夏至前後

床上に来て暑き昼憩ひしが睡《ねむり》たのしといひて目覚むる

くさむらに忽然落つる黄の梅をみとめし夏至のながき一日

四照花《やまぼうし》二年花つけぬ些事ひとつをりをり思ひ梅雨あけとなる

年々に同じところに葵さく路傍に子らにしひたげられて

梅雨のまに柘榴は青き実となりぬ逝く時はやきしるしのひとつ

たけ低き鶏頭などの草花に新種多くあり知る要もなく

新しき木槿《むくげ》の花を見るときは今年梅雨あけの光まばゆし

次女洋子移居

あたらしく家いでてのち健かにしてわれの見ぬ日々を送れよ

台風余波

蛇崩の来往に逢ふおほかたの主婦は買物の車をひけり

ややひろき残暑の空の下をゆく雨多き夏すぎて喜怒なく

蛇崩の道わが膝に力なくあゆみて台風余波にふかるる

旅の歌

島近き海しづかにて雨あとの朝の道きよし呼子《よぶこ》の町は
稀に来て立つ人あれど雲ひくく名護屋城址に垂れて音なし
いづこにも篠《しの》のび緑《みどり》おどろなる肥前あたりの旅をわびしむ
一時間唐津の街に車とどめ血液に点滴を受けたるあはれ
穂のいづるころわりなくも匂なく侘しきものをゆきずりに見る
夕近く一日の曇晴るるころ大村空港に飛行機を待つ
熱湯の源泉すぎて声重く鳴く蟬をきく旅のついでに

佐渡即詠

金山の松の木に鳴く蟬のこゑ坑をいで来てまれに聞こゆる
順徳陵いでて帰りくる道のべに秋香となり親し稲田は

薄の穂いづこにも白くなびきゐる佐渡晴天の旅をよろこぶ

車ゆくあるところより海こえて雲のごとくに弥彦山見ゆ

佐渡の旅小木《をぎ》のやどりに満天の星あふぎ寝し妻をともしむ

何となく海草《うみくさ》うまきところとぞいひて良寛の歌をしのばん

歳　月

歳月の迹《あと》なく老いてゆくならん当然ゆゑに歎かざれども

われの眼は昏《くら》きに馴れて吹く風に窓にしきりに動く楤《たら》の葉

木に着ける苔などのごとわが顔に現はるるもの肝斑《しみ》のみならず

生くる世の楽しからずと思ふまでわが眼おとろへてものみな昏《くら》し

夏の日の緑のくらき蛇崩の道をわがゆくただ歩くため

かがり子の部屋のべを過ぎ萩の花垂れさく崖の下をわがゆく

昨日よりつづく晴天秋暑の日蟬の声せぬ坂あゆみをり
無心ただ物に因るのみといひし人いにしへもゐて同感せしむ
花ひらきあるいは閉ぢていたるところおしろいの咲く蛇崩の道
わが身より出づる老廃物多し余生の日々の長短もなく
ふたたびはわれの行かざる恵州の早春の夜蚊帳垂れて寝き

秋分すぎ

日が早く暮れゆくゆゑに行動圏やうやく狭き秋分のころ
すみれにも返花さくかすけさを顧みて過ぎし冷夏をいたむ
空中に雨気霏々として萩の花さく蛇崩の道さむからず
川のべを行きてあやしむ木犀の花に香のなき日日の晴天
落つる葉に桜柿などまじるころ日々新しき色をわが踏む

蛇崩の道の斜陽にやまぶきの返花および老齢いこふ
枝にある柿花に似るころとなり老いて霧中に見る花に似る

人に贈れる歌

人工の島に笹しげる丘のあり晴れて風なき秋日に光る　小歌会二首
あたたかにしたたる如き秋の日をあびて人工の島に遊びき
よろこびの束《たば》のごときを得たる人そのひとつさへうれしきものを
寒さややきざすころ咲く黄の花のごとくさやけし人のみこころ
ゆたかなる葡萄の房はむらさきの天然一粒一粒の雲
われの知る人はさやけし朝夕に神をたのみて神にいのれる

昭和五十六年

新年述懐

愧づるなき日々を願へばやうやくに老身《おい》にせまり新年となる
おのづから星宿移りゐるごとき壮観はわがほとりにも見ゆ
病みながら身に痛み無くうつしみのわが顔老いて人を憎まず

生日以後

人を喜び人を喜ばしむるなど老いてやうやく煩はしけれ
生日《せいじつ》をすぎてやうやく寒きころ身をいたはりて見ず聞かず過ぐ
戸口より入り来る人の背の高さ見えて驚く位置に憩へる
高空に風の音する午後いでてあゆめば道に散る葉も動く
あるときは吹く風に軀《からだ》とぶごとく思ふことあり四肢衰へて
朝の空われはあふぎて雲の端に色たちそむるころを喜ぶ
かすかなるわがごときさへ亡きあとに残らん墨を惜しむことあり

朝さめて寒気をいとふ人ありとある時思ひ今また思ふ
わが足のかかる変化もあはれにてしきりに痒《かゆ》き冬の日となる
植込のつげなど散りし葉をのせて冬の日寂し常の道のべ
半睡か半醒にゐて菜をきざむ音きこえつつ心憩ひつ
髪を刈る五分ばかりに夢のごとまどろみたりし今の安けさ
よく晴れし冬日といへど午《ひる》すぎの帰り路《ぢ》寂しなにゆゑとなく
湯の岳のなだりの見ゆるわが庭に石据ゑくれし人も無き数
三年経てわれの来しかばつゆじもの日の寒き庭竹の影あり
たまさかに来る砂取に水仙をつみつつ海の見ゆるまで行く
蘇東坡の書簡をくれし人帰りこの楽しさを誰と語らん

マニラにて

たぎつ瀬をさかのぼるとき若者は躰ひたりて水に逆らふ

をりをりに日照雨ふる峡《かひ》の川寒暑を知らぬにごり流るる

道のべの村の店には人の世のあはれきぬた打つ道具など売る

峡ふかく来て山の木の椰子の葉に風の光るをわれはさびしむ

峡に沿ふ岸に家あればいづこにもいつにても女ら洗濯をする

絶壁に垂るる気根の長きなど峡しづかにて舟さかのぼる

身　辺　一

去年より気づけばあはれバスにても走りゐる中に物書きがたし

朝夕にあゆむ道のべの霜柱ほととぎす枯れしあたりにしるし

この日ごろ遊歩道には氷とも泥ともつかぬものの落ちをり

枇杷の花すでに咲きゐし年終り冬深くなる日々の晴天

白き雲おもむろに形移るまに屋根の霜日に融けゆく早し

道ゆきて今日わがからだ重しなどこだはる日々の体調あはれ

日々人に向ひてふかき春光の席に移るをかうむりにけり

つながれて常ゐる犬は行人のわれをあるいは知れりやいなや

さまざまに半生の過去悔めども朝床に老涙したたりなさず

身　辺　二

くだりゆく蛇崩の坂四五本の欅《けやき》のうへの雲あたたかし

庭にさく梅なつかしく対へれど言葉なければ別れをしまず

寒暖にわがこだはるはおのづから斯く衰へて身に力なし

あらかじめ雨にならざる白雲の空に動くを見つつ帰れる

佳き歌と佳からぬ歌を言ふきけば疑似毫髪と歎かざらめや

弔高橋加寿男君

病牀にくるしむ人を助け得ず時と心の安けくあれよ
春早き花の香かよふときはいま楽し世田谷公園の丘
春嵐ゆゑ寒からぬ風の日に光うごかぬ坂をふみゆく
長き坂日ごとあゆみて逢ふ人もなき春晴に盲人あゆむ
あたたかさもたらす音の聞こゆるを雨いとふわれききて憎まず
遺伝子の組替へをする事聞けばかかる進歩にこころをののく
眼の弱きわれにも見ゆる開く日の近き桜のつぼみの光
坂行きていたく疲るるうつしみのわれの嘆は知る人もなし
眼をとぢて臥しゐし夜の六時間なりゆきのまま眠り得ずして
同《どう》じてより後言へと次女にさとしつつみづから悼《いた》むごとき寂しさ
近く死ぬわれかと思ふ時のあり蛇崩坂を歩みゐるとき

をりをりにわが試[註]みし淮南子《ゑなんじ》は老いたるわれを安くあらしむ

わが庭のいろどりとしてある蘇芳ゆふぐれ特にくれなゐ強し

自照に題す

示片山摂三氏

杖もちて蛇崩坂をひとりゆく日々の姿を人あはれまず

来る姿去る姿にも年老いし人の愁《うれひ》はありありと見ゆ

植込を背景としてしばらくは憩ふことあり身に力なく

春早き槻《つき》の梢のけぶるごと在るところにもわが顔は見ゆ

家いでてしばらく憩ふ席ありと安けく冬の時をゆかしむ

万里長城・紫禁城・其他

うちつづく山を連ねていにしへもいまも寂しき長城は見ゆ

一片として雲のまにしばしばも光るもの見ゆ長城にして

註　昭和六十二年十二月刊の『自選歌抄』にて「をりをりにわが口にする淮南子は老いたるわれを安くあらしむ」と推敲。

嶺ごえをする道のごとときどきは山のあひだに光る長城
連山の遠きところにもさしあたり木々無くきこえくる音のなし
黄のいらか或は光りかげりつつ強き風ふく紫禁城見ゆ
景山の白松をふく風の音眼下の故宮ほこりにかすむ
紫禁城見おろす山のいづこにも菫《すみれ》に似たる諸葛菜さく
街路樹のみどりのなかの白き花アカシアが咲くゆききの道に
定陵の音なき地下を出でて来てわが寂しさをいかに遣《や》らはん
道のべに立つ石像をかへりみし十三陵の旅の一日
地震より五年すぎたる過去の影煉瓦うづたかく見ゆる道のべ　天津

旧　恨

きたへんとしたるわが足日々弱く救ひがたくして道にかなしむ

わが庭に鳩なく声をなごましく朝床に聞く老い且つ病みて

わが死後も用なきごとく残るらん茂吉の遺品アンモナイト化石

はく靴によりて異なる足運び世に生きつかれたる人帰る

足よわきわれの歩みのつよからぬ日々のゆくへを知りつつ歩む

睡りしか否かを知らず明けし夜を疑はずして衰へてゆく

わが足の或日あゆめぬことあらん楽しともなき想像うごく

憶蘇東坡

死に近き床に一生を顧みてつひに悪無しといひ得たる人

道に沿ふ代田八幡の鳥居みゆ晩年の人ここに憩ひき

杖をつく人いくたりか道に逢ふわれに似てこころよき対象ならず

こまかなる花の散るころ木の下に去年と替る子等の遊べる

腰痛を怖るるわれの静かにて一日を送る梅雨に入るころ

われを救ふ力のひとつ愚痴多くなりつつ妻の身辺にあり

あぢさゐの花おしなべてみづみづし同じひといろの藍にあらねど

かへりみるわれのほとりの過去おぼろ昨日は遠く疎くなりをり

葉のひまに星のごとき花咲ける黄楊《つげ》いつさかりとも知らず過ぎをり

わが家の門の戸締りするまでに育ちしをとめ夜々はしけやし

わづかなる一時間ほどの歩みより得るものもなく臥処《ふしど》にもどる

つねいだく愁いひがたくいえがたく日毎蛇崩の道を歩みき 註

旧恨も新愁もわがうちにわくみづから知りて人に告げえず

註　昭和六十一年十二月刊の『自選歌抄』にて「つねいだく愁いひがたく**覚めてを**り**日々**蛇崩の道を**行くわれ**」と推敲。

街路樹

雨はれしこよひの夜空月あれば街路樹に咲く夏花は見ゆ

曇とも晴《はれ》ともつかず雷鳴の空にとどまるながき半日

夏あつき日ながら空のいろふかし一隅の雲しろく輝き
ある路地に凌霄花《のうぜんかづら》あまた咲くその露けきをわれは知りをり
後半の日々やうやくに夏ふけて花新しきおしろいが咲く
筋のある劇などを見ずよろこびに愁にさわぐ心をいとふ
気がかりに過ぎて晩夏の終るころ絵に描く百日紅の花にほひなし
無為の日の変化のひとつ柿の木に蟬強く鳴くところを通る
柿青き木下を行きし兄とわれ五十年以前の生家眼に在り

飲　食

わが躰たもつ力の弱くして生のほとりは日に日に寂し
おとづるるものを待つべき年齢にあらずやうやく老境となる
ときどきの自嘲の声もあやしまず衰へて起居に人手を借りる

胸痛のたび腰痛の去るたびに感謝するのみただ愚かにて

朝曇おくれて晴るる午後の街週単位にて秋深みゆく

おもむろに一日《ひとひ》一日が過去となる集積あはれ老の歳月

やむを得ずおもむろにゆくわが歩みのみならず速かにあらぬ飲食《おんじき》

みづからの娯《たのしみ》として字を書きし後の疲れに身のおきどなし

秋づきし道のゆきさきに終りたる花に似て眠るおしろいの花

石鎚山

遠ければ音なき滝の見えしのみ静けき霧のなかの半日

茸《きのこ》つく木が窓に見え時のゆく山の霧には明暗のあり

遠雲にくれなゐたちて空明くる四国につづく山並のはて

風わたる空をへだてて石鎚のいただき赤し朝日を受くる

菊　花

庭にゐし猫を追はんと転びしが起《た》つ力さへ弱くなりたり

山なみのひだ明らかに境せる広き牧場をわたる秋風

ゆく道に熟柿《じゅくし》つぶれて落ちゐるを惜しむにあらずはたにくむなし

遠景の柿黄に見えて楽しくも新愁ひとつ忘るるごとし

ひとところ蛇崩道《じゃくづれみち》に音のなき祭礼《さいれい》のごと菊の花さく

街　川

ことごとくその葉を垂れて落葉する運命を待つ梧桐一木

石のごと木の根あらはれし街川の岸にひそけく枇杷の花さく

草花を妻持てくれば絵に描けど力衰へて色を付し得ず

義歯はづし老いしかたちの枕辺に置きて一人の電燈を消す

柿のもみぢ桜のもみぢ散りはてて踏む楽しさのすくなし道は
豆柿の踏まれし道のわびしさも行き馴れて日々の寒《かん》を怖るる
昨日葉の散りつくしたる銀杏《いちやう》の木知りつつ語る人無くあゆむ
冬の日のさして小菊に光あり平安は庭五十坪のうち

往　反

衰へしわれに較べてをとめごは憂無ければ畳強くふむ
たかむらの幹のつゆじも乾くころ蛇崩道を行きて悲しむ　悼福田柳太郎君
柿の木の枝たかむらにのぞきをり紅葉《もみぢ》美しきこの二三日
あさあさの雲あたらしき光あり太平洋の晴るる冬の日
冬日照る歳晩の道あゆみゐき一年眠《ねむり》にせめられしわれ
冬晴の午後三時ごろさだまりて低空遠く日のかげりゆく

やまぶきの黄葉《もみぢ》せし葉が花《はな》のごとわがゆく道に見ゆるこのごろ

終りたる菊むら枯れて匂なき道べのあはれ年々に見つ

生日《せいじつ》を過ぎていくばく生気ある日々と思ふもあはれならずや

わが足を軽くせしめしをみならの両手の指はこのごろかたし

洋子並に佐藤淳子に

西湖ゆく船より島に降りたちて葛湯《くずゆ》をのみし寒き早春

蛇崩の往路も帰路もしづかにて落葉の音はいつよりか無し

昭和五十七年

落　月

衰老の身をかへりみて日を送る人をにくまず天をうらまず

落月のいまだ落ちざる空のごと静かに人をあらしめたまへ

雨順《したが》ひ風調《ととの》ひて愁なき今年の日々をわれさへ待たん

祈るごと朝《あした》の牀《とこ》にさめゐたりわが畏るるは神のみならず
幸に余生悪なく日々をれど肉体老いてやうやく弱し

灕　江

桂林の朝くらき空風音のする山々のかたちするどし
灕江より起ちあがりたる山々は明暗朝の霧をまとへる
さまざまに山親しけれおしなべて人なき光塔山《たふざん》にあり
たぎちなく流《ながれ》うつれる三時間ぬれし篁《たかむら》の緑ひかりて
山骨を中心とせる群峯の位置うつる無しふるき山々
川岸にひさげる見れば冬の日に岩を削りて筍を掘る

老境日々

検眼をして渋谷より帰り来る煙霧のごとき老境われは

時移る新愁などもおのづから忘るるごとし老残あはれ

みづからの作れる歌をあるときは撫づるごとくに半日すごす

牛乳を買ひて帰れば歩きにくし平衡とれぬ躰つかれて

寒暖を知らず体調の善悪を知らず茫々と一日すぎゐき

道にある竹の落葉を踏みてゆく久々の晴天午後のひそけさ

わが視力おとろへしかば両足の爪を切るときその爪見えず

一時間外のあゆみを帰り来て梅の咲く午後ふたたび睡る

植込にふく風かよふをりをりに菫《すみれ》などかすけき茎《くき》振動す

散歩するついでに昨日転びしが善悪もなく老をかなしむ

節分に立春つづく二三日病みてつぶさに朝を迎ふる

平衡の取れぬ躰をなげきつつ二月二日の散歩を帰る

ゆく道に満天星《どうだん》の植込《うゑこみ》刈られゐて寒《かん》の晴天にその枝煙る

玄関のまへに梅さく日々の晴いで入る人は年七十二

しづかなる晴天なれど外の風つめたく吹けば家いでずけり

窓下の梅ひらくころ音たえし夜しろき花見えて驚く

よもすがら口中に異物無く睡るわが境涯の安けさあはれ

春光

杖ひきて日々遊歩道ゆきし人このごろ見ずと何時人は言ふ

かなめなど若葉のときの朱《あか》き葉をしひてたたへずはたいやしまず

一月《ひとつき》に一度《いちど》来る林のなかの部屋けふは露ひかる枝々ちかし

春光の日に日にふかく思ふとき沈丁華にほふ蛇崩の坂

窓外に来る尾長鳥二つゐて咲ける辛夷《こぶし》の花をついばむ

長閑の人あるときは道ゆきて竹藪の筍おどろきて見る

四年経て銚子に来れば甘藍の畑《はた》西日さし影ものものし

画讃二首

牡丹さく花の明るさ凝視してうときわが眼をはげますあはれ

ゆたかにて輝く花を見たまへとわれに伝ふる声の聞こゆる

日の光ゆたけき道にむらさきの諸葛菜など花寒からず

春晴をたたへて憩ふことのあり山吹のさく路のほとりに

その枝に花あふれ咲く雪柳日々来るわれは花をまぶしむ

ゼラニユーム紅葉《もみぢ》せし鉢路のべによみがへりつつ春晩れてゆく

かすかにも竹落葉ちる音きこえ八十八夜の黄の葉さやけし

われの眼のうとき今年は黄の花の連翹さくを知りて坂ゆく

いくばくか息ぐるしくて桜さく下を過ぎしに今日花は無し

浴　泉

峡《かひ》の湯に身をいたはりて日を送るときに恵まれて下剤をものむ
衰へしわれ義歯のなきよもすがら口をやすけくあらしむるため
ふたたびはすぎて返らぬ思ひあり五十年涙のごときわが過去
廊下ゆく老《おい》蹌踉と写りゐてその白髪にわれは驚く
地下道を歩み来りて一時間鉱泉の水にからだをひたす
梅雨ちかき峡底の宿やや寒く朝の時たくるまでのわびしさ
山高き峡の青葉は日に照れりそのまぶしさの動きてやまず
よぎりゆく青木が原のひとところ人の死やすく或は難し
病む人に非ずといへどさしあたり心よわりて床上に臥す
垣おほひすひかづら咲く日を経つつ山峡《やまかひ》の湯に身を養ひき

藤の花

あかねさす昼の日長きゆく春に藤の花の香あまくとどまる
風強き日にて吹かるる花うごき藤棚のへにかをりただよふ
梅雨ちかき雲のあひだに日の見ゆるおぼろに遠き月の如き日
病みながら疼痛のなき幸《さいはひ》を忘れねば弱き足をなげかず
夏あさく街路樹のさくころとなり病の影の老いてきえ得ず
席たちて寄る道筋を思ふなど心あそびて死を忘れゐき
ことごとくチユーリップ散り帰り来る霏微《ひび》その地《つち》に到らざる午後
税務署の交渉すみてわが妻のこころ軽きをわれは喜ぶ
こまかなる黄楊《つげ》の白花衰老のうとき眼を射る楽しともなく
道ゆきて落ちゐるものをあやしまず踏む柿の花日のゆき早く

梧桐《あをぎり》の若葉ことごとく日に透りうごかぬ幹の重厚の青

額紫陽花

道のべに十株ほどの金盞《きんせん》かがやきて春晴はいま風に随《したが》ふ

昼人のゐぬ家の垣いこふとき月桂樹花よりも葉の匂あり

がくあぢさゐ花の楽しさよもすがら雲より出でてその花あそぶ

むらさきの桐の花さく昼さがり古実《ふるみ》手入れせぬ家も又良し

註家にても道をゆきてもあふれ咲くむらさきつつじわれを富ましむ

桜などつぎつぎ春の花すぎて今はしづけし草木暗く

いつよりか足衰へて葉のうごく高槻の木のほとりへ行かず

生くる身に役ありといふあからさまに思ふなく忘るなく過ぎゆく日々は

今年さく四照花《やまぼうし》の花多くして半年平凡に病なく過ぐ

註　昭和六十一年十二月刊の『自選歌抄』にて、前頁「夏あさく…」の上句とこの一首の下句を併せて「**夏あさく街路樹のさくころとなりむらさきつつじわれを富ましむ**」と推敲。

一夜明けしあひだの事を待つ人にあらねど朝のテレビを点す

帰り路に踏むべき花をあらかじめ思ひなどして珈琲をのむ

夏の香

体力の無く捨ておきし描きかけに賛《さん》を記して今日は弔ふ

絵の賛

わが庭の蕊《しべ》によごれぬ純白の花さく百合《ゆり》を人に語らず

植込の下に花さくつまぐれを明治生れのわれは哀れむ

わが生は年老いてかかる哀あり風のふく日はあゆみ進まず

おしろいの白き小花はさきそめて今年また霜までの長き後半

往反の道にアベリアの花さきて日ごとの夏の香を呼吸する

窓外を見るをりをりに日をへだて咲く白き花泰山木は

道のべのざくろたちまち実の見ゆる三十日葉がくれにそだちしその実

かがりび

道に散る梧桐《あをぎり》の花こまかにて踏む一年の心はゆらぐ
はらはらと梧桐の花散る下に一時間憂なき時をゆかしむ
首たてて水に浮く鵜はかがりびの下おのおのの頭部光れる
舟にきく音たけだけし鵜の鳥のはばたきの音かがりびの音

台風後

一夜ふきし台風のあと豆柿の青き実の散る道を踏みゆく
八月の日の照る道をゆく時に四時《しじ》視力なき眼を悲しまん
蛇崩の往路も帰路もこのごろは日の照る暑き椅子に憩はず
旗のごと紅蜀葵なびく道のべの晩夏の風に吹かれて歩む

昨日よりつづく晩夏の日々なれど今日蟬近く明日蟬遠し

いづこにも今年の蟬の声きこえ老いて反応のにぶきわが日々

余　生

新しく工夫《くふう》されたる寝床《ねどこ》ありわが身置かれし如く寝《ね》につく

一週のめぐりすみやかに日の過ぎて余生みじかきことを思はす

われ曾て地震ゆりかへす如しなど健康について言ひたるあはれ

家いでて坂に憩へる夏の午後行人の無き空白ながし

ゆく夏のかかるあはれは今日もあり絵にならぬうち花形なし

椅子あれば菊芋《きくいも》といふ雑草の咲けるほとりにしばらく憩ふ

わがかつて住みし砂取《すなどり》といふ地名忘れんとして余生をたもつ

戦の日にあひ見たる朝顔のはかなき花を君は忘れず　山上次郎氏の絵の賛

秋　香

雲ありて日の照るゆゑにまぶしきか台風あとの秋涼の天

みづからのためにみづから言ふ言葉もとむる友は心さやけし
「郵政」の友に

日本海にいでて消滅せりしかば吾の心はやうやく安し

九月末の晴れし日台風余波吹きて吸入したる躰のごとし

台風の過ぎたるあとのゆりかへしなごりといへど暫しするどし

衰へしかどもあるとき一年を単位に残る生《せい》を憑《たの》みき

家いでて蛇崩道に一時間われのひたれる黄菊の天

曾ての日部屋にみちゐし鼻血《はなぢ》の香《か》わが重大を救ひたりしか

歌碑除幕のためゆく途上

ふるさとの逢ふ人もなき稲田道秋香の昼半日ながし

老　齢

眼のうときゆゑに不安のきざすことありて衰老道を日々ゆく
いまわれは老齢の数のうちにありかつて語らぬ人の寂しさ
椅《いひぎり》の赤き房実のやうやくに見えがたきころ坂より帰る
家いでて歩む範囲の定まりて茶を飲みし後道を帰り来《く》
レリーフの下の席にて老人のわれの安けく憩ひしところ
ただ曇るのみにあらずしてところどころ雲にすきまの見ゆるくれがた
朝の日に花あきらけき道をゆく老いしわが目をしばし憂へず
身に痛むところのなきを病みながら健かに過ぐる老とおもひき
行き馴れてあやしまざれどこの道に人影見えてあゆむ親しさ
生日《せいじつ》を過ぎてあらたまる思ひせし衰老凜々《りんりん》と歳くれてゆく

青　芝

池の辺をゆく人まれに青芝の上の松の葉冬日《ふゆひ》に光る

もちの木のほとりに憩ふ葉のひまが星空のごと青きひるすぎ

照葉樹つづきて心しづかなる冬日《ふゆひ》杲々《かうかう》の光を受くる

青天の午後三時ごろ水の辺の青芝の上やや暗くなる

颪あれば銀杏《いちやう》の葉道に吹かれをり日没《にちぼつ》もつとも早き日の暮

幸に非常の病まぬがれてより十五年老いて死を待つ

いにしへの媼《おうな》が恋にしづみにし人のなげきをとこしへに聞く

来る鳥の常ついばみてかまびすしく群《むら》がりゐしが朱実《あけみ》すぎたり

前後なく駒繋《こまつなぎ》といふ地名思ひ出でこだはりてゐし半日あはれ

ロサンゼルスにて

油掘る装置しづかにて人を見ず古き町ロングビーチあたりは

昼も夜もしばしば広き道を行くクリスマス前後の町の寂しさ
クリスマスツリーの光ところどころ輝き人無き町をよこぎる
クインメリー号ホテルとなりて泊てゐるに時を消すためコーヒーを飲む
石油を掘りし川中の島見ゆるあはれを旅行者いかに語らん

再び自照に題す
示片山摂三氏

道をゆくついでに寄りて茶を飲める老いし姿もあはれならずや
ありのまま眼鏡をすれど家に在る時は然らず衰老ゆゑに
家にゐるわれは安けく眼鏡せず物を見ずして時をゆかしむ
顔錆びし老人なればありのまま杖に手を置き憩へるかたち
灯の暗き部屋の隅にて顔錆びし老人黙すままに時逝く
灯の暗き下に憩ひてしばらくのわれの心の安けさあはれ

眼の悪き老人ひとり用のなき眼鏡をかけてここに写れる

晴天歳晩

生日をさかひに躰力《からだ》ある日々なりしかど歳晩となる

杖に倚り道ゆく人をわれは知るおほよそは未来幸《さいはひ》ならず

山上次郎氏歌集序歌

わがために中川一政先生の陶印をもたらしくれし君はや

しばしばも旅せぬわれははるかなる足摺岬に君とあそびき

戦の跡をビルマにとむらひて作りし歌をわれは賛ふる

赤城猪太郎氏歌集序歌

決断の正しく人の交りの深きはたたふべき君の長所ぞ

追悼鹿児島寿蔵氏

親しみて言葉かはさんこともなく病みゐるときに永遠《とは》にへだたる

年下にしてわが受けし恩のありうちの感謝を如何に伝へん

若者はなべて老人と遊ばねば歳晩の坂ひとり帰り来《く》

日々歩むわが足調柔にあらざるを歎くなく悔《くや》むなく一日終る
ゆく道に銭湯ありて声つよく嚔《くさめ》するときその声ひびく
ゼラニユームの紅葉《もみぢ》菜の花五六株《かぶ》今日ゆくりなく道に見しもの
鼠などゐるはずのなき天井の音を時に聞く風寒き夜
母のせしことかはた妻のせしことか過去遠ければただなつかしむ
暗きよりめざめてをれば空わたる鐘《かね》の音《おと》朝の寒気を救ふ
何もせず居りて気づけば衰老を悲劇的ならしむる夜の寒さは

後記

本集は私の第十二歌集にあたり、昭和五十四年（七十歳）から昭和五十七年（七十三歳）まで、四年間の全作歌を収めた。

さきに『天眼』をまとめたとき、「私の作歌はいつまで続くかわからないが、これから後のすべては七十歳以後の作といふことになる」と言つたが、常に「七十歳以後」といふことを意識において作歌したのであつた。先師斎藤茂吉先生には七十歳以後の作はない。私は未到の境地をのぞきみる気持で作歌しようとしたのであつた。

私は昭和四十年代に脳血栓をやつて、それから普通の健康体ではなくなつたが、更に数次の変化を経て、今ではいよいよ足が弱くなつて、毎日の散歩も独力で歩くのは不安になつた。それでも毎日すこしばかりの散歩をして、すこしばかりの午睡をして日を送つてゐる。そして、なるべく人をさけて、蘇東坡が言つたやうに「畏人黙坐成痴鈍」（人を畏れ黙坐して痴鈍を成す）といふ状態で日を送つてゐる。

よく観察してみると、私の健康は徐々に下降線をたどつて進行してゐるらしい。しかし、たとひ手足がどうあつても、頭が働けば歌は出来る。「我生有定数」（東坡）とおもつて深く憂へないことにしてゐる。

体の状態は毎日変化して一定しないし、悪くなることはあつても良くなることはない。今では散歩の距離もだんだん短くなつて、家を出て二キロほど蛇崩遊歩道を往復し、そして、毎日目に入る同じものを見、聞こえる音を聞いてゐる。目が白内障に近くなつたので本も読まない。

このやうに意図が不本意に推移し、歌境の進展もおぼつかないが、かく徐々に衰へてゆくのが老境の常である。日に何万といふ細胞が死滅してゆき、四肢を働かせる神経もままにならない。しかし、その間にひらめくものが時に見えることもあるだらうと思つてゐる。

私はこのごろ、歌に作者の影がさしてゐなければならぬやうに考へる。歌は境涯の反映だといふ考へと結局は同じだが、あまり窮屈でなく、何を詠んでも、作者の影がさしてゐればいいと考へるやうになつた。老境になつて、ほとんど歌論をしなくなつたから、最後の言葉として伝へる。

昭和五十八年三月十五日　　佐藤佐太郎記

黄月

昭和五十八年

老境新年

年老いて求むるところ無く歩む新しき年の光を受けて
年こえて咲く枇杷の花かすけきに老境多日なきわれの親しむ
霜柱踏みゆくときの庭土の下に崩るる音忘れ得ず
青天の遠く聞こゆる風の音おのづから湧く寂しさのあり

晴天

紅葉する椅《いひぎり》の葉をわれは知る鳥の運びし広葉のもみぢ
しばらくは理髪されつつ睡るなど雨の降る日は外を歩まず
道ゆきて今われの眼のあかるきは二日体操せしゆゑならん
早春の晴天の道三十分あゆみて憩ふ家につきたり

忘恩の徒の来ぬ卓に珈琲をのみて時ゆく午後のたのしさ

わがもとを去りし五人に従へるをみなご一人われは哀れむ

時のまの心なごまん珈琲にそそぐクリームのひろがるあひだ

道を行くひまに曇りて風いづるなど春の日の心さわがし

策略をしたる元兇は誰々と知りてその名を話題にもせず

来　日

いづこにも薔薇の咲くころ年老いしわれさへ楽しゆく日来る日は

来日の多からぬわれおのづからほとりに集ふ友に親しむ

残生のみじかきわれのあるままを示して人を疑はず生く

花移り花替りゐる道のべに薔薇の命はいくばく長し

木草の光

大河原歌碑建立記念歌会

みちのくの白石川にとどこほる花のかをりに友も親しむ

隣家より土を伝ひてひびき来る建築の音たのしともなく

何といふこと知らざれど行く道を圧しくるごとし木草の光

晴曇にかかはりもなくななかまどの花梅雨ちかき道に輝く

やまぶきの黄の花あふれ咲くほとり眼の悪きゆゑまぶしく憩ふ

ある人の行為をにくみとこしへにわが記憶より抹消せしむ

わが生の節目と思ひ散歩より臥床に帰り沈黙をする

花開く泰山木は白花も葉もそだちゐてひかりを放つ

新しき言葉のひびき聞こえくる開けし幸を時におもはん

歌は誰に即くかによつて奥行に相異あり。余は斎藤茂吉先生に学び得し幸ひを時につけて思ふ。

さとりてもこれにてよしといふ事の無き奥行に常にこだはる

歌は禅などと同じなり。自ら悟るものなり。されど一旦悟ればそれで終るものに非ず。修業はどこまでも続けてゆくべきものなり。教へつつ学ぶ者はあれど、教へ得る者少し。

立　葵

わがためにぬれしタオルをたづさふる娘ともなひ日々坂を行く
あらかじめ待つもののごと花の咲くその立葵道に見て立つ
野生してマーガレットの咲く路傍かかるところをも今日は歩みつ
ことさらに努力せざれどわが余生愧づるところの無くして送る
定数のあるわが歩みおもむろにあらしむるため家いでて行く
花終り半年すぎし夏の日の椅子に来て憩ふ連想もなく
詰草《つめくさ》の白とむらさき北上川見おろす丘に踏みてわが立つ
いつ見ても花日にしぼむおしろいの路傍いづこにも咲くころとなる
薔薇のさくとき薔薇のさく道のうへ三時待ち銭湯へゆく人歩む

のぼたんの濃きむらさきの花さくを日にひとたびは寄りて賛ふる

浜離宮

しのだけの筍みちに伸びそむる鴨の猟場のほとりを過ぎつ
青芝のつづく窪にて咲くあやめはなやかならぬ色うごきをり
樟の木のたぐひ若葉のすがしきに光をりをり風に吹かるる
風のふくとき空深き音のする樟の若葉をたたずみて聞く
こまかなる砂利を砂のごと敷く道が池をめぐりて遠くつづける
青芝にまじる詰草の白き花すがしく見ゆる行きて踏まねど
ひとところ池の岸にて青葦のたけてさやけし胸開くまで
池にそひ歩み来りて思ひ出づ三十二相のふくらはぎなど
春頃より道に落ちつぎし柿の実が大きくなりてわれを惜します

家いでて晴れ且つ風のこころよき日は一年にしばしばあらず

そのかげに二人立ちにし日の過ぎてアカンサス花の残るくさむら

曇日の園におりたちて鳩歩むここにても足のよわきものあり

椅子に来て憩ふあひだに時移りおしろいばなのくれなゐのたつ

梅雨の雨ふらねど曇る路傍にておしろいの花開くくさむら

台風の日を境とし椅子にさす晩夏の光しづかになりぬ

紅萩と白萩相隣り花の咲くこの庭園の簡明もよし

一株の風に枝重き白萩のときに影のごと見ゆる曇日

簪《かんざし》のごとき瑠璃草を森ゆきてわれのみとめし秋の曇日

日によりて数の異る返花黄の山吹は寒暑なく咲く

及辰園百首

あるときはみづからゆるすものありと辛うじて「及辰園百首」を数ふ

わがことにあらねどあはれ窮《きはま》れば則ち詐《いつは》るといふ言葉など

壁おほふ蔦の紅葉のいちめんにかがやく下を日ごと歩みき

ゆく道の潤ふほどにしぐれ晴れ青空移りわれ遅速なし

ふく風を気にせず歩むわが道に枝ながら落つるその豆柿は

三宅島噴火

三宅島噴火の写真みるときに峡にしばしば稲妻のたつ

われかつて昭和新山にのぼりたり岩の間《ま》に火の見えし噴火後

寂しさや地底におこる風音を昭和新山にかつて聞きにき

雨ふらず音なき雲の底みゆる蛇崩坂をくだりて歩む

目に見えぬ鳥の声する椅子ありて風寒き日もわが来て憩ふ

葉のひまの白き日の位置遠く見えわが寂しきは年齢による

いつしかも軀衰へて家いづるとき意識して杖を手に持つ

落　葉

潮入の池にみちくる水動き金木犀の花の香ぞする

日ごとなる散歩にいでて或る範囲より遠くまで行くこともなし

カーテンをもれてさし来る月ありてしばし暁のいたらぬ暗さ

公孫樹落葉楓落葉は年輪を思はしめつつ道に散りゐき

辛夷の葉散りすぎてより光ある花芽を仰ぐ日々ありがたし

老いてより世をせまくして生くるわれ七十四歳の生日となる

門の扉《と》を境に雪の残る庭下に見え寒く疎く時ゆく

山吹の黄に澄みとほる藪《やぶ》ありてその葉ことごとく散りしにあらず

老の余生

いまわれは低き枕に夜々ねむるかかる形に馴れし老人
遠くより柿の実みゆるころとなりいまだ濁らぬ視野をよろこぶ
かくしつつ秋晩れて年のゆく時に老の余生のいつまでたもつ
風向きにかかはりなけれどわが運ぶ足弱くして遠く歩まず
ぎんなんのつぶれて匂ふ道をゆく蛇崩坂も寒くなりたり
ともなへる者なき一人寂しみて日の照る道の椅子にいこへる
鳳仙花など二度萌えの花咲きてゐしかど今朝の霜に終れる
椅子に来て憩ふあひだに咲きそめし山茶花にさす冬の日うつる
老いさりてわが眼やうやく見ゆるころゑがきたりし絵ここに残れる
篁のうちに音なく動く葉のありて風道の見ゆるしづけさ

宿　雲

朝さめてこの世に老いし人ひとりにれ噛むごとく夢をはかなむ
宿雲の解けゆく空をしばしばもよろこびしかどいまは老人
肉眼に見えがたき太陽の輪のありとひとたび聞けどかかはらず生く
おほかたの雪消えしころ寒椿さく道のべは雪凍りをり
シクラメン白と赤との花ならぶ店頭すぎて歩むたのしさ
残生の短かき吾のわがままを許しいたはりくれしわが妻
健かに居りて病まねど居るままに居りておのづから老いてゆくべし
禱《いの》ること久しといへる古人あり仏教渡来以前の言葉
まだ寒く余光をふくむ棕櫚の木の梢を見つつ坂より帰る

昭和五十九年

蛇崩道

さく花にあらぬ葉牡丹の開くころ蛇崩道《じやくづれみち》はやうやく寒し
蛇崩の坂にかへりみる棕櫚の木は毛におほはれて幹あたたかし
もどかしく心はさわぐ夢にてもわれのもとむるものまだ見えず

海南島澄邁

辛うじて八百年経し澄邁《ちようまい》の古き石坂にいまわれは立つ
年老いし東坡が踏みし広き青野くる船を待ち澄邁に居き
新年の故に人多き澄邁の道をくだりて古き入江あり
晩潮にひたる椰子の木時移り遠野に見ゆる澄邁ここは
石組みし船着場跡残りをり人見るごとくわれは喜ぶ
蘇東坡が立ちし六月の野を思ふ一月今日の空の明るさ

引潮にたまたま泊《は》つる船のありあたかも雷州半島の船

蘇東坡が潮にかくるる椰子の木を詩によみし島われは見が欲し

蘇東坡は海南島を詩にうたひ古《いにしへ》より戦場なしとたたへき　予め作る歌二首

朝　寒

遠からぬ記憶なれども帰り路に桜とこぶし咲けるまぼろし

われの眼のめざむるばかりゆく道に柿の若葉に日があたりゐき

街ゆけばランドリーのうちに声ありて思ひみざりしわれは驚く

朝床にきこゆる風の音のありものを引きずる如きその風

寒暑なき花みづき咲く空の下万物清々の時を惜しまん

朝寒くめざめてをれば時移り春鳴く鳩の声のきこゆる

目にたたぬ花あふれさくあしびの木花健かに咲くをよろこぶ

その下にとどこほる光木々はもついまだ花なく葉なき木なれど
散りがたの桜を見つつ歩みゆく風のまにまふぶく一木一木は

陽　光

かたはらの山吹の花さきそめてやうやく老いし眼を開かしむ
眼を病むといふにあらねど見ゆるものおほよそかすみ黙す日多し
残生にかかはりのなき一日を惜しむ衛星放送の日に
陽光に感謝して席にをりしかどそれよりすぎし日をおそれゐき
畳ふみ部屋をあゆめば足よわき一足ごとに運ぶ身重し
なげすてし煙草の吸殻《すひがら》など多し蛇崩道を日ごと歩めば
日々あゆむ道に明治の赤き花豆菊咲きて父おもはしむ

余　清

おもむろに寒さきびしき日々なれど立春頃は木々余清あり
いくばくか夜の明け早くなりたりと待ちゐし人のごとくわが言ふ
陽光はふたたび深し年替りやうやく長き光を受くる
如流先生の「春」一字にも滞る今年の寒さ開くるごとし
行きずりにをりをり見しが葉牡丹をぬきて何もなき土のすがしさ
放置して自転車をおく人多し可も不可も無き老人歩む
みづからの形さながらに言ふ人の影あれかしと曾て願ひき
梅雨曇る道を来りていこふ時まれにひき鳴く声のきこゆる
幼子が道に拾ひてゐるものは柿の管花《つつばな》にていとけなし
雨あとの道を歩めばしたたかに道うちし雨滴の跡をとどむる
あらかじめ人のわびしく住む家のほとりに憩ふ坂をあゆめば

朝くらく道を歩めば寂しさや夜のあけ遅き八月はじめ

午後の陽に若葉すき透り葉のひまの八月の空青きひるすぎ

窓そとに四照花《やまぼうし》の白き花さきて思はしむる二人の姿いま無し

鹿児島寿蔵・木俣修氏を憶ふ

若ければ当然のごと過ぎしかどそのいたはりの老いて身にしむ

『歩道』復刻版に題す

家いでて道のちから草穂ののびて残暑を垂るるところひそけし

薔薇の木のとげを恐るる老人が若葉の下を今日暑くゆく

青木など葉のすくすくとのぶる道歩みて半日過ごす楽しさ

道あゆみゆく楽しさの延長に空に照る日を浴びて憩へる

こまかなる白の眼を射るつげの花紫ばみて見ゆる今年は

つるばらの花びらの散る道のべの風に吹かれてしばし憩へる

義歯重く思ふことあり年老いて健かならぬ日々を送れば

世にうとくわがゐる時に何がなし戦時下のごとき不安のきざす
崖上《がけうへ》に長き枝たるる萩の花咲き散るさまを日々知らず見る
春の頃いためし指の癒えがたく使用に耐へず秋ふけてゆく
花白く赤きしぼりのある木槿日を経て白のひといろとなる
菊芋の黄の明らけく咲くほとり足をいたはるためにいこひき

黄　の　雲

黄の花のかたまりて散る木犀の香も年老いてやうやくうとし
右の手に杖もつわれは日によりてその手の痛く家に帰り来
黄の雲のうつくしき空結論のなき街上にたちまち移る
風の日は殊更おほき柿落葉美しく散るところを歩む
漸くに黄葉しはじめし木のありて散歩のついでわが仰ぎ過ぐ

夏すみれ

棚雲の下に青空見えてゐるその静かなる空寒からず
菊などの庭草長けしものにふれ日々歩くため家をいでゆく
夏すみれトレニアの花秋の日の庭のゆききに衰へずさく
人のごと見て親しみし植物のかまつかすでにうら枯れてゆく
晩秋の花梨《くわりん》の青実枕べに営々《えいえい》とあり三日のあひだ
山吹の黄葉美しき道をゆく日々晴天をよろこぶわれは

飛行船

よく晴れし初冬山茶花輝きて黄のしべけぶる短き時間
風あれば落葉ふりくる道ふみて足弱きわれ家いでてゆく
茶をのみて憩ふ間《あひだ》にかがやきてまぶしき冬日はや暮れそめぬ

青空の反映動く道をふむ寒暑かかはりの無き一日にて

よすがらに月照るらんと思ひしがまどろむひまに外暗くなる

梧桐の木も落葉してゆく道に大き梧桐の葉のまろぶころ

突然に大き飛行船あらはれて音なくうつる蛇崩の空

暁のちかき明るささめをればしばらく暗し雲移るとき

豆　柿

今日の昼車中にありしみづからの事を話して妻憂ひ言ふ

ゆきずりにみとめし郁子《むべ》に手をふれて人なつかしむ冬の来るころ

わが家のありし砂取といふ地名をさなご忘れいふこともなし

てのひらの中につつめるものは何来向ふ日々に立ち向はしむ

椅子ごとに砂いくばくかたまりゐる病院に来て薬を待てり

風のふく日は晴れながらやや寒し豆柿の下実のあまた散る

山茶花のはなびらの散る道のべを踏みて帰り来散歩終りて

立冬前後

公孫樹の葉落葉終りし幹光り孤独のわれをかへりみしむる

睡眠の薬をのみてさめしのちありとしもなしこの老身《らうしん》は

一日の冬日の平和刈りこまれたる満天星《どうだん》のもみぢがけぶる

日々あゆむ道のかたはらなかば咲きなかば眠れるおしろいの花

老いたればこの頃逢はぬ妹のともに育ちし日の思はるる

歳晩の道

遠ざかる日がひとたびは暗くなり光やうやくよみがへり来る

豆柿の実の多く散る道の上さけて安けし今日の歩みは

いま我は老い衰へて家ごもるかつて雨多き昨日に似たり
時すぎて雲のみならぬ空合となりて見えゐる晴天のあり
見る力衰へてゆくゆふぐれの路傍の席をたちて帰らん
妻のため心の軽き日のありて税務署帰り昼食を食ふ
わがために雨傘をさすをとめごは蛇崩をゆく日々はしきやし
落葉をばかく如く銀杏《ぎんなん》拾ふ人老人にして行為かすけし
十余本菊赤く咲く扉《と》をあけて頭はたらく珈琲をのむ
おもむろに短く寒き日々すぎて光やうやく遠ざかりゆく
満天星の赤きその葉をたたへゆく日々晴天の歳晩の道
枇杷の花しづかに空に咲きそめて蛇崩の道歳晩となる

昭和六十年

散歩

豆柿も棕櫚も小鳥の運びたるものと知るわれ木々はしけやし

日々あゆむ遊歩道にて川音の近く聞こゆる風の日のあり

足弱き老人われをいたはりて蛇崩坂をともに歩みき

山茶花の花を見ながらあゆみ来て足調柔《てうじう》に帰り着きたり

満天星の赤き葉のあるほとりにて憩ふ豆柿の散る実を踏みて

わが家に帰り着きたる安心を昨日も今日も庭にわが言ふ

われの知る媼ら忘れわが知らぬ若き女ら街行き来する

時々感想

淮南子《ゑなんじ》の言葉をかりて辛《から》うじて戦時下のわれ日々を送りき

三体詩《さんたいし》五百首を読み敢《あ》へていふ言葉重く金の如きは一首だに無し

書経にて歌は言《げん》を永うすといひし原則をわれは尊ぶ
箱根なる強羅公園にみとめたる菊科の花いはば無害先端技術
たまたまに風痺をやめる詩のありて春晴のその一日こだはる

晩春の雨

流氷のただよふ上に辛うじて命たもちし三人帰る
妻のこゑ突然きこえ飲みかけの茶をこぼすわが幕切のとき
晩春の雨ふるひと日家ごもり山吹の咲くくさむらも見ず
わが家のあたりも遠くおもほゆる雨雲ふかきつゆの道のべ
散りがたのつるばらのある椅子のべに憩ふ一年の良き時間にて
年老いてすみやかに行く人のあり銭湯ひらくころの時間か

半　歳

みづからのための精進少くて病間残る半歳を経つ

眼の悪きわが見つつゆく道のべのあぢさゐの花今日色ふかし

衰へしわれを交へて梅雨の日の午後集ひたる友の親しさ

白き花隣る赤き花すくすくと葵さく道の行くさ帰るさ

柿の花いつとしもなく過ぎしかば同じところに若実落ちをり

宵降りし大雨のなごり夜更けて棟しづむごとき音のきこゆる

亡き人をとむらふ席にわれの居ぬことあやしまぬまでに老いたり

蟬のこゑ

道のべのはぐさのたぐひいつ知らず道をせばめて人にさやらふ

部屋にゐて今日はきこゆる蟬のこゑかくて年々の夏くれてゆく

梅雨あけし道のかたはら暑き日に花さはやかにおしろいの咲く

住む人の無き家ひとつ道のべにいつよりかありわれの気づけば
夕ちかき四時家いでて道をゆく樹に鳴く蟬の残るころほひ
西日さす路傍に落ちてゐるものを大き青柿と知りて驚く
雀らのためにゑをまく人すぎてひととき道に雀むれをり
けさゆりし地震をおもふさながらに家の重さの沈みゆく音
坂上に夕日かがやく道見ゆる今は行かざる道の延長
かがりこの窓下を行くわが歩み一年すぎてまた萩の咲く
河ぞひの黄泥阪は蘇東坡がゆくさ来るさに歩みたる道　東坡赤壁歌碑に寄す

金木犀

葉をもるる夕日の光近づきて金木犀の散る花となる
秋晴の一日のうちに萩の花終りむらさきの花あまた散る

老二人みづからの歯を話し合ふ言葉聞こえてその前をゆく
水引のくれなゐの花見えがたき道を帰りて一日《いちにち》終る
晴れし日の白き蝶とぶ道ゆきて音なく動くものをよろこぶ
十株ほど赤きかまつかゆらぎつつ西日に光りわが通りゆく
核家族崩壊したるこの家に主人は帰り来ることありや
新しき菊を見ながら憩ふとき日の照る遊歩道の楽しさ
いまわれは老い衰へて家ごもる山吹の黄の葉ふむこともなく

西日

坂道を掃くごとく射す西日あり長きわが影ふみて帰り来
むらさきのガラス戸光る風の日にさわがしからん深川あたり
隅田川越えて来しかば冬の日に綺羅美しきをさなごに逢ふ

指や手のぎこちなくして寒き日々つぶさに老の冬を迎ふる
ひげを剃ることもまれなるこの日頃やうやく老いて日々家いでず
夕はやく雀のつどふ銀杏の木声さわがしき木下を歩む
靴下をはき替へてよりはかなごと行く足軽しこの二三日
いくばくか実のめだち来し豆柿に手ふれることもなくて道ゆく
よもすがら月あきらけき夜なりしがしづかに明けて朝を迎ふる
歩む足よからぬゆゑにこだはりて一年すぎぬ日のゆき早し
夜の空気とどろきて行く車あり翌日の坂いかにあるのか

彗　星

むらさきの彗星光る空ありと知りて帰るもゆたかならずや
彗星の遠き光のとどきゐし七十年前の家いかならん

たちまちに過ぎし命をいたむなく順序よく死の来しをたたへん
わが歩み返さんとして身をひねるかかる動作にわが足弱し
つるばらの散る椅子のべに憩ひしが半年すぎて歳晩となる
いつよりか人の住まざる道のべの椅子に憩ひて時ゆくあはれ
わがめぐり足悪き鳩むれ歩む一つ二つにあらぬ悲しさ
あたらしく散りし落葉はやや遠き光をかへすその木の下に
やつでの花冬日に開くころとなり思ひゐしよりうとましからず
しばしばも形の移る雲見えてその雲の間の青ふかきいろ
道のべに咲く菊の花日にうとき冬の光に花びら強し
道のべに老人ふたり立つ見ればはやく過ぎたる妹あはれ
しづまりて憩ひゐるとき音もなく陽をよぎりゆく白き雲あり

冬晴の花を見上げて山茶花のくれなゐ光る空いさぎよし

かすかなる枇杷の花さく道のべをかへり見ずしてわれ歩み来し

満天星のもみぢうつくしき年の暮老人《おいびと》なれば日を惜しむなし

昭和六十一年

蛇崩川

日々白き薔薇のつぼみをあはれめど開かず枯れて新年となる

冬の日にさく寒椿蛇崩川支流の道にその花あかし

棕櫚の葉のここに開くは豆柿のごとく小鳥の運び来しもの

白菊の花たけ高く咲くところ行くこともなし足弱くして

裸木となりてすがしき銀杏の木夕べの道を遠く帰り来

冬の日のやうやくたけて光るころゼラニユームなど四季咲き親し

街角の電柱に風の音のあり老いて親しむ人無く歩む

寒椿むらがりて低く咲く花のくれなゐ強し日にうとけれど

綿　雲

家かげに白き綿雲光るころ日長くなりし道をふみゆく

窓下にただきらきらと見ゆるものやうやく遅き梅さきそむる

席あれば行きてしばらく暖かにさす日の光かうむれるのみ

夕映の空あかるきにわがめぐり夕べとなりて人まれになる

鼻みづのしたたるは年老いしなりしか思ひつつ寒き日々行く

あたたかきゆゑに体調よき日にて人に言はねどわれはよろこぶ

時を消すために相撲を見つつをりときどき光る行司の扇

山吹の花終りたる一叢のみどりをみれば黄の色はなし

長き風音

運動のために玄関に転ぶなどいよいよ老いて能力のなし
かりそめにわが耳痛き宵のとき彼岸の荒れの音をわびしむ
病痛のなきを感謝して家ごもる春の日晴れて外の静けさ
床中にめざむる時に鳴く鳩はをとめ幼き頃を思はす
道のべに青柿の実の落ちゐるを散歩のたびに踏む頃となる
鳴く蟬の声待ちゐしが夏ふけて桜の木より今日はきこゆる
家出づることまれとなり聞こえくる常なるものの音の親しさ
夜更けて寂しけれども時により唄ふがごとき長き風音
外歩むこと無くなりてなつかしむかつて強ふるごと歩みしをとめ
窓ちかく鴉の声のきこえしを時の感じなく春かと思ふ

手形

川ありて川音のなき常の道歩みて静けき時に気がつく
道のべにいまだ聞こゆる蟬のこゑ散歩のたびに聞きつつ歩く
をさなごの帰りを待てばをさなごは外よろこびて永く帰らず
人ゐるを外より見れば一日だに家に居りたし病みながらふも
かりそめに手形をとれば年老いて手に力なし瑞祥はなし

星の光

中空の無数の星の光にも盛衰交替のとき常にあり
椅《いひぎり》の実の赤しといふ道をゆく見えぬわが眼は冬空のみに
十月に入りてやうやく花咲きし鳳仙花ながく形くづれず
水中に胸ふかれゐし人のあり歩むとも飛ぶともなく二年帰らず
夢中に水死の人を悼む

人の群

いねながら七十七歳を祝ひけり病みて用なき如き身なれど
をとめごは病みつつをればほのかなるまゆのあたりを二日見るなし
受付のあたりにものの音するは人の尊ぶ硬貨の音ぞ
ここに来て順番を待つ人の群声なく待つは泪ぐましも
運ばれて院内ゆけばしばしばも荷物のごとき人を相見る
制止する本能強く病みながら苦しむことのしばしばもあり

昭和六十二年

山の月

朝あけて聞こゆるものにこだはれば見ゆるものなき遠き松風
あさなぎの風寒くしてはるかなる九十九里の沖潮ひかる見ゆ

山の月しばし出でしを遠くより見つつしをれば花を吹く風

後　記

本集は夫、佐藤佐太郎の『星宿』につづく第十三歌集であり、昭和五十八年、七十四歳から、昭和六十二年八月八日、七十七歳九ヶ月をもつて逝去するまでの全作歌を収めた。

前歌集『星宿』の後記に「先師斎藤茂吉先生には七十歳以後の作はない。私は未到の境地をのぞきみる気持で作歌しようとしたのであつた」とあつて、その頃からの佐藤の作歌にはつねに「七十歳以後」といふことが意識にあつた。当然その境地のつづきとして本集の作品もある。この間佐藤は、いよいよ進んだ老と病に苦しみ、世事に煩はされ、否応なく迫つてくる死と対峙する日々を送つた。その経緯は、私情をまじへずに、年譜の一部によつて示すことにする。

昭和五十八年（一九八三）　七十四歳
三月、古い会員長沢一作氏らが連帯退会をした。
四月、宮城県大河原町に於ける佐藤佐太郎大河原歌碑建立記念歩道宮城支部歌会に臨んだ。また、勲四等旭日小綬章の叙勲を受けた。
六月、岩手県支部歌会及び歌集出版合同祝賀会に出席した。

八月、第十二歌集『星宿』(岩波書店)を刊行した。東京帝国ホテルに於ける「佐藤佐太郎先生祝賀全国大会」(叙勲、歌集『星宿』刊行)に臨んだ。

九月、山上次郎篇『佐藤佐太郎書画集』(角川書店)が刊行になつた。

十二月、歌人の業績により日本芸術院会員に推挙された。また、年末(二十七日)から年始(三日)にかけて中国海南島に旅し、蘇東坡ゆかりの地澄邁にめぐり逢つた。

昭和五十九年(一九八四) 七十五歳

二月、名歌集復刻版の一冊として処女歌集『歩道』(短歌新聞社)が刊行になつた。

六月、芸術院新会員として宮中の茶の会に列席した(四日)。また、現代歌人協会主催の「佐藤佐太郎・宮柊二両先生芸術院会員を祝賀する会」に出席した(十九日)。更に、歌集『星宿』に沼空賞が贈られ、その受賞式及び祝賀会に参加した。(二十八日)。

八月、沼空賞に関係して雑誌「短歌」八月号に「風の音」(二十一首)を発表した。

昭和六十年(一九八五) 七十六歳

一月、作歌旺んで一月号のために雑誌「短歌研究」に「立冬前後」十三首、「短歌新聞」に「散歩」五首等四十三首を発表した。また、季刊雑誌「明日の友」(春季号)に山本健吉氏の随筆に賛して染筆を添へた(六十一年冬季号)まで。

二月、斎藤茂吉追悼会に出席した。

三月、入門書『短歌を作るこころ』（角川選書）を刊行した。

六月、「歩道」の主な門人を呼び、「歩道」の将来のこと、現在の心境を伝へた。また、この頃から自作の歌に「代遺言」と書き添へて親しい門人に与へた。

十月、今西幹一著『佐藤佐太郎短歌の世界』（桜風社）が刊行された。

十一月、山上次郎氏の努力により中国東坡赤壁に歌碑が建つた（国交が成りて思ひいづることばあり「蒼海何ぞ曾て地脈を断たん」）。しかし、体調悪く除幕式に出席出来なかつた。ハレー彗星近づく。

十二月、鹿児島県に「鶴の歌」の歌碑が建つたが、病気の為除幕式に出席しなかつた。

昭和六十一年（一九八六）　七十七歳

三月、体調が悪く東京歌会を中座して帰つた。『短歌を作るこころ』（角川書店）は四版となつた。

七月、一ヶ月間便秘と下痢に苦しみ、殆ど臥床のまま過ごした。

九月、東京歌会に出席した（歌会での指導は最後となつた）。

十月、葬儀のこと等を指示して遺書を書いた。

十一月、白内障の手術を受ける決意をし、昭和医大にて諸検査を受けた。この頃関東労災病院等におけるリハビリテーションも試みた。

十二月、十一日、歩道年末記念会及び歌会が行はれたが、順天堂病院での再検査のため欠席した。このとき白内障の手術は不要の診断を受けた。この日宮柊二氏が逝つた。二十日、『佐藤佐太郎自選歌抄』（角川書店）が刊行になつた。二十二日、脳梗塞とリハビリテーションの為、千葉県海上町の恵天堂（院長江畑耕作氏）に入院越年した。言語障害著しくなり、言葉での意志疎通が難しくなつた。

昭和六十二年（一九八七）　七十八歳

一月、恵天堂に入院のまま迎年した。毎日新聞（三十一日）に「人の群」五首、「短歌現代」一月号に「手形」五首、「歩道」に一首が発表された。脳梗塞の治療とリハビリテーションがつづけられた。

二月、入院生活の歌三首なる（これが最後の作歌となつた）。

四月、治療の成果出て車椅子にて花見をするまでになつた。

五月、海上歌碑十周年記念歌会が入院地近くの銚子市で行はれたが、出席出来なかつた。二十二日、肺炎と腸捻転とを併発して旭市中央病院に転院した。三十一日、治療の経過よく同病院を退院し半年ぶりに東京目黒の自宅に帰つた。

六月、八日、夜腸捻転を再発、救急車にて国立東京第二病院に入院した。腸捻転治療のあと肺炎も再発した。

七月、二十六日、同病院を退院し自宅に帰つた。
二十八日、脳梗塞の加療のため東京渋谷のセントラル病院に入院した。
八月、八日、午前九時半危篤、同十時三十一分同病院にて永眠した。病名脳梗塞、直接の死因は肺炎であつた。遺言により家族のみにより通夜。十日、家族に、「歩道」編集委員が参加し桐谷斎場にて荼毘に付した。

結果からすれば、死に向つて急傾斜して行つた四年間であつた。そこには、精神的にも肉体的にも激しい苦闘があつた筈である。しかし、佐藤は写生歌人として、さういふ自身を、もう一人の自分が凝視して、歌を作りつづけた。したがつて、この間の作歌は決して衰へなく、激しい信念と気魄によつて、むしろ質量ともに充実してゐた。本集からそれを感じ、同感していただければありがたい。殊に昭和五十九年の「海南島澄邁」あるいは最晩年の「人の群」などにこもる佐藤の詩人魂には改めて注目していただけるのではあるまいか。老いて病みつつ、しかも死に対峙しつつ、作歌に対する「厳」を佐藤は貫徹してゐる。晩年は歌論をすることも少なかつたが、その少い言葉にはさうした「厳」を裏付ける強い響きがこめられてゐるやうに思ふ。

暮に「短歌」とか「短歌研究」とか、私の関係してゐる新聞とか、四十余首の

歌を作つた。毎年のことで、別に変つたことではないが、歌を作ると頭が働くとみえて、このごろ少し頭が良いやうだ。(略)

頭は働かせる方が良いとは常に聞いてゐるが、今度はしみじみ思つた。今年は私は死なない。口が不自由で、ものを言はなければらくだから言はないが、その替り、遺言の形で思ひついたことを書いておかう。斎藤先生も晩年から歌が深くなつた。死ぬまで努力しなければだめだ。

昭和六十年三月号「歩道」の「及辰園通信」にかう言つてゐる。みづから「今年は私は死なない」と言ひ、「遺言の形」で書くと言つてゐるのは、いかにもいたいたしいが、佐藤の作歌は、この言葉の通り「死ぬまで努力」した結果の所産である。更に、

(略)年老いれば、頭が働かなく、聯想にぶくなるのが普通だ。しかし、感じ方、受け取り方には違ひがある。せめて感じ方受け取り方の違ひを鋭く、調子新しく、せめて、一歩でも半歩でも進んだ、老境の歌を作りたい。参考には岩波文庫に納められた「斎藤茂吉歌論集」がある。(「歩道」昭和六十一年六月号)

とも言つてゐる。死のほぼ一年前の言葉である。特に「一歩でも半歩でも進んだ、老境の歌を作りたい」といふ言葉が重く悲しく響く。このやうに潔い覚悟と信念とによつて成つた歌が本集の内容である。

歌集名『黄月《くわうげつ》』は大した意味はないが、故人が黄色を好んでゐたこと、更に、最後の歌が月の歌であることから、私がつけた。最晩年の歌境を暗示し得たやうにも思ふ。

なほ、この間の作歌には類似作品が別の新聞等に発表されてゐる例がいくつかある。比較してみると、本集に納めた作品が推敲作とみなせるので、次に掲げる作品あるいは明らかに改作のあるものなどは、本集から除外してある。（　）内は推敲作所在頁。

カーテンの間も暁《あかつき》のけはひあり外のしづけき月如何ならん（753頁）
眼を病むといふにあらねど見ゆるものかすみて自《おの》ら《づか》黙す日を経つ（758頁）
枇杷の花しづかに早く開きそめ歳晩の道日々の青天（765頁）
落葉散る蛇崩坂を掃くごとく射す西日ありしばしの間（770頁）
ハレー彗星ちかづく時のただならぬ世のありさまは今いかならん（771頁）
外歩むことなくなりて気づきたり家の内なる物音したし（775頁）

また、例へば本集765頁に

いま我は老い衰へて家ごもるかつて雨多き昨日に似たり

といふ作がある。この歌の下句は難解だといへば難解である。この歌が「歩道」に発表になつた時、ある人がその下句の意味を問ひただしたことがある。それに答へて佐藤は、「歌集にする時には考へ直す」と言つた。しかし、今となつてはその術はない。こんな例も他に二、三あるが、ただただ悲しい思ひ出となつてしまつた。

従来の佐藤の歌集は気に入らない歌は惜気なく、どんどん捨てて編集した。しかし、今回は、本人が生きてゐたら不満であらうが、残された歌は殆ど全部入れることにした。原稿の整理その他秋葉四郎さんに総てお世話になつた事を深く感謝する。石黒清介さんにはいろいろ無理な注文をお願ひし申し訳なく思つてゐる。

昭和六十三年五月十五日

佐藤志満

佐藤佐太郎年譜（秋葉四郎編）

明治四十二年（一九〇九）

十一月十三日、宮城県柴田郡大河原町大字福田に生まれた。農業、源左衛門の三男、母うら。幼時父母に従って茨城県多賀郡平潟町（現北茨城市）に移った。

大正十三年（一九二四）　十五歳

春、平潟尋常高等小学校卒業。

大正十五年（一九二六）　十七歳

前年岩波書店に入り、この年「アララギ」に入会した。又、このころ山村暮鳥の詩を愛読した。

昭和二年（一九二七）　十八歳

三月、はじめて斎藤茂吉にまみえた。この年から翌年まで国語伝習所に通った。

昭和四年（一九二九）　二十歳

山口茂吉と知り、ついで柴生田稔と知った。

昭和六年（一九三一）　二十二歳

八月、信濃大沢寺におけるアララギ安居会に出席した。

昭和八年（一九三三）　二十四歳

夏、尾瀬沼に遊び、初秋、斎藤茂吉に従って富士五胡に遊んだ。

昭和九年（一九三四）　二十五歳

十一月、斎藤茂吉に従って山口茂吉、柴生田稔らと日光湯元に遊んだ。

昭和十年（一九三五）　二十六歳

夏、山口茂吉とともに蔵王山に斎藤茂吉歌碑を見た。ついで金瓶に斎藤茂吉生家及び宝泉寺を訪ねた。初秋、神田神保町岩波書店小売部寄宿舎から九段下のアパートに移った。

昭和十一年（一九三六）　二十七歳

春、歌壇新進の集りである四月会ができて、その会員となった。十二月、『四月会作品第一』に「生活半年」十五首が載った。また、「短歌研究」十二月号に「秋苑」八首を発表した。

昭和十二年（一九三七）　二十八歳

四月、雑誌「短歌研究」にはじめて短歌三十首を発表した。

昭和十三年（一九三八）　二十九歳

一月、山口茂吉とともに大島に遊んだ。伊森志満と結婚した。春、渋谷区原宿三丁目に移り、初秋さらに穏田一ノ一同潤会アパート六号館に移った。雑誌「新潮」に短歌作品を発表した。

昭和十五年（一九四〇）　三十一歳

一月、長女肇子が生れた。七月、『新風十人』（八雲書林）に短歌百五十首を載せた。八月、次兄とともに生家の跡を訪い、ついで金華山に遊んだ。九月、父源左衛門が没した。歌集『歩道』（八雲書林）を刊行した。十二月、『歩道』再版を刊行した。

昭和十六年（一九四一）　三十二歳

春、半田良平、鎌田敬止とともに須賀川の牡丹園を見た。六月、『歩道』増補第三版を刊行した。十二月、日支事変は太平洋戦争に拡大した。

昭和十七年（一九四二）　三十三歳

一月、家族とともに京都・奈良に遊んだ。四月、次女洋子が生まれた。七月、歌集『軽風』（八雲書林）を刊行した。十月はじめ喀血臥床、歳晩まで上総勝浦に静養した。十一月、『歩道』第四版を刊行した。

昭和十八年（一九四三）　三十四歳

一月、『軽風』が再版になった。二月、再び勤務するようになった。「短歌研究」六月号に「冬海抄」（三十五首）を発表した。

昭和十九年（一九四四）　三十五歳

十月、第三歌集『しろたへ』（青磁社）を刊行した。秋、家族とともに松江・大社・温泉津を経て福岡県苅田町に夫人の郷里を訪ねた。

昭和二十年（一九四五）　三十六歳

三月、家族が疎開した。五月、雑誌「歩道」を創刊した。二十五日の空襲に家財を焼き、ついで岩波書店を退いて郷里に帰った。郷里にあった日々は斎藤茂吉言行録の浄書を日課とした。八月、一日疎開中の茂吉を訪ねた。十五日終戦。九月、単身上京。五味保義氏らと復刊「アララギ」の編集に携わる。十一月、蒲田区新宿町に家族と共に住んだ。十二月、青磁社に勤めた。

昭和二十一年（一九四六）　三十七歳

二月、歌集『歩道』第五版（角川書店。これは角川書店の最初の刊行物である）を刊行した。関東アララギ会の雑誌「新泉」が刊行され、選者を担当した。三月、東京歌話会ができて、その会員となった。四月、青山墓地下の家に移った。春から夏にかけて、北海道札幌に滞在し（青磁社支社に出張）野幌・洞爺湖・昭和新山等に遊んだ。秋、再び札幌に滞在し、塘路湖・摩周湖・石狩川河口等に遊んだ。

昭和二十二年（一九四七）　三十八歳

二月、図書出版永言社を興す。七月、第四歌集『立房』（永言社）を刊行した。八月、河出書房『現代歌集』第二巻に「立房抄」百十三首が載った。十二月、『現代日本歌集』（南風書房）に「北遊歌抄」二十二首が載った。

昭和二十三年（一九四八）　三十九歳

四月、名古屋の歌会に臨み、ついで岡山県鴨方の歌会に臨んだ。六月、雑誌「歩道」を活版印刷として更新第一号を発行し「純粋短歌」論を執筆掲載した。九月、日本歌人クラブができて、その会員となった。十一月、互評自註歌集『歩道』（講談社）を刊行した。

昭和二十四年（一九四九）　四十歳

一月、霞ヶ浦桃浦に遊んだ。三月、青山南町五丁目五十番に移った。このころ傍業として養鶏をした。四月、岡山県鴨方、鷲羽山を経て四国丸亀の歌会に臨み、今治より海路別府に至り、長崎・都府楼跡を見て帰京した。五月、秋田の歌会に臨み、田沢湖に遊んだ。秋、鹿児島寿蔵・橋本徳寿・長谷川銀作・木俣修の各氏と那須、塩原、日光を歴遊した。

昭和二十五年（一九五〇）　四十一歳

七月、斎藤茂吉に従って箱根強羅に十日間起居した。『現代短歌鑑賞』（第二書房）第一巻に「斎藤茂吉短歌鑑賞」を執筆した。十月、歌集『立房』の白玉書房版が刊行された。秋、浜名湖・日本平に遊んだ。

昭和二十六年（一九五一）　四十二歳

六月、鷗外全集（岩波書店、第二版）の編集に関与した。七月、立山に遊んだ。八月、編著『長塚節全歌集』（宝文館）を刊行した。また、『短歌入門ノオト』（第二書房）を刊行した。十一月、『斎藤茂吉秀歌』（中央公論社）を編集、解説を執筆した。

昭和二十七年（一九五二）　四十三歳

一月以来『斎藤茂吉全集』の編集に携わる。二月、母うらが没した。第五歌集『帰潮』（第二書房）を刊行した。五月、『帰潮』によって第三回読売文学賞を受けた。九月、山形県酒田における歌会に臨み、飛鳥に遊んだ。

昭和二十八年（一九五三）　四十四歳

一月、創元社『現代短歌全集』第二巻（茂吉・憲吉等十二歌人の選抄）を編集・解説を執筆した。また、角川文庫の一篇として『佐藤佐太郎歌集』を刊行した。二月、二十五日斎藤茂吉が逝去した。四月、島根県湯抱の茂吉歌碑除幕式に参加した。「歩道」五月号を斎藤茂吉追悼号として発行した。十月、「アララギ」斎藤茂吉追悼号に随筆「食物」を載せた。また、盛岡の歌会に臨み、十和田湖・平泉中尊寺に遊んだ。十一月、『純粋短歌』（宝文館）を刊行した。この年から毎日新聞歌壇選者となる。

昭和二十九年（一九五四）　四十五歳

二月、八丈島に遊び、帰路はじめて飛行機に乗った。八月、仙台の歌会に臨み、松島に遊んだ。九月、上高地、美ヶ原に遊んだ。

昭和三十年（一九五五）　四十六歳

一月、奥日光に遊ぶ。四月、島根県湯抱の鴨山歌会に臨み、途次鳥取砂丘を見た。帰路秋吉台に遊んだ。六月、北海道に遊んだ。十月、新潟県新津の歌会に臨み、ついで柏崎・金沢・和倉・岐阜を経て帰った。

昭和三十一年（一九五六）　四十七歳

五月、門司の歌会に臨み、日向青島・鵜戸・

阿蘇・別府等に遊んだ。ついで島根県湯抱の鴨山歌会に臨み、帰路静岡県興津を過ぎた。七月、第六歌集『地表』（白玉書房）を刊行した。

昭和三十二年（一九五七）　四十八歳

四月、三重県尾鷲の歌会に臨み、那智・勝浦を経て鷹島を見た。ついで大阪の歌会に臨み鳴門を見て帰った。八月、『短歌の話』（宝文館）を刊行した。同月、編著『斎藤茂吉秀歌選』上下（宝文館）を刊行した。九月、歩道同人と尾瀬沼に遊んだ。秋、和歌山県新宮の歌会に臨み、熊野川を遡り、中辺路・白浜を過ぎて大阪に出、法隆寺を見た。十月、千葉市の歌会に臨み製鉄所を見た。『斎藤茂吉研究』（宝文館）を刊行した。

昭和三十三年（一九五八）　四十九歳

四月、米子、大山を経て湯抱の鴨山歌会に臨んだ。山口茂吉が没した。五月、盛岡・小岩井農場・宮古等に遊んだ。九月、福島県相馬の歌会に臨み、松川浦に遊んだ。山口茂吉、柴生田稔との共編で岩波文庫版『斎藤茂吉歌集』を刊行した。九月、青森の歌会に臨み、夏泊半島を一周した。ついで五所川原を経て十三潟・七里長浜等に遊んだ。十一月、長崎の歌会に臨み、雲仙・大牟田を過ぎて帰った。

昭和三十四年（一九五九）　五十歳

一月、編著『長塚節』（雄鶏社）を刊行した。二月、自選歌集『佐藤佐太郎作品集』（四季書房）を刊行した。三月、東京上野精養軒において歩道同人会を開いた。四月、大阪の歌会に臨み、当麻寺に遊んだ。ついで石見湯抱の歌会に臨み、益田・津和野を経て、鹿児島・燃島・奄美大島に遊んだ。八月、高野山において歩道全国大会を催し出席した。夏、軽井沢千ケ滝に滞在した。九月、八幡平に遊んだ。

昭和三十五年（一九六〇）　五十一歳

四月、石見湯抱の歌会に臨み、帰途大阪の歌会にも出席し、栂の尾高山寺を訪ねた。八月、東京明治神宮外苑の日本青年館において歩道全国大会を催し出席した。十月、富津岬・鹿野山に吟行した。また、奥日光に遊んだ。十一月、吾妻山、裏磐梯に遊んだ。また霞ケ浦・犬吠埼・九十九里浜に遊んだ。

昭和三十六年（一九六一）　五十二歳

一月、塩原温泉に滞在療養した。三月、千葉県九十九里浜に吟行した。四月、大阪の歌会に臨み、ついで島根県湯抱の鴨山歌会に臨んだ。七月、青森県黒石の歌会に臨み、竜飛崎に遊んだ。秋田県阿仁を経て帰った。八月、平泉中尊寺において歩道全国大会を催し出席した。夏、軽井沢千ケ滝滞在中浅間爆発に遇った。九月、伊良湖岬・大井川河口に遊んだ。十月、奥日光・大谷・富士山中道に遊んだ。この頃、五十肩になる。

昭和三十七年（一九六二）　五十三歳

一月、越後湯沢温泉に遊んだ。「短歌研究」一月号に「山海」（百首）を発表した。三月、北海道網走におもむき氷海を見、釧路・根室を経て帰った。四月、大阪を経て島根県湯抱の歌会に臨んだ。帰路益田の歌会に臨み、ついで萩・青島を見た。八月、能登総持寺において歩道全国大会を催し出席した。九月、鹿島海岸に遊んだ。九月から十月にかけて臥床療養した。十月、秋田県角館の歌会に臨み、田沢湖に遊んだ。十二月、第七歌集『群丘』（短歌研究社）を刊行した。

昭和三十八年（一九六三）　五十四歳

一月、野島崎・岡崎・志摩賢島・瀬戸等に遊んだ。ついで三宅島に遊んだ。四月、「短歌研究」四月号に「白き海」（百首）を発表した。七月、青森県弘前の歌会に臨んだ。八月、熊本県阿蘇において歩道全国大会を催し出席した。帰路天草に遊んだ。十一月、宮崎の長塚節歌碑除幕式及び歌会に臨み、ついで出水市荒崎に鶴を見、黒之浜・長島に遊んだ。

昭和三十九年（一九六四）　五十五歳

一月、鹿島海岸に遊んだ。また、『短歌指導』（短歌新聞社）を刊行した。二月、新潟県水原に白鳥を見た。四月、大阪における短歌研究社主催の講演会において「作歌の虚実」を話した。ついで三方五胡に遊んだ。五月、道志川を遡行して山中湖に遊んだ。また「短歌研究」五月号に「鶴」(百二十首)を発表した。七月、岳父伊森賢三が逝去し、葬儀に列席し、志賀島・博多を経て帰った。八月、山形県上山において歩道全国大会を催し出席した。往路吾妻山、蔵王山を過ぎ、帰路白布峠・裏磐梯・白河関址を過ぎた。十月、夫人とヨーロッパに旅行した。

昭和四十年(一九六五)　五十六歳

一月、千葉県館山・白浜に遊んだ。また、NHKから四回にわたり「短歌の用語」について放送した。「短歌研究」一月号に「痕跡」(百首)を発表した。四月、岡崎の歌会に臨んだ。五月、徳島において歩道全国大会を催し出席した。帰路今治・来島海峡・紀伊白浜に遊んだ。六月、京都の歌会に臨み、ついで近江蓮華寺に寄った。「短歌研究」六月号に「伊太利紀行」(百首)を発表した。八月、山中湖畔に滞在した。

昭和四十一年(一九六六)　五十七歳

一月、「短歌研究」一月号に「斎藤茂吉の歌」を執筆、以後連載した。二月、「短歌研究」二月号に「わが日々」(百首)を発表した。夫人の母伊森キク没す。八月、第八歌集『冬木』(短歌研究社)刊行。昭和四十二年宮中歌会始選者となる(御題「魚」)。京都において歩道全国大会を催し主席した。九月、松山市における正岡子規生誕百年祭記念大会に臨み、「現代短歌の源流」を話した。ついで大三島・大阪に遊んだ。十一月、明治記念歌会において「長塚節」を話した。また千葉県館山市の歌会に臨み「短歌は古いか」を話した。十二月、千葉県白浜に遊び、その近くの砂取の仮寓で過ごした。帰京して歳晩、鼻出血のため東京女子医大付属病院に入院療養。

昭和四十二年(一九六七)　五十八歳

一月、女子医大付属病院にて迎年、一月六日退院した。五月、現代歌人協会の講演会において「見たものと作歌」を話した。六月、青森の歌会に臨み、ついで恐山に吟行した。また八戸に海猫を見た。八月、昭和四十三年宮中歌会始の選者となる（御題「川」）。愛知県蒲郡において歩道全国大会を催し出席した。下旬大和大台ガ原に遊んだ。十一月、現代歌人協会の講座において「通俗について」を話した。

昭和四十三年（一九六八）　五十九歳

一月、千葉県白浜・砂取にて迎年滞在した。二月、和歌山県那智・太地に遊んだ。また新潟の歌会に臨み、ついでに白鳥、雪渚を見た。三月、随筆集『枇杷の花』（短歌新聞社）を刊行した。四月、金沢・永平寺・京都を経て、大阪の歌会に臨んだ。五月、長野県飯山の松山茂助歌碑除幕式に列席した。帰路戸隠に遊んだ。八月、山梨県河口湖において歩道全国大会を催し出席した。九月、大阪における現代歌人協会の講座にて「短歌の表現」を話した。十月、「短歌」（佐藤佐太郎の文学）特集号に「累日」（三十六首）を発表。日本歌人クラブにおいて「茂吉のユーモア」について話した。十一月、明治記念歌会において「斎藤茂吉」を話した。

昭和四十四年（一九六九）　六十歳

一月、夫人と共にアンコールワットを見、バンコク・台湾を経て帰った。二月、新潮社『日本詩人全集』（吉野秀雄氏ら六氏と合著）が刊行された。三月、「短歌研究」三月号に「石塔の群」（五十六首）を発表。四月、「短歌」四月号に「待眠」（五十首）を発表した。五月、還暦を記念して西国諸寺を巡游した。六月、角川文庫『佐藤佐太郎歌集』改選新版が発行になった。七月、人間がはじめて月面を踏んだ。「短歌研究」（『冬木』鑑賞特集）七月号に「五紀巡游」（五十首）を発表した。由谷一郎著『佐藤佐太郎覚書』刊行。青森県歩道支部大会に臨み、仏ケ浦に遊んだ。八月、長野県軽井沢の軽井沢会館において歩道全国大会を催し出席した。また山中湖に滞在した。さらに琵琶湖竹生島に遊んだ。十月、宮城県鳴子温泉鬼首に遊んだ。十一月、鹿児島県支部の歌会に出席し、清水磨崖仏等を見た。

昭和四十五年（一九七〇）　　　六十一歳

一月、「短歌」一月号から「斎藤茂吉言行」を連載しはじめた。二月、中央公論社『日本の詩歌』（短歌集）に九十五首載せた。三月、NHKの求めに応じ「自作十首」を録音した。第九歌集『形影』（短歌研究社）を刊行した。四月、雑誌「太陽」の求めに応じ、随筆を書くために京都の桜を見た。五月、角川文庫『佐藤佐太郎歌集』が再版された。七月、青森県三厩村竜飛崎に歌碑が建ち、その除幕式に出席した。翌日歩道会員と共に尾駮沼に吟行した。東京新宿の小田急百貨店において第一回四照花会染筆展を開いた。（鹿児島寿蔵、木俣修、橋本徳壽らと四人）八月、三重県伊勢神宮会館において歩道全国大会を催し出席した。帰途鳥羽市主催の講演会において「短歌的表現」について話した。昭和四十六年宮中歌会始の選者となる（御題「家」）。九月、千葉県九十九里浜、東金雄蛇池等に遊んだ。十月、新潟市船江高校の校歌発表会に臨み、ついで国上山・弥彦山に遊んだ。同月、盛岡の歌会に出席し竜泉洞を見た。十一月、現代歌人協会主催「現代短歌講座」において「今日の短歌」について話した。また島根県益田市文化祭に臨み、帰途津和野の森鷗外生家を訪れた。十二月、『短歌作者への助言』（短歌新聞社）を刊行した。

昭和四十六年（一九七一）　　　六十二歳

二月、宮城県伊豆沼の雁を見た。四月、自選歌集『海雲』（短歌新聞社、現代歌人叢書第一巻）が刊行された。五月、明治神宮献詠会の選者となって、その歌会にはじめて出席した。「短歌新聞」五月号は「佐藤佐太郎特集」であった。この頃、楽しみとして絵（日本画）を描き、また漢詩の類を多く読むようになった。六月、宮城県金成町小迫の蛍を見た。七月、北海道礼文島に遊んだ。八月、引き続き昭和四十七年宮中歌会始選者となる（御題

「山」)。同月、千葉県九十九里センターにおいて歩道全国大会を催し出席した。九月、近江番場蓮華寺の茂吉歌碑除幕式に列席した。長沢一作著『佐藤佐太郎の短歌』刊行。十月、福島県歌人会の大会に参加した。また、京阪神支部、和歌山支部の会員と共に高野山に吟行し、大阪を経て、島根県に遊び、石見神楽を見た。更に、盛岡に赴き平庭高原等を吟行した。この月撰文した埼玉県三峯山斎藤茂吉歌碑が除幕された。十一月、岩波書店から新版『鷗外全集』(全三十八巻)が刊行され、新たに編集委員となった。十二月、青山を去り、目黒区上目黒四—三七—六に移居した。

昭和四十七年(一九七二)　六十三歳

二月、共著『短歌俳句入門』(聖教新書)を刊行した。大阪高島屋において第二回四照花会染筆展(鹿児島寿蔵、木俣修、佐藤佐太郎の三人)を開いた。三月、「歩道」に「及辰園往来」連載を開始(昭和五十年七月まで)四月、短歌新聞社主催の講演会で「見ること」について話した。明治記念綜合歌会(明治神宮)において「天皇のお歌」について話した。六月、第三回四照花会染筆展を東京新宿の小田急百貨店において開いた。八月、宮城県伊豆沼の蓮の花を見た。また山形県羽黒山「出羽三山神社斎館」において歩道全国大会を催し出席した。十一月、奈良県桜井市の記紀万葉歌碑、共同除幕式に出席した。また山口県大畠町の歌会に臨み、紅葉の中国山脈を横断した。

昭和四十八年(一九七三)　六十四歳

一月、新版『斎藤茂吉全集』(全三十六巻、岩波書店)の第一巻が刊行された。三月、「短歌新聞」三月号より「海雲自註」を連載開始。また福島県いわき市湯本に「山沙草房」がなり滞在した。五月、『斎藤茂吉言行』(角川書店)が刊行された。八月、昭和四十九年宮中歌会始選者となる(御題「朝」)。島根県玉造温泉宍道湖畔「水明荘別館」において歩道全国大会を催し出席した。ついで湯抱の鴨山記念歌会に出席した。十月、伊勢神宮の式年遷宮に臨時出仕し、拝観した。十二月、短歌新聞社主催の講演会において「晩年の茂吉」について話した。

昭和四十九年（一九七四）　六十五歳

一月、この年から「歩道」の巻頭に単独に作品を掲げるようになった。歩道三重支部歌会に臨み、答志島に遊んだ。二月、四国足摺岬に遊んだ。三月、静岡支部歌会に出席した。四月、奈良県当麻寺の歌碑（京阪神支部建立）除幕式に臨んだ。六月、「ヨーロッパ短歌の旅」に講師として参加した。七月、岩手県八幡平「八幡平ハイツ」において歩道全国大会を催し出席した。八月、愛知県岡崎市の大樹寺に歌碑が建った（吉村安三及び石工戸松甚五郎の両氏建立）。昭和五十年宮中歌会始選者となる（御題「祭」）。九月、第四回四照花会染筆展を東京新宿の小田急百貨店において開いた。また、近江観音正寺の歌碑（赤城猪太郎・薩摩慶治建立）除幕式に参列した。十一月、ハワイに遊んだ。また、歩道創刊三十周年記念として『及辰園百首付自註』（筆蹟複製和綴本、求龍堂）を刊行した。さらに同趣旨にて『歩道代表作選集』（佐藤佐太郎編）を刊行した。同月二十四日帝国ホテルにおいて歩道三十周年祝賀会を開いた。十二月、書斎の新築成る。

昭和五十年（一九七五）　六十六歳

二月、グアム島に遊んだ。三月、脳血栓のため臥床した。四月、千葉県銚子の恵天堂医院（院長江畑耕作氏）に入院加療、五月退院した。五月、別府温泉「ホテル二条」において歩道全国大会を催し出席した。九月、第十歌集『開冬』（弥生書房）を刊行した。「短歌」九月号に「銚子詠草」（三十首）を発表した。また、昭和五十一年宮中歌会始選者となる（御題「坂」）。十月、東奥日報社主催短歌大会主席のため青森に赴いた。十一月、短歌による業績により紫綬褒章を受けた。十二月、バリ島に遊んだ。

昭和五十一年（一九七六）　六十七歳

一月、浅草三筋町の斎藤茂吉歌碑除幕式に参列した。二月、『童馬山房随聞』（岩波書店）を刊行した。三月、第十歌集『開冬』により芸術選奨文部大臣賞を受けた。四月、随筆集『及辰園往来』（求龍堂）を刊行した。また坂田虎一画伯筆による肖像画のモデルとなるため愛媛県川之江に行き桜を見た。五月、『昭和万葉集』（講談社）の企画が発表され、選者の一人となった。同月、岩手県猊鼻渓に遊んだ。六月、伊豆湯ケ島「落合楼」において歩道全国大会を催し出席した。また、第五回四照花会染筆展を東京新宿の小田急百貨店において開いた。八月、昭和五十二年宮中歌会始選者となる（御題「海」）。この月より禁煙した。また、金沢に行き石川支部の歌会に臨んだ。九月、現代歌人協会主催の短歌大会において「短歌の響」について話した。十一月、和歌山支部の歌会に赴き大島・潮の岬等を見た。

昭和五十二年（一九七七）　六十八歳

一月、オーストラリア・ニュージーランドに遊んだ。四月、千葉県海上町に歌碑が建ち（江畑耕作氏及び海上町建立）除幕式に出席した。この月より断酒した。五月、金華山、宮戸島に遊んだ。また、この頃目眩があって一週間ほど臥床した。六月、アラスカに旅行し、マッキンレー山、ポーテージ氷河等を見た。七月、短歌誌「短歌現代」（短歌新聞社）が創刊され「茂吉歌抄」の連載を始めた。八月、昭和五十三年宮中歌会始選者となる（御題「母」）。埼玉県「三峰神社宿坊」において歩道全国大会を催し出席した。九月、片山新一郎著『佐藤佐太郎論』が刊行された。十一月、『佐藤佐太郎全歌集』（講談社）を刊行した。また、『茂吉解説』（弥生書房）を刊行した。またこの月テレビ「真珠の小箱」（「伊勢神宮と私」）の録画の為に伊勢神宮に行き、帰路京阪神支部二百五十回記念歌会に出席した。十二月、島根県匹見峡に歌碑（匹見町建立）

出席出来なかった。二十二日夜半、肺炎と腸捻転とを併発して千葉県旭市中央病院に転院した。三十一日、治療の経過よく同病院を退院し半年ぶりに東京目黒の自宅に帰った。六月、八日、夜肺炎と腸捻転とを再発、救急車にて国立東京第二病院に入院した。山本健吉との共著『古典逍遥・及辰園歌抄』（短歌新聞社）の刊行企画が進められた（翌年八月刊行）。七月、二十六日、同病院を退院した。二十八日、脳梗塞の加療のため東京渋谷のセントラル病院に入院した。八月、八日、午前九時半危篤、同十時三十一分永眠した。病名脳梗塞、直接の死因は肺炎であった。遺言により家族のみにより通夜。十日、家族に、歩道編集委員が特別参加をゆるされて葬儀を行った。九月、正五位勲三等瑞宝章を受けた。

解説

秋葉四郎

平成二十一年の暮に私は、

佐太郎が顧みられてブーム来る身に沁む展望ゆくりなく聞く　（自像）

という歌を残している。詞書に「晋樹隆彦氏」と入れてある通り、ある時歌壇を展望して晋樹氏がこう語ったのを私が喜んで聞いているところである。実際このあたりから、ブームとはとても言えないが、中堅歌人を中心に佐藤佐太郎の歌が顧みられるようになっている。結社誌「塔」や「りとむ」等の若い歌人の取り組みは、佐太郎の現歌壇における存在感を改めて思わせてくれたし、短歌のような文芸がどう進むべきか、考えさせてもくれた。そうした機運が現代短歌社の「佐藤佐太郎短歌賞」の創設につながったのでもあった。

とにかく佐太郎がもっと気軽に読まれることを願って、この『佐藤佐太郎全歌集』は刊行される。軽便な文庫版にして、文字通り座右の書となれば本望である。従来の文庫と違って歌集それぞれの初版ではなく、各歌集すべて定本に統一しているのが大きな特色である。更に、この全歌集をもとに『五句索引』を製作中で、まもなく文庫版で刊行できる。併せて活用されれば、短歌の基本、源流としての需要に応え得るであろう。いよいよ「佐太郎が顧みられてブーム到来」ということも夢想ではなくなるかもしれない。

佐藤佐太郎は、十八歳の少年にして斎藤茂吉に見《まみ》え最初から本格的な歌人として天分を発揮し、七十七歳九箇月をもってその生涯が終るまで、丁度六十年にわたる作歌であった。その六十年の歌人佐太郎の歩みは、端的に言えば、その生涯の作歌を支えた歌論「純粋短歌」の火のごとき徹底にあったということができる。すなわち、その理念としての「純粋短歌」の覚醒から自覚、確立、進展、拡充、円熟、完成が佐藤佐太郎の作歌六十年であり、十三冊にわたる歌集はそれぞれの到達を示しつつ、その足跡を明確にしている。

第一期「**純粋短歌**」**覚醒期**　昭和二年（十八歳）から十九年（三十五歳）まで。第一歌集『軽風』（昭和十七年刊）、第二歌集『歩道』（昭和十五年刊）、第三歌集『しろたへ』（昭和十九年刊）の時代である。

第一歌集『軽風』は、

炭つげば木の葉けぶりてゐたりけりうら寒くして今日も暮れつる

という この一首から始まっている。作者佐藤佐太郎が大正十五年、アララギ入会(十八歳)時から、昭和八年(二十四歳)までの作歌を収めて、処女歌集『歩道』が出て後に、それに先行する歌集として刊行された。

昭和二年八月二十日付佐太郎宛茂吉の葉書には「少々氣が利過ぎてゐる○細かすぎる○しかし、歌つくりもいろいろの處を通過するゆゑ、氣長にやり玉へ。○觀方、もつと本物《ほんもの》を觀玉へ」とあって、幸運にも作歌初途においてその根本について茂吉から示唆を受けている。

昭和十七年、処女歌集『歩道』が四版を重ねている最中に、箱根にいてこの『軽風』をみた茂吉から端的で親しい所感が佐太郎宛に届いている。「輕風の哥なかなかよく、初期から旨かつたな」(書簡四六六三)。ここで茂吉が「初期から旨かつたな」と言っていることはこの歌集の総括的な評価ということができるだろう。(昭和十七年七月二十日八雲書林発行。B6判本文百九十一頁。アララギ叢書第百六篇。作品三百六十九首。)

第二歌集『歩道』、佐藤佐太郎の処女歌集で、昭和八年(二十四歳)後半から昭和十五年(三十一歳)までの作歌を内容としている。検束のない青年に去来する憂愁、感傷、哀切あるいは諦念が、作者と日々生活を共にする鋪道や街路樹や雲を添景として、若々しい強烈な「詩」を響かせ、正岡子規以来の「写生」が斎藤茂吉に

よる厳しい錬成を経て、佐藤佐太郎流の「写生」としてこの『歩道』の世界を作った。その特色は

とどまらぬ時としおもひ過去《すぎゆき》は音なき谷に似つつ悲しむ

夢にくる悦楽すらや現実にある程度にてやがて目覚むる

等の歌に代表される。佐太郎の「写生」は表現の手段・方法といった程度を超えて、「詩」を求める全身的な態度としての「写生」であった。更に、

はなやかに轟くごとき夕焼はしばらくすれば遠くなりゆく

店頭に小豆大角豆など並べあり光がさせばみな美しく

等の作のように、鋭敏な感覚を主体とした短歌の独自な調子を若い佐太郎は身につけていた。『歩道』が褪せない多くの魅力、新鮮さをたたえている要素である。（昭和十五年九月十五日八雲書林発行。B6判本文二百五十八頁。序文斎藤茂吉。作品五百六十八首。三刷にて八首増補。更に昭和五十二年『佐藤佐太郎全歌集』編集時に補遺八首を入れている。）

第三歌集『しろたへ』、昭和十五年（三十一歳）の後半の作品から昭和十八年（三十四歳）までの作品四七五首が収められている。社会的には太平洋戦争がいよいよ開戦となり、軍国主義一色の戦時非常時下となった。やがて生活も窮乏し敗戦の影が濃厚にさし始めた時代がこの歌集の背景である。こうした時期になった『し

ろたへ』は、一口にいえば重厚で『歩道』を一歩も二歩も前進せしめている歌集だといっていい。しかしまた、結果として戦争の影を負い問題をはらむ作を含んでいる。昭和十七年四月のある夜、茂吉は、短歌の命運に触れて親しく佐太郎に語っている。「僕らは佐藤君、今の時代はそのなかでできるだけ芸術的なものを作るように努力するよりしかたがないな」(『茂吉髄聞』)云々。厳しい戦時下にあって自然に口をついて出たであろうこの大家の言葉を、新進歌人の佐太郎はしっかり受け止めているのである。

地下道を人群れてゆくおのおのは夕の雪にぬれし人の香　(十六年)
静かなるしろき光は中空の月より来るあふぎて立てば　(十八年)

『しろたへ』における佐太郎短歌の詩性、芸術性の到達を示す例として、これらの歌をもって今代表させることができる。歌集『しろたへ』は前述した瑾瑕を内包しながらも、時世に左右されない、詩性の高い「純粋短歌」の進展もまた果たしている。(昭和十九年十月十五日青磁社発行。A6判本文百四十九頁。アララギ叢書第百十九篇。題簽斎藤茂吉、作品四百七十五首。昭和五十二年『佐藤佐太郎全歌集』編集時に補遺十七首を入れている。)

第二期「純粋短歌」自覚・確立期、昭和二十年(三十六歳)から二十五年(四十

一歳）まで。第四歌集『立房』（昭和二十二年刊）、第五歌集『帰潮』（二十七年刊）がこれに該当する。

第四歌集『立房』、昭和二十年五月二十五日の空襲によって、斎藤茂吉の童馬山房も焼け、佐太郎の同潤会青山アパートも被災全焼した。すでに、茂吉も佐太郎の家族もそれぞれ郷里に疎開していて、難を逃れたが、やがて、佐太郎自身も岩波書店を退き、郷里茨城県平潟町に帰り、八月十五日の終戦を迎えた。歌集『立房』はその終戦の日の歌から始まっている。佐太郎はただちに焼野原の東京に帰って、新しい、しかし厳しい生活を始める。社会全般には終戦による世情不安と同時に、何か新しい時代が展ける予感が人々の心に希望の灯を与えてもいた。作者に即していえば、「苦悩と希望の交錯した混沌の中に」（後記）生活した日々の歌である。即ち、新しい覚悟による新しい出発を意識した歌が『立房』の世界であり、それは佐太郎の「純粋短歌」の自覚、確立の為の始動でもあった。斎藤茂吉が

灰燼の中より吾もフエニキスとなりてし飛ばむ小さけれども　（小園）

という、自由な空気を反映した歌を作れば、佐太郎もまた

あかあかと燃ゆる火中にさくといふ優鉢羅華をぞ一たび思ふ　（立房）

という歌を発表している。二人には暗合するものがあるが、佐太郎のうちには戦後の歌壇の旗手として進む覚悟が芽生えていた筈である。（昭和二十二年七月一日永

言社発行。昭和二十五年十月五日白玉書房発行B6判本文百七十六頁。作品四百四十首。昭和五十二年『佐藤佐太郎全歌集』編集時に補遺二首を入れている。）

第五歌集『帰潮』、「年が明けるとともに、私は決断して実生活と作歌との上に更に新しい境涯をみづから招かうとしてゐる。そこで、私は去年までを一区切として清算するために本集をまとめた」と前歌集『立房』の後記で決意を明らかにしたが、その新しく境涯を招くため徹底した実践の結果がこの第五歌集『帰潮』の内容である。昭和二十二年（三十八歳）から昭和二十五年（四十一歳）の四年間の作品である。この間佐藤佐太郎は、時代の混沌にもかかわらず歌人としてひたすら生き、短歌否定論を念頭にしつつ自らの作歌上の信念を「純粋短歌」論として執筆し公にした。

「短歌もまた短歌として第一流の作品であればよい。それだから詩形によって『第一芸術』とか『第二芸術』とかいふのは議論として成り立たないものであり、第一流の芸術、第二流の芸術といふものはあるが、それは詩形によつて分かれるのではなく、個々の作品によつて価値が分かれるのである。」という『純粋短歌』論の結論は佐太郎のつよい信念となってその作品を支えた。

　苦しみて生きつつをれば枇杷の花終りて冬の後半となる
　生活は一日一日を単位としたただ飲食のことにかかはる

みずから「期せずして戦後の生活を〈貧困〉に縮図した」（後記）というところの「戦後の影」を濃厚に引いている歌である。その「貧困」の諸相は「苦」として、「悲しみ」としてあるいは「貧困そのもの」として作者のうちを去来したのだ。『帰潮』は確かに「貧困」と「苦悩」とがその基底に流れているが、そこに止まっても甘んじてもいない。そうした生活上の厳しさが一つの底力となって飛躍している世界である。（昭和二十七年二月二十日第二書房発行。B6判本文二三四頁。作品五百六十六首。昭和五十二年『佐藤佐太郎全歌集』編集時に補遺十五首を入れている。）

第三期「**純粋短歌**」**進展・拡充期I**　どちらかと言えば自然へ。昭和二十六（四十二歳）から四十年（五十六歳）まで。第六歌集『地表』（昭和三十一年刊）、第七歌集『群丘』（昭和三十七年刊）、第八歌集『冬木』（昭和四十一年刊）。

第六歌集『地表』、昭和二十六年（四十二歳）から昭和三十年（四十六歳）までの五年間の作品が、第六歌集『地表』の世界である。この間は「私は何時となし身辺が多忙になつて、作歌に集注する時間が以前に較べて少くなつてゐた」（後記）と書いているように、歌人としてまた結社の主宰者として活動が盛んになっていた。昭和二十八年二月には生涯の師斎藤茂吉がこの世を去った。

みいのちは今日過ぎたまひ現身の口いづるこゑを聞くこともなし
かなしみをうちに湛へし一生にて過ぎしをぞ思ふおほけなければ

こうして、現世に師茂吉のいなくなった世界がとにもかくにも『地表』以後の佐太郎の世界ということになる。その特徴は大きく二つに分ける事ができ、一つは、『帰潮』までに続くものでいわば佐太郎らしい純粋な詩性がより徹底している作であり、もう一つは純粋短歌の「発展拡充期」として素材に新趣向新分野が見える歌である。

階くだり来る人ありてひとところ踊場にさす月に顕はる
胡瓜もみの荒き匂ひもあやしまず冬のゆふべの晩餐終る

など、これらはその前歌集『帰潮』につづく世界であり、『歩道』以来の佐太郎の歌である。

対して、時代の流れとはかかわりのない、作者の一向の道、すなわち「純粋短歌」の不動の歩みをより徹底した次のような作品が登場する。

鉄のごと沈黙したる黒き沼黒き川都市の延長のなか
海上に起る白波の短きがおもむろにして白あはくなる

民間飛行機を使って旅をする時代になって、新しい角度からの景観をいち早く作品に取り入れている。(昭和三十一年七月十七日白玉書房発行。B6判本文二百頁。

歩道叢書七篇作品四百八十三首。昭和五十二年『佐藤佐太郎全歌集』編集時に補遺五首をいれている。）

第七歌集『群丘』、昭和三十一年（四十七歳）から昭和三十六年（五十二歳）までの佐太郎の中期充実期の作歌が第七歌集『群丘』の内容である。天然自然の意味するところに目が向かいつつあったが、とりわけこの『群丘』においては、素材の拡大が図られた。

昭和三十六年夏、作者佐太郎は、家族とともに軽井沢千ケ滝滞在中に浅間山の爆発に遭遇する。この生死にかかわる経験をむしろ恵まれた機会に遭遇し得たとして、一歩もひるまず、凝視して詠っている。歌集『群丘』の世界とその頃の作者の作歌の方向を暗示している。

浅間より砂礫ふるときわが庭につづく田の水たちまち濁る
爆発の灰しづまりて降る雨に木立より黒きしづくしたたる

佐太郎の覚悟は「自然は依然として短歌の領域の最も広い部分を占めている」という態度に徹してゆくのである。『群丘』も後半になると更に新たな観相の歌が現れている。

青々と晴れとほりたる中空に夕かげり顕つときは寂しも
潮いぶきたつにかあらん静かなる夜半にて月をめぐる虹の輪

確かに佐太郎の歌の続きであることには違いないが、素材も観入も今までと少し違っているように思える。日常生活そのままでもなく、ことさら特殊で遠くに存在する自然現象でもない。それでいて歌われた世界それぞれが妙に精深になっている。作者はいよいよ敬虔に、自然を中心とした広い対象に向かいつつ、歌の世界を豊かにしている。（昭和三十七年十二月十日短歌研究社発行。四六判本文二百三十二頁。歩道叢書二十七篇。作品五百二十七首。昭和五十二年『佐藤佐太郎全歌集』編集時に補遺五首をいれている。）

第八歌集『冬木』、五十三歳（昭和三十七年）から五十六歳（昭和四十年）の四年間の作歌を収めている。前二歌集と連山をなし、自然の深刻をみる傾向を濃厚にし、同時に、ようやく壮年がすぎ老いの戸口に立ったという現実がその作歌に厚みを加え、新しい歌の萌芽を多く示してもいる。

　氷塊がよりあひて海をとざしたるいちめんの白満つるしづかさ
　氷海のせめぐ隆起は限りなしそこはかとなき青のたつまで

昭和三十七年三月二日佐藤佐太郎はただ一人東京を発って知床半島宇登呂においてこの「氷海」一連を作っている。虚しいまでの対象に向かってこのように詠い得たのは、凝視する力の深化、それを表し伝える表現力の明確な進歩があったからであった。

とりわけ、昭和三十九年の西洋羈旅の帰路に遭遇した、サウジアラビアの砂漠上空吟「痕跡」によって、自然の厳粛に迫るというこの傾向は象徴的に完結した観がある。

　限りなき砂のつづきに見ゆるもの雨の痕跡と風の痕跡
　　みるかぎり起伏もちて善悪の彼方の砂漠ゆふぐれてゆく

ここには人の善悪を超えて無表情に存在する砂漠がわが国固有の詩「短歌」によって見事に捉えられている。ナイーブな自然は詩人の言葉を待ってそこに美しく且つ荘厳に広がっていたと言ってよいだろう。佐太郎の作歌六十年の軌跡の上でひとつの到達がここに見られるのである。

　丁度このころ、雑誌「歩道」の後記で「私は短歌研究四月号に百首の新作を発表したが、それ以来一種の食傷状態がつづいて歌が出来なかつた。（略）これからは数を少くして、日常の歌を作つてみたいと思つてゐる」と書いている。

　一つの到達が見られたとき「食傷」を言い、「日常の歌を作ってみたい」と改めて言っていることに注目しなければならない。歌の本質として「作者の影」を強く求めていることを意識して実作に生かそうとする一つの変化が、このあたりから出てきているのだろう。「歌の素材は何でもいいはずだが、日常の矚目でいい歌ができたときは喜びはまた格別である」（『作歌の足跡』）と自ら言っているところの、

智とでも言うべきひらめきが輝いてきている。（昭和四十五年三月二十五日短歌研究社発行。四六判本文二百十九頁。歩道叢書八十篇。作品五百十四首。）

第十歌集『開冬』、この期の進展の実質を端的に表しているのが「作歌真」という佐太郎のごく短い歌論である。

眼に見えるものを見て、輝と響をとらへ、酸鹹の外の味ひを求めて、思を積み、詞をやるに語気迫り、声調徹り、しかしておもむくままにおもむく（短歌作者への助言）

これで全文であり、昭和四十四年、歌集でいうと前歌集『形影』のころに自ら作歌の指針として要約し、同時に多くなった門人に示したものであった。昭和四十五年（六十一歳）から昭和四十九年（六十五歳）の作歌を編集した第十歌集『開冬』の世界は、つづめて言えばこの「作歌真」の徹底によって生れたものである。

冬至すぎ一日しづかにて曇よりときをり火花のごとき日がさす
六尺の牀によこたへて悔を積むための一生のごとくにおもふ
冬の日の眼に満つる海あるときは一つの波に海はかくるる

これらの歌には今までにない風格、線の太さのようなものが先ず感じられる。その至り着いた凝視、激しい気迫、鋭敏な感覚によって捉えた世界は、詩型の小ささを思わせない。

蘇東坡の影響はさまざまで、その詩論にも共鳴し「美あって箴無し」とか「奇を好んで而して新なるはすなはち詩の病」（いずれも蘇東坡語）等に注意し、今日の歌論としても通じる内容として再評価をもしたのであった。（昭和五十九年九月三十日弥生書房発行。Ａ５判本文二百三十四頁。作品五百七十六首）

第十一歌集『天眼』に

鼻出血以後の十年をかへりみて長き命をいま感謝せん

という歌がある。昭和四十年歳晩に鼻出血があって作者の生活は大きく変わった。そしておのずから作者の眼は内面に向かって注がれ、新しく歌境がひらけ、その純粋短歌の進展は第九歌集『形影』、第十歌集『開冬』と作者自身もおそらく予想し得なかった方向に進んだ。そして今第十一歌集『天眼』に達したとき、その十年を顧みて「長き命をいま感謝せん」という深い感慨になったのである。この歌のある昭和五十年（六十六歳）から昭和五十三年（六十九歳）までの四年間の作歌が歌集『天眼』の内容である。

霧の日にさいれんの鳴る銚子にてその音きこえ午睡したりき
ただ広き水見しのみに河口まで来て帰路となるわれの歩みは

昭和五十年三月末に脳血栓の治療の為、門人江畑耕作氏が経営し、院長である千葉県銚子市の恵天堂医院に入院加療した。その一月間の経験が「銚子詠草」四十六首である（編余も含む）。

「銚子詠草」は作者自らが言っているとおり一種の旅の歌で、一連の一首一首には漂泊の思いが濃い影をひいている。同時に、この旅は全くの日常の延長である。こういう日常がこれ以後の歌人佐藤佐太郎の生活背景となったのである。

灯の暗き昼のホテルに憩ひゐる一時あづけの荷物のごとく

逢ふはずのなき斑白の人を見るわが全容が鏡にありて

昭和五十一年の冒頭の歌である。前年の暮に夫人らと共にバリ島に旅行し、日常の延長としての旅、旅と日常とに区別のない歌が新しい「純粋短歌」の到達となって現れたのである。

更に「蘇東坡詩のあそび」にふれて、「やがて人間・自然をこめて現実を味わうことにおちつく」と言ったが、佐太郎の作歌活動もつまるところ「やがて人間・自然をこめて現実を味わうことにおちつ」いている。そうした実践がこの『天眼』にあらわれている。（昭和五十四年四月十五日講談社発行。Ａ５判本文二百三十頁。作品四百八十四首。）

第五期**「純粋短歌」の円熟・完成期**。昭和五十四年（七十歳）から六十二年（七十七歳）まで。第十二歌集『星宿』（昭和五十八年刊）、第十三歌集『黄月』（昭和六十三年刊）が該当する。

第十二歌集『星宿』、『天眼』につづく昭和五十四年（七十歳）から昭和五十七年（七十三歳）までの作品を収めて、岩波書店から刊行になった。岩波書店は若い佐太郎が育ったところであり、作歌の起縁となり、斎藤茂吉にまみえたところである。『森鷗外全集』『斎藤茂吉全集』はそこでの佐太郎の業績として今日でも評価されている。著者にとっては縁の深い書肆である。その岩波書店から歌集『星宿』が刊行になったのは佐太郎生涯の作歌の軌跡において極めて意義深くまたふさわしいことであった。『星宿』の歌調はあくまでも静謐であり、抑制された表現でありながら、荘厳無欲で前人未踏の境地を示していると言える。

　ほしいまま拘束のなき老境はからだ衰へておのづからあり
わがごときさへ神の意を忖度す犬馬の小さき変種を見れば
きはまれる青天はうれひよぶならん出でて歩めば冬の日寂し
おのづから星宿移りゐるごとき壮観はわがほとりにも見ゆ

今ここに、放縦にして前人未踏、雄豪な響きをもつ歌をあげるなら、これらが代表する。

　日が早く暮れゆくゆゑに行動圏やうやく狭き秋分のころ
杖ひきて日々遊歩道ゆきし人このごろ見ずと何時人は言ふ

等の作のように、作者の肉体は老い且つ衰えていた。しかし、その作者自身を凝視して歌の素材とするもう一人の詩人としての作者の詩精神はいよいよ強靱になってこれらの作の奥深く流れている。（昭和五十八年八月十二日岩波書店発行。A5判本文二百三頁。作品五百一首。）

第十三歌集『黄月』、昭和五十八年（七十四歳）から昭和六十二年（七十七歳）にて逝去するまでの歌が収められている。昭和五十八年前歌集『星宿』を編集している時、相当量の同年作の歌を昭和五十七年の歌に組み入れたから、そのことも含めて、最晩年の実質四年間の作歌はいよいよ意欲的であった。境涯に従って荘厳なまで歌に執着し、激しい歌を残した。「純粋短歌」の円熟完成にふさわしい最期であつた。

この前々歌集『天眼』の「後記」に、作歌の方向と自身の生のあり方を示して「『淮南子』に『我を逸するに老を以てし、我を休するに死を以てす』といふが、そのやうなとらはれない日を送つて、歌を作らう」と言った。そして前の歌集『星宿』ではいわばその放縦境にあって雄豪な声調をもたらしたのであった。当然この放縦境はこの『黄月』の作歌の主調音である。そして、いよいよその世界は「ほしいまま」になる筈であつた。しかし、『黄月』の作者は必ずしも「逸するに老を以てす」の境涯ではなかった。その中で老身をおして海南島に旅し、蘇東坡のゆかりの地澄邁にも巡り合ったことはこの歌人の最終を輝かせている。

辛うじて八百年経し澄邁の古き石坂にいまわれは立つ
年老いし東坡が踏みし広き青野くる船を待ち澄邁に居き
晩潮にひたる椰子の木時移り遠野に見ゆる澄邁ここは

七十四歳の佐藤佐太郎が、およそ二十年間ひたすら学んだ蘇東坡の旧跡にめぐり合ったのである。一首一首は実体験の声であり、長年の思いの集積があるから、おのずから強く響いている。響はその内容実質にもあって、総じて雄豪である。飽くなき詩人魂がこうした邂逅を生んだ。この強い詩精神はこの『黄月』の世界を象徴している。

昭和六十年の暮、ついに佐太郎の病も重くなって、作歌もごく少なくなった。その中に「夢中に水死の人を悼む」という詞書のある歌がある。

水中に胸ふかれゐし人のあり歩むとも飛ぶともなく二年帰らず

身も心も冷えるような写象がこの歌にある。水中に胸をふかれている夢中の人、その人は歩むともなく飛ぶともなく二年帰らない。能の世界の如く超時間的であり、抽象画の如く空間的である夢を、おののくこともなく、もう一人の、死を間近にしている人がつぶさに歌にしている。壮絶な写生である。佐太郎の詩精神は死のぎりぎりまで衰えなかった。